2015

# 中国高校文学作品排行榜

## ·小说卷·

## 上

冰峰 主编 中国高校文学作品征集评审委员会 选编

中国出版集团
现代出版社

**图书在版编目（CIP）数据**

2015中国高校文学作品排行榜.小说卷：全2册/冰峰主编；中国高校文学作品征集评审委员会选编.—北京：现代出版社，2016.6

ISBN 978-7-5143-4888-0

Ⅰ.①2… Ⅱ.①冰… ②中… Ⅲ.①中国文学－当代文学－作品综合集 ②小说集－中国－当代 Ⅳ.①I217.1

中国版本图书馆CIP数据核字（2016）第097567号

**2015中国高校文学作品排行榜·小说卷：全2册**

**主　　编**　冰　峰
**选　　编**　中国高校文学作品征集评审委员会
**策划编辑**　庞俭克
**责任编辑**　宋凌燕
**出版发行**　现代出版社
**地　　址**　北京市安定门外安华里504号
**邮政编码**　100011
**电　　话**　010-64267325　010-64245264（兼传真）
**网　　址**　www.1980xd.com
**电子邮箱**　xiandai@cnpitc.com.cn
**印　　刷**　三河市宏盛印务有限公司
**开　　本**　710 mm × 1000 mm　1/16
**印　　张**　31.5
**版　　次**　2016年6月第1版　2016年6月第1次印刷
**书　　号**　ISBN 978-7-5143-4888-0
**定　　价**　59.80元

# 第六届“包商银行杯”全国高校文学作品征集、评奖、出版活动

**总策划** 赵 智 李镇西
**策 划** 金 岩 庞俭克 张清华 谭五昌

## 组织委员会

**主 任** 赵 智 李镇西
**副主任** 李献平 金 岩 王慧萍 魏占元 庞俭克
**成 员** 陈亚美 谭五昌 臧 棣 陆 健 蒋守法 刘 鑫 魏丽峰 张大群 彭 莎 刘 颖 安 琪 梁 翔 赵俊义 赵文轩 刘不伟 陈 龙

## 评审委员会

### 小说评委

宁小龄　《人民文学》副主编
王　山　《中国作家》主编
张清华　北京师范大学文学院副院长
李　舫　《人民日报》文艺部副主任
郑　子　中央新影集团微电影发展中心主任
杨晓升　《北京文学》社长兼执行主编
陈亚美　作家网副总编、《中国年度微型小说》主编

### 散文评委

梁鸿鹰　《文艺报》总编辑
陈旭光　北京大学艺术学院副院长、北大影视戏剧研究中心主任
吴思敬　首都师范大学教授、中国当代文学研究会副会长
杨　锦　公安部宣传局副局长
李少君　《诗刊》副主编
刘玉龙　《亚洲微电影》杂志副主编
庞俭克　漓江出版社原副总编辑

### 诗歌评委

商　震　《诗刊》常务副主编
叶延滨　《诗刊》原主编、中国诗歌学会副会长
姜念光　《解放军文艺》主编
谭五昌　北京师范大学中国当代新诗研究中心主任
王明韵　《诗歌月刊》主编
谷　禾　《十月》诗歌编辑
陆　健　中国传媒大学教授

# 目 录

# 心灵的雾霾需要文学清洗(代序)

冰　峰

几年前,我并不认识雾霾,因为他很谦虚,也很低调,极少招摇过市。生活在我身边的人,很少和这个词打过交道。而现在不同了,雾霾这个词已经成了气候,只要一出现,偌大的城市就变了脸,暮气沉沉,脸色灰暗,像病入膏肓之人。

为了逃避雾霾,我去了三亚的海棠湾,在海棠福湾一号,感受到了大自然的抚爱。海风的手是清凉的,让我心中的燥热化作了椰树下的一缕清凉。此时我才明白,蓝天、白云、绿树、清风是何等美好、重要和珍贵。

那几天我是幸福的,尽情享受了阳光、沙滩、海浪,以及椰树给我带来的安逸生活,一切都是那么清亮、安静、透明、美好。

可是,这样的美好只是暂时的,繁忙的工作很快又把我拉回到了北京,在雾霾的包围下,我整天昏昏沉沉,目光短浅,脑子里一团糨糊。我看不到蓝天、白云和温暖的阳光……时光像蜗牛一样爬行,安静的时候,我总是怀念三亚的生活。

在繁忙的工作中,阅读《2015 中国高校文学作品排行榜》清样是我新的美好的情感寄托,因为,此时我的心情是干净的,文学正在我的情感深处蓬勃生长。这几天,我忘记了一切,与文学静静地、温暖地交流着,抚慰着……雾霾爬到我的窗口,用力敲打着窗户,但我的脑际只有"文学"这个温馨、纯洁、干净的词汇浮现。

于是我想,文学,这个几乎被许多人置于墙角的词汇,是多么顽强和艰难地与人类打着交道啊!她试图以一种特殊的方式溶解人类内心的苦闷、疼痛、悲哀和复杂。这个词汇曾让我流过眼泪,享受过温暖和荣光,而现在这个词汇却被冷落了,人们的精神家园被雾霾所遮蔽、笼罩。

我怀念 20 世纪 80 年代文学给我们带来的兴奋、狂热和干净。此时我觉得,我怀念"海棠福湾一号"和怀念文学的感觉是一样的。一块儿是精神和情感的境地,一块儿是生活和生存的净土。只有靠近她们,我的灵魂和肉体才能够得到疗养、抚慰。

放眼当下,各种各样的污染汹涌而来,我们的精神被围困!娱乐节目,网络生活,虚拟空间……冷冰冰的科技、机械像洪水猛兽般淹没了人类的生活,浪漫、情趣、自然、人性……这些美好的词汇在逐渐僵化,成为僵尸。我不知道,我们的生存环境已经被雾霾笼罩,如果我们的情感空间和精神空间也被雾霾笼罩,我们的出路将在何方?

这时候,我想到的依然是"文学"这个美好的词汇,我觉得她就是我们心灵的家园和治愈精神疾病的良药。有她在,我们的精神就不会寂寞,不会被饿死、冻死。只要这个词汇还活着,我们人类就有希望,我们的心灵家园就不会被雾霾完全吞噬。大学生是国家和社会的未来,他们灵魂深处的文学情结等待我们去发现、挖掘、引导,这是我们的责任。

"包商银行杯"全国高校征文已经举办六届,《中国高校文学作品排行榜》已经出版二十四卷,这是一个从大学生抓起的人类灵魂事业,虽然我们清理人类内心的垃圾像治理雾霾一样艰难,但我们不能放弃,也绝不放弃。

放纵娱乐,恶性游戏,金钱崇拜,造假成灾,骗子泛滥……一切都是那样的大摇大摆、肆无忌惮。在我们的精神领域,雾霾在弥漫,人类的精神家园在坍塌……我们不能向恶俗低头,也不需要与偏见和无知谈判,我们需要拿起手中的笔,写出锋利的文章,让锋利的文字削去世俗的、已经原形毕露的脓疮、肿瘤,这样,我们才有可能改变眼前的一切。

文学与人生是紧密联系的,似血缘关系,她可以在我们受伤的时候疗伤,疼痛的时候镇痛,忧郁的时候打开情感的天窗。文学是心灵最有营养的食品之一,文学对人的改造和心理疾病治疗是潜移默化、不露痕迹的……社会需要正能量,需要温暖,需要文学来唤醒我们人性的善良与正义。

春天终于来了,干净的风吹动了一切。我们看到:反腐的利刃正在切割社会的脓疮、肿瘤……

最后,引用习近平总书记的一段话让我们共勉:"未来中国,是一群正知,正念,正能量人的天下。真正的危机,不是金融危机,而是道德与信仰的危机。谁的福报越多,谁的能量越大。与智者为伍,与良善者同行,心怀苍生,大爱无疆。"

同学们,热爱文学吧!这里是净土、沃野。在这里,我们可以尽情享受蓝天、白云、沙滩、海浪……

# 山　鬼

深圳大学/欧阳德彬

## 1

一年暑假，沈枫出门远行。他坐的是火车，K 开头的班次。K 大概是快的意思，那车却晃晃悠悠，俨然旱地蜗牛。他这才想起还有 T 开头的，大概是特快的意思，也快不到哪去，都不过是一些词不达意的文字游戏。慢车也好，反正有的是时间，可以在火车上考虑哪一站下。那时候，他急于逃离单调的校园生活，想去领略新的风景，自己也不知道去哪里，只是随便跳上一列火车，想上就上，想下就下，全凭一时兴致。在宿舍待久了，感觉要疯掉。大学毕业后，在社会上游荡几年，又重新考了研究生躲进校园也是逃避，过一种预定好的生活总是心有不甘。他一想到自己躲在教室和书斋，头发日渐稀疏肚皮慢慢隆起就不寒而栗。那火车的硬座上铺着一块污迹斑斑的白布，索性扯掉，露出了墨绿色的人造革。坐在硬邦邦的座位上，他才摊开皱巴巴的地图，看这趟火车途经的县城和大山。暑假并非年关，客运量不多，有些空座，有人干脆躺在长座位上睡觉，售货员无精打采地推着铁货车兜售那些劣质的小玩意儿。只有车厢里人挤人的时候才能点燃他们销售的激情，人越多，叫卖越欢，把那些买了无座票蹲在地上的人们撵鸡一样赶起来。许多年来，他曾无数次挤在这样的车厢里，怀揣一张半价的学生票，出门远行四处游荡。

沈枫这次幸运，坐在一个靠窗的位置，想看看窗外的风景，可那厚实的玻璃窗蒙着一层老灰，怎么也擦不掉，便把那窗户死命推上去。一名矮胖的女列车员经过，说这是空调车，不准开窗，冷气会跑掉。他接着看地图，莲花尖、架子山、野猪湖、狍子坡、鬼山……地名一个比一个美好，可旅费有限，只能选择一处。左右为难之际，看见鬼山后面括号里有一行蝇头小字“国家自然保护区”，便打定主意去那里了。这些年，人人都想赚钱，砍伐山林，污染河流，大概只有在保护区内，还有些原始蛮荒的味道。他喜欢那些有灵气的地名，它们好像不属于人间似的，总有出人意料的东西。旁边的姑娘也许睡着了，一歪头靠在他肩膀上，他就让她靠着，不打扰。但还是忍不住看她。她剪着整齐的刘海儿，小巧精致的五官，虽然坐着，还是可以看出个头不高，腰身娇好，像是南方女孩。若在前几年，他二十出头的年纪，准会把这当成一场艳遇，跟她搭讪，说些自己都感觉多余的废话，说什么人生就像这火车的旅程，遇见就是缘分啦，千方百计把自己塑造成宿命论的痴情种。然后瞅准时机要电话号码，看看有没有上床的可能。他从来不说彼此其实都是过客，只是时间长短的问题。都说三十岁是个坎，沈枫突然发现自己正经了起来，大概是该经历的都经历了，也领教过女人，那种少年时代狂热的向往也已消退。这次出行，选择荒无人迹的深山，除了逃避枯燥乏味的学术论文，也是在逃避女人。窝在宿舍里，无论是看书写字，还是抄论文打游戏，那些经历过的女人总会幽灵一样围绕着他，让他寝食难安。少年时代欠下太多风流债，过了三十大概就是偿还的时候。索债的不是曾经的恋人，而是自己的记忆。山里没女人，难道不能照样活着？

沈枫轻柔地拍拍她的肩膀，说自己快到站了。那个叫丰水镇的小站离他要去的鬼山最近。她睡眼惺忪地抬起手背揉揉眉心，不情愿地坐直，又斜眼看他。她眼神里有种让他心碎的单纯，差点把他惹哭。他想起有位老诗人说过诗人看见什么都想哭，难道自己有诗人的潜质？可他始终没哭出来，还强努出一抹笑，说自己要去鬼山，快到站了。他常在镜子中自恋狂般不厌其烦地观察自己，知道自己的那种笑看起来很猥琐，还有点玩世不恭，不笑的时候倒很像一本正经的学者。在镜子里看见自己一本正经的表情，总忍不住笑，讪笑？苦笑？笑别人？笑自己？谁知道呢。

“你要去鬼山？山上真有鬼？”她声音细软，微微翘着饱满湿润的唇。

“是啊，有鬼，有黑山老妖，不然怎么叫鬼山呢。”他站起身，把行李架上的帆布双肩包拿下来放在脚边，等着火车停稳就背上。

“那你还要去？”她眼神里有几分惋惜，扫了扫修长的眼睫毛。

“我会捉鬼呢。”他笑了。

“你是植物学家？去科学考察？”她大概是看到了他鼻梁上的黑框眼镜和文质彬彬的外表，那是他平时表现出来的学者样。平时在校园里装正经装习惯了，那副面具就挂在脸上，与皮肉交融在一起，摘不掉了。很多同学说他适合当老师，正所谓为人师表。

“不是，我只是游山玩水。暑假总该出去走走。”

“你是老师?”

“我是学生。”

“哪有你这么老的学生？鬼才信。哦哦，怪不得你去鬼山。”

对面坐着的老汉朝沈枫挥了挥粗糙开裂的大手，一副欲言又止的样子，大概是看不下去他跟这姑娘漫无边际的交谈了。

“年轻人，鬼山真的有鬼，山鬼，厉害着哪。”老汉一双炯炯有神的眼睛紧盯着他，让他一时觉得他是女孩的父亲。他仔细观察，老汉长着鹰钩鼻，雷公嘴，铜铃一样的圆眼睛，看起来像一只猫头鹰，跟那娇小精致的姑娘毫无共同之处，他才肯定他也不过是路人。火车上，有的是路人，跟《滕王阁序》里说的那样，“萍水相逢，尽是他乡之客”。跟邻座聊聊天吹吹牛，下车就谁也不认识谁，这是规矩。

那老汉站起身来，伸出满是筋疙瘩的双臂搬下行李架上的一只泛黄的蛇皮袋，解开上面的麻绳，掏出一个碗口大的杂粮馒头自顾自地啃起来。

“年轻人，真的有山鬼，不骗你。”老汉的圆眼睛死命盯着他，让他头皮发麻，觉得老汉在居高临下地审判自己，带着让他平时厌烦的道德评判的味道。

“山鬼?《淮南子》注解里有关于它的记述‘山精也。人形，长大，面黑色，身有毛，足反踵，见人则笑。’不过是传说罢了。”沈枫大概是在反抗老汉目光的压制，有意卖弄点学院里的学问。但他在这个一看就曾走南闯北的老汉面前还是心虚，书本上得来的毕竟肤浅，终日待在学院视野毕竟狭窄。

老汉轻蔑地笑了，鼻孔嘶地喷出一口气，种马似的，再也不搭话，啃完那个大馒头就死命搓着那双糙手，发出秋风吹落叶般的唰唰声。

沈枫也失去了继续跟别人交谈的兴致，心里想着山鬼的事。看那老汉言之凿凿，或许真有吧，谁知道呢。辽阔的中国大地上，什么稀奇古怪事没有呢。

一到丰水镇小站，沈枫就背上双肩包下了车。他不敢转身，害怕看到那姑娘依恋的眼神，连挥手作别都免了。他什么都不能给她们啊，遇见的每一个。他只是一个四处游荡不负责任的家伙。走在丰水镇的街上，看着到处乱钻的摩托车和陌生的路人，心里又凄凉起来。在这个初秋的午后，他这是又到了哪里？怎么又是孤孤单单赶路？还要去一座名不见经传的鬼山？小时候他就老往外跑，穿过故乡的河，越过大片大片的高粱地，跑得无影踪。那时候头顶悬着一轮硕大的月亮，月亮好大，里面住着人，还长着一棵树，他跑它也跑，你追我赶的，真带劲。他追着月亮跑的时候，听见月光在响，流过树梢，流到大地上，水流的声音。他再也没见过那么大又会响的月亮。流浪少年好孤单，却又不想长时间待在一个地方，像是在寻找什么，又不知在寻找什么。也不能老待在一个地方啊，难道一辈子做身份卑微让人瞧不起的农民？还有像爹说的那样，老老实实打个工，跟村里的好青年一样，别整天流里流气地乱跑。沈枫在城市里见过那些青年，他少年时代的玩伴，在天桥底下，在小巷子里，睡在垃圾堆旁边，支着个脏兮兮的小铁锅熬粥喝，城管、环卫、警察见了他们就赶，跟赶流浪狗似的。流浪狗还有动物保护人士设立的流浪狗收容站，他们没有。即使有，也不是提供食物和帮助，而是毒打一顿加以遣返。他们也是男人啊，也想要个女人，可没有女人愿意跟他们。他们去小巷深处找最廉价的妓女，染上花柳病，便再也没回过家，失踪了，谁也不知道去了哪里。许多年后，沈枫感觉到爹娘已经对他失望了，还有爱过他又离去的女人们，他们都常善意地指责他，那么大人了，咋就不能现实点。他有什么办法，村庄荒芜，从一座城到另一座城，哪有可心的落脚之地，又不甘心将就。他就读的鸟城大学也不会在他毕业的时候收留他，让他当一名梦寐以求的大学老师，一星期讲上几堂课，有大把大把的空闲时间属于自己。可是不行啊，人事处只招收名牌大学毕业的博士，好像他们的水平真的跟母校和学历一致似的，奉行的不过是另一种出身论。他又受不了每天去坐班，受人使唤，看别人脸色。一个经常想要像山鹰一样飞翔的人，哪里能受得了那种束缚。那年回家的时候，几个人模狗样打着鲜红领带的家伙选中了村里的那块地，说是搞什么新农村建设，他家的老屋拆迁了，院子里的槐树杨树也砍了，竖起一座座冒浓烟的化工厂。乡亲们被赶进集中营一样规划过的劣质楼房里，牛啊羊啊狗啊鸡啊没地方住，只好吃掉卖掉了。村里的老人们捶胸顿足，谁他娘的愿意离开自己舒坦的泥窝窝，搬进不接地气鸽笼一样的楼房里。那帮狗日的好事不干，净干些让人背井离乡贻害子孙的事。可是谁能挡得住轰轰隆隆开进村子的铲车呢？老人们那跟婆娘亲热厮打了大半辈子的土炕，一下子就给推平了，他们还想死在这炕上呢。沈枫也没有家了，除了东游西荡，还能怎样？

丰水镇的房子一律是瓦房，并不追逐太阳的方向，而是依着地势朝向四面八方，零零散散点缀在山腰上。房顶斜坡上的瓦片在风雨侵蚀下变得乌黑，瓦片间伸着瓦楞草，随风轻轻抖动。偶尔有一两只白鹭，从水田里飞到屋脊上，静静张望。墙体一律刷了石灰，经过雨淋，破抹布一般。院子都是出奇的小，有的甚至没有院子，更没有院墙，不像北方乡村家家户户深宅大院，高耸的院墙上竖着防贼的玻璃片。门前都拉着一根铁条，上面晾晒衣服，男人的裤衩，女人的胸罩都搭在上面随风飘动。这样的生活真好，住在城市一个个狭小的单间里，跟关在笼子里的鸡似的，还是吃饲料的鸡，不是走地鸡，一个劲地在罗网中挣扎。沈枫早就想离开那个污迹斑斑的地方，过这种实实在在的生活。多想可以在这小镇上出生，长大后就取个质朴贤惠油光水滑的村姑，男耕女织，安安稳稳过一辈子。这个小镇过于偏远，才不像他的故乡那样被拆迁和工厂污染。这里不是沿海的江浙一带，却也算是江南，水汽充沛，树木繁茂。走着走着，蓦然闪出一个飞檐跳角的凉亭，油漆斑驳，看着有些年月了。廊柱上竟然刻着禅宗偈语“自隐浮屠真极乐，已归彼岸更逍遥”。沈枫仔细玩味，却又像是墓志铭。还是我们都死了，只不过是自己没意识到。这生与死的界限，有时候也难以分清。

## 2

沈枫到街边商店买了瓶水，发现每一种饮料都只有一瓶，售货员说卖完一瓶再进货，他才恍然大悟已逃离据说物质极大丰富的鸟城。他问她鬼山怎么走。那鬼地方，又不是旅游景点，不远处有井冈山，革命圣地，可好看了。她斜视了他一眼。她远没有火车上坐沈枫旁边的女孩好看，长着一条又细又长秃鹫一样的脖子，鹦鹉一样的嘴巴，就像毕加索立体主义的画。沈枫现在有点后悔没要火车上那姑娘的电话号码了。沈枫说自己才不去那种地方凑热闹，到处都是人，空气里全是人骚味。再问，她便朝一条乡道侧侧脸，说就是那个方向，不再搭话了，只顾低头摆弄触屏手机，手指飞快滑动，大概是在玩一款叫切水果的游戏。虽然立了秋，空气依然闷热，衣服黏在身上，沈枫感觉自己成了一只湿漉漉的牛蛙。来南方后的这几年，他早已养成了每天洗澡的习惯，又忽然怀念起北方冬天的澡堂子来。他这人想起啥就想干啥，听到风就想起雨，便背着帆布双肩包在丰水镇东游西逛找起澡堂子来。过后又觉得自己傻，南方哪有什么澡堂子，有的不过是洗脚城按摩店。

街边一把印着啤酒广告的大伞下有个五十来岁的黑脸汉子在兜售麒麟瓜，沈枫才意识到舌头冒烟嗓子发痒。走过去招呼汉子挑个熟的，现吃。汉子笑呵呵地说他可来对地方了，俺这瓜都是自家种的，瓜地就在后面。汉子挑了一个，一刀劈开，却是个白脸，顺手把那瓜丢进了身后的旱沟里，几只咕咕叫的芦花鸡跑过去伸脖子就啄。汉子不好意思地笑笑，说再给他挑一个。第二个倒是熟透的好瓜。沈枫当场吃了个饱。卖瓜汉子挺实诚，只收了他一个西瓜的钱。沈枫刚想走，汉子指着沟边吃西瓜的那一群鸡问他买不买鸡。汉子说他的鸡只吃西瓜，是西瓜鸡，味道比打野食的走地鸡好，比城里喂添加剂的鸡更健康。汉子大概是看沈枫戴着蛤蟆墨镜，背着双肩包，穿着双登山鞋，觉得他是有钱的城里人。沈枫说自己只是来游玩的，买了鸡没法带。对了，大哥，这镇上有没有澡堂子。那个汉子顿时脸涨得通红，咬牙切齿阴阳怪气地说前边第一个十字路口往左拐，走到巷尾就是，保证能洗得爽死你。沈枫想大概是没买他的鸡他有点失落。刚走出几步远，就听见身后那汉子骂骂咧咧地说，这王八羔子，叫鸡不买鸡。

走到巷尾，果然有家门面简陋的澡堂，一张抹过桐油的简易桌子当前台，台前一个穿着紧绷绷牛仔短裤的姑娘袅袅婷婷。他问沈枫是一个人洗还是两个人洗。沈枫说自己一个人当然是一个人洗。

“不需要个搓背的?”她勾起眉眼朝他笑。她笑的时候，眉眼纤细，潮润半张的嘴唇微微翘起。沈枫明白她的意思。

“我是来正经洗澡的，天闷热得厉害。”沈枫一本正经地说。

“哈哈。”她笑得前仰后合。“读书人装起正经来真可爱。”

“你咋知道我是读书人?”

“戴个眼镜，爱装正经，不是读书人是什么?”她笑得更厉害了，露出两颗雪白的虎牙。她脸上没有抹粉，身上也没有那种场所的劣质香水味，跟鸟城批量生产的常年熬夜眼袋下垂的女人不一样。她们无望的眼神，假装的热情，真是让人怜悯又讨厌。在鸟城讨夜生活的女人特别多，听说那样挣钱容易又轻松快活，不用读书不要学识，钻研好房中术就行。封建社会的风尘女子还能填词谱曲长袖善舞，新时代也不需要了，赫胥黎的进化论值得怀疑。可面前这个女人，跟她们不一样，怎么看都不像是风尘女子，倒像是调皮可爱喜欢说笑的邻家妹妹。沈枫想她若是跟自己一起走进里面的洗澡间，会忽然露出一根毛茸茸的狐狸尾巴，坦白自己不是人，而是狐妖，接着是一段狐妖与书生的浪漫爱情。想象是危险的，想着想着沈枫真有点动心了，不那么单纯地想洗澡了。

“你可不像那几个山上来的，进门就脱裤子。”她递给沈枫一个拴着钥匙的木牌。

“山上来的?你说的可是鬼山?”沈枫来了兴致。

“是啊，山上有个野生动物保护站。保护站里的那几个男人，一个月下一次山，每次都跟饿狼似的，折腾起来没完，总也不知足。”

“听说山上有山鬼?”沈枫觉得自己真是无聊，在火车上听到别人说山鬼的事就兴致勃勃跑来了。

一听到山鬼，她肩膀一颤，大眼睛左右转动，一脸惊恐。这让沈枫觉得奇怪，他这个人就爱找刺激，胆儿也大，才不管什么山鬼不山鬼，大概是狗熊或者猴子呢。小时候就听村里的老人讲过黑瞎子掰棒子的故事，有个莽撞后生在玉米田里碰见掰棒子的黑瞎子，以为是披着大氅的小偷，上前制止，被黑瞎子一巴掌扇到地上，半天醒不过来，醒过来后还迷瞪了几天，连爹娘都认不出来，喝了青山庙上求得的神水才好。还有那贴在土墙上吓唬人的活鸡嘎子，用铁锨铲掉一层又一层，怎么铲还是那副骇人的鬼样，诡异得很。直到现在他还没见过黑瞎子，也没搞清楚活鸡嘎子到底是啥玩意儿，村里的老人谈起来却个个言之凿凿，有几个还声称亲眼见过。反正不会是国产鬼片那样，动不动就插播一段呜呜吼吼的闹鬼音乐，夹杂着一群男女的鬼喊鬼叫，那都是吓唬胆小鬼的。恐怖片也不像恐怖片，倒像是搞笑剧。

沈枫捏着木牌上的钥匙打开单间的门，走了进去。锁有点毛病，不能反锁，插销又没有插头，只能虚掩。单间里靠墙摆着一个椭圆形的杉木浴盆，沈枫放了多半盆水，舒舒服服地躺进去，闻着树木的清香，比城市宾馆里的陶瓷浴盆舒服多了。他有点睡意蒙眬，觉得这浴盆飞了起来，飘飘荡荡穿过片片白云，不远处的云上还有古装的仙女翩翩起舞。这时，他听到了敲门声。是她，前台的女子，这澡堂子好像就她一个人。她笑嘻嘻地问，哥，你确定不要个搓背的。沈枫知道自己已经无法自持。她见他不吭声，就推门进来，大大方方脱了罩衫，露出洁白的奶子，扑进浴盆，水溢得到处都是。

“你叫什么?”走时沈枫还有些留恋，看身段、看脸庞，真是个不错的女人。在那事上，妖媚又单纯，真是人间尤物。在沈枫的经验里，一个女人，妖媚就不单纯，单纯就不妖媚。

“小倩。”她披上罩衫，背对着沈枫，肩胛骨白嫩的肌肤上有一块黑乎乎的烫伤，让沈枫心头一紧，唤起了了解她的欲望。而立之年的他，更喜欢有故事的女人，潜入她们的内心，让她们经历的哀伤和苦难煎熬自己，带着一种不可自拔的受虐倾向。尼采说：“你要到女人那里去吗？别忘记带上你的鞭子。”尼采不是让你拿鞭子管教女人，而是把鞭子交到女人手里，让她们抽打你。

“《倩女幽魂》里的小倩吗?”沈枫知道自己又犯了爱和女人搭讪的毛病，接下来他还能谈谈哪个电影版本里的聂小倩最可爱，还能谈谈他喜欢的女鬼演员王祖贤，搭讪起来他总是滔滔不绝。他真的有点怀疑是不是越读书越流氓，不能再这样了。

“那你叫什么?”

“我叫宁采臣。”沈枫也不知道为何自己一开口就说了谎，还是那么容易被识破的谎。

她乐得咯咯笑，没有生气。本就是游戏，她懂得不当真。

沈枫知道自己不能再跟她闲扯，否则自己会陷进去，麻烦会接踵而来。他渴望女人，更怕麻烦。这样才好，一竿子交易，不用拿感情做伪装，很适合他这种怕麻烦的人。如果他有足够的钱，肯定成了大嫖客。沈枫觉得不宜耽搁，得赶到山上去。

走在小镇的路上，沈枫感觉自己的身体出奇地洁净，好像刚才的那盆水，洗去了一身城市的尘埃。刚才那姑娘，也洁净得一尘不染，梦境一样美好，甚至美好得有点不真实，让他怀疑到底有没有过，甚至想下山时再重温一下。他本来还以为等他洗完，就会突然冒出两个光膀子大汉说他非礼他媳妇或者妹妹，敲诈一笔。结果没有，澡堂里就她一个人，一个孤零零的姑娘，价钱也公道。听她的口音，不是本地人。不知她为什么在这里，生活又有怎样的遭际。在这异乡开店，没有本地人护着是不行的。沈枫知道，在自己曾经生活的村子，田园荒芜，很多人远走他乡，背着锅碗瓢盆。她在沈枫心里，成了一个隐秘的存在。但他不能多想，他怕自己会爱上她。爱这东西，魅惑又危险。他尝过了爱的苦涩就千方百计想逃避新的恋情，可难逃心中那份隐秘的欲望。

这小镇到处都有摩托车穿来穿去，可是不载客。倒是有个摩托三轮车主看沈枫四处询问凑过来说可以带他去鬼山，不过要收一百块，平时他是不载客的，恰好要给山上的野生动物保护站送菜，顺路捎他一程。沈枫看了看那名脸色红黑生着一张紫乎乎方形大嘴的中年汉子，讨价还价了一番，谈拢到了地方给他五十块。沈枫坐在摩托三轮上，跟一车萝卜黄瓜混在一起。路不好，坐在上面硌得屁股疼，只好站着，双手抓住车座后面的铁架子，好在这样有风，凉爽而舒服，有飞的感觉，好像自己真的成了一只自由自在的山鹰，却不知道要飞到哪里去，也不知道到底要寻找什么，只是飞。山鬼，不过是进山的一个幌子，沈枫自己都不信，到别的世界去看看，才是真的。

那是一段悠长的盘山公路，一侧是山，另一侧是山涧。沈枫进到那山里，忽然就听到一种声响，不是耳边的风，不是林中的鸟，而是从心底升起，杳然缥缈又真真切切，像是重现一段记忆。沈枫想追踪它，它却跌落进幽黑的山影树丛里，不知所踪了。沈枫能握住的唯有手中摩托三轮车斗前冰凉的铁架子。

“大叔，这山里真的有山鬼?”沈枫开口了，想跟送菜的大叔套点近乎，和这些山里人融成一片。在城市里没有家的感觉，在这荒烟蔓草之地却有，就像这里便是故乡，他仍然是追逐月亮的少年，穿过故乡的河，越过大片大片的高粱地，跑得无影踪。那时候头顶着一轮硕大的月亮，月亮好大，里面住着人，还长着一棵大树，沈枫跑它也跑，你追我赶的，真带劲。他追着月亮跑的时候，听见月光在响，流过树梢，流到大地上，水流的声音。他再也没见过那么大又会响的月亮。流浪少年好孤单，却又不想长时间待在一个地方，像是在寻找什么，又不知在寻找什么。孩提时代，哪里有现在的诸多烦恼。

“山鬼听说是有，可俺没见过，俺一个月才到保护站送一次菜，当天就返回山下。猴子倒不少。坏猴子，精得很……”那汉子很热情，话也多，有些话痨。在沈枫的经验里，这样的人好打交道。

“坏猴子？”沈枫提出疑问，想引出更多的话题。

“是啊，猕猴。在这山上一群一群地，个头不大，净干坏事。有年冬天，俺拉着一车萝卜白菜进山，走到半路竟然下起大雪。在俺们这，下雪都是稀罕事，何况是大雪。天有异象，怕是妖怪要下山了。俺怕下雪天开车打滑，就熄了火。连人带车滑到山涧里那还有个好？保护站上的巡山员李唐就是下雪天骑摩托连人带车摔到山涧里，好在被树枝挡住了，捡回了一条命，但也被树枝戳瞎了一只眼。他一个月才下山一次，急着去镇上会他的小妖精。他比你大不了几岁，你到了山上可以找他，他也是个热心人。年轻人，火气盛，一个月不下山，不碰娘儿们儿，哪个能受得了？可汪站长说他疯疯癫癫的，得了精神病，小妖精给害的，俺看他倒是挺正常。你看，俺扯远了，言归正传言归正传。下了车，俺就近找了个山洞把棉大衣裹在身上睡了。到了后半夜，听见窸窸窣窣，俺以为是刮风或者什么灰毛兔穿山甲之类的小动物，没在意。到了天亮，到车边一看傻了眼，一车的萝卜白菜全没了。瞅见一只红屁股小猴握着根萝卜蹲在树杈上朝俺抓耳挠腮嘻嘻笑才明白咋回事。那小猴估计是猴王派来的，专门等着俺醒了嘲笑俺一番。俺日它奶奶，偷了别人的东西还要嘲笑别人不小心……”这红脸膛大叔说起来真是滔滔不绝，乡间说书人一样，比课堂上的教授能侃多了，语言也更有表现力。

“猴子还会笑？”沈枫瞪大了眼睛，以前他只在动物园见过猴子，病恹恹的，一脸忧郁地蹲在光秃秃的树杈上。

“是啊，本事大着呢。俺这有的猴子被抓进城里的动物园，见了娘儿们儿就扑上去脱衣服摸奶子，野得很。”

汉子说得沈枫一愣一愣的，更加激起他对这鬼山的兴趣，觉得自己来对了地方。在他就读的学院里，可没有这些妙趣横生的东西。

野生动物保护站是一个三层红砖小楼，里面住着包括站长、副站长、巡山员在内的十来个男人。沈枫帮着那汉子把蔬菜搬到保护站的厨房。那汉子介绍沈枫跟巡山员李唐认识，说他是城里的大学生，想来实习实习，不要工资，管吃管住就行。李唐三十来岁，留着精干的平头，五官俊朗，棱角分明，穿条旧军装裤子，迷彩背心，虽然眼睛摔坏了一只，也算得上帅哥了。沈枫按照来时的承诺掏出五十块钱给汉子，他说啥也不收，大概是一路上的交谈拉近了距离。李唐喊那汉子鸡婆，说他的舌头比平常人长了三寸，疯疯癫癫的，就是能侃，口无遮拦啥都说。后来沈枫跟李唐混熟了，向他提起鸡婆没收他路费的事，李唐说只要有人愿意听他瞎说，他倒找钱都行，不然咋叫鸡婆哩。沈枫暗暗惊叹，鸡婆讲述的欲望还真是强烈，大概作家写作也是受到这样一种驱动。

## 3

“你确定要跟俺去巡山?”李唐又问了沈枫一遍，好像是方丈在问一个六根未净的俗人是否打定主意出家。李唐斜着眼，右眼皮张得特别大，还打了个褶子，眼珠子像是随时会掉出来。那是他大雪天骑摩托下山摔坏的。沈枫见到坏了一只眼的人就倍感亲切。他家乡有个大个子叔叔，提溜着装满黑火药的瓶子到河汊子炸鱼，点燃了引信，丢得晚了，炸瞎了一只眼。村里老人说他是被黑鱼精捏住了手脖子，摸鱼网鱼都不为过，炸鱼那可是大鱼小鱼王八虾米全给炸死啦，声音又吵，惊动了河底打坐修行的黑鱼精。大个子叔叔爱打麻将，输得多了眼眶里的那颗假眼就会滚到地上。大个子叔叔拾起假眼，吹吹上面的土，塞回眼眶里。他在村里有个响亮的绰号，叫“狗眼”。

不就巡个山嘛，至于这样再三盘问吗。沈枫心里这样抱怨，但嘴上没说。

“是啊，巡山，看看山上的野物。”沈枫说。

李唐把一双长筒皮靴丢过来让沈枫穿上，说是山上毒蛇多，眼镜蛇、磨盘蛇、五步蛇、蝮蛇之类的，咬住就麻烦了，还有旱地水蛭，平时直愣愣地立在地上，有人经过就跳到人身上吸血，用鞋底抽才肯下来。那靴子长可及膝，沈枫刚穿上一会，就感觉脚掌闷热，汗淋淋的，走起路来也费尽。可李唐脚上却什么也没穿，光着脚走路，在他抬脚的时候，沈枫发现那对脚底板上的茧子有半尺厚。

“唐哥，山上那么危险，你咋不穿防护靴?”沈枫关切地问。

“山路走多了，穿不穿无所谓。再说了，俺带了蛇药。你这娇生惯养的大学生，国家的栋梁之材，温室里的花朵，才要穿啊。”李唐乐呵呵地说。

“栋梁之材可算不上?不学无术还差不多。得跟您巡巡山，见见世面。”沈枫猜不出李唐对大学生的看法，只能用这样谦逊的言辞来回答。

“不瞒你说，我是在城里混不下去了，交不起房租才又考的学，好歹当学生有间宿舍住。”沈枫说。

“为了有间宿舍住才考的学?”李唐一脸疑惑。

“我只管自己的生活。其他东西离我太遥远了。连自己都顾不住，哪有心情搞别的。”沈枫乐呵呵地说。

他们一人背着一个双肩包，里面装着馒头、榨菜、水，右手各握着一把木柄柴刀就上路了。李唐说了，柴刀可以开路，也可以防狼。在他说这话的时候，沈枫才发现他还背着一杆三尺来长的猎枪。李唐这身装扮，活脱脱一个英姿飒爽山大王。

“俺就不明白，你好好的大城市不待，干吗到这山里来?”李唐边走边拿那颗坏掉的眼珠瞅沈枫，沈枫怀疑那颗眼到底能不能看得见。那颗黑眼珠有点发白，长霉的秋枣一样，迸发的目光里没有恶意，只是有些带着关心的疑惑罢了。

“城里吵得人难受，想找个地方静一静。”沈枫说。

“年轻人，能耐得住山里的寂寞？这旮旯一年到头见不到一个娘儿们儿，看见山缝都会想起她们来。”李唐大概是看沈枫小自己几岁，摆出一副老气横秋的样子，可是一说这样的荤话，语气就有点不自然。

“唐哥，你结婚了吗?”沈枫问。

“没有，不过有个相好的。这巡山的工作，一个月才能下山一次，娶了老婆也说不定会偷汉子。”一提起相好的，李唐有些羞涩和紧张。他那颗坏眼就放出光泽来，整个人不像条三十来岁的汉子，倒像是一名羞答答的大姑娘。这山里人的感情，跟城市里节奏真是不一样，据说这是慢生活和快生活的差别。

“你呢，在学校没谈恋爱?”李唐也问沈枫一个感情方面的问题，这样就扯平了。能交谈一些感情问题，两个陌生人之间就熟络起来了。

“谈过，分了。”

“好好的，干吗分呢。”

“心凉呗，心一凉就想离开。”

“要是俺，心凉了也不离开，爱情需要一竿子到底，就看决心大不大。”李唐的那颗坏眼放出光芒来，那是一种青春的光泽，只有对爱情充满美好憧憬的人才有。这让沈枫羡慕，沈枫年纪比他小，却过早地耗掉了爱情的热情。沈枫离开家乡四处漂泊的这十来年，所见所闻和领受的苦难改变了他，让他常常感到莫名的焦虑和恐惧，才受过惊吓的兔子一般有个风吹草动就选择离开，像是永远也找不到一个可以安顿下来的草窝了。

沈枫和李唐顺着麻条石级往上攀登，山涧里的水声在风中飘荡，青蛙、知了、飞鸟的鸣叫交织在一起。可是走着走着，石级没了，甚至连路也没有了，沈枫只得跟在李唐身后穿过杂树和乱石的缝隙。沈枫觉得已经走了很远，脚后跟都走疼了，脚上的长筒靴也变得愈发沉重起来。李唐嘴一歪笑了，说早着哩，刚走了十分之一的路程，到了昙花尖，再从另一条路回站里。李唐总是这样，觉得沈枫这个学生是温室里的花朵，一脸不屑，可沈枫知道他的软肋，便跟他谈女人。

“唐哥，你相好的咋样?”

“嘿嘿，她叫小倩，就在山下的丰水镇上。每到月底放假我就去找她哩。”他嘴上挂着幸福的笑，眉头却皱着。

"漂亮吗?"

"漂亮着哩，天底下没有比她更漂亮的了。还是大学毕业有文化呢。"李唐充满了自豪感。提起她，李唐一点也没有刚才那种说大学生是温室花朵的意思。

"那跟你谈过恋爱的那名女生好吗?"李唐问沈枫。

"好着呢，一双杏眼，总是穿白裙子，还会写诗呢。不过写的诗更像是顺口溜。"在李唐面前，沈枫不能说自己的前女友是在酒吧认识的，妖艳、不贞，但很迷人，平时只穿一条一丁点的三角裤，在他们同居的出租房里走来走去，喜欢骑在男人身上。他也不知道自己是她的第多少任男朋友。当然沈枫也有着不光彩的过去，多情又脆弱，就像一条公狗。爱情这东西真是要命哦，那些夺命鸳鸯隐藏在人群里，看起来跟普通人没什么两样，一旦遇上，那才叫肝肠寸断，非死即伤。不过沈枫侥幸逃过了那一劫，但仍心有余悸，不敢轻易开始一份感情，才躲到这山里，藏起来遗忘或者舔伤。当然沈枫也遇见过可心的姑娘，有的甚至携手走到了婚姻的门槛上，可他一想起今后的生活，有个女人整天管着他，让他去干各种各样违心的事情去挣钱养家就胆战心惊，被生活打败的可怜虫一样逃掉了。久而久之，逃跑就成了一种习惯。他渴望和女人待在两个人的温暖小窝里，又害怕，想重返一个人游荡的日子，落魄点也无所谓。如果可以选择命运，沈枫想做一只山鹰，自由自在独自飞翔。

看得出来，李唐爱着这位姑娘，搞不好还是初恋，不然怎么紧张又羞涩呢。沈枫觉得李唐好像不属于这个时代似的，那么大一个人了提起女人就脸红。在这方面，自己完全可以当他老师了，便教唆犯一样开导他："怎么不让她来山上陪你？姑娘长大了，需要男人陪，不然会随时跟上别人的。"

"她大学一毕业就来这站里工作。谁也搞不懂，一个漂亮闺女非要来这不沾亲不带故的山里。站里就她一个姑娘。她一来，俺就喜欢上她了。那双眼睛盯着谁谁都会爱上她呢。站里的老同志都结婚了，只俺一个光棍汉。大家都督促俺抓住机会。大家都很照顾她，不让她巡山，只让她留在站里择菜。炒菜要抡起那死沉的铁锅，也不舍得让她做哩。"一提起她，李唐双颊就红通通的，仿佛他才是大姑娘。

"后来才知道。她是喜欢山上的树，枫树、桐树、杉树、翠柏、银杏、乌桕……每天都跑去拿着个小皮卷尺量树周，在网格本上记录下来。她给周边的每一棵树都挂上了一个写着毛笔字的木牌，上面注明树名和科属。俺见她第一次走进这山里，眯起眼睛呼吸着空气，说自己生命的意义就是弄清楚这些花草树木的名字。有次她拿着两枝叶子回来，说，看，这是叶互生，也是叶对生。她说她大学快毕业的时候才发现自己到底喜欢什么，就逃开课堂读书自学。俺们都说她是植物学家。”听李唐这样说，沈枫眼前真的浮现出这样一名有梦想有追求的姑娘来。在这个处处讲究实用主义的时代，孤注一掷追求自己的喜好是一种珍贵的质素，跟沈枫在学校见过的那些女生不同。在沈枫就读的鸟城大学中文系，若你问一名学生毕业后去做什么，十之八九会说考公务员。如果你有所疑问，他们会回答，我们学中文的，有得天独厚的考试条件，不考公务员那就是傻。如果在文学课堂上你说你想写诗，其他同学会发出一阵哄笑，就好像他们都比你高尚似的。快毕业了，同学们都忙着考公务员的事。很多已经毕业的学长身穿呆板的制服，成了公务员，在城市里被奉若神明。他们能够在很短的时间内有房有车，过上体面的生活，一下子飞黄腾达，并且对收入的进项秘而不宣。沈枫发现那条预定好的生活不是自己想过的生活。他知道是自己心里那只叛逆的山鹰在作祟。那种生活，在他考进鸟城大学中文系之前就领受过了，并且发誓再也不去那种单位上班，甚至什么班也不想上。他想逃离那种生活，才选了一条山路。那天沈枫凌晨起身，在夜色中赶往火车站，并没想好要去哪里。他越来越感受到学院课堂空虚无聊，文学课也不像是文学课，倒像是政治教育。有个教授让他们课上抄她的笔记，要抄得一字不差，期末考试会涉及，她说那些珍贵的笔记是她上大学时她老师讲的。所有人都在埋头抄笔记，这让沈枫觉得可怕。他只能假装去上课，假装听讲，忍受这种煎熬。

“多好的姑娘，你得抓紧啊。”沈枫循循善诱。

“俺小学毕业就来这山里，顶俺爸的职。一个山上的野汉子，哪里能配得上人家。还好，她并不讨厌俺。汪站长是过来人，他说得送花。俺就在山上采了满满的一捧，黄菊花、蓝喇叭、紫蔷薇、红映山、野百合，什么花都有。她收下了，还挺高兴。第二天，她跟俺一起去巡山，俺们遇见一株刚长熟的野生猕猴桃，味道酸甜可口，好吃得很。要知道，在这山里，人哪里能抢得过猴子。可那株熟透的猕猴桃，猴子还没发现，却被俺们找到了。俺想大概是和她在一起的缘故。她真是女神哩。”说到这里，李唐面朝远山，眼神漫漶。他什么也没看，沉浸在美好的回忆中。

“这深山老林，见不到人影，很适合谈情说爱，没必要躲躲闪闪。你们一起巡山都没干点什么？可有的是机会哦。”沈枫想着他们曾经肯定在这山野里追逐欢闹，一幅男欢女爱的美景。

“俺们只偷偷牵过一次手，触电一样，刚牵上，就又松开了，都很不好意思。都怪俺，有天晚上喝醉了，没保护好她。山鬼来了，把她背走糟蹋了。后来，她说什么也不肯上山了，只住在山下。”

李唐转身望着山下丰水镇的方向，当他回过身来，沈枫才发现他的双眼蒙着一层泪，嘴唇嗫嚅着。

“还真的有山鬼?”沈枫打了个激灵，身上的疲惫也消退了。

“真有。俺亲眼见过。生着一对巨大的黑翅膀，浑身是毛，喜欢吃山珍海味，喜欢干那事，那玩意儿大得吓人。眼睛跟两只红灯笼似的，被它盯上的猎物，都被驮在背上带走了，哪还有个好。”李唐英俊的脸上升起一团严肃和无奈。

“你手里有柴刀，背上还有枪。”沈枫挥舞了一下手中的柴刀。柴刀的锋刃经过树木的磨砺闪着寒光。

“那哪行，你太小看山鬼的本事了，道行深着哪，还会法术哩。刀枪都不行，谁都拿它没办法。它有时候来到站里，都得好生侍奉着。它跑进鸡窝就吃鸡，冲进羊圈就吃羊。青面獠牙血淋淋没人敢管，汪站长还得给它递烟哩。”他越说越玄乎，民间传说似的，从小在学校受马列主义无神论教化的沈枫哪里肯信，觉得李唐在讲封建迷信，有点神神叨叨的，山上哪会有什么妖魔鬼怪。但是看着李唐无奈又愤怒的表情，又不像是在瞎编。沈枫相信李唐在面临强大的对手，就像小鸡雏面对巨大的狮子，强大到无法反抗。

沈枫心里猛然一颤，李唐口中的小倩难道就是自己在山下的丰水镇遇见的那个妓女？这时，沈枫不敢正视李唐的眼睛，望着旁边的一棵乌柏树。山风正吹得油绿的树叶哗哗响，丛林深处影影绰绰。

“你嫌弃小倩了？如果真的爱她，有没有初次倒也无所谓。”沈枫说。

“哪里会嫌弃，俺还向她提过婚呢，只是她不愿意，一个劲儿地咿咿呀呀地哭喊，谁都不知道她喊的啥，光着身子满山上跑，谁喊都叫不住。她的身子真白，两条腿真长，长发让山风一吹，跟一匹小野马似的，别提有多美了。站里的男人们都追着看，龇着牙笑，就连厨师老王，五十好几的人了，也歪着头笑眯眯直瞅。俺也追着看，但是笑不出来。后来不哭也不疯了，却在镇上干起出卖身体的行当来。”李唐声音哽咽，嘴角颤动，眼睛蒙上了一层泪，包括那颗下雪天下山找小倩摔坏的眼睛。沈枫不知道说什么好，眼前却浮现出小倩光着身子满山上跑的身影来，像伊甸园里的夏娃，美丽而赤裸，身子是妖娆的野花和甜蜜的浆果做成的。

“俺去山下找她，她不哭了，只是笑，还在俺面前脱了个精光，让俺要她，免费哩。她身上全是伤，被折磨得不成样子了，都是山鬼给祸害的。山鬼除了干那事，还拿着木头橛子捅，拿着烟窝子烫哩。被山鬼糟蹋过的姑娘，哪还能做得成良家妇女?”

沈枫疑惑不已，一个模样英俊，肌肉结实，在大山里奔走的汉子，竟被似真似幻的山鬼抢了女人。还有那小倩，到底有什么样的遭际，才变成另一副模样，完全变了个人似的。沈枫分明感受到一种强烈的爱恨交织在李唐心中。他理解这种感受。跟前女友分手后的很长一段时间，沈枫把自己关在屋里，怀揣一颗冰冷的心，抽烟喝酒，沉迷在阅读中，有意回避感情，过着一种无人问津的单身汉生活。李唐在这深山中与鸟兽为伴，也尝过了孤独的滋味。作为远道而来的局外人，沈枫不可能完全搞清楚这个深山老林里的野生动物保护站到底发生过什么。总有一些事情，也许永远都不会知道。

可惜得是，对于李唐来说，都无法挽回了。小倩不再属于他一个人。小倩不是说了，野生动物保护站里的那几个男人，每次下山都跟饿狼似的，折腾起来没完没了。甚至连镇上最丑陋邋遢的单身汉都能染指呢。沈枫觉得李唐真该再找个女人，开始新的生活，毕竟还年轻，可他发现，李唐对自己现在的生活很满意，满足于每月一次的下山，并不想改变什么。

上山的树林里各种树木交叠在一起，有的百年老树茎干粗大，直插云霄。有的大树一半干枯寥落，一半生机盎然。蓦然窜进眼帘一片火红的野杜鹃，纠缠在大树枝丫上，美得丰盛，让人仿佛陷入幻觉之中，除了眼前美景，忘怀一切。还有一种巨大的白花，李唐也叫不出它的名字。它旁边没有枝叶，兀地独自绽放在峥嵘怪石上。那样的时光真好，沈枫跌跌撞撞环视四周，陷进原始森林里，心中陡然升起对高山大地的敬畏，觉得提出天人合一的古代先贤真是伟大。李唐气喘吁吁地跑过来，责备沈枫不该乱跑，要是跟他走散了，回不到保护站，山上生活的本领又不足，非死在这里不可。

李唐忽然拉住沈枫，示意他不要出声。顺着李唐手指的方向，沈枫看见一群野山羊在十来米远的坡上吃草。虽然凝神屏息，野山羊还是竖起了机警的尖耳朵，停止了咀嚼，一齐仰着脸儿看着他俩，嘴边还挂着几滴鲜嫩的草汁。沈枫碰触到它们单纯的眼神，心生久违的感动。他少年时代就在故乡的草坡上放羊，看羊悠闲吃草，看羊蹦跳撒欢，看一只羊跳到另一只羊身上。他觉得世界上再也没有什么比羊的眼神更单纯的了。

天色暗了下来，他们还没走到昙花尖，据说那是这片山脉的最高峰，是巡山的终点，到了那里，就可以下山了。四围黑暗弥漫，响着各种野兽的怪叫，潜伏着危险和骚乱，好像随时会有一匹狼或一只豹扑上来。沈枫紧紧握住柴刀，贴着李唐的脚步，生怕迷失在这山中的黑夜里。李唐恢复了平时的机警，额头上套着一盏探照灯，柴刀左挥右摆，是个行家里手。

到达山顶已经是深夜，抬头望见满天繁星，又大又亮，激起沈枫号叫的原始欲望。沈枫双手在嘴巴上拢成喇叭状，朝着天空号叫了几声，觉得自己也成了这深山中的豺狼虎豹，自在得很。

这棵是槭树，这棵是椴树，这棵是桐树，山里最多的杉树和毛竹，这是乌桕，那是霹雳。李唐说着山顶上的树种，是个山乡里自学成才的植物学家，可他说他的植物学知识都是小倩教他的。沈枫朝旁边的那些树木望了一眼，灯光掩映之下，树干上缠满藤条，枝干盘根错节，游龙走蛇一般，没有人工痕迹，这才是真的原生态。沈枫离开鸟城的时候，鸟城正把海边的沙子运输到市中心，在造什么原生态沙滩。

“赶不回去了，得在山洞里睡一晚，天亮再回去。”李唐从站着的那块大石头上下来，朝山下走了百来步，找到一个山洞，里面还铺着一条露着丝绵的破被子。这棉被跟沈枫刚进大学时学生会兜售的棉被一个材质，等外面的衬布烂了，才露出丝绵来，白丝绵黑丝绵交织在一起，都不是棉花，而是散发着有害物质的化工产品。

“平时俺们巡山时就在这休息。”他们钻到那洞里。洞不深，是个天然形成的窝棚。李唐把洞里的几颗南瓜大的石头摆在洞口，说是防野兽和蛇。

在那山洞里，两个男人裹在一条棉被里，继续交谈。沈枫从第一眼看到李唐，就知道他是实在人，从棱角分明的面庞和眼神里可以看得出。山下秋老虎还没走，山顶却冷得像冬天。他们不由得靠在一起取暖，沈枫感受到了李唐结实的胸肌和均匀有力的呼吸。当然，他们谁也没有同性恋的倾向，都正常得很，都渴望女人。沈枫很欣赏李唐，羡慕他心中的纯真，还有这种大山里游荡夜宿山洞的生活，这样地贴近大地和星空，踏踏实实，一点也不虚妄。沈枫在城里，见到的虚妄之人已不少，追求着虚无荒谬的东西，一帮人闹哄哄开半天会就为研究是不是要买块橡皮。夜幕下秋虫叫声响亮，纷乱错杂，沸腾了深山乐园，像是在讲述一个永远没有结局的故事。在这样静谧又喧闹的夜中，沈枫不舍得入眠，想着自己在鸟城辗转反侧的日子。沈枫转过脸来看李唐，分明感觉到李唐的目光越过他的头顶，穿过洞口望向更遥远的星空，那颗坏眼也变得神采奕奕。沈枫顺着李唐目光的方向，看见满天明亮的星子移动交叠，如同故乡冬天灯光下飘零的雪花。

一睁眼，天亮了，到处都是生机勃勃。山顶的大树也分外茂盛，枝叶繁密，不像北方，山顶大都秃了顶，如同忧劳过度心思过盛的中年男人似的。

李唐从背包里掏出两个碗口大的白面馒头来，沈枫以为他要给自己一个，结果李唐左手一个，右手一个，左右开弓旁若无人地大嚼起来。对沈枫来说，那么大的馒头，吃一个就饱了。好在沈枫背包里也背了馒头，掏出一个，夹上榨菜，吃得香甜，比在城里酒店吃的大餐还有味道。

李唐看沈枫吃馒头榨菜，一个劲地嘿嘿笑。沈枫问他笑什么。他说他有个表哥在县城榨菜厂上班，有次他去榨菜厂找表哥，到了车间，看见工人正穿着靴子站在臭烘烘的榨菜搅拌池里，绿头苍蝇乱飞。沈枫说你干吗说这么恶心人的话，榨菜我都吃了好几年了，是我忠实的旅行伴侣。沈枫把没吃完的那袋榨菜用野草梗扎住口，放回背包，准备回到站里丢进垃圾桶。李唐从脚边采了几枝油绿的蕨类，山羊一样有滋有味吱吱叽叽地吃起来。沈枫也摘了几个细长的叶片，试探着尝了尝，满口涩涩的苦，微微的酸，让他想起鸟城某个女人自酿的葡萄酒。

“有次巡山赶上暴雨，耽搁了，带的干粮吃完了。饿得俺两腿发软，头也晕乎乎的，看见石头蛋子都觉得是白面馒头哩。钻进一片竹林，找了根棍子就忙不迭地挖笋吃。没用开水泡过的生春笋，苦得舌头发麻，当时也是美味哩。”

“真是靠山吃山靠水吃水啊！你看你还学羊吃草哪！”沈枫赞叹道。

“山里很多草可以吃，这叫虎杖草，做成蜜饯，也好吃得很。咱们得向羊学习呢，羊能吃的，人都能吃。保护站就养着几只黑山羊。那山羊可了不得，白天跑到几公里外的深山里吃草，还跟野鹿鬼混，晚上按时回来钻进羊圈。”李唐得意扬扬地说。

“可站里只见到一只黑山羊，难道是跑出去吃草了？”沈枫问。

“前阵子山鬼来了，叼去了几只。”李唐神情蓦然严肃起来，眉宇之间夹起一道深深的竖纹。

“又是山鬼。这山鬼本事还真大。”沈枫口头上赞叹山鬼，心里却不以为然，想着大概是云豹狗熊之类的野兽。这山区还真是闭塞，手机没了信号，想查点这片山区的资料都难。保护站的房间里连个电视机也没有，没有也好，沈枫宁愿相信真的有山鬼也不相信那玩意。

“是啊。这荒山野岭，啥邪门歪道没有，都是不安分的野物干的。后来，站里再也没有女人敢来了。山鬼在山里待烦了，下到镇上，背个俊俏姑娘扑棱扑棱就飞了。镇上有个失踪了两三年的姑娘跑回来，没多久，竟然生出一只妖怪，血红的眼睛大得出奇，屁股上翘着一根驴尾巴。这些年，在山下的镇上，常有未过门的大姑娘生出稀奇古怪的东西来。”李唐瞪圆了眼睛说。

一只青头小鸟飞来，落在几步远之外的岩石上。那只鸟体形很小，头部湛蓝，身上碧绿，从容自在地左顾右盼。李唐掰下一粒馒头，朝它丢过去。它也不怕人，衔起馒头粒一仰脖吞进肚子，蹦蹦跳跳过来，飞到李唐的肩膀上。

下山路上，依然是杂草乱树交叠，弥漫着蛮荒的激情，忽然刮起了强劲的山风，树枝像是张牙舞爪的妖魔鬼怪，要毁灭世界似的。一阵阵云雾掩埋了阴森森的林海，四周陷入幽冥，让沈枫心生恐惧，紧紧跟在李唐身后。荒烟蔓草之中，蓦然竖起两尊石碑，沈枫还以为是墓碑，吓得心头一紧，仔细看时，原来是记事碑。一块斑斑驳驳看起来年代久远的碑上记载明朝隆庆年间，歹人杨大力在此揭竿而起，落草为寇，辗转汇集八万余人，官府多次调军剿匪镇压。平叛后，皇帝下旨将这一带列为禁山，不准平头百姓出入。旁边那块新碑记载的也是此事，不过是另一种口吻，大致说明明朝隆庆年间农民起义领袖杨大力揭竿而起，召集基层群众八万多人，掀起了反封建主义革命的新高潮。这明朝的杨大力，到底是歹人寇族还是革命领袖，真是无从分辨。

终于又看到了石条台阶，山风裹挟着雨点，到处都是湿漉漉的。即便是带了伞，估计也拿不住。不知过了多久，渐渐看到了盘山公路，再往前走，野生动物保护站就在眼前了。

“唐哥，尽快忘记她吧，开始新的生活，也不能在一棵树上吊死。爱情可以不止一次。”快到站时，沈枫又像情场高手一样开导李唐了。沈枫相信他们之间已经有了友谊，才试图帮他解开心结。

“爱情只能一次。”李唐坚定地说。沈枫倒是觉得自己理亏了。想起自己前几年谈过的那些浮光掠影的恋爱，多是露水情缘，不禁生出些许愧疚来，那时的自己幼稚而狂妄。还是这大山里的人们紧贴大地，时光缓慢，一辈子只愿爱一个人。

## 4

野生动物保护站群山环碧，站旁有一道清凌凌的山涧，还竖着一块水文监测站的牌子，但看不到任何监测仪器。午后沈枫和李唐一起脱个精光，一个猛子钻进那深涧里，清凉又畅快，跟城里泛着消毒剂味的游泳池不是一回事儿。城里的游泳池拥挤得像下饺子，还总有几个怪叔叔有意无意往年轻姑娘身上蹭。

“连条裤衩都不穿，小心怪鱼咬住鸟。”厨师老王背着一捆干柴从旁边走过。

“你以为俺们都跟你一样，裤裆里耷拉着一条钓鱼的死蚯蚓。”李唐朝着老王喊。

“俺当年比你硬多了。这山里没有俺爬不上去的树。”老王不服气地说。

沈枫听李唐说过，站里的厨师老王，年轻时是个爬树好手，绰号“赛猕猴”。镇上有个漂亮姑娘嫁给了他，不因为别的，就因为他爬树厉害，猕猴似的。那姑娘本来可以嫁给条件更好的干部或学校教师，却偏偏跟上他一个厨师，差点没把爹娘气死。感情这档子事，说简单也简单，说复杂也复杂。

他们游泳的时候，汪站长就坐在山涧旁边那棵枝叶低垂半死不活的老柏树下。他是个长着国字脸脖子细长的中年人，话不多，总是笑眯眯的，整天握着一只记载着某次重要会议的铁皮茶杯，没有官架子，常常跟巡山员一起在厨房做饭吃。

站里养着几条狗，大都瘸腿，走起路来旋转木马似的高低不平。汪站长说是踩住了偷猎者下的野猪夹子，虽说是把哀嚎的狗救了回来，敷了山草药，腿还是废了。还有几条狗早就死了，碰见了野猪。野猪的獠牙有七八寸长，轻轻一挑，狗的肠子就出来了。现在偷猎的人，虽说是下的野猪夹子，但什么都能夹住，国家重点保护动物也能夹住，夹断了腿，不能觅食，也得死。现在的人心真是贪婪啊。我们每个星期都派人巡山，那些偷猎的还是防不胜防。这山里有一种鸟，叫白颈长尾雉，全国都没几只了。偷猎的也想打下来，卖到大城市的饭桌上跟毒蛇一起做什么龙凤餐，真是作孽啊。

“这条狗聪明，在这山里从来不乱跑，才保住了腿。花豹花豹，过来……”汪站长朝那条杂毛狗喊。

那条站里唯一不瘸腿的土狗屁颠屁颠地跑了过来，低眉顺眼地伸着头。汪站长的手掌按在狗头上轻轻摩挲。

“野猪夹子也夹住过狼。狼跟狗可是不一样，被夹住了腿就狠狠心张嘴把自己的腿咬断逃跑了。狗只知道嗷嗷惨叫，等主人来。”见花豹跟在汪站长屁股后面去散步李唐愤愤不平地说。

“偷猎的缺德啊！不光下野猪夹子，还下毒，把浸泡过毒药的死猪肉搭在树杈上。有只云豹就被毒死了。巡山路上发现的。”李唐愁眉苦脸地说。

“是啊！都是为了钱！那只云豹怎么处理的？”沈枫问。

“肉吃了，皮上交了。”李唐说。

“不怕中毒？”沈枫问。

“人比动物皮实。那么好的肉，哪舍得埋掉。”李唐答。

“豹皮可是好东西，不知道有没有变成某位佳丽的包包。”

“谁知道呢？”

“前年一只云豹连夜叼走了羊圈里八只羊，花豹一声没敢吭。”李唐大概是对花豹不满，又提起那条杂毛狗来。

“哦，我明白了。你说的山鬼就是云豹吧。上次巡山，你说山鬼也叼走几只羊。”沈枫恍然大悟地说。

李唐顿时紧张起来，那颗坏眼也像是要冲破眼皮的束缚，玻璃珠一样滚出来。他摆摆颤抖的手臂，慌不迭地连连否认：“不不不，山鬼是山鬼，云豹是云豹。这山上原本住着一位山神，法力高强，镇住群妖，眼看着保护区外的山林砍伐得差不多了，动物也杀得差不多了，自己的领地越来越小，待不住了，有天忽然化作一团青烟腾空而起，飞到别处去了。山神没了，山鬼就嚣张起来了。”

沈枫不敢再问，免得给他更大的刺激，索性去逗那群站上饲养的土鸡。

“看到没，那只红冠子公鸡，是皇上，那一群母鸡都是他媳妇哩。”看沈枫攥着一把厨房里拿来的剩米饭喂鸡，李唐乐呵呵地说。

果然，一把米撒下去，皇上先吃，皇上吃饱了，其他的鸡才围上来捡食剩下的米粒，跟人似的。沈枫见鸡群中有两只鸡，冠子比皇帝的小，又比母鸡的大。李唐说那两只鸡是太监，阉过了，早晨也打鸣，只是不能跟母鸡干好事了。

沈枫津津有味地看着那群鸡觅食追逐，想起小时候奶奶家也喂着这样一群鸡。一放学，他就蹦蹦跳跳跑到奶奶家去，把一只毛色鲜亮的芦花鸡抱在怀里。那只鸡柔滑温顺，溜圆的灰眼睛盯得人心醉。那只鸡一直不舍得杀，喂到寿终正寝，埋在院子里的老槐树下。

李唐喊他拧开自来水管。不知什么时候，李唐在自来水管上套上了一根蛇纹皮管子，皮管子的另一头对着横在山涧边树荫下的半截枯木。沈枫一拧开水管，清凌凌的水就朝着枯木浇下来。沈枫问这水怎么这么清，李唐说这是半山腰渗下来的山泉水，收集起来，用管子通到站里用。“快，让我喝点。”沈枫侧着脸张着口，李唐就把管子口朝着他的嘴。“真是又甘甜又清冽。”沈枫一阵猛灌后赞叹道。“我在城里上班那会，有次喝桶装的纯净水，竟然发现桶里漂着一只带翅的蟑螂，他妈的。”沈枫说。

“这山里有生命中最重要的东西，空气和水。”沈枫说。

李唐笑笑，说：“那还那么多人往城里跑?”

“无非是为了名利，包括我自己。对了，你闲着没事给木头浇水干吗?”沈枫问。

李唐说：“看到木头上的眼没有，里面种了菌种，浇水长木耳啊！这木头也讲究，不同的木头，结出的木耳风味也不一样。这是一截香樟木，结得木耳有股清香。”

沈枫仔细观看，果然见木头上整整齐齐的小眼，他想大概不久以后一簇簇的木耳就从里面钻出来，开成朵朵黑牡丹。暗自惭愧在书斋画地为牢，见识太少。古代书生重视游学，大概就是为了长见识，多识鸟兽虫鱼之名。现在学生禁闭在学校，考试为大，难免坐井观天，视野褊狭，还有学生会那样五花八门的行政组织提前让学生变得官本位。学生会主席，各部部长端坐台上拿腔拿调训起话来跟领导讲话并无二致，把新生腿都吓软了，赶紧从生活费里挤出钱来请客吃饭拉关系。沈枫想着会不会有一天，自己找到一把剪刀，剪断城市里的所有牵绊，到这深山里来住，养养土鸡，种种木耳。可现在他心里还有太多的欲望，其中的很多只能在城市中实现。走到天涯海角，心里也有一座舍不掉的城池。

那条明哲保身的狗一天到晚都趴在老柏树阴凉下昏昏欲睡，除了汪站长，谁喊都爱答不理。到了晚上七点，花豹就准时用嘴拉扯汪站长的裤腿角，催促他去散步，比闹钟还准。不知怎的，沈枫想找来根光滑笔直的杉树棒，趁它睡熟给它一闷棍。

## 5

山里无事，巡山一星期一次，有大把的空闲时间，晚饭后就去散步，沿着山道走出很远。

有次晚饭后又去散步，天还没黑，走着走着，路边猛然窜出一条黄条纹的大蛇，吓了沈枫一跳。李唐倒是不慌不忙，一把攥住蛇头，将那蛇凌空抖了几下，另一只手从裤子口袋揪出一条半透明的布袋，塞了进去。

“抓蛇，一定得抓住头或者死命扣住脖子，有一寸余地它就会扭头就咬。不用怕，这是菜花蛇，不是毒蛇。这山里毒蛇也不少，眼镜蛇、磨盘蛇、五步蛇，最多的是蝮蛇，泥呼呼灰不溜丢的跟路面一个颜色，长着三角形的尖脑袋，被它咬住可不是闹着玩的，再硬的汉子也受不住。”李唐边用枯草梗扎住袋口边说。

那黄灿灿的大蛇在袋子里上下翻滚，不服气似的。“这袋子也讲究啊!”沈枫赞叹道。

“是啊，这是专门装蛇的袋子，透气又结实，巡山人出门口袋里都掖一个。抓到蛇，下山时拿到镇上，能卖个好价钱。”李唐提着那条蛇，满意地端详着。

“山下常有人偷偷跑到山上来抓蛇，对这菜花蛇看不上眼，碰见也不抓。他们抓的是毒蛇，卖到城里的大酒店里，价钱比菜花蛇高得多。”李唐说。

沈枫在鸟城的大酒店里跟着领导吃饭确实见过毒蛇羹，一节一节的，看起来像带鱼，说是能祛湿散热，壮阳滋阴。领导还嘱咐厨师留下蛇胆。领导把蛇胆用镊子夹碎，将那些绿色的汁液滴进玻璃酒壶里。来来来，喝喝喝，这蛇胆功用可大着呢，晚上多叫几个妞。说着，领导给沈枫倒了满满一杯蛇胆酒。那次吃饭桌上的菜肴还有穿山甲、娃娃鱼，都是特殊渠道得来的稀罕物。

“碰上逮毒蛇的，俺们一般不管。都是苦命的乡里乡亲，蛇又不是保护动物。有次俺亲眼看见一个逮蛇的老乡被毒蛇咬了。他抓住一条五步蛇，攥在手里，正往蛇袋子这边走，一只脚陷进泥窝里，打了个趔趄，手没握紧，手腕被蛇咬了一口。他强忍着痛，把蛇装进口袋，扎上口。脸变成青灰，死人一样。他掏出五颗蛇药，三颗塞进伤口，两颗口服，坐了好大一会儿才恢复过来。看得出来他是老手，被蛇咬了还能把蛇装进口袋，若无其事地跟俺聊天。就怕那些不知天高地厚的驴友，跑进这深山里，蛇药也不带，野外生存的本领又不咋地。那年有个大个子被蛇咬了，同伴跑到保护站来求救。俺们去了几个人，看到他口吐白沫，脸也青了，把他送下山，赶到镇上的医院，好歹保住了一条命。后来那人就再也没出现过，救命恩人也忘了。”李唐说。

沈枫在学校里早就学过柳宗元那篇著名的《捕蛇者说》，讲的是苛政猛于虎。那时候抓捕毒蛇，是官府的命令，毒蛇可以抵税。现在抓蛇，不过是为了钱。只要能赚钱，啥事不干呢。深入想想，本质上也没多大区别，都是为了讨生存。

离保护站几公里的地方，竟然藏着一座古堡，山涧叮咚，雾霭中亭台楼阁若隐若现，俨然一处桃花源。入口处竖着一方牌坊，牌坊两侧的廊柱上刻着一副对仗不怎么工整的对联，什么“曲径通幽神仙地，小桥流水道德家”。院子里有保镖和恶犬，沈枫和李唐不敢靠近。那些保镖一律戴墨镜，留平头，黑西装，看起来都是身手不凡的狠角儿，让人想起港片里的黑社会。这城堡的主人在当地有全能神之称，有次沈枫和李唐拿着一盒中华香烟买通一名黑衣保镖，趁着城堡主人不在，进入那城堡。据保镖介绍，主人很少来，主人在沿海大城市里，甚至海外都有豪宅，这里只能算是个行宫。真是狡兔三窟啊，沈枫暗暗惊叹。里面装修奢华，跟鸟城海边别墅相比毫不逊色。大厅正中一尊巨大的沉香木茶台，茶台旁边摆着一张大红酸枝的龙椅，想必主人平时就坐在这龙椅上坐北朝南品茶。诗人说得好，皇帝没了，龙袍还在。墙上罗列着活神仙与诸多当红女星和高官显贵的合影。保镖说，那些女星都称呼主人干爹哩。沈枫见过不少年轻人，是墙上那些女星的铁杆粉丝，宿舍的墙壁上贴满那些女星搔首弄姿的招贴画，殊不知她们干爹无数，私生活实在好不到哪去。现在这世道，五彩斑斓得很哪，嫖客也不叫嫖客了，叫干爹。媳妇也不叫媳妇了，叫秘书。妓院也不叫妓院了，叫休闲会所。那照片上的全能神，是个富态的老头，唇边总弯起一抹狡黠的笑，一对小眼睛眯成两条细缝，千年王八似的，满头乌发油光闪亮，大概染过发焗过油。沈枫很是疑惑，这个老家伙真是本领通天，轻轻动动手指，就能在国家自然保护区里圈住一块山林，盖上一栋西方样式的别墅来，连以好事著称的相关部门也不敢前来打扰。

保镖见沈枫脸上的震惊神色，大概觉得主人能衬托自己的身价，绘声绘色讲述起活神仙的丰功伟绩来：“俺这主人可是全能神哩，能通阴阳，还会瞬间移位、隐形遁术、阴阳风水、五雷指法、相面摸骨，治好过某国大人物的病。大人物去过全世界的大医院，都没治好他顽固的皮肤病。来到这里，主人围着他转了三圈，当场从大人物脖颈上抓出一条蛇来，病立马就好了。大人物赠给他钻石链子、金手表等一堆宝贝表示感谢，还派手下提来一箱箱的现钱。就连那些当红女星，都来找他揉揉乳通通阴，谋个演艺圈好前程。主人想喝酒便拿出个空杯子，喊声酒，酒就来了，有时候是茅台，有时候是人头马，想喝啥酒喝啥酒。俺亲眼见过，真是全能神哩!”

沈枫惊叹，这深山密林竟有如此高人。惊叹过后又觉得不过是混世魔王装神弄鬼，不足为信。大概那全能神练过一些魔术戏法，又善弄权术，借机敛财罢了。

回去的路上，李唐说这全能神是深山里修行多年的王八精，幻化成了人形。李唐述说时语气平淡，沈枫断定这活神仙不是山鬼。

“什么王八精全能神，不过是装神弄鬼。”沈枫愤愤不平地说。

“可不敢乱说。别人说啥，他都会知道。他能掐会算哩。”李唐严肃制止了沈枫。

“汪站长有次背地里说过他不该占用山林用地，被他知道了，就设坛施法，结果汪站长生了全身毒疙瘩，痒得打滚，把皮肤都抓烂了，嚼了多半年山上的苦草根才好。”李唐说。

“既然这全能神如此厉害，咋不让他把那作恶多端的山鬼降服了?”沈枫问。

“全能神与山鬼称兄道弟哩。有次在站里远远看到这古堡灯火通明，原来是全能神搞聚会，把山上有法力有威望的野物全请去了，山鬼也在里面，乐呵呵地坐在活神仙旁边，叼着一杆碗口大的烟袋窝子。一帮女妖精裸着上身，露着两只奶子，下身就缠着个窄布条，故意用水把身上打湿，围着一堆篝火蹦啊跳啊，摇脑袋扭屁股。站里的兄弟都赶来躲在树林里偷看几眼，又不敢靠近。”李唐脸上又蒙上一片阴云，郁郁不乐地说。

## 6

快到中秋的那几天，整个保护站的人都在忙活。汪站长亲自出马，扛着猎枪去山上伏击野兔了，当然依然握着他那只铁皮茶杯。李唐喊沈枫去菜地摘南瓜花，他说南瓜花是一道好菜，平时不舍得吃，平时炒的是南瓜梗。硕大的南瓜坠在纤细的绿茎上，绿里透红，弥漫着果实成熟的气息，新一茬的花又开放了。这山里真是风水宝地，南瓜都能结上好几茬。山上没有的菜，才让鸡婆从山下送来。沈枫挎着菜篮子，李唐又摘了茄子苞片，茄子上覆着的那带刺的一层，都是稀罕物，好菜品。

“有贵客要来吗?”沈枫疑惑地问。

“山鬼要来了，还会带上一群胡吃海喝的女妖精，个个胃口大得出奇。”李唐郁郁不乐地说。看得出来，他很不情愿伺候这山鬼，但又毫无办法。

“山鬼？犯得着弄这么多稀罕菜?”沈枫问。

“得好生伺候着。有次山鬼来，站里张罗了二十道菜，都是野味，山鬼还嫌菜少哩。有次山鬼点名要吃白颈长尾雉，那可是国家一级保护动物啊！全国都没几只了。俺们的职责就是保护野生动物，跟偷猎做斗争，哪能监守自盗啊!”李唐的声音里透着悲哀和无奈。

“我倒要会会这山鬼到底是什么鬼东西。”沈枫心里升起一股义愤填膺的豪气来。想找来那把巡山的柴刀，磨刀霍霍向猪羊，但终归是想想，在弄清楚山鬼是什么之前，也不能轻易动手。这天煞的鬼东西，竟然把李唐兄弟折磨成这样。还有这李唐，一个虎背熊腰敢斗豺狼的壮汉，咋就胆子跟米粒似的，提起山鬼就吓个半死，沈枫真有点恨铁不成钢了。这都二十一世纪了，难道还真的有鬼？

还有谁能降服这嗜血的山鬼？人们正忙着为它张罗山珍和祭品呢。古代典籍中说生前做了坏事，死后要下油锅，可这山鬼，竟然不怕遭报应。再说了，现在人早就把老祖宗那一套敬畏天地的操守抛掷一边了，说是什么封建迷信，要破旧除新。

“趁山鬼还没来，你赶紧走吧。”李唐望着沈枫，一脸忧虑地说。

“为啥？我才不怕什么山鬼。就是阎王老子，也想会会。”沈枫豪气冲天地说。

李唐脸上忧虑依旧。“这几年山鬼胃口变了，不仅喜欢俊俏娘们，还喜欢英俊男人。你这样的小白脸留在这里可是不保险啊。”

“山鬼若敢找我麻烦，我就把这玩意塞到它屁股里去。”沈枫举着根刚摘的刺黄瓜。

李唐没有被沈枫的低俗笑话逗乐，他站起身来，面朝丰水镇的方向，陷入痛苦又甜蜜的回忆中。这山里的憨汉子，孤独习惯了，感情变得深沉起来，已经不能用世俗的眼光去看他了。

那天晚饭的时候，李唐喝了不少榛子酒。喝酒之前，李唐先倒了一小杯，跑到山涧边，歪着酒杯画了个弧，洒在地上，说是先敬敬水神。“这山上，虽然是保护区，盗猎偷砍防不胜防，山神看不下去，走了，山鬼才猖獗起来。水神还在，这水才清凌凌，没被污染。”李唐念念叨叨地说，周围响着漫山遍野的虫吟。沈枫觉得，还没喝酒，李唐就已经醉了，开始巫师一样言语模糊了。

那坛酒是山下运来的高度高粱酒，泡上半坛子榛子，劲儿真是大，一小杯就能把沈枫搞得晕乎乎的。平时沈枫还是有点酒量，可没料到这榛子酒那么厉害。李唐摇摇晃晃地走出厨房，脱个精光，一头栽进深不可测的山涧里。沈枫朝老柏树下纳凉的汪站长大喊李唐喝醉了，不宜游泳，快阻止他。汪站长正拿着一段野蒺藜仰着脸剔牙，他白了沈枫一眼，若无其事地说：“由他去，他这人就这脾气，说干啥就干啥，别人拦不住。这小子疯疯癫癫的，就喜欢作践自己。”

汪站长把剔牙的野蒺藜丢进草丛，接着说：“他在大山里待惯了，平时跟一棵树似的，闷声不响，很少说话，倒是和你能聊得来。”

出于好奇，沈枫向汪站长问起古堡的事。“古堡主人是何方神圣，听说你说了他坏话生了一身毒疙瘩?”

“别听李唐那小子瞎胡说，我那年生的是湿疹，跟古堡有鸟关系。小李整天神神叨叨的，大概是这里坏了。”汪站长伸出食指，在自己四四方方的脑壳上敲了敲，然后背起手，大概要去沿着山路散步了，花豹紧紧跟在他屁股后面。他们的生活都规律，对时间空间的概念也跟沈枫不一样。

沈枫小跑几步跟上去，“最近张罗那么多菜，还不是招待山鬼的?”

“什么山鬼?真是扯淡!保准又是李唐那小子胡说。不过我们这个保护站虽小，接待任务还是蛮重的。”汪站长有些不耐烦地说。看得出来，他不愿意透露太多，交谈起来，也没有李唐那么随意。

路边山涧中李唐游过的水面还荡漾着波纹，他早就不知道游到哪里去了。天空升起一轮好大的月亮，跟沈枫童年的一样大，鱼虾开始朝着月亮跳来跳去。山涧里也升起一轮月亮，更显得幽深冷寂，别有洞天似的。

李唐回来的时候，沈枫借着月光，看到他提着个渔网，他说渔网是早晨拉好的，晚上拉上来收鱼。走近了，沈枫看见渔网上缀满柳叶状的小鱼，在月光下银灿灿的直晃眼。

“嘿嘿，明天咱俩再喝点榛子酒。油炸小鱼是很好的下酒菜。”李唐边摘鱼边说。

## 7

可沈枫终于没等到山鬼来。他不是一只山鹰，而是一叶风筝，线一头拴着他的锁骨，一头牵在别人手里，开学就得回到学校去，超过时限不报到注册就做退学处理了。

李唐握住沈枫的手，说学还是要上的，那年省里调来一个大学毕业生当副站长，听说是考上的林业部门的公务员，碗也不会洗，饭也不会做，山也不能巡，整天戴着个蛤蟆镜，脖子上挂着个电匣子听歌，工资比俺高许多哩。

沈枫笑笑，说自己在高校多年，知道那些是啥货色。有时候学历越高，视野越狭窄呢。

李唐让沈枫等等。他钻进站里，手里拎着两个灯笼大的塑料桶，一个盛着虎杖草，一个盛着杨梅干，塞到蛇皮袋里，让沈枫背到学校去慢慢吃。香甜的山野味道从蛇皮袋里溢出来，弥漫得到处都是。

趁着“鸡婆”给站里送菜，沈枫坐上他的那辆摩托三轮，赶往山下。沈枫知道，一天之后，自己就会回到鸟城，一个巨大的人类巢穴，重新行走在繁华的街道上，混迹在人流中，看那跳动的霓虹，拥挤的车辆。那里物质极大丰富，却又是一片荒漠，时常感到心慌意乱，喉咙干渴，在夜幕下流浪，找不到归宿。

这次沈枫像站里人那样喊送菜大叔的绰号“鸡婆”，他也不生气，仿佛更高兴了，好像沈枫喊的是他的乳名。还是这样切近的交谈好，在鸟城，人们疏于见面，天天对着手机玩微信，一点意思都没有。

沈枫提起李唐的事。鸡婆说李唐是个帅小伙，人又实诚，镇上不少姑娘常送他点手帕鞋垫之类的小东西，可他脚上长了倔筋，只喜欢那小倩。可那姑娘，在镇上……

“真的有山鬼？”沈枫又向他问起山鬼的事。

“咋没有？可怕着哪！山鬼在山上玩烦了，干脆下了山，变成人的模样，穿着白衬衣，兜里竖着个签字笔。这次送菜，比平时多了十斤上好的牛腱肉，想必就是招待山鬼的。”

沈枫正坐在摩托三轮车上，忽然身边闪过一个英姿飒爽的身影，正是李唐。他骑着一辆摩托车在山道上疾驰，没戴安全帽，短发笔挺，就像一头下山的云豹，又像一阵穿过溪涧的风。沈枫喊他，他不应，朝着山下丰水镇的方向奔去。落日的余晖映在环山公路的峭壁上，赤红得像一团烈火。

沈枫知道，李唐是去找他心爱的小倩了。

暮色正从幽深的山涧里弥漫开来，寒气直往脖颈里钻，秋天真的到来了。低下头，红红绿绿的落叶追逐翻滚，这简陋的三轮车，竟像是乘风破浪的汽艇。除了鸡婆三轮车发动机的突突声，整个山道是幽寂的，没有蛙鸣，没有鸟叫，什么声音也没有了，沈枫却又忽然就听到一种声响，不是耳边的风，不是林中的鸟，而是从心底升起，杳然缥缈又真真切切，像是重现一段记忆。沈枫想追踪它，它却跌落进幽黑的山影树丛里，不知所踪了。沈枫能握住的唯有手中摩托三轮车斗前冰凉的铁架子。

沈枫到了山下的小镇，走在街巷里，夜色中回荡着一种游丝般的声音，细听像女人的歌声。这里有一名洁净的姑娘，曾唤起他许多遐想，就在他经过的巷尾，可是他不能再去，只能匆匆离开，觉得这个世界也离自己过于遥远。此时，他不再怀疑山鬼的事，相信了这世界上真的有鬼。

（2014年8月31日，深圳）

# 没人像你

暨南大学/韦施伊

陈慕想，不会有哪个夜晚要比今天这个夜晚更让人幸福了。

新婚不到一年的妻子微微翻过身，脸往他怀里躲了躲。她鹅黄色的睡裙天真地翻到腰上，露出小巧可爱的内裤，裸露出来的皮肤看起来触感舒适而干燥。陈慕也侧过这边来，像抱着一块温热的奶油一样，把下巴抵在妻子的额头上时，他这么想。

“阿慕，你以前不是做过一段时间的游泳教练吗?”妻子呼出的气吐在陈慕胸口，柔软的一团。

“对啊。”

“那你是不是很会闭气啊?”妻子把头往后挪一些，能够跟陈慕对视，“我看报导说有一个最长纪录是 15 分 02 秒哦。你能撑多久啊?”

“我不是很会闭气哦，倒是很会换气，哈哈。”陈慕说到这里把自己环抱妻子的手臂抽出来，交叠垫在自己的头下面，好像是对着遥远的天花板说，“不过我认识一个能闭气很长时间的朋友，具体多久倒没算过，但很特别的是那个人却一点都不会游泳。”

“学生吗？男的女的?”

妻子还想问。灯却一下子被关掉了。

“好啦。睡了。今天好累了。”陈慕摸摸她的头，转身背对着她睡过去了。

她看着自己丈夫的背影，想起了游泳教练时期自己还不认识的他。那个人是男的还是女的呢?

陈慕感受到注视着自己的目光逐渐微弱之后，他才慢慢在黑暗里睁开了眼睛。没拉上的窗帘让远处的月亮像灯塔一样朝着他打出信号灯。

“你知道世界上在水下闭气时间最长的人是谁吗?”结束后陈慕还伏在张一帆身上时，她突然这样问出来。

陈慕脸埋在张一帆耳肩处喘着气，他脑子里还不能通过任何东西。

“是一个德国人哦。名字叫作汤姆·席耶塔司。他在水下憋气最长时间纪录是15分02秒。”张一帆还是很有兴致地接着说，“我看过他闭气全纪录的电视节目，是个笑容非常灿烂的人。”

在这一天的大概半年前，陈慕遇到了张一帆。那时候他刚大学毕业，没找到工作，又刚和大学时代的女朋友分手，心情很低落，就先到朋友介绍的游泳培训机构当临时教练，学生基本上都是初中年纪的少男少女，大概十五个人，身材扁平，四肢细长，但动作非常敏捷，像是渔民总是捕不到的机灵小鱼一样，非常难以进行专业的训练。那天是周五的下午，游泳课程结束后，他坐在池边的椅子上，想等着外面的暑气消了之后再回公寓，于是盯着池面发呆。泳池还留有刚才像小鸭子般的学生们留下的热闹痕迹。他弯下身子，颀长的身体形成一道漂亮的拱，胳膊肘抵着膝盖，专注看着视线前方的空白。

突然水面有了波动，有一个穿着暗红色和藏蓝色竖条纹相间的针织连身泳衣的女性一步一步走到了泳池中央。陈慕觉得非常好奇。他来到这个泳池当教练的时间差不多三个月，但他从没见过这个女人，不过他立刻想到自己也是第一次在课程结束后还留在泳池。但更令人在意的是，来到泳池却在池中走步而没有游泳?那个女人突然把头沉下水面，双手环抱着自己蜷起的双腿，就这样潜在水中。

一分钟过去了——陈慕持续看着这个把自己卷得像大大泡泡糖一样的女人，整个泳池很奇怪的只有他们两个人，所以陈慕也的确没什么地方可看的。

两分钟过去了——陈慕开始站起来，做了个扩胸，心想这个女人不错嘛，还蛮厉害的。

到三分钟结束的时候，陈慕从椅子附近走到泳池边上，蹲下来，眯细眼睛仔细看她的状况。毕竟在这三分钟里她没有一次动作，只是随着入水口的水流这样上下浮动着，不管怎么想都不大正常。

第四分钟过到大概一半的时候，陈慕低低喊了一句“妈的，闭气闭到假死啊!”，接着跳到了水里，游到她身边，伸出手要把她捞起来。在他的手碰到她身体时，含羞草那样，她的四肢逐渐打开，她用力抓着陈慕的手臂，终于找到平衡，两个人面对着站在池中。

这样看来，她个子还是蛮高的，能轻松踩到池底，露出头部。陈慕看着她这样想。

想起她，这样的感觉，就好像不会弹钢琴的自己把手放在钢琴键上，不知道要先下哪个音好。那天下午，陈慕自己先游到池边，回头看她时，她正抓着分道线，跟她下水时一样一点点慢慢地走向陈慕的方向，动作像个茫然的，还不会自己扎头发的小姑娘。

她很瘦，胸部也非常小，脸上是很放松的神情。她接过陈慕扔给她的白色干净毛巾，擦着脸和头发。

“你不会游泳吗？”

“不会。”

“那你这样很危险哎。”

她笑了笑，看得到眼角的鱼尾纹，说：“我叫张一帜，你呢？”

这样的自我介绍让陈慕想起高中时期傻气的女同桌。“陈慕。”

“谢谢你的救命之恩，我请你吃个晚饭吧。”张一帜并没有等他回答就走向女更衣室去了。

那之后的第三个周五下午，张一帜的“漂浮”结束后，她对陈慕说：“今天去你住的地方吧。你会做饭吗？因为我今晚有必须完成的工作哦，所以，拜托你做晚饭，可以吗？”用一种秋天的叶子从树枝上掉下来般自然的语气。

一到他出租的小公寓，张一帜便坐到餐厅的桌子旁，把桌上的杂物都先堆到一旁，真的就打开公事包开始处理起文件来。陈慕用刚刚两人在超市买回来的食材做了几道菜。默默无言地吃完了餐桌上的饭菜后，张一帜打开冰箱看了一下，回头问他，没有啤酒吗？陈慕就下楼去买。他再回到公寓时，张一帜正洗好澡走出来，头发上的水滴滴答答掉下来。她走向看起来不太知道要怎么做才好而站在门口的陈慕，放下他手里提着的啤酒，拿出其中一瓶，走到餐桌旁，用开瓶器打开，直接就这么喝了一口。第二口的时候她走向陈慕，双手环抱着他，把酒送到他嘴里。张一帜的气息像是透过皮肤和毛孔，渗透到他大脑后方的最深处似的，他眼前浮现了泰坦尼克号无法回头地没入大海中的画面，自己也这样跌入她的身体。

“你怎么会知道我会答应你来我这里？”陈慕躺在床上望着微微闪的灯管，其实他不太知道自己在问什么。

“因为你把我捞起来了啊，”张一帜侧过身体，温柔地摸着他的头发，“而且，你连着两周都在等我不是吗？”

后来，几乎每隔一天张一帜都会过来，有时候他们亲热，有时候不。张一帜三十一岁，比陈慕要大七岁。应该是在从事会计或者审计方面的工作，这是陈慕从她之前在他面前处理过几次工作上的文件时推测出来的。是否有丈夫或者男友，他无法判断，但应该没有小孩，她的腹部平坦，没有任何妊娠纹的迹象。她每次来到陈慕出租的小公寓，身后都好像尾随着南方潮湿的夜气。左手扶着墙，右手从办公地点带来的文件包放在门边的架子上，脚像是某种少数民族的独特舞步那样摩挲一阵后，从鞋子里走出来。走向陈慕时，她双手会背在身后解开裙子的暗扣。

可她从来不在陈慕的公寓里过夜，陈慕问过她一次，“或者今晚就住在这里吧?”，那时她正系上内衣的背扣，迅速地套上裙子，回头对他说：“你没听到吗?辛蒂瑞拉的钟声响了。”

关于那个“世界上在水下闭气时间最长的人是谁”的话题是在他们认识的半年后，分开的两周前开始的。

“我高中时候因为比较高，也很瘦，所以被选上参加游泳队。我跟校队教练说我一点都不会游泳哦，是个彻底的旱鸭子。他完全不当回事地对我说：‘游泳嘛，三天就能学会的。’但我从那时到现在，真的一点都没有学会喔。”

张一帜的声音好像面包屑那样一点点撒在陈慕赤裸的身体上。

“最开始就学了闭气。”

“然后你就只学会了闭气吗?”陈慕闭着眼睛，喉咙干干地说出这句话。

“嗯。虽然后来教的那些游泳分解动作我在陆地上都能准确完成，但在水里的时候我完全没办法把它们整合起来，没办法在头露出水面时浮起来，也没办法前进。后来我就被劝退了。教练也没想到我是真的那么地学不会游泳的人。”

“可你能闭气很久啊，这个很了不起。”

“那是因为我非常喜欢水下的那个世界哦。非常缓慢，安静又柔和。我闭着眼睛抱着双腿的时候，感觉到自己正变成一个特别完整的什么，说不上是具体的什么，但感受到一种绝对的完整。就这样在水之中，有时候状态好，会感觉自己成为了那水，声音和光线穿透我的身体，我非常喜欢自己成为这样的存在。”

陈慕听着这话，试着放空自己的眼睛，去寻找那种存在的感觉。

“那个时候队上有游得非常好的同学，他们游过我身边时，我能感受到他们身体轮廓传出的波纹。我也会不时睁开眼睛确认一下我感受到的是不是正确的那个人——几乎都没有错误哦。”张一帜说。“就在那个时候，喜欢上了一个高我一年级的学长。在水中看到他的时候，就觉得非常喜欢了。”

张一帆并不是一见钟情地喜欢上那个学长的，因为在双脚着地的地面上时他们也一起训练过。他是非常有耐心的人，不游泳的时候常戴一副眼镜。十六岁的时候要喜欢上谁，是一件不讲道理的事情。但因为她总是在水中闭气漂浮着，怎么看都太奇怪了，因此那个学长也并没有特别想和她亲近的意思，而且听说那时候，他有自己喜欢的人，好像是广播站的三年级学姐。更何况张一帆确实连普通都算不上，反倒是一个有点奇怪的人，所以她也并没有想要跟他告白的想法，不用想也知道那结果。

“自从发现自己非常喜欢那个人之后，就开始常常做梦，”张一帆靠着床头坐起来，拿起矮桌上放着的一杯水，小小喝了一点，“而且都是做同样的梦。梦中我从某条河流游到了海里，慢慢地沉沉地越潜越深，只有我一个人。海以外是晴朗的白天或者夜晚我并不清楚。那是一定深度的海，我感受到它的压力重重叠在我的心脏上。有一些会发光的深海鱼群像飓风一样从我身边过去。我隐约看到他在更前面一些的地方游着，很开心在笑，就像席耶塔司在水底一样。我用力蹬着腿追赶他，直到我的手突然碰到前方看不见的一堵坚硬的墙。那是像玻璃一样的触感，也许就是一块巨大的玻璃，我贴在那透明上，手掌用力拍打着，张着嘴想叫他的名字。可任我怎么拍打，他都听不到，我张开的嘴被也巨大的海水塞满。在那边的他始终自在畅快地独自徜徉着。最终我的头发不知哪来的力气把我从这个梦里拉回来。安静但激烈，非常痛的梦。相当痛。每次都是相同的鱼群，相同的亮光，相同的海水温度。我不断拍打着玻璃，张开嘴，最后被我的头发拉扯着醒过来。”

每当做了这些梦的第二天，她都会比之前更长久地待在水中，感受他的波纹，这些震荡能将她皱紧的心脏熨开一点。她常常在水下看着他，分辨着这与梦境的不同，体会那梦想要传达的意义。但十六岁的张一帆却只能越来越想要接近他，用一种水的波纹的方式。

一开始，张一帆在训练结束后的傍晚，远远地在他身后骑车。比起平整的笔直的马路，他好像更喜欢石子铺成的小巷子。车子跟随着路面的起伏，发出咣当咣当要散架似的声音。张一帆骑得非常轻，也小心保持着距离。他被石头弹起来的地方，她也被弹起来，拂过他两腿间的风，也拂过她的腿，他打铃的地方，她也会打铃。做着这些的时候，能让她觉得心脏能更好地呼吸。

他把车骑到他家所住的单位院子里，在里面一栋楼停下，把车抬上一级台阶，防盗锁把单车后轮和旁边的扶梯锁在一起。听得到“咔嗒”一声后，他单肩背着书包用非常轻快健康的步子跑上楼。楼道的路灯是感应式的，他每到一层楼，灯就会打开，硬要说的话，也可以认为这是某种应景的魔法。然后顶层七楼的楼道灯亮了。但张一帆看不清他是打开了左边的门还是右边的，正着急想要拿出装在书包里的眼镜时，右边最靠边的一扇小窗子亮起了黄莹莹的灯。那是他的房间——张一帆心里非常肯定。那格小小的窗子，远远看来就像柠檬口味的冰块，含在嘴里，会紧紧眯着眼睛，感叹“好酸啊!”这样的感觉的窗子。张一帆单腿撑着地面，两只手握着因为篮子装着书包而暂时歪向一边的单车头，抬着头，认真地看着那枚酸酸的窗子。

谨慎起见，张一帆并不会每次都能在他窗子下面这样抬头望着。只在非常忍受不了的时候才会把车也骑到院子里，获得一点点暂时的安宁。

陈慕想象着十六岁的张一帆和她的单车的影子，眼前的这个三十一岁的张一帆看着他，摸了摸肚子，说：“陈慕，肚子有点饿了。”

“冰箱里只有一些蔬菜了。”

“那就吃沙拉吧。”张一帆说完便躺到床上，用被子很好地盖住自己，只露出一颗圆圆的头。

想起那个夜晚的性爱和沙拉，此刻望着窗外月亮的陈慕仍能亲切感受到那味道。那时候坐在餐桌对面的张一帆，一边吃沙拉，一边说着后来发生的事。他现在想起来，才发现，张一帆说得有些迫不及待，好像非常着急要把那件事情说出来。

参加游泳队训练的第六周左右，泳队经理发给大家每人一份联络簿，方便请假联系或者是集训通知。那时候张一帆已经处于游泳队非常边缘的位置了，平时几乎就只是帮助经理做一些琐碎的工作，比如更换毛巾这类小事。她第一次拿到他的毛巾时，手几乎在发抖。她无声息地把他的毛巾放在回收毛巾的最上面一张，走到布草间后，立刻把头埋在那里，贪婪地用力搜寻他的气味。紧张得稍微漏了一点点尿出来。毛巾上并没有什么特别的味道。为了再次确认她又再一次深深沉入那毛巾中——只有泳池的水的气味，没有他个人的味道在那上面。她有点失望，但还是仔细摸了很久那毛巾上绣着的他的名字，一笔一画地仔细看着，直到自己的眼睛分别不出这几个字是什么为止，才从布草间走出来。

“我只有一次打过电话给他，在拿到联络簿后。那天我在他窗子下待了很久。心却还是像一直被人用手那样敲着，‘咚咚咚’，非常大声，我觉得离我不远处的那个保安应该可以听得到这声音。然后我骑车飞快地离开那里。快到我家的时候，经过一个电话亭——我本来是骑过去了，但我又倒回来了。我把车停在旁边，往投币处放了一块钱的硬币。然后按下那一串数字——说起来当时可记得非常清楚，现在却一点都不记得了呢。”张一帆说到这里笑起来，伸手捏了一下陈慕的脸。

“那，有人接电话吗?”

“有。他爸爸接的。声音非常‘爸爸’。”

“那你怎么说?”

“我非常诚恳地说，我是陈慕的同学，找陈慕有些事。”

“然后他爸爸就让陈慕来接电话了?”

“是啊。有时候直接一点，反而显得坦荡，事情也顺利一些哦。”

“你和陈慕说了什么吗?”

“没有。我和他爸爸反而可以自然地发出声音说话，但是当听筒被陈慕拿起来之后，听到他那边说出‘喂，找我有事吗?’的时候，我的声音却没有办法通过喉咙了。”

“就像陆地上的小美人鱼?”

“嗯，在那个时候多少能够明白她的感受吧。一个音也发不出来。手拼命把听筒往耳朵塞，好像这样可以更清楚听到他那边的声音一样。但他只是在说‘喂?还在吗?’然后就挂断了。”

“我觉得他也许知道是你打的电话哦。”

“噢，是吗?当时我没有办法，只能打出那个电话，要不然心脏感觉会被谁‘咚咚咚’地敲成泥一样。”

说完，张一帆完美地用舌头把嘴角上沾着的一点沙拉酱舔干净，就像画了一个非常圆非常合乎比例的句号那样。

“为什么要跟我说这个故事呢?”

“嗯?”张一帆像是没有理解这个问题的含义似的，“因为闭气再换气的时候，总要吐出一些什么，才能获得新鲜的氧气吧。”

“我是那氧气吗?”陈慕看着她。

“我非常喜欢你哦。”张一帆解开身上披着的小毯子，走到床边拿起她的衣服要穿上，然后过了很久，又补上一句，“现在。”

然后她提着她的包和文件袋退出了陈慕的公寓。如果不是餐桌上剩下的盘子和自己身体感受到的疲惫，他实在难以相信张一帆刚才就在他的眼前。她是个身上没有体味的人。他所接触过的大多数人身上多少都会有一点自己的气味，特别是女性，她们会喷一些自己喜欢的味道的香水，可张一帆却没有，她身体本身没有什么味道，也没有特别去喷香水，就连她的长发也没有留下洗发水的味道。但她的气息，也就是她呼吸的节奏，非常独特，好像可以把你引到某个你从没发现的深处。

分开前的最后一周周五，张一帆按照惯例在无人的泳池一个人在那“水中”思考些什么，或许也并没有。陈慕则坐在第一次遇见张一帆时的椅子上，他在想着前女友，也在想着自己和张一帆的关系。这时候池里突然很大的动静——张一帆比往常闭气的时间都要短地突然挣开水，抓着分道线，把右手伸得非常笔直，她对着陈慕做着让他一起下来的手势。

他们笑着面对对方的脸，同时用力吸了一大口气之后一起沉到水中。两双手紧紧扣在一起，双腿蜷起来，膝盖和脚趾时而碰到对方的时而又分开。像一对胎儿那样在母体中相望。陈慕第一次在水中看张一帆。那要比在地面上的那个张一帆迷人得多。地面上那个她，用一种偏袒的说法来说，也只是勉强可以评价为有气质的那种类型——因为不怎么漂亮，长相寡淡，没有突出的特点。但水中的这个人，她闭着嘴朝他笑，眼睛弯起来，头发散成孔雀尾巴的形状，发丝模仿水纹而根根自有生命般地动着。光线透过水照射进来，她的皮肤几乎是透明的，可以看得到她腿部骨骼的形状，长而细，可以说是非常白的骨头，甚至有些蓝。虽然是紧紧抓着的手，但其实只是陈慕自己这边使用了非常大的力气握着，但她那边却好像真正“进入”了这水中——对，陈慕想，是这样，这样的感觉好像是自己漂浮在她之中。

陈慕感到自己必须要探出水面换气便伸开双腿，但张一帆却恶作剧般拉着他的手，往下用力。陈慕不解地看着她依旧充满笑意的眼睛，可他实在受不了了，必须要呼吸到氧气，他一点点用手指逐渐退出她的手，然后浮出水面，大口地呼吸着包含了氮气、氦气、氖气、氩气、氪气、二氧化碳还有其他杂质的空气。在水中的张一帆脸朝着他，还在笑。他再一次沉到水中把她捞起来，说：“你上次说的那个故事还有后续吗?”

“有天下午队里有一个男生的泳镜坏了，教练让我去更衣室帮他拿他那副备份的出来。”

那是张一帆第一次走进男更衣室。换下的衣服基本上都是随手放在两墙壁柜间的长椅上。她很快找到了那个男生的柜子，大家的壁柜都没有上锁的样子，大都半开着。她把泳镜拿出来，抬头的时候她看到了左上那个卡槽插着他名牌的柜子。他的柜子是关上的。但碰碰运气的想法让她伸出手，轻轻一拉柜门就打开了。东西摆放得非常整齐，也可能是因为东西很少的关系。她很快发现了那串钥匙。按照现在这个三十一岁的张一帆的说法，她当时并不知道自己想干什么，便学着电影里面演的那样，从口袋拿出经常带着的口香糖，快速嚼了几口，然后把那串钥匙中最像家庭使用的安全门的钥匙印在那口香糖上面。非常镇定地走出了更衣室把泳镜拿给那个男生。

好像老天爷知道她手中握着一把钥匙一般，所以很快安排了一个机会，让那钥匙派上用场。国庆节放假，张一帆知道他父母要参加单位组织的北方古城三日游，本来他也要去的，但那个时候刚好有一场全国性的高中游泳联赛，如果在这次比赛中获得好名次的话，高考可以加十分，而且算是重大奖励。比赛前一天要集体出发，结束后在酒店住一晚，第二天再坐集体大巴回来。那时候张一帆已经是半离队状态，并没有被列到参赛或者啦啦队的角色名单中。但他则是非常有希望拿到前三的选手。张一帆因此计划在比赛的那天夜里用那把钥匙进入他的那扇小冰块窗子后面的房间里，待一晚上。真是个巨大的冒险呢，她心里这样对自己说。

终于挨到了那一天。晚上等到爸爸妈妈都睡了之后，她把自己的房间门从外面反锁好后，轻巧地打开大门，再慢慢合上，就像花雕豆腐的师傅做的那样，气息都要一直屏着。她没有骑车，一路奔跑着，看起来是被什么在追赶着那样地跑着。到那窗子下边，看到他家里的灯全都熄着，她依靠着那黑暗平息了喘气。然后慢慢走上楼。拿出手里攥出汗水的钥匙，对着锁孔好几次都没对准，最终插进去吻合的声音，仿佛在对她的到来表示默默的欢迎。

她从里面反锁好门，把凉鞋脱下，提在手里。赤着脚朝他的房间走去。她没有开灯，在这黑暗中获得一种绝对的安全和安静。她站在他卧室门口时，获得了他全部的味道的包围。她整个地在他之中了。好像承受不了一般，她抱着自己的凉鞋蹲坐在他卧室的门边流出了眼泪。不知道过了多久，但应该是相当久的时间，她站起来，走到他的书桌旁边，窗子并没有关上，开始有雨在下吗？她的手摸到了新鲜飘进来的雨。她站在窗边，往楼下看，看她往常常站的那个位置，她没有办法知道自己曾经确切地以什么样子站在那个地方的。然后她突然看到他走进院子里来，正往她所在的他的家跑过来，虽然被行李包挡着脸，但凭那波纹，她知道那是他无疑。

为什么会在这时候回来？应该是明天才会回来的。一边想着这个一边在黑暗中找地方躲起来。很快听到他上楼的脚步声，也许是到了四楼了。她看到他的床和衣柜之间堆放着的棉被。那应该是准备换季，提前拿出来晾晒还没有收进柜子的棉被。她钻进那里面躺平，立刻听到了开门声。

他没有开灯——没有听到那声音。把门关上后他去了厕所，听到小便声。没有洗澡，洗了手擦了脸后就出来了。走近了。走进来。还是没有开灯。整个人没劲地倒在床上，因为是非常沉重的声响，完全任由身体的重量砸在床上的那种没劲的程度。呼吸非常紊乱。没有脱衣服和裤子，就这样躺在床上。

她和他，这样平行地躺着。她被充满了他的气味的被子包裹着，感受着他的动作造成的床垫的起伏。她闭着气，想进入那气味中，把自己变透明，细心感受他的波纹。他用力锤了他的床，那波纹震动到她的小腹，一阵热，让她非常无措。然后他把枕头从床上扔下来，弹到她的小腿，这力让她的腰收得非常紧。最后他开始拉扯她所裹着的那床被子的一角，然后干脆睡到他拉出的被子铺在地上的部分。他的呼吸传过来，张一帆知道自己正面对他。他喘着气，混合着窗外溢进来的水汽，无预警地哭了出来。

他哭了。

那样默默无声地。

就像刚才她一样。

张一帆屏着气，用她的波纹拥抱着他哭泣的身体。

这个时候二十四岁的陈慕的公寓外面也下起了雨。是那种肉眼不太看得清楚是不是在下雨的程度的雨，必须伸出手去，才能感受到，哦，的确是在下雨啊。

那雨牵着陈慕拥抱张一帆，然后像一尾鱼一样滑入她的海洋。

“那天晚上他的哭泣结束后，他就进入了非常深度的睡眠。就在那时，我提着我的凉鞋，穿着我湿润的内裤离开了他的房间。”陈慕紧紧拥抱着身下的张一帆，开始亲吻她的锁骨间的凹陷。“回家的路上，忽然觉得，自己好像忽然从名叫“喜欢他”的那所学校毕业了一样，现在回想起来，究竟喜欢那个人的什么，究竟是什么让自己使劲嚼那块口香糖，是什么让自己反锁住自己房间的门这样奔跑出去……这些完全都不知道、不记得了。”

“可能这是我的极限了。”张一帆的声音听不出任何情绪，“闭气到这个程度，我不从水下出来换一口氧气的话，可能没办法了。”

那场黏腻的雨让陈慕睡得非常熟。他第一次也是唯一一次进入到了和张一帆相同的梦境，他是那掠过她身边的鱼群中的一条鱼，路过她的那一瞬间看到她拍打着透明的什么的手，她张开的嘴——想再看清一些时已经来不及了，他跟着那巨大的鱼群飓风一般不知到哪去了。醒来后，就再没见过张一帆了。

陈慕在那之后两个多月就找到了一份运动康复治疗师的工作。不久后，在一次公司组织的联谊上认识了现在的妻子，她有特别柔软的胸部，身体有稳定的个人的气味，非常实在的一个可爱的人。

窗子开始有水滴一点点打出声音来。开始下雨了，雨脚很绵密，好像预告着这是一场不会停的雨。那信号般的月亮被云层带走了。妻子在梦中伸过手来抱着他，然后又松开。他就这样几小时地听着雨声。

# 日夜浮屠

北京师范大学/封文慧

阶前听雨百年，佛祖心中自现。

可头上有发，手中有剑，身无袈裟，心又如何向佛？

## 一、功德碑

“袋中有你来年的福气，待回到家中方可打开。”

悟能方丈对着那男子说，双手奉上福袋，高深莫测的表情控制得刚刚好。袋子是在离龙岩寺最近的南平市场批发的，劣质的红纱布，夹杂着几朵看不清轮廓的金丝绣花，碰一下都扎手，好在足够厚实，看不清里面装了什么。

男子有些茫然，下意识地伸手去接，悟能却并不松开，只补了一句：

“福袋两百块一个。”

话说到这里，男子立刻明白过来。还没等悟能把下面那些劝人向佛的台词出口，男子便急忙从大殿退了出去，险些被门槛绊倒。

没有两百块，隔着烟雾缭绕的空气，只有男子念念不忘的骂娘声传来。

尽管悟能习以为常，但为了生意，他还是加上了一句：“弃福于不顾，施主今年运数将尽。”

男子没有回头，骂声更响亮了。悟能佯装不为所动，把表情调整回高深莫测。

他心里后悔没把话说得再不吉利一点，或许能逼迫对方付钱。眼看就要月底，生意却没能做成几笔，别说盈余，连给管理局交的份子钱都不够。

“南无阿弥陀佛。”他随口念了一句，有些怀念起老方丈来。

那个满口黄牙的老人，在跟香客吵架的过程中急性心肌梗死。悟能用借来的车把他一路送到市里，五小时手术后，老方丈又在加护病房中蹉跎十日，终于撒手人寰。丧事从简，遗体伴着几个花圈，像其他死者一样被丢弃在焚尸炉中，迅速地化为一摊灰烬。没人记得送骨灰回龙岩寺，好封一座新的浮屠塔。悟能只好在塔林里烧束香，聊表祭奠之意。

老方丈去世那年，悟能只有三十五岁，现在他四十岁了，仍然没有掌握好卖福袋的技巧，钱包也比老方丈在时干瘪不少。每每被香客当成骗子一样破口大骂，悟能也忍而不发，说到底，这是个服务行业，倘使不能艺术地诅咒不愿出钱的香客，便只有粗鲁地被不愿出钱的香客诅咒。

连这点觉悟都欠缺的悟能，其实缺乏做方丈的天赋。如果不是缺少僧源的龙岩寺只剩他一个和尚，老方丈是断然不会把衣钵传给他的。清晨秋风瑟瑟，悟能方丈手中的福袋却堆积如山，平添萧索之意。他在袈裟里只穿了一件背心，盘腿坐在莲花垫子上，不由得狠狠地打着寒战。

女人就是在这个当口进入大殿，要求刻功德碑的。

自从老方丈去世，这项由他一手创办的功德碑服务，就再没被悟能成功卖出过。年轻的悟能方丈没想到，世上居然还有人记得功德碑，立刻殷勤地拿出那张有些泛黄的封塑价目表，扯着嘶哑的嗓音为女人报价。捐助寺庙功德无量，唯有立碑保佑人间，刻一个名字两千元起价，五千元可加大字体，一万元可单独做碑，石料费用另计。

既然心中对佛祖有所求，自然是选最贵的，女人的决定下的当机立断。她还直白地表达了自己的急迫，要求在今天之内就把石碑刻好，只要寺院提供石料，她自己便是雕工，可以独立完成雕刻，不必劳烦方丈。

帮助佛祖保佑人间的差事办久了，悟能也算是阅人无数。可像女人这般奇怪的人，却实在是头一遭遇见。悟能紧盯着她右手摩挲着的黑色小牛皮背包，对钱财的渴望和对女人的好奇在大脑中争相交错，令方丈一时有些怔愣。他揣摩不透女人的心思，不由得仔细打量起女人来。

苦度人世的凡人众多，她大概不过其中之一。那壮硕的身躯被绷紧在花花绿绿的裙子之中，仿佛下一个瞬间就要破壳而出。浓重的脂粉气也掩盖不住的苍老，透过女人光滑到不自然的皮肤传递出来，侵染了岁月悲苦的香气。

但好奇归好奇，这世间芸芸众生，说到底与佛祖无关，与身在弹丸般大小的龙岩寺的悟能方丈无关，又何必妄加猜测，徒增烦恼呢。

既然女人答应，不会因此少付一分钱。

悟能给他的福袋摊子前挂上了暂停营业的牌子，与女人一起忙碌起来。他们用独轮车把压在地下仓库的花岗岩石料拖出，摆在西侧角落里的空地上。虽然石料久未使用，擦净后倒也光洁如新。保质保量这方面老方丈还是可靠的，他骂起不愿出钱的香客来从不嘴软，但对肯出钱的衣食父母却绝对童叟无欺，这是生意人的良心，也是佛祖的修养。如若他泉下有知，想必也庆幸这最后一块花岗岩没被浪费吧。

悟能抚摸着岩石上的纹络，不由得想起当年进入龙岩寺找工作时，老方丈那灼灼逼人的目光。他在将近半小时的拷问中交代了全部出身和能力，没有一样令人满意，但也没有第二个面试者。老方丈对着天空长叹一声，是天要亡我龙岩寺吗？

可即使没有悟能，龙岩寺也要亡了吧。开发商新建的龙岩小区已经盖到了龙岩寺的方圆一百米之内，悟能早就知道，等到下一期开发计划出台，自己就要成为龙岩寺最后一任方丈。这座花岗岩功德碑，原本是悟能想刻给自己的。

不过没关系，能出一万元的女施主，一定比自己更加需要它吧。助他人完成心愿，乃佛祖之慈悲。

女人已经褪去了高跟鞋，把外套在地上随手一扔。十几种雕刻刀从她的小牛皮背包中被一一拿出，在她的手中上下纷飞。被打下的石灰粉随着秋风扩散开来，她满是化妆品的额脸上沾染了一层白雾，女人却浑然未觉。定位，拓形，刻字，打磨。她一个人从清晨干到傍晚，身上带着悟能多年未见的虔诚。

“秦月娥功德无量”，黑色的花岗岩表面终于显现出这几个大字。女人在夕阳中完成了最后一刀，退后几米打量着石碑，露出满意的微笑。她淡定地穿上衣服和鞋，又把自己装回了花花绿绿的套子里。打开背包，女人拿出厚厚的一沓人民币，塞进悟能手中。

方丈忙着数钱，有一搭没一搭地听着女人说话。

“他死了，都怪我当年没给他捐这份功德。现在我补上了，你说佛祖会不会开恩，把他从阴曹地府拉出来还给我？这个死鬼求佛成痴、胆小如鼠，偏偏又比谁都执拗，无论我干什么，都说是有损德行，还要每天替我忏悔。没有我，他老李家能做起来石料生意吗？能生得出儿子吗？他自己能买得起烧香的钱吗？你说说，我们什么都有了，他为什么还是想死？”

悟能耸耸肩，念了句南无阿弥陀佛，施主您的钱正好，我就不找您了。

女人安静下来，突然有些自嘲地笑笑。她不再理会悟能，而是拎起包离开。高跟鞋把地面踩得铿锵作响，整个龙岩寺仿佛都随之震动起来。悟能方丈耳中，只留下女人满是哀怨的最后一句话：

“告诉你师父，当初他死得冤枉，如今因果循环，他大仇得报了。”

悟能叹了口气，其实那件往事，女人真的不用如此介怀。

他花了点时间才认出了女人，五年过去，她的身材臃肿了不少。身边既没有唯唯诺诺的丈夫拉着，也没有十几岁的儿子跟着，只剩下那生人勿近的气场，还依稀留有当年的风韵。五年前为捐功德碑的事，老方丈就是跟这个女人发生争执，才在怒火攻心中去世的。不过她到底是太多虑了，要论缺德事，老头子干过的可比她多得多，仅亵渎佛祖、唯利是图这一条，他在如此高寿时去世，便只能算是勉强的报应。佛祖要记，顶多也是给女人记上一条为民除害，又如何会反过来责怪她呢？

不过这些话，悟能方丈都没说。女人中年丧夫，又付出这笔一万块的巨款，大抵只是想找个借口，堂而皇之地发泄悲伤吧？这么多年，竟然还有人记得老方丈，想来他老人家泉下有知，也会深感欣慰。

真正掌管着世间因果的人，便只有佛祖了。万事皆是有头有尾，有始有终。我佛慈悲，可谁又见过我佛呢？这龙岩寺中的岁月转眼流逝，唯有功德碑不动如山。

“南无阿弥陀佛。”悟能又念了一句，手表显示他该下班了。

## 二、青鲨

当初在皇宫内当值的时候，只觉得初秋天气稍凉，倒未有过当下如此彻骨的寒冷感。这冷意，也许是来自刚下起来的蒙蒙细雨，也许是因为深夜奔逃的仓皇境遇。

李昌郧握紧了他的宝剑青鲨，出入江湖这么多年，这是他第一次真切地感到气数将近。燕王大军压境，谷王朱橞与李景隆开金川门降。建文帝在宫中放了最后一把火，混乱间跟随着他们几个贴身侍卫从侧门逃出。一行人在应天府的街巷中惶惶不安地躲藏了几日，终于混在杂耍班子中出了城。尽管身上只剩下一件占满灰尘的布衣外袍，年轻的小皇帝却并没死了东山再起的野心，逼迫着大家一路向南。他们这伙人成分复杂，以前在皇宫内也分属不同的部门当差，值此大难临头之际，自然各怀鬼胎。不出三天，出身北方的几个侍卫便叛变了，一心想要带着小皇帝投诚领赏。队伍里有两个跟随小皇帝多年的亲兵不肯，两伙人动手期间，李昌郱捡了个机会，脱离大队单独跑了出来。

什么忠君爱国，什么为兵使命，现在在李昌郱心中全部淡了，只剩下深入骨髓的孤独感。他自小便被父母送至军中，早记不清楚家在何处。逃兵如何，戴罪立功又如何，人生只有这一次，他还不想拿命去拼。

明知愚蠢，他还是试图返回应天府。想那金陵城中，到底还余几个知交故友，也许没人关心一个小小侍卫的生死，他还能混在市井之中打些杂工度日，也未可知。

一路上，金陵城中的消息零散地从行人口中传出。他得知燕王已经称帝，大批处死建文一朝的旧臣。经历了几年的征战，大家唯一期盼的便是能过几天安生日子，结局是谁胜谁负，倒没有人关心。沿途的村庄人烟稀少，满脸黝黑的散兵四处都是，加上李昌郱有意把青鲨剑隐藏在自己的袖口中，倒也顺利蒙混过关。眼下他距离金陵，只剩下区区三百里的路程，只要回到熟悉的环境中，一切便都好办了。

但他还是想得太简单了。一把剑破风而来，直指李昌郱后心。他反手用青鲨抵住，利用反作用力迅速跳起，转身与偷袭者对峙。

借着微弱的月光，他看清是那几个叛逃的侍卫。

“倒是好身手，我们以前低估你了。”有人冷笑着说，“趁着我们内斗，你把小皇帝藏到哪里去了？”

“不是我把他藏起来的。”李昌郱沿着小路向后退，“我只想保命，你们一攻击我就逃了，怎么会把皇帝藏起来？”

“少骗人！等我们把那两个不开眼的废物杀掉，小皇帝早就不见了。不是你带走的，难道他还会飞了不成？我看你这一路不怕死地往回逃，就知道你肯定有问题！分明是见钱眼开，想一个人带着他去领赏！”

“小皇帝不见了？”李昌郱愣住，意识到自己麻烦大了。现在已经过去两日，如果建文帝真的趁乱独自逃命，茫茫人海，不可能还找得到。倘若这群人认定，是同时消失的自己抓住皇帝回京赴命，他便不可能证明自己的清白。

到底是自己气数将近，他不由得叹气，看来今天这一仗，只能是鱼死网破。李昌郱用余光打量着四周，这里树林茂密，倒是方便藏身逃跑，只是对方人数过多，他心里并没有底。

“我没抓他，他是自己逃了。你们一路跟踪我至此，可曾发现第二个人的踪迹？现在没有皇帝，谁也不能从燕王那里占到便宜，不如大家就此散了，重新来过不好吗?”李昌邺说着靠在一棵大树背上，努力镇定心神，握着青鲨的手中出了一层薄汗。

“你这些花言巧语，留着见阎王爷的时候再说吧。”对方冷笑着，四个黑影同时跳起，向他逼近。

年前李昌邺跟几个同侪跑到龙岩寺上香，方丈说他今年内必有血光之灾，他一笑而过，并不相信。到了今日，才知道那老人或许所言非虚。他习了十几年的武艺，青鲨剑下也斩过几条人命，可从不敢想，自己会是怎样的死法。现在大限将至，再求佛祖保佑，不知是否还来得及?

杀叛兵四人，力竭而亡。如果建文帝真有还朝的那天，这倒像是史书里给忠诚侍卫编写的悲壮结局。

四更一到，龙岩寺的小和尚便在师父的催促下，打水洗漱，清扫寺庙，准备开始早课。眼下正是新旧交替之时，金陵每天都会挂出新的亡者榜单，第二天便会有一批人涌进龙岩寺烧香拜佛，请求师父们上门去为家人做法事。天下易主，最忙碌的倒变成了和尚，不由得让年迈的方丈唏嘘不已。

可今天有些不同寻常，开寺门的小和尚们被吓得哇哇大哭，把忙到三更才睡下的方丈给惊醒了。老人披着袈裟出门看，只见一个满身是血的男人倒在龙岩寺门口，身上有几处刀口还流着血，看上去颇为吓人。

那人却还有最后一口气，好像知道什么似的，伸出占满鲜血的左手，牢牢地抓住了方丈袈裟的一角。

“抬这位施主进去吧。”方丈看着那手沉默良久，终于还是下定了决心。“早说施主今年内有血光之灾，您却不按老衲所言尽早离开金陵。今遭此变还能活下来，全靠佛祖保佑。罢了罢了，我便救了你吧。”

“南无阿弥陀佛。”方丈双手合十，冲着西方虚空作了一揖。

## 三、不如跳舞

经过十几天的讨价还价，悟能方丈终于从开发商那里讨到了一个值班门卫的职位，给这场龙岩寺的拆迁大战画上了圆满的句号。经过这次谈判他才知道，看似无动于衷的龙岩小区的四期建造计划已经拖了整整一年。因为龙岩寺虽然几经倒塌重建，到底也是古建筑，谁也不敢轻易允许开发商把它拆毁。但归根结底，这所古建筑在众多的古建筑中也算不上有多么珍贵，等经历了足够久的考虑时间，最终还是免不了被夷为平地的命运。

拆一座寺庙，显然比拆一座楼房或者占一处农田要轻松得多。没有成批的困难户需要安置，也没有失去土地的农民联合起来静坐示威。他们所要安抚的全部居民，也仅仅是一个老和尚而已。

更何况虽然老和尚的工作在龙岩寺，这龙岩寺却并不是老和尚的。

悟能方丈也尽力尝试了撒泼耍赖，但并没有什么站得住脚的理由。如果不是老婆方红霞教导他，分别给全国佛教权益促进会和全国寺庙方丈联合会写信抗议，只怕也换不回那套龙岩小区新房子的内部价，以及一份新工作。

老实说，这两个协会分别是管什么的，悟能至今没有弄清楚。他做梦都没想到，只是一张盖了章的、出处成疑的普通警告函，就能令开发商让步。看来虽说时代不同，世人心中多少还是保留着一些对佛祖的敬畏，也并非全国各地的方丈都像他一样软弱可欺。一夜之间，悟能感到自己找到了生命的组织和归属，他一方面沉浸在巨大幸福之中，另一方面不得不佩服老婆的机敏聪明，洞察先机。

可有了靠山又如何，当全国寺庙方丈联合会终于记起要保护悟能方丈的利益之时，他已经被迫从这个位置上提前退休了，带着那些没卖出去的福袋，以及最后两箱佛香。从此世间再无悟能方丈，连一场还俗的法事都没法办，一个弟子都没能收，他就这样跟佛祖永远告别。

龙岩寺不用再去，新工作暂时还没开始。悟能方丈又做回了闲人。儿子在高中住校，方红霞在棉纺厂有工作。他每天清晨睁开眼，所见的只有一片空虚。狭窄的卧室里，他盯着墙上的镜子看，原本干净的甚至能够反光的头皮上，已经悄然长出了青色的发茬。作为龙岩寺方丈的唯一痕迹，很快就要从他身上消失了。奇怪的是，他竟然没有感到悲伤。

一天的时间其实没那么难熬。他套上T恤衫，蹬着拖鞋，漫无目的地出门闲逛。渴了就喝口随身携带的水，饿了就在路边的小餐馆里随便吃点什么。这么走着走着，傍晚也就如约而至。

直到他又遇见了那个女人。

当时他正坐在街边的小摊上，喝一碗浓香的鸭血粉丝汤。鸭血不新鲜，粉丝又过于有弹性，明显是掺了胶的劣等货。好在厨师不吝啬调料，厚重的鸡精味道混在油腻的高汤中，生出些摇曳的美味。他打开事先买好的牛肉锅贴，趁热咬开一个小角，把满是猪油的汤汁全部挤到鸭血粉丝汤中，直到乳白色的高汤掺杂了足够多的酱油色，才心满意足地撮上一小口。

在过分的油腻中，隔着更靠路边的两张桌子，那女人进入了悟能的视线。

准确地说，女人应该比悟能方丈来的还要早。她正站在一群男女老少中间，合着音乐跳广场舞。几个月过去，悟能没想到自己还记得她的长相，大概是那一万块钱从中作祟。相比在龙岩寺，女人脸上的脂粉更厚了，人也因此显得比以前精神。她的衣服仍旧紧绷绷的，勾勒出臃肿肥胖的轮廓，丰满的乳房随着音乐上下晃动，使她整个人分外明艳起来。

明艳。悟能不知道自己为什么要用这个词。他一定是牛肉锅贴吃的有些多。

分明是在城郊的大街上，广场舞的配乐却居然是英文歌。领队是两个看上去刚刚三十出头的女人，反复教了四遍之后，大多数人已经跳得有模有样了，包括那个女人。悟能不懂英语，只听出歌曲高潮部分有句 I love you 反复在唱。他知道那是我爱你的意思，悟能在儿子的英语课本上见到这句话后，便偷偷记了下来。可惜他不能对方红霞说这些，在方红霞眼中，在所有人眼中，自己再怎么过着俗气的生活，也永远是龙岩寺的方丈。

以后没有了龙岩寺，等自己的头发彻底长齐，等自己不用在吃肉的时候也戴着帽子，等悟能方丈这个名字被大家淡忘，便再没有人会用眼光来约束他了吧。就像马路对面，正在跳第五遍广场舞的女人。距离她杀气腾腾地来到龙岩寺感怀丈夫的死才多久，前尘往事就已经在她心中消失的了无痕迹。换上新裙子，女人站在大街上热火朝天地跳舞，不知那生性腼腆的丈夫生前，是否看见过妻子这般炽烈的舞蹈？

他突然对鸭血粉丝汤和牛肉锅贴失去了兴趣。倘若悟能以这幅打扮重新出现在女人面前，她还能否认出自己就是悟能方丈？女人是会虔诚地双手合十，拜拜佛祖在人世间的化身；还是看出他只是个混日子的普通职业人，对脱下袈裟的他嗤之以鼻？

悟能不知道，但这想法燃起了他鲁莽的勇气。为什么不跳舞呢？他们所有人都在跳舞，而且跳得很高兴。他整了整衣服，把沾了咸菜汤的T恤一角塞进牛仔裤腰里，挺直腰板从饭桌上站了起来。

在这个重要的时刻，悟能的手机突然响了起来。南无阿弥陀佛的歌声在欢快地反复着，将他心中刚刚产生的什么东西生生掐断。他茫然地接起电话，方红霞的大嗓门穿透层层电波，在他的耳边响起。

“你怎么还没回家？饭马上就做好了。我早上让你买的牛肉锅贴，你可千万别忘啊！要不咱晚上可就开不了饭。喂？你在听我说话吗？”

“南无阿弥陀佛。”悟能回答道，“我马上就回家。”

他重新坐回饭桌，把剩下的锅贴往碗里一扔，合着已经变凉的鸭血粉丝汤，三下五除二地喝进肚子。他把嘴咂吧得很响，轻易掩盖了广场舞的音乐，悟能感觉得到，佛祖还在他心中。

## 四、故梦

“你决定要去吗?”方丈问李昌邺，“世事无常，你怎知结果定是自己想要的?”

“我不知道。但结果就等在那里。”李昌邺回答。

“罢了，你去吧。如果想要回头，随时可以来找我。”方丈说。

李昌邺郑重其事地给老人磕了三个响头，背起他的青鲨剑，一言不发地踏出了龙岩寺的大门。

战事才刚刚停止几个月，金陵城中便又恢复了夜夜笙歌的盛景。这座城市的伤痛和灰暗，总是轻易地被浮华所掩盖。即使沿街饥民众多，酒肆和烟花巷中也依旧人满为患。李昌邺缓慢地喝着杯中的桂花酿，这里的酒兑了太多的水，早已喝不出桂花的味道，但总聊胜于无。

李昌邺在这家酒肆中已经徘徊了三天，依旧下不了走进对面那座明月楼的决心。他清晰地记得，一年前与同侪喝酒时，他便是在这里瞥见过那个长得很像方红霞的女人。他心中惶惶不安，不想对自己承认，所以什么都没说便回去了。

倘使李昌邺知道有今天的境遇，当时便不会犹豫，现在恐怕已经跟她一起在城郊种地织布了吧。可再多的想念也抵不过少年隐秘的心思，他心底总希望红霞还在不知名的故乡，好好地等着他回去，而不是在这金陵的青楼中，倚着窗户对恩客浅笑。

是啊，十几年时光流逝，即使李昌邺已经记不起通往家乡的路朝哪个方向，那女孩的脸也还是会时常出现在梦中。红霞、红霞，好像她的名字一般，少女总喜欢穿着红彤彤的粗布裙子，光着脚在村里跑来跑去。李昌邺带着她去山上爬树，去河里捞虾，把地里的红薯偷偷地挖出来烤着吃。他给她摘过很多花，五颜六色的，被红霞串成花环，编成手镯，一朵一朵插在辫子上，久而久之，她身上便总带了些缥缈的香气。

等到他进入宫中当值，暂时稳定下来之后，便想着要打探红霞的消息。可倘若少女再度活生生地出现在李昌邺眼前，就意味着多年未见的父母兄弟也会收到他身在何处的消息，这是李昌邺所不愿见到的。当初父亲抛弃他时的决绝，至今还在他心中隐隐作痛，少年抓住父亲的衣角哭的撕心裂肺，换来的却只有父亲的一个巴掌。他理解饥荒到来时父亲的无可奈何，却不愿在功成名就后给家人留下一丝一毫的攀附机会，也许，他到底也不可能有一颗顶天立地的侠义之心。

就像他既无法为保护建文帝而战死，也不愿为飞黄腾达而背主一样，李昌邺的一生，干什么都无法绝对，因此他既当不了侠客，也成不了枭雄。最后漂泊江湖，身无长物，心中所剩下的，不过是对少时美好的一点执念而已。

待他喝光了最后一杯酒，那个熟悉的身影终于出现在二楼的窗边。

女人似是刚睡醒，脸上红红的，眼神有些迷离，周身散发着慵懒的气息，在夜晚的微风中荡出了妩媚。她肩上的红纱滑落下一半，隐隐透出旖旎的春光，有醉酒的人在楼下看见了，冲着她响亮地吹了声口哨。她并不着恼，只是冲那男子点头致意。此刻夜已深了，街上的行人渐渐稀少，她盯着街道看了一会儿，似是有些疲倦，便闭上双目，倚在窗框上养神。她发中戴的那朵金黄的菊花，被朱红色的木框压个正着，想必抬起头时便已折了花瓣，不能再戴，可女人全不在意。

李昌邺望着她，就像望着一个装在锦绣套子中的稻草人。那女人并不是少女红霞，但她又分明就是少女红霞。李昌邺觉得，自己应该冲进那座房子，拉起姑娘的手，带着她一起潇洒离开。可就算女人真的是红霞，她还会记得自己吗？还认得出现在胡子拉碴的李昌邺就是当初的少年吗？也许她在金陵还留有牵挂，不能随他离开呢？

那么李昌邺的匹夫之勇，便成了明日烟花酒肆中新的笑话。看着女人的侧脸，他又下意识地去抓自己的剑，却不知该把它挥向何方。

女人终于察觉到他人注视的目光，重新直起了身子。她的眼神在对面的酒肆中曲折流转，终于落在了李昌邺身上，露出了浓浓的困惑之意。这男人坚毅而哀伤的眼神倒像是在哪里见过，可在哪呢？女人想不起来。

李昌邺直视着女人的双眼，不再躲避。他们的目光隔了整条街巷，隔了黑夜的虚空，隔了无数喝酒的男人和卖笑的女人，交错在一个未知的点上。李昌邺知道她确实是方红霞，但方红霞却记不起李昌邺了。

那个年少时陪着她爬树、抓虾、编花环的哥哥，早已死在了十几年前的那场饥荒中。少年的父亲自称把儿子埋在村头的老槐树下，少女曾在树下大哭过好几日，后来也就渐渐将往事淡忘。没过多久，她自己也被送出故乡，家中父亲的说辞，大概也是荒年早逝吧。

有只陌生的手抚上了她的肩头，原来屋中的男人醒了。她微笑地站起身，急匆匆地掩上窗户。那次对视带来的困惑，就这么被关在明月楼外。

女人再也认不出他来。

李昌邺冒死返回金陵，终于得到答案。他心里并不是不悲伤，但更多的是如释重负。不用面对跟妓女一起白手起家的未来，这于他和她来说，恐怕都算得上是一种意外的解脱吧。

他把青鲨抛在桌子上，请店小二再烫了两壶新的桂花酿。

等到李昌邺恢复意识的时候，已经是第二天正午。大概是昨晚喝得太多太急，他连怎么从酒肆走出的都记不清。当然更可能的情况是，店主搜刮了他身上的所有钱财，把他拖出门外，就地一扔了事。李昌邺习惯性地摸了摸腰间，那把青鲨剑果然不见了。不过也好，对于市井平民来说，一把削铁如泥的宝剑又有何用呢？倒不如把它捐了，也许能在新主手中物尽其用。

咬着糖人的小男孩从他身边经过，犹豫了一下，投下几枚铜钱，飞快地跑走了。李昌邺不由得哑然失笑，捡起铜钱想还给孩子，无奈他早已跑得不见踪影。

钱币上，永乐通宝四个字分外醒目。李昌邺摩挲着这枚新铸的铜钱，前尘往事，不过他心中的一场故梦。

“南无阿弥陀佛。”

他冥冥中仿佛听见了方丈苍老而平静的声音，呼唤着他开始一段新的人生。

## 五、人间市场

如果你要卖福袋，就算找不到寺庙，也绝不能在南平市场摆摊。

经历了将近一周的折磨后，悟能方丈终于得出了这个结论。自从方红霞起了把手中的福袋全部卖掉回本这个想法之后，他的生活就被彻底地打落低谷。每天不满六点起床，拖着饱经风霜折磨的福袋赶去占位置，一直到天黑市场关门，方红霞才允许他回家。悟能连着跟卖肉的大妈吵了三天架，总算勉强在南平市场站稳了脚跟。

可这又有什么用？如果你打定主意提着菜篮子到南平市场买菜，你是绝对不会想到要买一个福袋回家，顺便要卖家给你解解签文的。就算悟能按照老婆的指示写了加粗的毛笔字做招牌，并借来扬声器录制了“卖福袋，买二送一大酬宾！”的叫卖声，应者仍然寥寥。六天过去，加起来不过卖出了四个，连给城管交占路费都不够。

于是第七天，放假在家的方红霞亲自给悟能剃了头，强令他穿上那套最好的袈裟，站在市场中央卖福袋。她自己也不知从哪里变出了一身道姑的打扮，念声南无阿弥陀佛，倒也像模像样。

“你这是骗人!”临出发前看着老婆那身衣服，悟能曾经无力地抗议道。

“你就不是骗人?”方红霞无所谓地耸耸肩，“你们和尚念佛，原本就是骗人的。”

但老婆的睿智再度发挥出了作用，当所有过路人的目光都聚集在悟能方丈身上时，他知道自己福袋事业的春天终于还是来了。

没人怀疑袋子的红纱就来自于二十米外的碎布料摊子，没人纳闷为什么和尚会跟尼姑搅在一起卖东西，甚至没人索要悟能作为方丈的证明材料。人们只是一窝蜂地拥上前来，想看看真正念着南无阿弥陀佛的和尚长什么样子，顺便给自己讨个好彩头。没人遵守回家后再拆开的要求，纷纷当场查阅签文，并要求方丈法师解签。如果遇到签文不好，还要偷偷放回去，再挑一个吉利的出来，直到满意为止。

其实悟能并不会解签，为了避免这个麻烦，他以前从不允许买了福袋的人当场拆开，而是坚持让他们带回家后打开才会灵验。可反正今天是最后一票生意，只要脸皮够厚，瞎说几句，当也无妨吧?

于是久未热闹的南平市场，就出现了不少荒诞可笑的对话。

“碧桃天上栽和露，不是凡花数。恭喜您这是上上签，今年内您的女儿即将嫁出，女婿条件好得跟天上的神仙一样。”

“可是大师，我没有女儿。”

“那你有儿子么?”

“是有一个儿子。”

“那便对了。今年内您的儿子即将娶妻，媳妇美的好像天上盛开的桃花一样。下一个是谁?请大家不要急排好队，所有人的签我都会看的!”

还没到中午，困扰悟能方丈多年的福袋便销售一空。其场面之火爆，一度成为南平市场的神话之一，被摆摊者们当作案例研究。意犹未尽的方红霞在吃家里带来的猪肉芹菜馅包子时突发奇想，当即开发出了看手相服务。她用破旧的毛笔蘸着墨水，在原本摆摊用的硬纸板上歪歪扭扭地画了个八卦图样，便有人自动自觉地排起队来。

悟能临时用手机在网上查了十分钟资料，就被迫披挂上阵，摇身变成了命理专家，为越来越沸腾的人群指点未来人生的方向。他看见精神抖擞的就说长命百岁，看见萎靡不振的就说灾厄之后必有春天，看见年轻女人就说来年有缘人必千里来相会，看见咬着棒棒糖的孩子就说未来定能有一番作为。

总之，在这天的南平市场里，不管是有幸得到悟能方丈的签文解释还是命理推演，每个人都为将来的光明前程而产生了一丝欣慰。直到傍晚市场关门，悟能才安抚好最后一个边哭泣边诉苦的老太太，结束了一天的忙碌。

精疲力竭的夫妻俩躲进公共厕所，准备换衣服回家。

站在茅坑旁边，悟能方丈抚摸着那件袈裟，心情很是激荡。他以前曾听老方丈说过，当年龙岩寺香火旺盛，根本不需要使什么推销手段，佛香、福袋就供不应求，还有很多求签的香客拜请方丈解签。那会儿和尚还是很受尊重的，穿着袈裟来到附近的村庄，时常会有老乡邀请他们吃顿饭再走。

老头子说后来大家都变了，这话悟能以前很赞同，今天却觉得并不尽然。只要他带着福袋走上街道，走近人群，只要他把就近服务和上门服务贯彻到底，有没有龙岩寺，佛祖一样都在我们……

悟能方丈对未来宏图大业的构想，被敲门声生生打断，他赶忙把袈裟塞进袋子，打开厕所隔间的门。只见一个戴着红袖章的中年妇女毫不难为情地对他伸出了手，一板一眼地强调道：

“超时使用，两倍罚款。没看见门外贴的条子吗？”

在厕所昏黄的灯光下，悟能认出对方就是白天来找他算过卦的顾客之一，不由得压低了帽檐，匆忙往对方手里塞了两块钱，便朝着门外狂奔。

“南无阿弥陀佛。”他虔诚地向佛祖祈祷，希望看厕所的女人在五分钟之内，不要认出他就是白天那个骗了她福袋钱的假和尚。

## 六、听雨

临死的时候，李昌郰相信自己亲眼看见了佛祖。

死亡到来时他刚满六十岁，生在时局动荡的永乐一朝，得以在这般高寿因病去世，也算是一生圆满。初秋时节，清晨下了很大的雨。他早早地就醒了，同时发现自己衰老的身体再也不听使唤，从第一滴雨落下到渐成瓢泼之势，李昌郰一直试图向睡在窗边的小和尚求救，却一个字都没能说出口。那时他就知道，自己的生命，怕是已经走到了尽头。

身为龙岩寺的方丈，李昌邺心中对死亡并无恐惧，只是有些后悔昨晚睡觉时没有穿上袈裟，以至于不能以最端庄的仪态远行归天。离开人世之前，他希望再看一眼禅居多年的龙岩寺，既然双眼已经无法睁开，就只好用耳朵听。

寺里的大殿和偏殿都把地基盖的很高，四面被石制的台阶围起，向后延伸到龙岩山上。没人知道它们经历了多少年风霜岁月，每当屋檐上有雨滴落下，撞击在石阶上，便会发出清脆悦耳的水声。随着雨一同出现的往往还有风，大殿的四角上挂着的青铜铃铛被路过的风撞击着，与石阶上的水声一起，点缀着龙岩寺静谧的早晨。

怪不得人们都说，阶前听雨百年，佛祖心中自现。佛祖的脚步果然夹杂在这声音中降临龙岩，李昌邺发现之时，佛祖已经来到他身边。

佛祖点燃一株灯芯草，化作一缕面目模糊的光。

那是自己尚在襁褓中时，母亲缝补衣物所点的油灯。原本为了节省开支，家中在晚上都是借着月光摸黑。但那天自己的棉衣划开了很长的口子，母亲担心如果不及时缝补，他明早醒来后会被冻到。父亲此刻早已带着劳作一天的疲惫睡熟，灯是母亲瞒着他点的，怕父亲怪她娇惯儿子。他们成亲刚刚一年，从父母那里分得很小一块地，男耕女织，正是幸福美满的好时候。

佛祖举起一把剑，砍在坚硬的城墙上。

进了校尉，李昌邺很是满足。他不是贵胄出身，能在宫中领了这个差事，全靠长官赏识他勤恳忠厚，算是对他办事踏实的奖励。赐了军衔那天，他特意跟宫城上站岗的兄弟换了班。当时金陵城中正下着雨，细密的雨点打在李昌邺的脸上，却并未令他炽热的内心冷却下来。那年他刚满二十岁，军中进阶之路初始，兴许将来真的能官居高位，耀祖扬威也说不定。腰间的青鲨剑，脚下的朱红墙，远方的车马道，少年站在金陵城的最高处，是何等的意气风发。

佛祖举起一杯酒，朝着西方撒入土地。

他是隔了将近三年，才辗转听到她的死讯的。虽然李昌邺早已不问往日是非，但心中总盼着她能嫁入官家或者商户，有个好结果。可女人连这虚伪的安心都不愿给他，终究还是不得好死。她的故事其实很老套，书生靠着她的贴补读书赶考，却也听从父母之言娶妻生子，要与她各奔前程。最后一夜欢好，女人用剑割开了书生的喉咙，又带着自己刺向自己胸口的剑，毅然决然地跳下了明月楼。她去的如此轰轰烈烈，在金陵的烟花酒巷中成了一段传奇。那把剑名唤青鲨，被看作她红颜傲骨的象征，在激烈的竞价之后，由一位北方来的官人购得。她最终还是认出了李昌邺，不知那把青鲨剑上，是否还残存着淡淡的花香？

佛祖唱起一首儿歌，刚好合着春天的节奏。

他曾数次想要剃度，都被老方丈拒绝了。老人总说李昌邺有世俗之念未了，久而久之，他也怀疑起自己的诚意来。等到李昌邺早已忘记了剃度这回事，方丈倒突然来了兴致，从珍藏着的檀木盒子中取出剃刀，当场就要帮他削发。李昌邺问方丈，如何确定自己已经了却尘缘，可以皈依佛门了呢？方丈说我已经老了，说不定哪天就要死了，又何必拘那些小节，反正你早晚有一天会了却尘缘，但是我死了，还有谁能来给你剃度？

门外聚集了一群从附近村庄里跑来看热闹的孩子，好奇地围着正在剃度的李昌邺看，时不时揪他一下衣服，捡他一缕头发。几个淘气的男孩拍着巴掌，唱起了一首古老的儿歌。

和尚头，和尚头。
和尚头顶光溜溜。
贪酒吃肉讨老婆，
佛祖抛在柳梢头。
和尚头，和尚头。
和尚头顶光溜溜。
信天由命盘腿坐，
佛祖慈悲挂心头。

佛祖问李昌邺，你悟了吗？

李昌邺哈哈大笑。这么多年过去了，总有人问他，你悟了吗？什么是悟？他又应该悟出什么？是少小离家的愤恨，变节保命的羞耻，明知爱人有难而明哲保身的卑鄙，还是守着龙岩寺蹉跎一生，只求放下刀剑、立地成佛的逃避？

什么都不是，他只是一个最普通不过的人。倘使他真的悟出了一切，自己早就变成了佛祖，又何必吃斋念佛？

佛祖沉默了。他捻一枝菊花，塞在李昌邺手中，便踩着雨声消失不见。李昌邺用手去摸那花瓣，柔软光滑，像是清晨在龙岩寺的后院中新摘的。如若他死后，寺里的小和尚们能凑够钱，为他这个方丈修座浮屠塔。那么逢年过节，总会有人献上一两朵金色菊花，对李昌邺这位龙岩寺的故人聊表哀思吧？

“南无阿弥陀佛。”李昌邺最后念了一句。

这一句终于惊动了窗边的小和尚，他叫了两声方丈没得到回音，颤颤巍巍地用手试了试师父的气息，立刻吓得跌坐在地上，连滚带爬地冲进了门外的雨中。

“快来人啊！开来人啊！悟能方丈圆寂了！”

龙岩寺从睡梦中惊醒，雨声中回荡着稚嫩的童音。

## 七、日夜浮屠

佛祖做证，龙岩寺被炸药炸毁那日，悟能原本是想亲眼去看看的。

可惜前一晚正赶上龙岩小区的全体保安人员聚餐，他和几个年轻人喝多了酒，又在KTV里唱到将近天亮，好不容易踉跄地被人送回家。方红霞赶着去上班，只给他倒了一杯水就离开了。悟能倒在沙发上一睡不起，等他从金丝袈裟上身的美梦中惊醒，已经是下午四点半了。

悟能叫了一声不好，随便抓了离他最近的鞋子，风一样的冲出门去。家中那辆破烂二八车被他踩得风生水起，一路上车链子掉了两次，总算在天黑之前赶到了龙岩寺。

不，现在没有龙岩寺了。

悟能看着被无规则分布的土堆分开的平地，料想在炸药之后，开发商恐怕又动用了推土机。原本看上去威严阴森的大殿，现在消失得一干二净，饶是悟能在寺中待过这么多年，也分辨不出它原先的位置究竟是从哪个土堆到哪个土堆。

后院塔林中的浮屠塔也被小心地挖出，并列摆放在土堆间的空地上。想来塔下埋葬的龙岩寺方丈，当年也必是参透了佛法精义的得道高僧，可是人死如灯灭，就算是费尽心机在世上留下的标志，也免不了在百年后，被不知哪里冒出来的子孙毁于一旦。

这景象称得上百废待兴，可他颓然坐在地上，只知道冲着大大小小的土堆发愣。

老方丈在的时候常对悟能说，不管是卖福袋也好，推销功德碑也罢，苟延残喘总好过一败涂地，灵岩寺百年基业，万万不可断送。

但老方丈也说过很多别的话，比方说佛祖连供奉他的寺庙都救不了，要佛祖有什么用？连佛祖都救不了寺庙，要和尚又有什么用？

当然更多的时候，老方丈只是在念那句南无阿弥陀佛。

天黑了，空荡的建筑工地上，只剩下悟能方丈一人还在徘徊逡巡。他在地上翻翻找找，拼凑出了半块铜铃的碎片，有些破损的半大香座，以及一个脏的看不出本来颜色的福袋。悟能脱下外衣，把这三样东西小心翼翼地包好，放在自行车的车筐里，然后坐上车，歪歪扭扭地向家里骑去。

世上真的有佛祖吗？或许有，总之悟能是没有见过。历代龙岩寺的方丈，在这恢宏的大殿中参禅悟道，日里拜浮屠身，夜里诵浮屠经，却从没人参透过浮屠意。身为一个和尚，悟能头上有发，手中有剑，身无袈裟，心又如何向佛？

从此，人间只有小区保安李昌邺，再无龙岩寺方丈悟能法师。

# 老 电 视

广西民族大学/陆世初

## 1

傍晚，黄桂西下班回到家的时候，发现自己木壳子的老电视不见了。他就像丢了魂一样，四肢无力地倒在沙发上。

娘啊，出大事了。他浑身冰冷，好像掉进了冰窟。

他大喊一声，来人啊，都死哪去了。

刚从外面买菜回来的保姆王妈，刚进门就被黄桂西掐住了。

我那红色的旧电视呢。黄桂西问。

王妈也许被黄桂西的模样吓到了，眼睛张得鸭蛋一般大，射出惊恐的光芒。可是，一句话也没有从她的喉管跑出来，只有“呃呃”的声响。母羊呻吟一样的声响。菜篮子直愣愣地从松软的大手掉落，西红柿被砸得七零八落，就像一群匆忙逃命的红毛鼠。

黄桂西生气地说，我的老电视呢。你看到了吗。哑了吗。回答我。

王妈被黄桂西剧烈的扯动给弄哭了，带着委屈的哭腔说，我，我不知道。我真的不知道。

黄桂西意识到自己刚刚太失态了，触电般猛地松开手，喘着气坐在了门口的鞋架上。他改用温和的口吻说，王妈对不起，我刚才太激动了。停了一会儿他又说，我回家没有看到放在我书房的那个老电视，我就想问问，你知道那旧电视在哪儿吗?

王妈抹着眼泪捡着掉在地上的菜，余悸未消。颤抖着声音说，今天黄太爷买了一尊佛像，看中了您放电视的那个柜台，就把电视机卖给了一个收破烂的。

哎呀，真他妈是我亲爹啊！黄桂西双拳捶打大腿说得痛心疾首，好像自己的心被剜走了一大块。过了一会儿，他昂起昏沉的头问，你知道是谁收的东西吗？那声音像要咬人。

桄街废物回收站的陀螺。王妈说。

王妈因为害怕嘴巴打战，说出来的话就像一把石子在竹筒里翻滚，噼里啪啦。她的双腿就像站在棉花堆里，使不上气力。

黄桂西开着他那辆奥迪 A6 飞奔桄街的废物回收站。平时他出行都是用那辆半旧的自行车的，他骑自行车的身影被茶城人们赞为“茶城最美身影”。他也因为这个骑自行车上下班的举动，被茶城民众亲切称为“自行车县长”。可是当下他根本不想骑那自行车，他什么也管不了了，他只想快点赶到桄街。那辆黑色奥迪如出洞的毒蛇一样哧溜溜地飞向桄街。

黄桂西找到了那个收走旧物的陀螺。他迫不及待地问，你今天是不是收走了一台老的木头外壳的电视。我家的东西。他的言语如同一杆猎枪，让人感到毛骨悚然。

陀螺见到县长神色凶狠地问自己，“扑通”一声跪在了地上，哭着说县长我错了，我不该上您家的，我错了……他哆哆嗦嗦地说着，使足了劲让自己的声音大起来。

黄桂西用力拉了陀螺一把，让他站起来。你跪下做什么，我就是想知道你收走的那台老电视在哪里。

陀螺好像挨了一巴掌似的又大哭起来。县长呀我该死，今天下午，我把店里的一些废旧电视转手卖给了城南二手货经营店的轮胎了。啊呀，我真该死啊。我还您钱，我，我还您钱。早知道……

知道了这个消息，黄桂西理都没理那哭得像被插了一刀的可怜的陀螺，蹿上了车匆忙开走了。那尾气如一根黑色的长鞭，抽打着陀螺瘦弱的身子。

谁是老板，老板在吗？黄桂西扯着疲惫的嗓子喊了一声。四十好几的人了，又经常熬夜，是容易累的。

正在吃晚饭的轮胎听到这一声喊，放下碗筷从屋里走了出来。没好气地说，我干他娘的，谁找我。

黄桂西见到轮胎的时候吓了一跳。脸好像爬满青苔，绿油油的。轮胎自己也吓得不知如何是好，惊慌失措。像一头被猎狗围堵的羊羔。

黄桂西受到惊吓是因为，站在他面前的这个人，是曾经想把自己的头像狗头一样砍下的仇人。黄桂西当年做茶镇镇长的时候，因为道路施工受阻，派人把挡在路中间的一户人家强行推倒，推倒的正是轮胎的房子。轮胎的父亲在斗争中，被推土机无情地碾死了，皮肉模糊，骨头粉碎。下葬的时候用镊子才能把死者的尸体捡入棺材中。

轮胎从广东赶来的时候，扬言要砍了镇长的狗头来祭奠父亲的在天之灵。一天，轮胎拿着柴刀，提着汽油瓶冲进了政府大院。还没有来得及点燃汽油瓶，就被公安局的人如抓猪一样摁在了地上。轮胎被判了三年。

竟然是那浑小子，这下真他妈不好办了。黄桂西身子里如同装进了一千只蝴蝶，上下翻腾，很不舒服。

黄桂西刚想开口，轮胎举着板凳就骂了起来。你这仗势欺人的浑蛋狗官，你来这里干什么鸟事。

黄桂西没想到，这小子从监牢出来后会在茶城开了这样一家门店。他更没想到的是，他那要命的旧电视就在那小子手上。他着实有点慌了，他知道这小子肯定会记着当年的仇。他知道自己遇上刺了，遇上大麻烦了。现在从轮胎手上拿回那个旧电视是希望渺茫的。

黄桂西故作镇定地说，我不是来惹事的，我只想买回那台你从陀螺那里拿来的那台木制外壳的旧电视。我给你十倍的价钱。

黄桂西作为一县之长，平民老百姓他怎么放在眼里，何况一个坐过牢的小子？不过他考虑到那台电视的重要性，还是很克制自己的言行。就连那个“买”字也是小心换上的，他本来想用“要”这个字的，可是他认为不妥。当时，他觉得非常生气，也很窝囊。他觉得他这个县长的脸面，今天就像一块肉贩的抹油布，被无情地蹂躏侮辱了。不过为了要回那电视机，他全都忍下了。

听了黄桂西的话，轮胎突然气急败坏地摔下板凳，恶狠狠地说，老子不卖。你不走就别怪我不客气，管你县长不县长，我剁了你喂狗。轮胎拿起了身边的一把刀，一把剔骨刀。

这时候，一条黑毛大狗从门后面蹿出来，对着黄桂西狂吠。

轮胎的话像锋利的刀子，让黄桂西全身的骨头都抖出了寒气。这条狗也让黄桂西一下疲软了，不敢说什么了。

黄桂西本来可以叫上县里的公安局的人来解决这件事的，但是他不敢张扬。因为，他不想让更多的人看到他的那台红色的旧电视。看着那怒气冲冲的轮胎，黄桂西犯了难，好像一头站在深渊的狼，眼看着猎物就在对面，却怎么也不敢迈动脚步。他同时也觉得和这个恶棍流氓没有商量的余地了，上了车无奈地带着怒气走了。

坐到车上的黄桂西越想越难受，越想越心慌。无论如何不能让那台电视留在别人手中。他没有把车开回家，而是开到了连镜湖边的凉亭。

这个时候已经入秋，风吹得正凉。湖边的稻田已经是金灿灿一片了，稻子的香气扑面而来。可是，黄桂西的心里却是空落落的，整个人就像浮在冰冷河水里的一只鸡，惊恐万分。这稻子成熟的气息在他鼻子里就像耗子的尿味一样酸臭，令他恶心。他点起一支烟，在湖边不停地踱步。或许是天凉了，湖边竟没有一人走动，他恍如一个幽灵在暗黑色的湖边独自徘徊。家里人打电话给他，叫他回家吃饭。

有事，不回。回答很简短。

接完电话，他就把手机关机了，放在衣服的内袋里。当他把烟烧到第十二支的时候，他的眼睛一亮，脸上露出一种即惊喜又凶狠的神色。他挽起袖口扒了扒手表，已经是晚上十点了。他扔下只抽了一小半的烟杆，重重地跺了跺，随即开车走了。连镜湖的水把他汽车的马达声死死地吃进了肚里，就像蟒蛇吞咽一群小青蛙。

## 2

当天午夜，轮胎从烧烤摊醉醺醺的喝酒回到店门外的时候，那熊熊燃烧的烈火把他的醉意烧的荡然无存。他的店铺不知什么时候着了大火，那火就像一个长发女妖怪冲着他的店铺发疯发狂。

啊！娘呀。来人呀，救火啊，救命啊。轮胎高声大喊。

快来人啊，我的孩子，我的老婆还在里面啊，他凄厉地哭着。他拿起路边的砖头狠狠地砸向大门。边砸边喊，黑豆，我的儿呀，荞麦呀，你们快起来呀，快起来呀，着火了呀。轮胎死命地砸着门，撕心裂肺地惊恐地喊着正在店里熟睡的妻儿两人。可是，他的所有声音被波涛汹涌的火海捂得死死的，不留一点声息。当人们赶来的时候，大火已经把大半个店铺吞卷进了肚子。有的电器因为大火的烧灼而爆炸，如同炸弹，又像葬礼上燃放的冲天雷。黑乎乎的裹着浓重的塑料烧焦味的烟气，英气勃发地铺散开来，填满每一寸空气，塞满每一个活人的鼻孔。

人们拦住了欲纵身跳进火海的轮胎。寻死无门的轮胎如同一张破蚊帐软了下去，哭天抢地的用双手捶打着地面，手上爆开一朵朵血梅花。

天啊，为什么，老天不长眼啊，为什么这样对我，为什么啊，天啊！轮胎痛哭的凄惨形象令很多在场的人潸然落泪。这时候，没有人说话，没有人敢劝轮胎。一切的一切，在那两个生命消逝在世上的那一刻，都变得那么无关紧要，都变得那么自私、无耻、做作、虚伪。

办完妻儿的丧事之后，人们发现，轮胎原本黑发浓密的头发已经落了霜。轮胎已经变成了一个疯子。嘴里一直喊着妻子和儿子的名字，录音喇叭一样重复着同一个内容。见到人就说，我要杀人，扭断他的头，喂狗，呜啊，哈，呜啊。

大火发生后的第二天清早，黄桂西很不意外地接到了关于城南二手货经营店火灾情况的联合报告。汇报的人进来的时候，黄桂西脸色阴沉，直直地说不用汇报什么了，叫人去调查清理现场，安慰死者家属吧。站着的两个人惊讶地张着嘴，一句话也不敢说。还愣着干什么，快去，黄桂西生气地骂了一句。

那两人刚走，黄桂西打电话叫来秘书吴楚南，叫他出去办一件事。

清理搬运火灾现场废物的几辆货车，因为受了吴楚南的指示，把火灾现场的大大小小的废物，都拉到了城区郊外的富泰选矿厂的大仓库里，连灰烬也被装进大尼龙袋子运到了那里。

入夜，黄桂西一人开车到了富泰选矿厂的大仓库里。他站在那堆被火烧过的烂货里仔细的扒寻着，他想找到那电视的残骸。其实，他真实的想法就是要确认那台电视是不是已经被大火烧没了，那台令他朝思暮想的，又让他如坐针毡的电视是否已经永远地消失在地球之上了。如果真是那样，他的心就不痛苦了，他紧绷的脑神经也就可以放松了。他认认真真地检查了几个小时，确实没有看到那个电视的一点残迹，就是一颗螺丝也找不到。他暗想，这火真他妈猛，烧得干干净净，一根毛都不留。

检查完毕，他打电话给秘书吴楚南。这些废物里面有很多有害金属，不能直接掩埋，你叫人连夜把这些垃圾拉到垃圾场，浇了火油给我再烧一遍，保证什么也不留下。

吴秘书说，好的，我马上办。

黄桂西好像想起什么，又补了一句。楚南，我要你亲自去办，烧完后拍照片回来交差。

那吴秘书用了足足三十公斤火油利落地把这件事给办了，还用苹果手机拍了几张照片。黄桂西看了照片说，干得好，你不准对人说起这件事，谁都不能提，知道吗。

吴秘书说，明白。

黄桂西又说，你现在马上把手机里的相片永远删除了吧。

吴秘书二话不说，一下子删了那几张照片。

黄桂西很满意地笑了笑。

一天，黄桂西骑自行车经过商业街的时候，他见到了轮胎。轮胎衣服邋遢，面容肮脏地躺在墙角。那城南二手货经营店的轮胎，确实已经被那场大火烧成了疯子。说实话，黄桂西他高兴不起来，他有什么可高兴的呢？他的心还隐隐作痛，真是作孽啊，他呢喃着。他叫来吴秘书，叫他去查一下轮胎的家里还有哪些亲人。吴秘书回来报告说，轮胎家中除了他自己，还有一个嫁到瓯镇的姐姐，不过前年遭遇车祸，瘫痪了，家中经济很困难。黄桂西眉头一紧，脸色凄然，他从抽屉拿出一个信封说，把这些钱打进轮胎姐姐的账号里吧。他还说，你去吩咐瓯镇的领导，要求对这位残疾人给予特别照顾，给最好的照顾，如果镇里金资紧张，可以向县里申请。吴秘书很用心地完成了领导交给他的每一件事。

因为轮胎疯了，他店铺着火这一件事，也就成了一件只能供人们饭后闲谈的小事了。公安部门为了交差，就以店铺电路老化，用电过量而导致电线破裂起火引燃整个房屋为理由结了案。只字未提人员伤亡的事。这场大火被定性成了意外事故，而不是人为事件。

那场火灾之后的很长一段时间里，黄桂西经常做噩梦。

他梦到轮胎那疯子拿着长刀追着他砍。那家伙的牙齿长得足有食指长，红着眼睛，就像一头饿狼，杀气腾腾地朝他扑来。他在梦里都能闻到刺鼻的血腥味。他还梦到，他房子的水晶灯上挂着两个烧焦的头颅，一大一小，拿空洞的眼睛盯着他看，他感到脊背阴冷，恐怖得无法言说。他的妻子常常被他惊恐的叫声和狂乱挥舞的手臂吓醒。他还常常把自己的手掌咬得出了血。他妻子以为他害了什么怪病，第二天请了学校的假，陪着他去省城的大医院做了一番检查。但是没有检查出什么病。医生说是劳累过度，影响了睡眠，开了一瓶安眠药就让他回去了。

从省城医院回来后，黄桂西心里还是很不踏实。

有一天，市委的领导找他谈了话，他的噩梦才有消停的迹象。市委领导说，鉴于你在茶城县县长任上的良好表现，上级部门决定调你到市里工作，担任代理市长一职。

因为原市长另有任用，市里一把手的位置谁来当呢？省委和市委领导班子思来想去，还是觉得黄桂西同志是可以担此大任的，但有人对此也提出异议。最后研究决定，黄桂西同志先担任代理市长一职，待到时机成熟再转正。虽然说是市长前面加了“代理”两字，不过也没有什么区别，就像土豆和马铃薯，只不过是叫法不同，都是同一个东西嘛。

可是谁知道下一秒是什么天气呢。生活就像榔山顶上的云彩，你猜不到它什么时候放晴，什么时候飘雨。

黄桂西旧的噩梦刚结束，新的噩梦也已经悄然登场了。

黄桂西走马上任茶市代理市长一职不到一年，上级巡视组就空降到了茶省省城，还要重点检查自己所在的茶市。听到这个消息，他的心却像沙漏一样，一点一点地漏成了空空的破洞，随时都有可能破碎。他的脸皱成了油炸豆腐，干巴巴的，眼睛蒙上了一层石灰，看得人害怕。

他担心的那一刻，在一个阳光灿烂的冬天的上午来了前兆。然而对于黄桂西来说，即使是在冬天，这样阳光美好的上午并不可爱。站在阳光下，他浑身难受，像他这样一个在办公室里待久了的领导，身子突然被这样一张阳光的大网罩住了，能舒服到哪里去。那天上午，上级领导要求他到省委办公室做工作汇报。这一次汇报是他从政以来做的最难受、最艰难的一次工作汇报。他的脑海里突然闪出了一个字“死”，是的，他真真切切地想到了死。可是，哪有那么容易，一个市级的领导怎么能就这样死了呢。他需要做一点事。他用了很多理由说服自己不让自己平白无故地死去。“死有重于泰山，或轻于鸿毛。”这句话他懂，可现在，他却被这千古名言弄得很尴尬。他不想死如泰山，也不想轻于鸿毛；说实在的，他还没有做好死的准备。

回到茶市的那天傍晚，黄桂西很疲惫，但他没有回家。他给妻子打电话说，他有事要办，还要在外住一天。他让司机把他送到了茶城的龙华大酒店。他也不让司机等他，叫司机开车先回市里。他来到了酒店的总统套房，拨通了一个电话讲了几句。半个小时后，一个容貌姣好、身材苗条的女子就出现在了他的房间里。这女子不是别人，正是现任茶城的团委书记廖慧丽，年方二十有八。她从南方大学经济管理学院毕业之后，在茶镇做了两年基层干部。后来，时任茶城县长的黄桂西把她调到县团委里任职。随着黄桂西高升，她也顺理成章地成了县团委的头头。

入夜，团委书记洗好了澡，裹着浴巾像母蛇一样地钻到乳白色的被窝里，在床头暧昧灯光的照射下，这条母蛇尽显妩媚。黄市长泡澡出来后，熄了堂灯，扒拉了裹着的浴巾，一个鲤鱼打挺，也游进了光滑如丝的被窝里。那条蛇和那条鱼在里面呼风唤雨，电闪雷鸣，堪比天上神仙，好不自在。云雨过后，那老鱼披上了床头的睡衣，摁开床头灯，寂寞地吸起了烟，神色黯然。那条蛇搂着老鱼的肥腰，娇嗔地说，干吗那么愁眉苦脸的，和我在一起不快乐吗。老鱼说和你在一起是我最快乐的时光，我最近遇到了烦心事，可是一见到你，所有的烦心事就都飘散如烟了，你真是我的好宝贝。那条蛇咯咯地笑了，你又骗我，你高升了，到了市里当了一把手就把我忘了。那老鱼一把搂住那条蛇，捏着她的鼻子说，我难道不关心你吗？你哥哥的那个地产项目是谁批的。你弟弟开车撞人的事是谁摆平的。你的账户里哪个月没有几折进账，你还怨我。“折”是他们两个之间暗语，一折就是一万元人民币。那条蛇身子一扭挣开了老鱼的束缚，嘟着嘴，娇滴滴地说我是逗你玩的嘛，你生气了？老鱼笑着说我这样像生气吗？说完，一把扑倒那条蛇，在她坚挺的双峰逗留了好久才肯下来。

## 3

一天下午，市里面开党员干部大会。其他市领导临时有事去了省城，他就“临危受命”地当了这次会议的主讲人。让人们意想不到的是，素来开会不迟到的黄市长，今天的会议，他整整迟到了十三分钟。吴秘书催了他几次他才匆忙赶到会场。而且，他讲话过程中心不在焉，虽然拿着讲话稿，还讲出了很多错话。

那天，黄桂西的妻子因公出差去了湖南，家里就只有他一个人。

夜里，他突然梦到那疯子轮胎满脸是血地抱着他的那个红色旧电视，站在法庭上和他对峙。疯子说，我要你血债血偿，要了黄桂西你这狗官的命，说完他就把旧电视重重地砸向了地板。梦到这里他突然醒了，满头大汗。

这时候他床头的电话突然响了起来，吓得他差点从床上掉下来。

他拿起电话说，谁呀？

我是谁并不重要，重要的是我知道你是谁。电话那头传来一个陌生的男性声音。

黄桂西被这突如其来的声音吓了一大跳。抓话筒得手都抖了几抖。黄桂西心脏跳得像皮球一样动荡剧烈。他正了正音，你是谁，你要干什么？

那人说，我要为轮胎报仇，为人民除害。

黄桂西说，你到底想要干什么？

那人说，我什么都不想，我只想你死。

黄桂西脸色煞白，身体抖得像一条冬天落水的狗。咬着牙对着话筒说，想让我死的人多了去了，你算哪根葱。黄桂西为了不让自己乱了阵脚，说了狠话，大骂了那个人。

那人笑了几声说，不见棺材不落泪。黄桂西，你以为一场大火就能把你犯罪的罪证灭了吗？狗屁，若要人不知，除非己莫为，真是老天有眼啊，你那红色的木质外壳电视机现在在我这里呢。你烧了轮胎的房子，烧死了他的妻子儿子，你会得到报应的。

电话挂断了。

这一个电话像电一样击穿了黄桂西身体，他像一棵被砍倒的树，直愣愣地倒向了地板。

那个陌生的来电，就像一把枷锁硬生生地套在了代理市长黄桂西的脖子上，他浑身难受，有时候他觉得自己已经被绑在了绞刑架上，就差最后的一把力了。

患了前列腺病的黄桂西刚从厕所撒完尿回到办公室，就被纪检委的人带走了。

纪检委的人在一个红色的木壳老电视机里面发现了一份名单，这份名单的所属者正是黄桂西。这是一份受贿名单。黄桂西把他行贿过的人的名单、行贿金额，以及他受贿的人的名单和受贿金额，都详细地记录在了这一个黑色的本子里。黄桂西的黑暗历史就这样被公之于世了。

几天之后，从纪检委办公室出来的时候，黄桂西的头发已经全白了。

我想上厕所。黄桂西用近似绝望的声音说。

进到了厕所，黄桂西从窗口一跃而下，他想死。他麻木笨重的身子坠落到了一棵高大的桂树上，没有死成。不过他的腿摔断了，桂树的枝干刺瞎了他一只眼睛，他的下体受到了严重的创伤，一颗睾丸掉出体外，像肉丸子一样滚到了地上，被一只路过的老鼠狡黠地叼走了。树叶落了一地。场面很悲惨。

他生不如死。

## 4

轮胎从陀螺那里买来旧电视机的那天上午，木瓜正好从茶市来到茶城谈生意。顺道来看看轮胎，他的好大哥。

哥，你这电视机是好东西啊，算是古董，不如卖给弟弟我吧，我那古玩商场里正好缺这么一样东西呢。木瓜说。

木瓜老弟想要，拿去就好了，在我这里也就是破烂废铁，值不了几个钱。轮胎很豪爽。

木瓜兴奋地把那个电视搬上了车里。木瓜从车子拿出一个信封，塞给轮胎。

哥，这是买电视的钱，一定要收下。木瓜说。

你说你，你给我钱做什么。轮胎坚持不要。

木瓜急了，这是小弟我孝敬你的，必须收下。他把钱放到桌子上就往外走。

小弟还有事先走了，下次再请哥吃饭。

轮胎追出去的时候，木瓜的车子已经屁颠屁颠地开走了。

这小子，还跟我玩这一套。轮胎笑着说。

轮胎是木瓜的救命恩人。

一个冬天的傍晚，轮胎开着装满废品的三轮车到达桃河边的时候，一辆轿车失控，像石头一样掉进了桃河里。轮胎停下车子，跳入冰冷的河水中，用脚踹开了车窗玻璃，把车里的人救上了岸。那人已经昏死过去了，轮胎背起他就往茶城医院跑。被救起的人正是木瓜。

轮胎打开信封，好家伙，一万元。木瓜这小子这么重义气，轮胎很不好意思。当天晚上，他和妻子、儿子来到了茶城大饭店吃饭，这是破天荒的第一次。吃过晚饭，已经十点了。轮胎让妻子送儿子回去睡觉。他自己叫了一些好朋友又去喝酒吃烧烤了。午夜回到家的时候，才发现自己的房子被烧了。

木瓜把那电视拿回店铺之后，想把这个精致的老电视清理一番。打开后盖的时候，发现里面有一本黑皮的笔记本。笔记本用一个塑料袋包裹着。翻开笔记本，里面的内容把木瓜吓得从凳子上滚了下来。这可了不得，木瓜把这个电视架连同那本笔记本锁进了自己的保险柜中。

后来，木瓜才把这个笔记本同他轮胎大哥的遭遇联系起来。他想，他要为轮胎大哥做点什么。为此，木瓜打了一个电话给黄桂西，同时把装有那个旧电视机和笔记本的铁箱子抬进了纪检委的办公室。就是木瓜的这个举动，包括茶市市长黄桂西在内的几十个政府官员都被纪检委查办了。

茶省的反腐败斗争取得了巨大的胜利。省委省政府决定，在各个市县进行反腐成果展。许多落马官员的受贿、行贿的证据都被展示了出来，包括黄桂西的那个旧电视机。

一天，在茶城展出的时候，观看的人极其多，人挤人，像粘锅的汤圆。正当人们兴致勃勃地讨论着的时候，疯子轮胎扒开人群，冲向了展台。人们还没有缓过神来，轮胎的头已经撞向了那个红色木壳的旧电视机。那声音就像徒手一下子掰断十个肥硕的白萝卜，响声清脆。鲜红的血喷溅而出，那旧电视变得更红了。

在轮胎撞向电视的那一刻，他的嘴巴里蹦出两个词。这两个词就像两条大蛇，在人群中蠕动。

有人惊呼，轮胎死了。

有人大声问，轮胎刚刚喊了什么。

荞麦！黑豆！

荞麦？黑豆？

谁欠了他的豆子和麦子吗？竟然寻死？人们很不解。

# 孤独的夜行人

西北师范大学/刘一弓

## 一

从牛莉莉家出来，王有利的心里就不安起来，就像当年第一次拜会素未谋面的准岳父，老早就有些心虚和怯场。坐在车上时，他甚至都有些神思恍惚。但乐乐却出奇的安静，竟然像不成器的阿斗一样躺在他怀里睡着了。他本能地将乐乐越搂越紧，但他心不在焉，以至于当乐乐在这种束缚的不适中挣扎起来时，他都丝毫没有察觉。

“哎哟，我的腿!”

尖叫声如一盆凉水泼来，灌进了王有利的脖领里，让他瞬间从恍惚中清醒过来。他这才意识到是乐乐闯祸了。定睛一看，“案发现场”已经惨不忍睹。邻座上一位衣着时尚的年轻女子的黑色丝袜被划开了两条长长的口子，血瞬间渗了出来。

王有利连忙道歉。

这时，走廊右边座位上的一个高个子小伙急慌慌地走了过来。

“亲爱的，怎么了?”

女子非常生气：“你自己看！哎哟，疼死我了。你看我的腿都成啥了！我不去了。下车!”说着就要起身。

“亲爱的，别，别，好不容易来一趟，我爸妈都准备了好几天了。”小伙连忙按住女子的肩膀劝道。

“你看看我现在，还怎么见人?”女子的语气稍有缓和。

小伙子一把揪住王有利的衣领：“你怎么回事？你看把我女朋友腿弄成啥样儿

了？不管好你的狗！”

王有利自觉理亏，无言以对。这时，摆脱了王有利束缚的乐乐来劲了，倒有种替主人出头的意思，“汪汪汪”叫个不停。小伙子愈发恼火，伸出拳头就要往乐乐的头上砸去。

“住手。”这时，售票员走了过来，指着王有利说：“你，下去！谁让你把狗带上来的！公共汽车上不准带宠物！”说着就从衣袖上往出拽王有利。这时，众人眼中的火苗都汇聚到王有利身上，让王有利身上瞬间都能燃起一团火来。王有利出了一身的汗。接着，有人就喊：“下去，下去，我们可不想跟狗坐在一个车上。”“下去！”“下去！”其他人跟着一哇声地喊。那时候，乡下养宠物的风气还没有兴起，狗仍然是吃屎看门的家奴地位，不像现在跟人平起平坐的。可以想见，跟人坐在一起都难被允许，恶意伤人就更难被容忍了。

王有利被推搡到了车门口。这时，小伙子才反应过来：“他还没赔我呢，不准下，等等。”王有利醒悟过来，不用售票员推搡，一个箭步跳下了车。等小伙子下来时，王有利已经在路边的树林里消失了踪影。小伙子四下看了看，无奈地骂了句脏话就又回到了车上。

汽车开走后，王有利从一棵大树背后站起来，流着眼泪，往回走。

## 二

儿子走后，王有利就像一棵被雷电击过的树，立是立在那里，但心却早已经枯了。整个人跟丢了魂似的，无精打采的，你跟他打招呼他也像没听见似的。有时候你跟他说话时，说着说着，他的眼里就滚起泪来。你都不知道是哪句话又含盐量高了，溅到他的伤口上了。时间久了，周围人便都开始像躲瘟疫一样躲着他了。

早年的他可不是这样的。

十几年前，王有利毕业分配到镇上的水管所时，别提有多风光了。当时，和他一同来的还有他的同班同学于桂花。两人是在大学时谈的恋爱，到这里不久就结了婚。这些年来，王有利的日子过得顺风顺水。

接受过正规水利技术教育的他一来到水管所，就显示出了超凡的才能。虽然水管所有十几号人，但其他人都是野路子出身，不懂技术。机器出了大故障都是上报县里的水管站，再由水管站派人来维修。而王有利来以后就不是这样子的了。不管是哪种设备出了问题，他都能手到擒来。

我们这里的乡下有很多这样的水管所。因为这里的农业都是靠黄河水支撑，所以，各地建有很多灌溉的水渠，在这些水渠上每隔几公里就得有一座提灌机房，王有利工作的水管所就是负责管理和维护这样的提灌设备的机构。王有利加盟之后，水管所就不再需要县里的水管站再派人来维修设备了。逐渐地，周边水管所的设备出了故障，等不及县里来的维修工，也找王有利去帮忙。

水利是农业的命脉。乡亲们对掌握自己命根子的人自然是厚爱有加。渐渐地，十里八村的人就没有不知道王有利的了。所长对王有利也越来越器重。自从王有利来到水管所，水管所的业绩不断攀升，在全县水管所的年度工作考核中每每拔得头筹。没几年，所长就因领导有方被调到了县水管站当了副站长。所长调走后，王有利便顺理成章地继任了新所长。

然而，这还不是王有利成名的主要推手。真正让王有利家喻户晓的是于桂花和于桂花为他生的宝贝儿子。于桂花虽然也是乡下孩子，但却是个天生的美人坯子，优雅、端庄、和善……总之，将天底下形容美女的那些词一股脑摞在她身上似乎都不会显得负担不起。她的存在，让人觉得整个镇子都矮下去了半截，因为，没有人能够得着她高出所有人的那种气质。待在这么个灰头土脸的小地方，想想都让人觉得委屈啊。

婚后第二年，于桂花就给王有利生下了儿子乐乐。

儿子的教育成了王有利新的事业。王有利立志要将儿子培养成一个名牌大学的高才生。乐乐三岁就能背唐诗，五岁就会加减运算了。上学以后，一回到家就被王有利关在家里读书写字，周末的时候还练习绘画、书法和乐器。最要命的是，乐乐不仅服从培养，而且还善于自我培养。一到假期，别人家的孩子都到水渠里玩水，而乐乐却把自己关在屋子里啃书，不是四大名著，就是唐诗宋词。羡慕得邻居们都拿他当“教材”教训自家孩子。“你看人家乐乐……”如何如何。没几年，乐乐就像当年她妈妈于桂花一样出类拔萃了。

“我们家乐乐……”如何如何。乐乐自然也成了王有利嘴边的“圣经”，让他成天乐此不疲地在邻居们面前宣扬“教义”。那种烧包的架势，让邻居们简直愤愤难平，只得将压在心里的不快在自家孩子的屁股上青一块紫一块地翻译出来。初中毕业那年，乐乐以全县第三的成绩考取了县重点高中。这下可好，乐乐没怎么地呢，王有利和于桂花却癫狂得像范进中了举似的，逢人就夸。

乐极生悲的是，就在录取通知书下发的前夕，乐乐出事了。

王有利和于桂花到跟前时，乐乐已经被人捞上岸，躺在地上，肚子鼓得像个皮球。夫妻俩扑过去将儿子拦在怀里就放声大哭。于桂花没哭几声就晕倒在地上，被邻居们送到了医院。最后，围观的人都散去了，王有利还抱着儿子一直哭到了天黑，哭声凄厉地让过路人都忍不住要掉眼泪。

起初，王有利一直想不通乐乐这么听话的孩子，怎么突然就会被水给淹了呢?想来想去，他都觉得错不在乐乐身上，而在自己身上。乐乐其实也需要像别人家的孩子一样有一个尽情玩耍的童年。爱玩是孩子的天性，你不能将他的天性全部抹杀掉。就像再大的工程上马，征地时也得给农民留下一小块自留地，让他们种点瓜果蔬菜啥的。他觉得自己就像一个跋扈的官员，乐乐的那块自留地就是被他的琴棋书画、诗词歌赋这些大的项目工程给侵占了。即便乐乐是一个不会闹事的“顺民”，但心里总还是憋着不快。所以，正是乐乐内心那种释放的渴望要了他的命。

想明白以后，王有利的肠子都快要悔青了。

就在王有利纠结难耐的时候，于桂花住院了。

悲剧就出在邮递员将乐乐的录取通知书送来的那个下午。

自从儿子走后，王有利有事没事都待在机房里，在抽水机轰隆隆的响声里默默地坐上一整天。那天下午，王有利正坐在机房里的空地上抽烟，耳畔突然传来一阵尖利的叫声：“王有利!”“王有利!”王有利走到门口时，于桂花手里高举着一个红色的大信封，光着脚向他飞奔过来。于桂花冲过来抱住了王有利，将王有利撞出了半米远。“咱乐乐的通知书来了。”“咱乐乐的通知书来了。”王有利心里猛然一喜，瞬间又陷入无限的悲哀。

“对了，咱乐乐呢?”于桂花推开王有利问。

王有利顿时语塞，心中陡然生出一种不祥的预感。这时，他看到于桂花光着脚，脚底板已经被什么东西扎破，正往出洇着血。

“他在哪儿?我要去找他。”说着就要往出跑。

王有利一把将于桂花拽回来拦在怀里，哭着说：“咱乐乐没了！咱乐乐没了！咱回家吧。”

“谁说我儿子死了。我儿子明明活得好好的。这不，县一中把录取通知书都给他寄来了。不行，我要去找他。放开我!”说完挣脱王有利就往出跑。王有利见拦不住她，就只能随着她往外跑。

打谷场上一群孩子在玩，于桂花就跑过去钳住孩子们的肩膀一个一个地问：“见我们家乐乐了没?”“见我们家乐乐了没?”孩子们见于桂花疯了，也不知道怎么回答，只是一个劲地摇头。一些孩子见疯婆子来了就赶紧往家里跑。于桂花就往前追，追上去仍然是钳住孩子的肩膀问：“见我们家乐乐了没?”一个大男孩被于桂花弄疼了。大声地说：“你儿子死了!”“你儿子死了!”“啪”“啪”“啪”，几个耳光清脆地落在男孩的脸上。“胡说！谁说我儿子死了?!你看，县一中把录取通知都寄来了。他可是全县第三名。他怎么会死呢?”于桂花歇斯底里地吼叫着，像一个护犊的母兽，声音里爆发出无可抗拒的威猛与悲凉。男孩被打哭了。王有利赶紧把于桂花拉住，让男孩逃脱了。

一些孩子家长闻声赶了出来。几个人帮着王有利连拖带拽地将哭天喊地的于桂花送到了家里。

人群散去后，天色暗了下来。王有利将帮忙的人送出去又回到屋里来时，于桂花正在一边拿着通知书在灯光下耀，一边痴痴地笑。

立在门边上，王有利的眼里又一次涌出了泪水。

经过几个月的治疗，于桂花的神志慢慢恢复了清醒，情绪也稳定了下来。出院以后，只要不停药，除了比较嗜睡以外，醒来的时候，能在院子里转转，也能跟王有利简单的交流几句。王有利做好饭，一顿能吃一大碗。

能恢复到这种程度，王有利倒也挺知足的了。但是，于桂花有一刻不在他眼前晃荡，王有利心里就不踏实。好在自从王有利当了所长以后，于桂花虽然是所里的一名职员，但所里的事务也就基本上不再参与，与普通的家庭主妇没啥两样。这样，每次处理机电故障时，王有利就将于桂花也带到机房去，忙活完再陪她一起回来或者一起去集市上转一转，买买菜啥的。

夜里，等于桂花睡了，王有利才能一个人出来透透气。

机电间和渠上的小桥是王有利每次的必经之地。去机电间察看一下机器，然后再去小桥边。每次他都要带一个蛇皮口袋去碰碰运气。因为小桥这儿是个转弯，汽车在过桥时或者转弯时经常会掉下一些东西来。运气好的时候，能捡到不少东西，几块煤，几个土豆，几根柴火的情况是常有的事。自从于桂花得病以后，每天都要花医药费，虽然两个人的工资加起来也应付得过来，但是，天长日久的，王有利就不得不为长远打算了。几个土豆，几根柴火，捡到家里，总归是一种额外的贴补嘛。

## 三

一天，王有利收拾完碗筷，安顿于桂花睡下后，踱出院子，到小桥边，将蛇皮口袋铺在路边的土堆上坐着抽烟。刚点着火抽了两口，耳边传来一个微弱的“嘤嘤”声，王有利四周看了看，没发现有什么异常，就不再理会。过了一会儿，过来一辆汽车，车灯从远处铺过来，照得王有利睁不开眼来。他手搭凉棚才看见眼前七八米远的路边上，一个方形的东西在灯光下微微颤动。王有利走到跟前，打着火，俯下身去，只见是一个纸箱子，箱子上有一个小孔，凑近小孔看过去，一个毛茸茸的东西，在动。他借着火光，用钥匙沿着缝隙将封口胶带划开。一只小狗伸出了头，竖起尾巴叫了两声：汪汪。在微弱的火光下，眼睛亮亮的，可爱极了。

将箱子放在脚地上，小狗一下子蹿了出来，退到墙角“汪汪汪”叫个不停。于桂花睁开眼，看着地上的这个小东西，瞬间产生了兴趣，一脚跳下床，到跟前挑逗起来。小狗竟然不叫了，摇起了尾巴。

“哪来的?”

“捡的。”

“赶紧把衣服披上，小心着凉。”

“没事，没事，你赶紧给弄点吃的，应该饿了。”

王有利很久没见过于桂花如此喜笑颜开过了，心中不禁涌起了一股暖流。

小家伙似乎很快就融入了这个家庭，成了于桂花的跟屁虫。于桂花走动时它就跟着走动，于桂花坐着时他就趴在椅子下面。于桂花睡觉时它也趴在炕檐下的脚地上睡觉。于桂花抱柴火时掉下几根柴火，它就叼起来跟着于桂花送到厨房里去，于桂花洗菜时掉下一个菜叶，它见于桂花平时都扔到鸡笼去，就叼着放到鸡笼的食槽里去。偶尔也会自己溜出去在院子里晒晒太阳，走一走。小狗的出现，让于桂花心情好了许多，不仅给它按时喂食，洗澡，还开始主动地接触人，开始经常到院子里晒太阳，跟村里的女人聊天，主动地找事做了……

于桂花时常看着乐乐的照片发呆，时常念叨乐乐的名字。后来，小家伙就对“乐乐”这个词敏感起来。当它跟于桂花走散时，要是于桂花又在哪个房间念叨乐乐，它就能循着声音找见她。再后来，小家伙似乎以为“乐乐”就是为它起的名字，“乐乐”这个字眼从于桂花或者王有利的嘴里吐出来时，它就一蹦子跑到他们跟前来。渐渐地，当找不见小家伙时，唤一声“乐乐”，小家伙便就能从某个角落里钻出来风风火火地蹦到他们脚下。渐渐地，这只狗在王有利和于桂花心里渐渐有了跟死去的儿子相等的位置。有些心里话，也会像以前对儿子说时一样说给小家伙听。

乐乐渐渐长大了。于桂花的病也彻底好了，王有利也不再寸步不离地跟着她了。

## 四

两年后的一天，王有利从外面回来，于桂花哭着说乐乐找不见了。王有利的耳畔登时像响过一声炸雷，整个人都快被震裂了。

他彻夜未眠。第二天天还没亮就出了门。但挨家挨户问了几个村子的人，也没找到任何的蛛丝马迹。王有利很沮丧，但眼看着于桂花精神又将崩溃，只能将自己的沮丧和疲惫搁置起来，让焦虑和苦恼占满心间。有一天，他感觉已无处可找，就躲在机房里想办法。

他盘算了一番之后得出结论：乐乐从来不会乱跑，按理说不会跑到较远的地方去。那么就只能是在家附近丢了。这样一来就排除了自己走丢的可能性。而在家附近有一条公路，那就很可能是有过路的看见后起了歹意将乐乐抓走了。但是，这种解释似乎也讲不通，因为乐乐几乎是跟于桂花黏在一起的，很少单独出去逛。那么，单独出去的时候，只有可能是在夜深人静的时候。这就排除了被人抢走的可能性。那么，夜里出去丢了，还不是自己走丢了，难道是被夜路汽车轧死了？

想到这儿，王有利的心里颤了一下。一种不祥的预感从心中陡然喷出。这时，他猛然记起前几天在后山公路弯道上曾见过一个被压成纸片的动物尸体。但这条公路上经常轧死从两边人家跑出来的动物，鸡呀，猫呀，狗呀的，人们都习以为常了，谁还在意呢。但想到这儿，王有利就坐不住了，赶紧骑上摩托车到山后的弯道上去看。他拿起一根木棍，将纸一般的尸体翻起来，底下赫然放着一个被压扁的铜铃铛。

王有利心里擂起了大鼓。半年前，他和于桂花给乐乐拴过的就是这样的铜铃铛。再顺着皮子往下比对，额头上有一撮黄毛，尾巴梢上有一撮白毛，完全能跟乐乐对上。王有利瞬间两腿发软，借着手中的铁锹才没有跌倒。

王有利将乐乐连同它的铃铛一起埋在了一个向阳的山坡上。那天，他坐在旁边抽了半天的闷烟，太阳回窝的时候才起身回的家。

一连几天，回家后见于桂花哭哭啼啼，他就心乱如麻。

如何才能找一个跟乐乐一模一样的狗，还要跟于桂花有那样的默契，谈何容易！但是，没有乐乐，于桂花是不是还会疯，疯了咋办？一连几天他又失眠了。当于桂花哭累了睡着以后，他还在炕上翻来覆去“烙饼子”。白天，他还是嘴上应承着去找狗，一出门就溜进机房一个人待着。他感觉有一个巨大的枷锁套在了他的脖子上，让他气喘吁吁又无可奈何。

这些日子，巨大的压力让王有利清瘦了许多。唯一值得安慰的是，于桂花这阵子迷上了看电视，在看电视时就能安静一会儿。每天晚上，王有利都陪着于桂花看电视。电视机响着，于桂花在一旁傻傻地笑，王有利的心思却时常不在那上面。

“快看，快看，这对双胞胎唱得真好，长得也一模一样。”于桂花推了一下王有利说。

“哦。”王有利回过神来，看见电视里一个选秀节目上，一对双胞胎姐妹在台上又跳又唱。歌声并没有引起王有利的兴趣。但王有利却无心插柳地获得了巨大的灵感。双胞胎？王有利瞬间意识到困扰自己多日的枷锁已经找到了开解的钥匙。

第二天天刚亮，王有利就骑着摩托车去了岳父家。

王有利依稀听过岳父家早年的一些旧事。王有利没有见过岳母，只在相框里见过一个跟于桂花长得极像的年轻女人的黑白照片。王有利听于桂花说过，她妈妈在她出生后的当天就死了。那是1968年，“文革”正如火如荼的时候，于桂花的妈妈在产下一对双胞胎女儿之后突发大出血，让沉浸在喜悦中的老于头措手不及，等叫来队里的拖拉机送到县医院时，他老婆已经奄奄一息。而可怕的是，医院的主治医生都被红卫兵关进了牛棚，几个造反派出身的年轻医生根本没有任何经验，还没等几个“冒牌”医生定出一个治疗方案来，于桂花的妈妈就咽了气。

于桂花的妈妈死后，两个刚出生的丫头加上才三岁的儿子于明亮，让老于头晕头转向。即便是找来了一头奶羊，但没几天，两个女婴就皮包骨头了。见老于头把两个丫头拉扯成那个样子，村里有经验的妇女们都说，再这样下去，非把两个女娃都耽误了不可，都建议老于头赶紧将一个丫头送出去，自己保下一个，兴许两个都能活命。

送人前，老于头经历了一场剧烈的思想斗争。手心手背都是肉啊。这可如何是好？话虽是这么说，但细比起来，总还是能分出个薄厚来的。最终，老于头像挑红薯一下，给自己留了个大的，将瘦小一些的大丫头送了出去。后来，自己拉扯的小丫头于桂花精精爽爽地长大了。大丫头自送人后就断了联系，生死未卜。而现在，老于头也在几年前突发脑出血离开了人世。大舅子于明亮也仅仅是从隐约中记得当时抱走妹妹的是邻县的一个走艺的木匠。而抱走了孩子以后，木匠自此不再来这里走艺，人们也不曾再见到过他的踪影。

听大舅子于明亮的残片式回忆，王有利的心里就像打了一场赛车游戏，顺顺当当地过了一关又一关，正兴奋着，一不留神，最终还是被前方一堵高墙给撞翻了车。

希望渺茫，但他别无选择。

从那天起，王有利就开始骑着摩托车成天走村串巷了。

王有利的摩托车跑遍了邻县的所有地方。年底的时候，终于顺藤摸瓜，找到了老木匠的村子。据村里人说，老木匠老两口到老没能生育，领养丫头时已经五十多岁。丫头随老木匠姓牛，叫莉莉，长得很俊，后来嫁到了X县的X乡。老木匠没等收上姑爷的彩礼就入了土。后来，莉莉出嫁了，她妈也没几年就死了。莉莉也就了无牵挂，从此再没有回来过。牛家的房子、地都收回了村里。

听王有利来询问牛家的事，村里人都感慨：牛木匠一身好手艺，靠着多年走艺的积蓄建起了村里最好的房子，但是，苦了一辈子，自己没享上几天福，死了死了，连个守家业的人都没有，不值。据给他提供线索的老人说，房子收回以后，由于和村委会连不成片，村里也没法利用，就闲置了几年。后来，政府要兴办公共体育文化事业，村里就扩建了村委会，安置了一些公共文化设施，平时就供一些老人在里面下棋，打牌。但老人们时常玩出不愉快来，尽找村支书和村主任替他们断官司，时间久了，村干部不胜其烦。几个村干部灵机一动，将牛家的院落开放，挂起了“老年人活动中心”的牌子，专供留守老人们在里面下棋、打牌。有了官司，也就不会再绕老远的路来找村干部理论，村委会落得个清静。

王有利在提供线索的老人的指引下到牛家的房子边，见一群老人在门口下棋，还有几个老人默默地坐在门口晒太阳。王有利转了转就回去了。

知道了地点，又知道了姓名，王有利在派出所的户籍科很快就找到了牛莉莉的下落。

见到牛莉莉的刹那，王有利惊呆了。从长相、身材、声音各个方面来说，牛莉莉与他老婆于桂花简直都是一模一样。说明来意后，牛莉莉表示非常愿意帮王有利这个忙，并且对自己的身世之谜充满了兴趣。她小时候从别人口中得知她不是老牛的亲闺女，但是，她没想到自己还有一个双胞胎的妹妹，还有这么多曲里拐弯的故事。牛莉莉缠着王有利讲了一下午的家世并表示一定要马上见一见这个妹妹。

当天晚上，牛莉莉随王有利见到了自己的妹妹于桂花。于桂花见到这个从天而降的姐姐，心情好了很多，王有利一看，于桂花竟然跟没病人似的，兴奋得做了一大桌子好菜招待了牛莉莉。随后的日子里，两家的走动多了起来。牛莉莉时常来看于桂花。于桂花的病情也减轻了很多，特别是牛莉莉来的时候，就几乎跟没病人似的。

谁也没有想到，于桂花的病情又反弹了。而原因恰恰是姐姐牛莉莉的频繁探望。牛莉莉时常带着她的儿子来于桂花的家里，每次来，当牛莉莉的儿子贝贝在于桂花的眼前晃悠的时候，于桂花对儿子乐乐的想念就瞬间飙升。贝贝看起来跟乐乐是那么的像：乖顺，懂事，就连长相都是那么的相似。

有一次，牛莉莉要起身回家时，于桂花突然犯病了，她扑过去抱住贝贝，双手死死地箍在贝贝的腰间，对着牛莉莉大喊：“谁也别想带走我的儿子！谁抢我儿子，我就跟她拼命！”牛莉莉吓坏了，扑上去就要抢贝贝。这时，王有利见两个女人都疯了，赶紧出来拦住牛莉莉说：“冷静，冷静。她不会对贝贝怎么样的。”贝贝被于桂花歇斯底里的喊声和铁链一般的紧箍给吓哭了。王有利拦着牛莉莉，两个人都哭了。

于桂花又进了一次医院。出院后，又开始不间断的吃药维持治疗。

牛莉莉再不敢把儿子往于桂花的家里带，也不再频繁地去看望于桂花。王有利和牛莉莉一合计，为避免节外生枝，还是得让于桂花恢复到之前的状态中去。贝贝肯定是再不能出现在于桂花面前了。牛莉莉也得少出现为好。

王有利又开始骑着他的摩托车满世界跑了。而这次找的是一条狗，如何找一条跟死去的乐乐一模一样的狗，又成了王有利的登天难题，而王有利还只能拼了命去造一架云梯。找牛莉莉最起码是有一定线索的。而现在要找狗，根本就没有任何线索，简直就是大海捞针。王有利很清楚这件事情的难度，但他还得捞呀。不然咋办，于桂花病情在经历了一次大的洪峰之后又恢复了平静，但长期服药，精神已经大不如从前，而且又开始见天的絮叨王有利了："你天天说找乐乐，找了多久了，在哪儿呢?""我要我的乐乐!"絮叨上一阵子就一个人哭去了。

王有利捞了个把月，见过了上万条狗，但仍然一无所获，没有一条跟乐乐相貌完全匹配的狗。针没捞着，但肚里鼓鼓的信心却被针一样的什么东西给放得瘪瘪的了。

难道就真的认得那么准吗？王有利反转思路，他想来个偷天换日，蒙混过关。那天，王有利从外面拉来了一条狗，牵到于桂花面前，风风火火地说："桂花，我把乐乐找回来了。"于桂花扑上来一看，狠狠地说："王有利，你以为我傻啊。这是乐乐吗?""你就糊弄我吧。我告诉你，王有利，乐乐是我儿子，我能认错吗?"王有利感觉情况不对了，赶紧赔笑说："啊？错了吗？这是张二愣给我的，他说他找到了乐乐。我老远一看大样子像咱乐乐，就赶紧拉回来了。都没顾上仔细看。你看看，这还真不是。你赶紧进屋，我去找张二愣算账去!"

王有利的心又一次从云梯上跌落下来。但是，坐在地上沮丧上一阵子，还得继续往上爬。他还是得每天很早起来就骑着摩托车往外跑。因为，出门时只有寻找乐乐这个理由才是正当的，也只有这个理由，于桂花才会安安稳稳地待在家里等他的好消息。但是，这也让王有利越来越害怕回家，每次空手而归时见于桂花泄气的样子，他的心就像刀绞一般。

一天晚上，王有利安顿于桂花睡下以后，一个人站在桥头的弯道边抽烟，从后山下来的一辆拉煤车在弯道处一个急刹车，煤块哗啦啦掉下了一堆。看见这一幕，王有利喜上心头，就像鲁班被一片落叶划伤皮肤得到了发明锯子的灵感一般。心想：对，从这个地方掉下来的东西，肯定是从山里往下走的车。自己基本上一直是在路的下坡方向找，怎么会找见呢？

王有利打定主意，骑着摩托车开始在上坡方向挨家挨户地找。果然，不几天，就找到了一只跟乐乐一模一样的狗。这只狗刚满月，同一窝总共有四只小狗。王有利盘旋在狗窝不走，狗妈妈觉出了危险的来临，猛叫几声唤来了女主人。

还没等女主人开口，王有利就急切地问："你们家前年是不是丢过一只小狗?"这话把女主人问住了，愣了半天说："好像没有吧，你是……我好像不认识你啊。你是干啥的?!"王有利没有回答，自顾自问："在马路上，一个小桥边的弯道上，从车上掉下来的。有吗?"女主人想了半天说："哦，好像有，我想起来了，那次是我姐给她儿子抓了一只，结果晚上回去我姐打电话说在路上丢了。那都前几窝的了。""对对，就是那只。""你是干啥的？问这个干啥?""把你们家这只狗卖给我吧?"王有利指着最像乐乐的那只狗说。

见女主人越来越疑惑，王有利就将事情的原委告诉了她。女主人听了王有利的讲述，差点都要掉眼泪了，于是当即决定就把狗送给王有利。王有利拗不过，最后就在摩托开动后将一百块钱抛在了后头。

王有利还是照常很早就骑着摩托车出门，很晚才回家。由头还是出门去找乐乐，但他每次都去的是牛莉莉家。

在牛莉莉家，他们对这只小狗展开了一场旷日持久的演习训练。按照于桂花与乐乐交往的习惯，他跟牛莉莉一起每天陪这只小狗训练乐乐所经历的一切项目。直到小狗完全认同了自己的名字叫乐乐，并且能和牛莉莉打成一片。

……

## 五

到家时，天色已晚。

王有利将乐乐放进大门口，躲在黑暗里窥视着里面的动静：小铃铛叮叮当当地响着进去了。接着，门灯亮了，于桂花跑出门大叫了一声："乐乐!"乐乐在于桂花周围撒着欢狂跳了一阵后，扑进了她的怀里。

王有利回过头来，靠在门帮上，长长地舒了一口气，泪水又一次簌簌地流了下来。

2015 年 11 月 10 日定稿

# 洁　　癖

福建师范大学/姚建花

当闪烁着的警灯的光从男人脸上划过，一场扫黄席卷整个东莞，男人坐在沙发上，一边看着新闻报道一边从鼻孔里缓缓地吐出两串白色的烟圈，在云雾缭绕中他想起了自己远在家乡的妻子，她也扫黄。那个蹲在厕所，卖力地刷便盆里黄色污垢的背影，她乐此不疲地清理着，似乎没有别的事情可以做，而那块黄斑却像极了生命力极强的草，过一段时间又会重新抬头。随着年龄的增大，她全身的肉会随着刷马桶的频率在有节奏地震颤。你知道的，男人都是审美动物。他用手扇了扇云绕在眼前的烟雾，仿佛想将这些组成妻子发福形象的颗粒物拍散，接着又干脆利落地打开窗户，让对远方妻子的思念同烟圈一起在空气中渐渐消散。不经意间他看到一片红色醉人的灯火在闪烁，一盏盏红着眼不断地朝他招手，殷勤而又喧嚣。远远的，就看见了它们，不，更像是它们自己闯进你的视野，一个个打扮得是如此花枝招展，散发着醉人的气息。过了桥就不断地会有女人过来拉你，声音细里细气的。他去过，今天他又来了。踩着桥下凝滞的，发黑又发臭的河水的味道，进了一个女人的屋里。

忽地一群强盗破门而入，明晃晃的光猛地刺进他的双眼，他像应对意图闯进自己家的强盗，急忙闭上了眼睛，只是从缝隙中看到他们把赤条条的自己和自己怀里赤条条的女子粗暴地拉起来，动作干脆得像从油锅里捞起两根金黄的油条。女子尖厉的叫喊声似油沾了水般刺在自己耳膜上，他觉得不大舒服，机械地配合着，觉得自己不能如此赤条条地出现在家里的电视上，觉得自己从未如此在意过自己的妻子，他被自己的爱打动了。正是这股爱的力量，唆使他不顾一切抓起身边的衣服往头上套，“啪”，一个响亮的耳光，女子再次发出尖厉的喊叫声，他顺着那叫喊声望过去才知道这一记是打在自己脸上，“给我老实点。”警察厅里，面对警察的质问，“你这么做，就不会觉得愧对自己的妻子吗?”愧疚？距离自己第一次在朋友的怂恿下来到这里，那种愧疚，与妻子煮饭的味道共同成为一种遥远而模糊的存在，只有在深夜，你压低鼻子认真地嗅，才可以依稀闻到。而这种内疚总是与妻子的洁癖紧紧地挨在一起，像无名指跟小拇指，妻子的洁癖总是轻易地让他失去了欲望跟乐趣，充满机械跟流程感。“是的，正是妻子的洁癖逼自己这样的”，他自我强调了一遍又一遍，一遍又一遍地将褶皱起的内疚感抚平。“警官，我一个人在广东已经十几年了，过年才回家几天，你也是男人，知道男人都有需要嘛……”一丝狡黠的笑意闪过嘴角，他们轻易地达成了共识和理解，因为他们同属于一种生物——男人。

这个被抓的男人是林子家的男人。

林子家的男人下海经商发财后，不但在A城最富裕的小区买了房子，还把自己唯一的孩子送进A城最好的中学，让他接受好的教育。林子正是为了照顾自己的儿子，选择留在了A城，与丈夫分居两地。我倒是从没见过他们，却从她嘴里听说过那么几回，她嘴里的儿子总是一如既往地优秀，性格也好；她的丈夫则是位成熟多金的绅士。她常常说起自己的丈夫未去深圳时只吃她做的菜，从不下饭馆，啧！连家里小保姆做的他也不吃呢，“只吃我做的！也不知道什么毛病，其实啊，我做的菜并不好吃。”她说这话时眼里总是飘浮着笑意，我于是知道了她的丈夫还深爱着她。而林子原有些轻微的洁癖，并不严重，只是某些行为在旁人眼里好干净得怪异了些，比如她去麦当劳一定要先在自己的座位上铺一块干净的塑料膜，我曾经亲眼看见过她铺薄膜时周围人眼里的诧异，可是朋友之间，我想家人之间也是吧，久了也就习惯了。但是她的洁癖在她丈夫离家后似乎愈发严重了。之所以会这样，极有可能是因为她利用自己的洁癖来打发一个人的漫长的时间。

你不知道，我丈夫离家后，我对于时间突然有了一个新的比喻，它是我在厨房熬汤时不经意发现的，原来自己不是在过生活，而是在熬生活，熬每一分每一秒，熬到过年，那时我的丈夫会从深圳回来，我就会把这碗时间熬成的汤端上桌，摆在他面前，我看着他咕咚咕咚地大口把它喝个精光。他走后，我有了很多改变，开始变得喜欢重复地去做一些事情，我一天要把家里的每一个角落都抹过好几遍，因为我坐在沙发上总能看见阳光中有许多灰尘在飞舞，它们让我难受，就像扎在血管的细小玻璃片；一天时间里，反复地洗手跟洗澡，好像这样时间真的就能流逝如流水了，我希望它能快点；我总是拿着遥控器，对着电视，将调频按键反反复复地摁，却很少找到自己喜欢的节目，电视节目不知何时也变得无聊重复，偶尔我为了打发时间甚至勉强地看《还珠格格》，或许我只是想让房子多些声音罢了；我在每个夜晚都会不断地变换睡姿，只是为了找到一个让自己能够入睡的姿势。我开始细致地观察一些东西，对于自己的观察，是在一次洗澡时发现水的纹路不再是垂直向下，而是绝望地在自己腰部叠起的肉上打了个折，我恐惧地意识到我胖了！我跑到房间拿起镜子，第一次如此清晰地观察自己面容的变化，不知何时岁月这种巨大的蜘蛛，竟悄无声息地爬上自己的眼角，吐丝织网，我对着镜子竭力地把眼角上的每一道细纹撑开；我甚至认真地听过花蛤在汤里张开嘴巴的声音。我有时有些易躁，特别是在隔壁夫妻打情骂俏的戏谑声穿过墙，揪着自己耳朵不放的时候，每当这个时候，我总是不爽地离开大厅，脚底的拖鞋发出扭捏的吱吱声，仿佛在告诉我它不喜欢我逃避。也许你会在想，既然这样，为什么不上网呢？一部接一部的电视剧，疯狂地购物、聊天，这些我都尝试过，可是它们尚不足填满时间这个巨大的仓库，它还会留有许多缝隙，孤独、无聊会从这些缝隙一点一点地渗透进来，就像从屋顶漏下来的雨水，虽然只是一点点，也会引起霉变。我的丈夫会打电话过来，确实较最初少了，也许是他忙吧。其实，你或许会想，我期待着他的电话，这电话，能为我熬的汤加调料，我自己理所应当也应该这么想的，但好像不！我有时害怕接到他的电话，不，其实我更怕的是电话里我们持续的沉默，最近我们好像总是没什么话可说，除了孩子，我常常希望魏璇（我儿子）能多考几次试，这样我们就能有多一点的话说了。

我想她所说的沉默或许是一种情绪，它悄然地在他们彼此之间酝酿、发酵，有了隔夜米饭的酸味，他们或许也隐约察觉到了，只是双方都不提，因为他们有着一本本子，上面写着他们的关系，正是这本本子不断地给他们暗示跟确认，而且他们还有了孩子。于是曾经的亲密虽然已被时间与空间肢解成碎片，却从未消失过，而是残存着，这碎片会让林子的男人在街上遇见买菜的妇女时蓦地记起该给她打个电话了。

林子为了打发时间还去了教堂，换句话说，正是无聊让她有了一份信仰。唱诗歌，做礼拜，读圣经，参加聚会，这一切让她的生活充实而有了新意。正是充实感跟新鲜感让她在她的信仰跟她的日益严重的洁癖症起冲突时，选择了信仰。敬拜唱歌时，带敬拜的人，为了强调弟兄姐妹在主里是一家人，常常会让弟兄姐妹彼此牵手，事实上这样的确认跟复习总显得有些生硬，毕竟有时牵手的双方甚至并不认识彼此，牵手更像是在集体执行一项命令，伴随着牧师的一声“牵手”，信众们十指相扣，嘴角上扬，亲切地相互点了点头，真诚得让你产生某种错觉，你们之间的友谊会像永生一样永恒。可是当一首诗歌唱完，对方挣脱着松开你的手，或者礼拜结束，那个所谓的“家人”面无表情地从你身边经过时，你就会如梦初醒，原来并没有永恒，并没有永生，友谊、生命都是暂时的，甚至是编排的。如果你从上文对林子已经有了些许认识，你就能体谅她的别扭跟不安了。于是，礼拜结束，你总能在洗手池前找到不断冲洗双手的林子。可是有一次，她却没有。那天，站在她旁边的是工商局的一位副局长，个头高大，戴着眼镜，看上去儒雅风趣。林子在我们结伴回家的路上说起他，评价他是位成熟的绅士。这熟悉的评价，让我一下子就想起林子那位下海前只吃林子做的饭的丈夫，我没有直言，只是看着似乎在想什么的林子，闻到了林子对那位工商局副局长的好感。这好感是危险的，特别是对于与丈夫两地分居长久独自一人的女人，这好感长着螃蟹那样的大钳子，装死着一动不动地等你主动去靠近和触碰，待钳住后想逃也逃不得了。

在教堂礼拜后，林子就这样捧着那股潮湿的温热一直到家，她反复温习着那时的温度，心跳的频率。那种久远的熟悉感一下子让她重新回到了自己与丈夫的过去。工商局副局长和丈夫……啊，将这两个人摆在一起，这种念头让她恐惧，这恐惧像一根针扎似的使她像个清醒地知道自己正在泄气的皮球。不想了，还是洗个澡吧，让这一切的坏念头都随着水流去下水道吧。是的，她喜欢水，不仅因为水给她时间如流水逝去的快感，更是因为水能洗掉沾在她身上的灰尘甚至是肮脏的想法，她仿佛看见所有的肮脏与不洁在水流力的冲刷下落荒而逃。她赢了，她对着镜中的自己得意地笑了，她将那个不祥满怀敌意的念头杀死了，就像拿着积蓄着最大力量的水流对着刚从土里探出头的新芽，看着那新芽一点点蔫下头，水流在它四周冲出一个旋涡，夺去了它继续生长的土壤，这才放心地卸下武器。可是她一出来，还是对如此软弱轻易向诱惑投降的自己感到不满。而这种不满更具体地说是她无法理解自己为何仍旧在意那只牵过她的手。是的，她无法原谅自己那久久不肯散去的在意。让她痛苦的是她清楚地知道对方只是单纯地出于信仰与她牵手，自己还是生动地痛苦着如同谈了一场刻骨铭心的恋爱般。她没有办法弄清楚自己究竟为何这样容易地就恋上一个只见过一面的男人，难道就因为他像自己的丈夫？不！她开始哭泣，这样的联系让她觉得可怕，他们最好永无瓜葛，更该死的是，自己竟在如此神圣的地方偷偷犯罪，于是她跪在床上，黑暗中开始向上帝悔罪，或者说转移她的痛苦，人都需要倾诉，特别是这种时候，她喋喋不休，一连好几个小时，回应她的却是一片黑暗跟寂静，然而正是这样的沉默让她放心，上帝是个可靠的人，她的这个秘密永远安全，不会被公开。之后她便拒绝再去教堂了。聪明人总是远离诱惑自己犯罪的一切可能，傻瓜才在罪恶面前跃跃欲试，觉得自己能经受住考验，这就有点类似抱着一定要创造摆脱毒瘾的奇迹最终却成瘾的人，人就是再刚强倔强，也是免不了要犯罪的，因为罪恶是我们与生俱来的，林子清楚地明白这一点，她无法保证自己下次再面对那个男人时心跳的频率不会发生变化，但是只要她不再见他，却是可以在冗长的时间里把他忘记的，毕竟她只见过他一面，她可以用这个理由说服自己不去爱。以前的林子最不相信一见钟情，她觉得那是滥情薄情以貌取人的人的爱情，长久不了，她一直觉得感情需要慢慢酝酿，需要细节，需要用心经营。所以她对自己竟也一见钟情而十分懊恼，她觉得自己好像变成另外一个人，这难道就是时间熬出来的吗？而在教堂谈情总让人觉得罪加一等，对神明的敬畏，也阻止了她进教堂，因为她觉得不去做礼拜的不敬总是强过去了却在那里谈情的不敬。另外，教堂是他们相遇的地方，虽然他们的“爱情”只是林子一个人的自导自演，但是在她的剧本里，教堂对他们的“爱情”毕竟有着重要的意义，既然这场“爱情”注定要被扼杀，她不愿意再去一个让她想起过往的地方。

可是如今，林子却得知自己的男人被抓了，原因是嫖娼。她看着眼前自己精心打理过的一切，家具、电器，觉得一切都变得可笑。可是在林子发笑之前，它们却先咧开嘴笑了，不再像往常只是静默地站在黄昏里。她疯了一样地打乱了一切，摔碎了遥控器，一个像弹簧一样的小零件在地面上弹跳了两下，终是自讨没趣地趴在了地上，而她也用尽了力气，瘫软地倒在了刚换的沙发上。她冲进洗手间，不断地撩水洗脸，直至睫毛上挂满水珠，视线模糊，她才终于想清楚，这一切是真的！这个曾经她最喜欢的地方，有水流，有音乐，飘散着醉人甜腻的味道，是她跑了好几家香料店才调出的，顺着这股气息，与丈夫共度蜜月的那片薰衣草花海就会斑驳如幻灯片放映在眼前。而此时，这股味道却让她觉得刺鼻，像只无形的手，不断地搅动她的肠胃。她觉得自己曾经在夜里的跪姿、忏悔、流泪都是一种巨大的讽刺，无论是对自己还是对丈夫，抑或是对那个全能全知的上帝。丈夫如果知道自己曾经为他这样克制过一段额外的情感，他看到自己这样跪着祷告，流泪痛苦，会怎么想？会不会嘲笑她？还是会感动？不，他一定会站在一个男人的角度，以一个丈夫的身份来责备我！毕竟是一次精神出轨啊！啧！你看看，男人是多小气啊，对自己的妻子；对自己，他又是多宽容放荡啊，我敢肯定他绝对不是第一次嫖娼，男人是上帝在这万物中创造的最自私的一种生物！想到这，她自己也看不起自己了，连她自己都要嘲笑她自己了，自己就是为着这样一个背叛自己的男人这样地煎熬着过生活，照顾儿子，她最难过的是她曾经为自己的精神出轨异常不安过，而这种不安，不知为何，让她觉得拿不出手，需要藏着掖着，不让人知道。她真希望自己真的出轨了，好狠狠地报复一番。是的！她得这么做！仿佛只有这么做，她才能成为芸芸家庭主妇中的“勇士”……这暂时的英雄主义，促使她下决心动笔写一封信。她右手执着丈夫送给她的名牌钢笔，左手轻轻地按压着信纸，紧绷着腰板郑重其事，远远看过去像个潜心于拟订作战计划的骄傲的军官。嘴角微微向上翘起，如痴如醉着。

信中，没有哭诉，也没有责怪，而是讲述了一场她为自己精心杜撰的艳遇……

那个写在纸上的爱情，浪漫得甚至让现实中的她扬扬自得。在她的潜意识里，她已经不再是弃妇，在这场战争中她终于通过努力与丈夫打成了平手，不，从某种角度她还更胜一筹，因为在偏执的人看来爱情比性高尚。

后来，我不知道林子去了哪里，也许她离开了曾经的家，在现实中四处寻找她曾经写在纸上的那个“故事”；也许她终是没有寻到，随便找了个人，谈了场按自己故事编排的爱情，对方却并不知情；又或许，她犹疑了，怯懦了，在伟大的英雄主义激情退去后，她选择了藏起那封信，隐忍地消化发生的一切……

# 生死突围

山西阳泉师专/荆卓然

拖着疲惫的身子，穿过曲曲弯弯的巷道，王铁蛋那布满血丝的贫血的双眼，已经望见了井口那营养丰富的阳光。

几只老鼠从脚边穿过，超到了王铁蛋的前边。

“轰!”忽然王铁蛋听见身后发出了闷雷一样的爆炸声，他还没有来得及做出任何反应，就觉得井口的那点阳光在眼睛内被迅速关闭，身子被巨大的气浪推向井口，又被掀向了井顶，掉在了地上，然后他就什么也不知道了。

王铁蛋醒来的时候，已经是三四天以后的事情了。他试着动了动身子，疼，但是那疼似乎不是来自骨头，说明自己没有受到致命伤。

他仔细回想那天的事情。老四川、小河南还有他，负责向外边运煤的时候，小铁车忽然脱轨，他们费了好大劲也没有把小车的轱辘抬到铁轨上去，老四川就建议他先上井口去找一根木头，把铁车撬到铁轨上。

王铁蛋没有想到自己这一走，居然和死神擦肩而过，躲过了一劫。

王铁蛋觉得肚子咕咕直叫，摸索着找到口袋里的水果糖，含了一块，觉得身上有了些许的力气。自从进入这座被黑社会控制的煤矿，王铁蛋的口袋里就常年装着水果糖，他担心这座安全设施极其简单的煤矿出现事故，担心自己被困到井下后，没有补充能量的东西。

这座煤矿过去是国营煤矿，废弃多年后，井口被黑社会人员重新挖开。

王铁蛋来这儿工作已经多年了，唉，没办法，原来住在城中村的他，家中本有几亩薄地，勉强能糊住自己、老婆、孩子和父母的嘴，自从土地被开发商开发为楼盘以后，他和全村的父老乡亲失去了饭碗，只能选择外出打工。国家规定的那些失地农民的征地款、宅基地补偿、安置就业等政策，在他们村里就是一张废纸，或者是村干部侵吞民脂民膏的支票，村民是得不到任何补偿的。

王铁蛋打听过了，挖煤工人虽然苦点、累点，但是工资比较高，就和同村的李二孩、赵大虎、孙狗子一起来到了煤城。

一出火车站，迎面走来一个长得敦敦实实的女人。

“你们是来打工的吧？嗯，不错，年轻人有的是力气，如果去挖煤的话，一个月挣个万儿八千的没有问题。”

“大嫂，您能帮我们找到这营生吗？”王铁蛋问。他觉得这位满脸朴实的大嫂值得信赖，应该能帮他们找到挖煤的工作。

“可以呀！昨天正好刘老板让我给他招几个小后生。不过，大嫂这点人情你们不能白要，你们每人得给我200块钱的介绍费。”

几个人交了介绍费，女人向不远处的一辆小面包车招了招手。

他们看见司机点过人数之后，偷偷给了女人一大把钱。

小面包车拉着他们穿过市区进入了山区，左拐右拐、上坡下坡，颠簸了两个多小时后，到达了一座四周围着铁丝网、院内拴着大狼狗的煤矿。

煤场的旁边是一排黑乎乎的小房子。这些布满煤尘的房子，如同被匠人细细地刷了一层黑色的涂料，色泽均匀，厚度匀称，应该就是矿工的宿舍吧。

四个人被分配到了不同的班组，每个班组在相距不远的巷道里挖煤。

这次爆炸之后，也不知道李二孩、赵大虎、孙狗子他们是生还是死。

如果他们都死了的话，王铁蛋怎么向他们的家人交代呀！

王铁蛋决定先出去，向人们求救。让他奇怪的是原先看到的井口的光亮完全没有了。他以为自己的眼睛被炸瞎了，摸索着找见矿灯，拧亮灯泡，他才惊喜地发现自己的眼睛没有问题。也许是事故发生以后，井口的大铁门关闭了，或者也许现在正是夜晚时分。

王铁蛋试着站了起来，跌跌撞撞向井口走去。然而等待王铁蛋的是一面用水泥和钢筋浇筑的冰冷冷的墙。王铁蛋感觉到自己的心里正在结冰，知道老板把井下的30多名矿工兄弟的生命扔在这里了。

“救命呀！救命呀！”他大喊，又用石块砸墙，迎接他的除了空洞绝望的回声，什么声音也没有。

王铁蛋决定另找出口，因为他感觉到巷道里有一丝凉飕飕的风，也就是说，肯定还有另外的出口连接着外边的阳光，连接着他和妻子团聚的生命线。

王铁蛋的妻子名叫毛毛。那一年，村里的赵大虎娶媳妇，毛毛作为伴娘来参加婚礼，结果就和王铁蛋有了一面之缘。彼此留下手机号码后，你来我往一年多，终于喜结良缘。

毛毛喜欢民歌，土腔土调的地方民歌，咋听咋顺耳。记得婚前村里赶庙唱大戏的那天晚上，毛毛应邀前来看戏，当天晚上毛毛和王铁蛋牵手进入玉米地，毛毛抱着王铁蛋唱了这首暖心暖肺的歌曲。

悄声声坐在寸草地，
偷眼眼看人是甚主意？

吊金钟钟开花头朝下，
想叫声哥哥心有些怕。

河里头鱼多水不清，
妹妹你人好心可是真？

大麻花辫子盘成一条龙，
妹妹我可不是那活心心人。

风吹云彩天不动，
交朋友可得把心拿硬。

一块块大炭烧成灰，
浑身身连心交给你。

君子兰叶叶二指指宽，
问一声妹妹我敢不敢？

只要心真情也真，
妹妹是你的还怕个甚？

满天星宿当中间月儿，
不知道该亲妹妹哪个个儿？

当中间月儿满天天星，
想亲哪儿你就往哪个儿亲。

耳畔畔对住巧嘴嘴，
满肚肚生铁化成水。

稀稀的星宿明拉拉的月，
悄悄地给哥哥唱小调……

男人呀就像一匹马儿，娶下媳妇备起鞍，生下孩子拴起鞭。成了家的男人，不出去多扑腾几个活钱，家里的日子就像大旱之年地里的谷子，打不起精神来。这次出来打工的时候，毛毛撵着要一起来。王铁蛋好言相劝，答应出去安顿好以后，就接毛毛出来。毛毛的泪眼眼那可真是疼死个人呀！

麻眼雀落在屋檐上，
操心操在你身上。
麻眼雀落在圪针上，
死活咱俩携跟上。

唱这首歌的时候，毛毛紧紧抱着王铁蛋，任凭王铁蛋的泪水流了自己满头满脸。

王铁蛋来煤城临下火车前，还接到了毛毛的电话，毛毛在电话那头唱的民歌，王铁蛋一想起来就泪水决堤。

想你想得哭，
下米下成谷。
干粮蒸在水瓮上，
耕地扛着压面床。

唉，可惜那手机和身份证等物件，一到了这黑煤矿就被没收了。老板的理由是替他们保存贵重物品，实际上是切断了他们和外界的所有联系。当然，老板也没有完全切断他们和家人的联系，每周日下午允许他们用一部固定电话和家人通一次话，家人如果问起具体位置，统一答案是凯姗土石方公司。工资也不高，每月只有一千来块。王铁蛋他们想走人，然而狼狗和老板雇用的保安，换句话说就是打手，每日虎视眈眈盯着他们，根本就走不掉。

凯姗土石方公司名义上是一家民营土石方公司，实际上每承揽一项土石方工程后都是挖煤，挖完煤以后再按照工程要求进行土石方清理工作。类似的工程和单位在煤城有许多家，挖煤让许多人成了横着走路的一夜暴富者。

王铁蛋来了半年之后，毛毛来过一次。看着丈夫居住的黑乎乎的宿舍，抚摸着丈夫消瘦的脸庞，毛毛哭得鼻子尖发红。老板给王铁蛋放假两天，条件是不准离开矿山半步。毛毛回家的时候，老板派人拿来一千元奖金送给毛毛，同时捎过话来："祸从口出，女人管不好自己的嘴巴，会给男人带来麻烦。"

本来王铁蛋想就这样死了算了。一想起毛毛来，一种生的欲望就在全身疾走。不，不，不能就这样死了，我要复仇，我要出去把这黑矿主报告给政府，我要和毛毛团聚。

王铁蛋打着矿灯，顺着风的方向寻找新的求生路线。走到半路的时候，他觉得自己应该到工作面看一看，如果还有人活着的话，一来可以救人一命，二来自己也许会找到几个一起突围的伙伴。

王铁蛋首先看见了老四川和小河南的尸体，两个人被爆炸震落的矸石砸得脑浆迸裂，几乎成了一张肉饼。王铁蛋跪下，双手捂住脸呜呜呜呜地哭了起来。

老四川个头不大，人却挺有力气，推矿车的时候像个小火车头。老四川的女儿正在上大学，为了给女儿挣学费，他从四川来到煤城，本来想挣大钱，让女儿在学校体面学习，让妻子在家乡体面生活，没有想到进入这黑煤窑，钱无法多挣，还几乎失去了人身自由。王铁蛋见过老四川女儿的照片，眉清目秀的一个女孩，双手抱着家里的大黄狗，满脸阳光调皮的表情。小河南猛一看，还以为是一位小姑娘，细皮嫩肉的他在家乡找了一个对象，丈母娘提出要十万元彩礼，小伙子原来以为挖上两年煤就可以抱得美人归，结果连命也搭在这里了。

王铁蛋看了看老四川和小河南的头灯，有一个还能用，就带在了身上。他知道自己的头灯很快就会耗尽电量，如果失去了照明，他的生命突围将会难上加难。

王铁蛋离爆炸现场越来越近，他先是见到了几个呈现着向井口方向爬行姿势死亡的矿工尸体，后来就依次见到了李二孩、赵大虎、孙狗子的尸体。井下 39 个人，现在可能只有他一个活人了。这个煤矿每一个分巷道只是隔着几米厚的一个煤柱，爆炸摧毁了煤柱，也摧毁了鲜活的生命。

王铁蛋给每一位见到的矿工尸体都磕了头，有的矿工大睁着眼睛，王铁蛋为他们轻轻合上了眼睛。爆炸中心已经完全塌方，除了散落的几具被烧焦的尸体，其余的都是黑乎乎的煤炭与矸石。星星点点的火星告诉他，这里的煤正在自燃。

王铁蛋拿着捡到的几个馒头和烧饼，身上挂着十几个被爆炸震得自行关闭了的却还可以正常使用的矿灯，在一个个废弃的老巷道里钻来钻去。他坚信有空气就有出口，有出口就有希望活下去，为死难的矿工申冤。

其实，王铁蛋不知道，出事的那天，毛毛正好又来探亲，她到的时候，正好赶上爆炸事故发生。爆炸声惊动了附近的村民，前来观看事故的村民们站在向外冒着浓烟的井口嘁嘁喳喳议论着什么。

飞跑着叫来老板的保安们，拿着老板给的钞票，挨个给村民们发放，告诉他们赶紧离开这里，回去以后不要乱说。

老板说自从政府命令打击私挖滥采以来，他就停止了采煤作业。老板说井下根本就没有人，属于自爆自燃，现在唯一的最好的办法就是密封井口，让火焰在缺氧的状态下自行熄灭。

村民们手里拿着新崭崭的钞票，脸上露出了喜悦的神色，陆续离开了现场。

毛毛一声惊呼，哭喊着扑向井口，被几个彪形大汉架住胳膊捂住嘴巴，拖入一辆汽车，快速驶向了通往深山的一条小路。

彪形大汉告诉毛毛，他们已经下井看过了，所有的人都死了，连尸首都找不见。

毛毛在一个有人 24 小时看守的农家小院哭喊了数天后，终于精疲力竭，接受了老板开出的条件：王铁蛋已经死亡，给你 50 万元现金，立刻回家，不得胡说。如果到处乱说，后果自负。

毛毛知道这些人什么事情都能干得出来，就在谈判的时候增加了一个为李二孩、赵大虎、孙狗子每家赔偿50 万元的条件。老板考虑再三，把烟头往地上一扔："好！成交！"

地面上，毛毛打电话叫来了李二孩、赵大虎、孙狗子的家属，拿到了赔偿款，拿了几件亲人们留在宿舍的衣物，回村准备立衣冠冢，办理后事。

临走时，毛毛和几位村民在井口摆了供品，烧了冥币。毛毛哭道："哥哥呀，着急不过人等人，温暖不过人疼人，难受不过人想人，你不是最喜欢妹妹唱歌吗？妹妹就再为你唱一首歌吧。"

隔～山～那个隔水呀～，
哎嗨～亲亲～不隔呀那个音。
山～曲～曲那串起了～，
哎嗨～亲亲～两颗颗那个心。
青青山上～卧呀～卧白云～，
难活不过了那人呀～人想人。

走～东～那个走西呀～，
哎嗨～亲亲～想着呀那个你。
天～河～水那串起了～，
哎嗨～亲亲～两颗颗那个心。
一疙瘩瘩那云彩～绕山顶～，
哥哥就在那个妹妹～心坎里。
哎～嗨哎嗨哎哎……

凄婉的歌声穿过树木，穿过山头，在场的保安（打手）都掉了眼泪。可当时昏迷在井下的王铁蛋听不见半句这割肉般的柔情。

井下，王铁蛋饿了吃馒头，渴了喝黑乎乎的透山水，在一条条纵横交错的老旧巷道里，寻找着通往人间天堂的出口。

也不知道走了多少天，王铁蛋拿着的馒头吃完了，饿得眼冒金星的时候，只好吃井下的烂木头。那些木头嚼烂容易，咽下去却难上加难，王铁蛋只好用手硬把这些食物推到肚子里。好几次，这些木头屑卡在嗓子眼里，上不来下不去，憋得他满脸青紫，差点把他憋死。后来王铁蛋试着吃煤泥，居然比木头好吃。

这天，王铁蛋从一条死胡同巷道返出来，在另一条巷道走了大约几百米远，忽然，王铁蛋隐隐约约见到前边有人影晃动，“谁？你是人还是鬼？”王铁蛋沙哑着嗓子问。对方却并不搭话。王铁蛋声音发颤，一种恐怖的感觉袭击了他。他虽然是彻头彻尾的唯物主义者，但是在这个死亡了三十多名矿工兄弟的井下，心中还是有点害怕，也许人是真有灵魂的。王铁蛋在一本杂志上看过这样的一篇文章，说是日本科学家做过一个试验，将一位快要死亡的人放在一个测量精密度很高的电子秤上，这个人死亡以后，发现他的重量少了38克。

王铁蛋换了一盏新头灯，一点一点向人影靠近。他觉得即使自己面对的是一个鬼魂，现在也没有必要害怕了。也许这是一个善良为本、慈悲为怀的鬼魂，可以帮助自己走出这人间地狱，走入毛毛那温暖、温柔的怀抱。王铁蛋走近了，才发现那是一具干尸。干尸的身上穿着清朝的对襟袄子，头上裹着白羊肚手巾，脚上穿着千层底鞋子，脸上隐隐约约露着一丝笑容。据听说人在死前都会见到喜欢的东西，看来有一定的道理。干尸的旁边有一个有着长长尾巴的外形像一只老鳖的铜质器具，王铁蛋拿起来仔细看了看，猜摸这个家伙应该就是先人们挖煤的时候，用来照明用的油鳖壶了。先人们挖煤的时候，嘴巴牢牢咬着油鳖的尾巴，借着老鳖嘴巴上油捻上的火光照明作业。一旦遇上瓦斯浓度超标轰的一声，人的生命就完蛋了。现场左边是新塌落的矸石，也就是说左边的煤柱因为这次爆炸受震动坍塌，右边的一个类似出口的地方堆摞着的是旧矸石。这位老人当年一定也是遇到了矿难，因为当时的条件无法施救或者是黑心矿主没有施救，而永远地待在了这里。幸亏这里的矸石与土壤保持着干燥，干燥的空气、矸石和土壤吸取了老者身上的水分，让老者保持着清朝或者更远朝代的微笑。

唉，煤矿工人干的是四疙瘩石头夹着一块肉的营生，一旦遇上矿难，死亡率之高是常人所无法想象的。日本人控制着煤矿的那些年，矿上出事死了人或者是遇上受了重伤的人，日本人也不管矿工是否咽气，把人往万人坑里一扔就了事了。但是遇上事故的时候，有的人凭着铁棒似的韧劲，硬是从阎罗殿跑回了人间。王铁蛋听老辈人说过，有一年一个煤矿发生了冒顶事故，一位矿工和他牵着驮炭的骡子被困井下。那时候全国已经解放，矿上组织人挖了一个多月才挖通被矸石堵死的巷道，本来以为他在里边困着早就死成一堆骨头了，结果发现他还活着。你猜他是咋活下来的？他先是吃木头和煤面，大便出来都是黑乎乎的东西，后来觉得外边救助希望不太大，就含着眼泪抚摸着喂养了多年的骡子说："老伙计呀！看来咱俩是活不成了，反正怎么也是个死，我杀了你多活几天，也许还有救，没有办法呀！你先去阎罗殿报到吧。"他用铁镐打死骡子，天天吃骡子肉，居然等来了救援的人。

望着这位死去经年的先辈，王铁蛋忽然想起了大伯。大伯以前在黑煤矿打工，最后伤了一条腿后回到了村里。大伯说煤矿出事后，老板们为了逃避政府的制裁，往往是和死者家属私了，这种情况下，基本上每一位死者家属都会选择高额的赔偿金，然后任凭老板把死者卷到废旧汽车轮胎里，一把火烧成骨灰，家属抱着骨灰，拿钱走人，政府根本不知道煤矿死了人。

王铁蛋跪下，头颅深深埋向怀中，呜呜咽咽地哭了。老祖宗啊！如果您老真有灵气的话，就给俺指一条生路吧。

哭着哭着，王铁蛋就睡着了。他梦见了毛毛，漂亮的毛毛，温柔的毛毛正在唱他喜欢的民歌。

骑洋车的跑得快
拐曰（个）弯弯跌下来
嗯（你）妈问你咋来来
"红片（屁眼）小孩挖着来！"

骑洋车的跑得快
拐曰（个）弯弯跌下来

扭了把，崩了胎，
可把老婆摔了个坏。

王铁蛋的脸上露出了笑容。

忽然王铁蛋听见脚边有什么东西，发出了细微窸窸窣窣的声音，周身立刻起了一身鸡皮疙瘩，心想，难道这世界上真有鬼魂不成？老祖宗呀！看来您真是不简单呀！老祖宗呀！咱们都是穷苦人呀！您不会吃了我吧？我上有父母需要孝敬，还有个妻子等着我回家。老祖宗呀！我出去以后一定把您请到地面，让您入土为安的。

“唧唧唧唧”王铁蛋的身边发出了什么动物的叫声。王铁蛋拧亮了三盏头灯，才发现这里居然来了一只老鼠。这只老鼠有两寸多长，一对滴溜溜的眼睛露着善意的光芒。王铁蛋在口袋底部，搜出一些馒头碎屑，猫咪，吃吧！你已经饿坏了吧！

井下工人称呼老鼠为猫咪，平时总有矿工带些吃喝给这些可爱的“猫咪”果腹。王铁蛋听大伯说过，老鼠的敏感性非常强，井下一旦即将发生瓦斯爆炸、透水、冒顶等事故，老鼠都会提前感觉到即将来临的危险，从而快速向井口方向逃命。王铁蛋忽然想起自己在事故发生前，往井口走的时候遇到老鼠外逃的事情。唉，自己怎么这样笨呀！怎么就没有想到这是“猫咪”在报警呢。

吃过馒头碎屑的老鼠，慢慢走向一个只容一个人爬着进出的巷道。王铁蛋的头灯一直照着它，脚步一直跟着它。转过几个弯道，王铁蛋的心里一阵狂喜。他感觉到巷道里的风忽然清新了许多，风的力量也大了许多。也就是说，他很快就要找见通往阳光的井口了。

王铁蛋觉得这只老鼠就是老者派来的救命天使。

王铁蛋的猜想很快就得到了证实，这条巷道是昔日国家开采煤炭时候的通风巷道。顺着来风的方向，王铁蛋弯着腰身大约行走了两个小时，洞口炫目的光芒终于照亮了他的心房。

“嗷！”一声吼叫，吓了王铁蛋一跳。只见两只像狗一样的动物，眼睛里放射着蓝幽幽的光芒，向他发出了低沉却如滚雷般的警告。

王铁蛋心中哎哟一声，知道遇上狼了。这条通风巷道由于多年弃用，被野狼看中，成为了野狼谈情说爱、生儿育女的天堂。

这对野狼平时只注意来自洞口外边的威胁，今天忽然从背后发现了不明身份的生命体，它们也吓了一跳。

是的，满身黑乎乎煤尘的王铁蛋，莫说是狼难辨他的身份，就是一个人猛一见到他，一时也难以区分他是一只黑猩猩，还是一名死里逃生的矿工。

凭借体力，王铁蛋绝对不是两只野狼的对手。虽然那些半发霉的馒头维持了他的呼吸，挽救了他的生命，但是他现在已经精疲力竭了。他在心中叫了一声，毛毛，我再也见不到你了，奔涌而出的泪水冲开脸上的煤尘，露出了两道沟壑。

王铁蛋拧亮了所有的头灯，狼和人进入了对峙状态。

正当王铁蛋琢磨如何对付这两只野狼的时候，那两只野狼忽然弓下身子进入了一级战斗状态。王铁蛋双拳紧握，准备拼死一搏。他想好了，狼是铜头铁尾麻秆腰，只要狼扑过来，他就先把头灯塞到狼的嘴巴里，再伺机用头灯的电池砸狼的腰。

然而，狼并没有向王铁蛋扑过来，而是在离他几十米远的地方和一条胳膊粗的蛇纠缠在了一起。头灯的光芒中，那条蛇昂起了三角形的头颅，向狼发起了进攻。

原来，在野狼进驻这里以前，已经有一条蛇看中了这块风水宝地。这里向外可以通向外界呼吸新鲜空气，向里有老鼠，也就是窑猫，满足蛇的食欲。估计是不打招呼就爬进来的王铁蛋惊动了蛇，它正欲爬出去躲一躲这个庞然大物，没有想到面前出现的两只野狼，拦住了它的去路。

这两只狼可能是没有领教过蛇的功夫，一前一后扑向了蛇。蛇一口先咬住了一只狼的脖子，这只狼拼命甩动脖子，也无济于事。蛇粗壮的身躯如同一根绳子，将狼的身子缠得如同一只粽子般结实。另一只狼一看爱人发生了危险，张开血盆大口就对着蛇身狂咬，鲜红的蛇血很快就喷涌而出。蛇的嘴巴缓缓松开狼的脖子，猛地咬住了另一只狼的嘴巴。狼觉得嘴巴一阵钻心的疼痛，然后觉得眼前五光十色，一条蛇变成了一百条一千条，然后觉得这种疼痛快速在全身蔓延，自己身体中的雷霆和闪电开始熄火，身子“扑通”一声倒了下去。两只狼慢慢地爬在一起，彼此看了对方一眼，慢慢地闭住了盈满泪水的眼睛。

蛇也受了严重的外伤，它想爬到外边去，治疗自己的外伤和内伤，可能是因为失血太多，爬了不到十米就不动了。

看着这场狼蛇大战，王铁蛋简直有点不相信自己的眼睛。他绕过狼的尸体，慢慢地走近蛇，离蛇几米远的时候，用小石块打了一下蛇身，蛇身没有任何反应。

王铁蛋不知道是该感谢蛇毒杀了凶残的狼，还是应该感谢狼咬死了剧毒的蛇。

王铁蛋不敢迟疑了，洞口那久违的天光，给他注射了兴奋剂。他猫腰快速走向洞口。

站在炫目的阳光下，王铁蛋第一次理解了地狱和天堂的区别。

吃了些附近树上的野果，选择一个安全的石洞睡了一个好觉。衣衫褴褛的王铁蛋顺着小溪边的土路，大步向山外走去。已经从地狱回到天堂的他，决心揭露矿难真相，为死难的矿工讨回一个公道来，让那些应该得到惩罚的人，去品尝品尝地狱的滋味。

他仿佛听见毛毛正在唱歌。

地生谷来天生雷，
哥爱花来妹待见哥。

乌鸦反哺羊跪乳，
你对人好来人才看见你亲。

种五谷收获满口香，
种圪针两手血淋淋。

你是好人大家送你上九层天堂享清福，
你干恶事老天爷把你打入十八层地狱。

一个月后《煤城日报》头版头条报道了一条轰动全国的消息。

遇难矿工的尸体，一具具被抬出了井口。家属们跪在井口哭声震天。当相关人员在王铁蛋的引领下，抬出那具老者的干尸的时候，王铁蛋看见老者对他来了一个感激的微笑。

没有人知道，王铁蛋为什么会忽然泪如雨下。

# 孤　岛

延安大学/罗　七

身体又一次遭遇了那种奇怪的感觉，在无边无际的黑暗里，丝毫不能动弹。意识与行动的脱轨，就好像心里那匹脱缰的野马一般，令我陷入一层胜过一层的恐惧里。可以这样子说，我已经醒了，却又仅仅只是醒了。身体一动也不能动，而意识却还在拼命地挣扎。

渐渐地，身体恢复了一丝丝的知觉。我感觉到温暖的液体一波又一波地冲刷着身体。接下来，被衣服里裹着的液体挠得我浑身痒痒的。我集中精力想逼着自己抬起手，但是一切都是在做无用功。我开始慌张起来，因为液体已经渐渐淹过我的脖子。接下来它会触碰到我的嘴唇，然后就是鼻子，顺着两个圆溜溜的鼻孔像被黑洞吞噬一般一股脑地被我的身体吸收进去。

那可真是要命的事！意识到这一点，我的大脑快炸开了！我的意识一发不可收拾地在脑海中挣扎，可身体就是不由它控制！不，不，不，这样绝对是不行的，我一定要动起来！来，一，二，三，使劲，身体还是不能动弹。再来一次，一，二，三，使劲，还是毫无反应。怎么办呢？当然是继续下去，来，一，二，三，使劲……还是失败！我开始怀疑坚持下去的可行性，如果一味地坚持还是失败，为什么要用尽全力去做无用功呢？人类就是这么可笑，很多时候，明明在做着不可能实现的事，却依然我行我素。可是，要是继续坚持的话，兴许就做到了，而不坚持的话却是什么都没有的啊！由不得我的思维自我抨击，我用仅存的最后一丝意识再一次集中精力，不成功便成仁，大不了便是陷入无边的黑暗永不见光明！一，二，三，使劲！使劲！再使劲！

“咯嗒”一个手指能动了，喜悦瞬间涌上心头，接下来便是两个，三个，然后是整只右手都能动了。我像往常一样，熟练地用能动的一只手拍打着全身，先是头部，然后是腿，然后是胸膛……

听觉恢复了，耳边传来“呼嘞呼嘞”的声音，接下来眼睛也能动了，我滚了滚眼球，小心翼翼地睁开了双眼。

满眼的蔚蓝！满眼的晴空！满眼的纯净！我简直不敢相信！我顾不上全身的疲惫用双手撑着身体坐起来，接下来看见的一切更是颠覆了我的世界观！

我居然是躺在一支竹筏上，而此时此刻更是漂在茫茫的大海中！是一片一眼望不到边的海啊！是一片蔚蓝不见底的深海啊！

海面倒映出我黝黑的皮肤和无助的眼神，倒映出我被海水打湿的头发，倒映出我瘦削的身影。我不相信地揉了揉眼睛，的确是我！

我的世界观瞬间崩塌！我不是应该在仓库里搬货的吗？为什么会出现在大海中？我确定我在醒之前的的确确就是在老板的仓库搬货的人，而此刻眼前的这番景色又如何解释？难道是在做梦？我下意识地掐了下自己，哎呀，有疼痛的感觉呀！这到底是怎么一回事呢？

与脑海中无数的疑问纠缠了半天，最终我向大脑屈服了。既然无论如何也想不出个所以然，那又何必死抓着不放呢？

我很快融入眼前的一切。我躺在竹筏上，任轻风将竹筏一点一点往前推。天是那么的蓝，海是那么的广阔，我一直悬着的心终于在此刻放了下来。想起过去那么多的艰苦的日子其实也没什么。过往的日子吃过再多的苦，可现在的我是舒服的呀！我躺在轻轻摇晃的竹筏上，耳畔有清风抚过，头顶一轮温柔的太阳，这样悠闲的日子，岂不乐哉？

就这样漂啊漂，漂啊漂，不知道漂了多久。时间在此刻仿佛是静止的，我是多么享受这份静止。我和我的意识，在神奇的大海中，没有睡着，却保持着与熟睡时候几乎一样的精神活动。脑海中的那一个我，毫无任何动作，只是像幽灵一般的静止着，时间在此刻于我形同虚设！

我忽然想到一个选择题——“假如让你的生命在最美好的时候静止，你会选择静止还是继续活下去？”

“滴——答——滴——答——”忽然，有水滴一颗一颗打在脸上、身体上，我从“静止”中脱离出来，连忙睁开眼。天哪！居然下雨了！天空中没有云朵，雨水就这样直直地往下坠落，蔚蓝的天空就好像一把大筛子，将雨水毫不吝啬地洒向大海。全身都湿透了，却又感觉不到冰冷，因为太阳还在照射着我，它赋予的温暖足以让我抵挡雨水的侵蚀。我开始渴望结束这种毫无目的的漂流。我渴望能有一块温暖的土地，用它宽广的胸怀拥抱我；我渴望有一个可心的女人，用她淡淡的笑容俘获我；我渴望有一个幸福的家，用它温馨的氛围感化我。

我渴望着，并在渴望中咀嚼着满脑子的遗憾与惆怅。我甚至忘记了口渴，忘记了饥饿，忘记了海水沾在衣服上黏腻的触感。忽然间，就在远方，一座毅然耸立在海面上的岛屿吸引了我的注意力。大雨淋漓中，岛屿模糊的身影忽隐忽现，但仍然逃脱不了我的视线范围。我拼命地用双手划着水面，用尽全力往岛屿的方向划去。

不知道划了多久，双手已经接近麻痹的状态。眼前的岛屿也离得越来越近。透开雨帘，我渐渐看清了它。

那是一座很大的岛屿，岛屿上有高耸的山峰，有金黄的海滩，有嶙峋的岩石。还没接近它，就仿佛闻见了那股充满生命力的气息。海滩边有高高的椰子树，在雨水的冲刷下显得那么顽强。有鸟群在雨中展开着翅膀，闹哄哄地抢食着海水冲上滩来的小鱼。这让我更加兴奋，更加忘我地卖力向前划。终于，借着海水的力量竹筏划上了沙滩，我连滚带爬地拖着笨重的身体滚了下去……

雨渐渐停了，休息了片刻之后我站了起来，打量起身边的环境。我是从小就没离开过家的土生土长的北方人，从来没有见过沙滩、大海，更不要说是这样一座岛屿。金黄的沙滩、成群的海鸟、充满生命力的海岛植物，一切在我眼中都是那么生动。岛上没有一丝人工留下的痕迹，照我的初步判断，这应该是一个无人岛。

“oh——wu——ho——”我不禁放声大吼起来，因为这一切简直太棒了！禁不住诱惑，我立刻脱了鞋开始在沙滩上奔跑，空气中残留的水分让我整个人像打了激素一般异常的活跃。所到之处，惊起了一群群觅食的海鸟。它们扑扇着翅膀，不知是被我吓到了还是在欢迎我的到来。

海滩往里，是一大片浓绿的海岛植物，雨水的冲刷增加了它们的光泽，这样的它们显得那么的生机勃勃。在海滩上跑跑跳跳不一会儿，我就跑累了，口也很渴，可是在这么一个海岛上要去哪儿找水喝呢？四周搜寻了一会儿，在沙滩上捡了一个刚刚从树上掉下来的椰子，便用石头砸开大口大口地喝了起来。这是我有生以来第一次喝椰子汁，入口滑滑的，香甜得恰到好处，恐怕是毕生难忘这味道吧！

我在沙滩上找了块大石头坐了下来，刚刚登上岛的那股激动很快就退散开了，因为马上面临着一个很严峻的问题！我这不是上演真人版的《鲁滨孙漂流记》吗？鲁滨孙漂流的时候好歹还在沉船上带了点生活用具，而我可是什么都没有啊！想到这儿我不禁在心里打起了寒战，这可怎么办才好？这岛上会不会还有其他人呢？

我马上跳起来对着海滩内大声喊：“有人吗？有人吗？有人吗！”

回答我的只有一阵回音以及吓飞的鸟群。

“不行，”我对自己说，“这样下去是不行的。我必须在天黑之前找到安全的地方，对了，不知道这个岛上有没有什么猛兽之类的，还要在天黑前生一堆火。”

我马上在那些海岛植物中间寻找树枝。找了半天才找到寥寥可数的几根树枝。我挑了一根比较结实的树枝便用它探路往岛内前进。

起初我每走一步都是小心翼翼的，生怕突然蹿出什么蛇啊野兽之类的我就遭殃了。可是越往深处走我就越发安心了。这个岛除了一群叽叽喳喳抢食的鸟和我好像没有其他动物了。我渐渐加快了前进的速度，也渐渐对这个岛有了一个初步的了解。从地上的火山岩能够看出这个岛是一座火山形成的，从植物及泥土的厚度可以推测出这座火山应该一直处于休眠状态。岛的地形是中间高四周低，海拔是多少我目测不出来，应该有个一两千米吧。岛上的植物除了椰子树和草其他的都是我从未见过的种类。岛上很安静，除了海浪声和风吹动植物的声音，其他的都听不到。安静得让人感到害怕。脚下的泥土似乎从没被人踩踏过，我的脚印落及之处马上就留下一个小坑。

不知道走了多久，在这个地方我完全没有了时间的概念。“咕咕咕”，肚子表达了它的抗议，算一算从醒来到现在除了喝了椰子汁我好像还没有吃过东西呢。可是在这个地方我能弄到什么吃的呢？身边的植物全是叫不出名字的，还都没有果子。无奈之下只能继续往前走。忽然，眼前闪过一片红色的光晕。我擦了擦眼睛往前看！就在不远处，竟然有一片果林！

心里激动得难以平复的我加快步伐往前走，走到近处一看，还真是果林！一两米高的树上结满了红彤彤的果子！这样一来吃的问题就解决了！哦耶！我迫不及待地摘下一颗果子，用身上的衣服擦了擦便往嘴里塞。在果子塞进嘴的那一刻我突然意识到什么然后停止了动作。“这个果子能不能吃？万一有毒怎么办呢？”我赶紧把果子拿在手上仔细查看。嗯，大小跟小苹果差不多，有点像西红柿但又肯定不是，通体血红。我小心地用手指戳开一个洞，马上有鲜红的液体流出来。凑近鼻子一闻，挺香的，用舌尖尝了尝，甜甜的并没有什么奇怪的感觉。

管他三七二十一，马上就塞到嘴里！我敢说这是我吃过最好吃的果子！轻轻一咬，甜香四溢的汁液便流了出来，果肉软软的，跟布丁一样，果核很小。我连忙多摘了几个，吃得不亦乐乎！果子下肚以后，肚子里也变得暖暖的，果然是神奇的果子！以前怎么从来没有见过呢？等我回家时一定要把这个果子带回去，兴许能靠它摆脱穷苦的命运。我自顾自地边吃边意淫，完全没有顾及周边的情况。忽然，脖子后被一根棍子似的东西抵住了，我吓得连忙转过头去！

“啊！……”尖叫声瞬间从我的喉咙发出来！我眼前，我眼前莫名地出现了几只黑黢黢的猩猩！比我还要高大的猩猩！用木头制成的叉子抵着我！

我被黑猩猩的叉子按到了地上，接下来更让我瞠目结舌的事发生了！

“你是谁！居然敢偷吃我们的红果！”叉我的黑猩猩居然讲话了，猩猩居然会讲话?！还用恶狠狠的口气质问我！

我虽然震惊了，但还是连忙回答它：“别别别，你先别打我。”

“别废话，快说！”黑猩猩用力一叉，直戳我的脖子，我被戳得一阵咳嗽，差点把吃进去的果子都吐出来。

“咯！咯！咯！”，我强忍着咳嗽回答它，“我是被冲上这个岛的，实在太饿看见这儿有果子就吃了几个。”

站在一旁的另一只猩猩立刻跳了出来，指着我。“什么?！你说你是被冲上岛来的?”

“是是是，我真是被冲上岛来的。万分抱歉吃了你们的果子请饶我一命！”

其他的猩猩听了我的回答立刻像炸开了锅一般议论。为首的猩猩转过身去和它们一起用我听不懂的语言议论了片刻，然后转过头对我说：“我们把你带回去让首领审判！”

我听了瞬间就吓得抖起来，“猩猩大哥，行行好啊，我只是吃了几个果子，真的不是有意冒犯的！”边说我还边用手比画着祈求的手势。

为首的猩猩没有理我，向它身边的几只猩猩递了个眼色，其他猩猩就用绳子把我双手绑了起来。我一看这阵势不对啊，会不会把我抬回去吃了啊！

“猩猩大哥，求你放了我吧！我家里上有老下有小还等着我养活呢！”边说边挣扎想要逃脱它们的束缚。

“老实一点，不然我不敢保证你能活到什么时候！”说完把叉着我的脖子的木叉抽了起来。

“是是是，我安分，我安分”，我一听这话，马上安静了下来。这是个什么鬼地方！我怎么这么倒霉?

绑好了以后，由两只猩猩架着我往前走，一路上我不敢多说一句话。生怕被这些猩猩当场毙了命。

往里走，植被越来越稀疏。猩猩们走起路来就没再开口说话，空气中飘浮着令人窒息的恐惧！他们到底要带我去什么地方？对，刚刚它们说要带我见首领，首领不会也是一只威猛的猩猩吧？会不会把我生吞活剥了？我可不是骗人的，家里还有弟弟等我供他读书，还要赡养母亲，要是我有个三长两短可怎么办才好！

走出丛林，我被押着来到了一片平坦的土地上。远远地便看到不远处有几间茅草和木板搭成的屋子，一间紧挨着一间，中间的那间最大。想必它们口中的首领应该是一个人吧，不然它们怎么能建出房子来呢？想到这我不禁好奇起来，究竟是怎样的一个神人，居然能教动物说话，这不算，居然还在这样一个荒岛盖了这么多房子！

不一会儿就到了它们的领地。这可真是一幅神奇的画面呀！我要推翻我之前盲目的结论！这个岛上不只有海鸟，不只有黑猩猩，还有各种各样的飞禽走兽！这简直就是个动物园！动物园！栅栏里面，成群结队的公鸡母鸡正扭打作一团，大象在一旁居高临下地鄙视着它们；旁边有几只雄孔雀打开了自己美丽的羽屏，自顾自地在孤芳自赏；栅栏里的树上倒挂着几只猴子，可它们不是在捞月，因为现在是白天；一条外貌凶猛的鳄鱼正在和几只老鹅斗作一团，它明明可以一口就把它们全都收入腹中的；最细心的是一只纯白色的蝴蝶犬，隔着老远就发现了我们，马上冲了出来……

它居然开口说话了，我的世界观此刻已经崩塌得不成样子！

“哇噻！你们居然抓了一个人回来！快，快，快让我闻一闻！”说完它就跑到我脚边一个劲儿地嗅个不停。

为首的猩猩轻轻地给了它一脚，“你别闻着闻着就给他一口，别把你的狂犬病毒留在他身上，这儿可没有疫苗注射给他。”

小狗舔了舔身体被黑猩猩脚丫子碰过的部位，抬起头，用它那没有眼仁的黑亮的眼睛斜视着猩猩，回击道：“别用你的臭脚丫侮辱了我高贵的身体，说话要当心，除非你想在身体里也留下狂犬病毒！”

黑猩猩没有继续跟它争执，示意押着我的猩猩往前走，不一会儿我们就进到了栅栏里，马上引起一阵骚动。

对于这些新奇的现象我已经见怪不怪了，好像这个岛上所有的动物都会说话一样。我一进去，它们马上停止了之前的动作，集体向我围了过来，炸开了锅一般议论起来。

“我去，竟然是人类！”

“皮克，快看，他们居然押了个人回来！”

“死婆娘不用你说我早就看见了，哎，你别掐我呀！”

“妈妈，那是什么动物啊，为什么我之前没见过？”

“乖宝宝，那是人类，你肯定没见过，因为妈妈都没见过。”

“那你怎么知道他是人类啊？”

“因为首领告诉过妈妈呀！”

“首领真厉害，我以后也要让她告诉我很多很多东西！”

……

我在心里默默地无视了它们的议论，因为实在接受不了此刻被一群动物议论的情景。与此同时，黑猩猩押着我来到中间最大的那间茅草屋，门口有两只巨大的癞蛤蟆在守卫。

“好家伙，居然弄了个人来！”其中一只癞蛤蟆对黑猩猩说道。

黑猩猩笑了笑，“我要把他押给首领看。”

另一只癞蛤蟆跳了过来，用满是黏液的手拍了拍我的口袋，“身上没带什么危险物品吧？”

押着我的猩猩回答，“没事，绑的时候就检查过了。”

我看着身上才晾干的衣服，真倒霉，沾上了那么多黏糊糊的液体！

两只癞蛤蟆让到了一边，黑猩猩们就押着我进了茅草房。茅草房里有很大的空间，保守估计得有几百平方米。中间是一块超级大的几何图案的暗色的地毯；两边开了窗户；往里看去，是一幅巨大的油画，画面的底部是深蓝色的海，而海的上方是一座气势巍峨的岛，在画的下方，则是一张大床。

看向大床的一刹那，我的心脏也几乎快要停止了。因为床上躺着的，居然是一头老虎！百兽之王——老虎！

在我惊恐万分的时候，黑猩猩开了口。

“报告首领，我们在红果园里抓到一个偷食红果的人类！请指示！”

老虎听见“人类”马上从床上站起来，走了下来。

“嗯，干得好。”

她缓步朝我们走了过来，窗外打进来的阳光照得她一身油亮的毛皮熠熠生辉。身上搭着一条鹅黄色的丝巾，与她自身黄黑相间的毛皮搭配起来相得益彰。她的眼睛带着天然的威严望着我。脑门上一个霸气四射的王字纹路象征了她的身份……

“看我看呆了呢？”一个低沉又富有磁性的声音传了出来。

回过神来，我才发现，她，她，她已经走到我面前了！

我赶紧匍匐下身子，为自己刚才的大胆吓得浑身发抖。“大……大……大王，请恕罪，我……我……我真的是无意中吃了您的红果，我上有老……下有小……”

还没等我说完，押着我的黑猩猩就使劲压了我一下，“老实点，别废话，首领什么都知道，不用你说！”

我急忙把身子压得更低，回答他：“是，是，是。”

老虎绕着我打量了一会，又转到我前面，我从眼角的余光能看到她粗壮的脚踝以及她锋利的爪子。她对几只黑猩猩比了个退下的手势，“你们先退下吧，我自有分寸。”

然后黑猩猩们就下去了。随着黑猩猩下去，我的心也一个劲扑通扑通跳个不停，妈呀！她是不是要把我给吃了？我不想呀！我不要啊！

想到这儿，我赶紧对她乞求道：“大……大……大王，我肉很难吃的，我……我……我从前在化工仓库工作，全身都是有害物质呢，吃了我，你会得病的!”

“哈哈哈，”她听了我的话后不由自主地笑了起来，“我知道你在想什么，放心，你的安全肯定是没问题的！我，不会吃了你的!”

咦，听到这话我的心瞬间放了下来，可是这突变的情况有点让我难以接受。

我下意识地往后退了退，与此同时，她放下两只前爪，趴在了地面，一颗不怒而威的虎首就这样展现在我的眼前。不知道她是真的有超能力还是仅仅是偶然，她接下来的话让我大跌眼镜，虽然我没有眼镜。

“别乱想了，不是偶然，是我的确有你所谓的超能力！建强。”

她说完朝我笑了笑，而我震惊之余不禁打起了寒战。这……这……这，怎么，怎么可能呢?

“你，你，你不会是妖怪吧!”想到这儿，我更加坚定了自己的念头！这绝对是个妖怪窝！我，我，我不会穿越到西游记了吧！OMG!

她转了转身，调整了角度继续直视着我。从眼睛里流露出一种嘲讽的神色。

“我该说你想象力丰富呢？还是说你傻呢?”

我不跟她对视，怕她那不怒自威的气势会伤着我。“那……那……”

我话还没说完她便打断了我，“我知道，我会给你解释清楚的，你也不用害怕什么。我，包括这个岛上的所有动物都不会伤害你的。”

我连忙点头，她继续说：“把你想要知道的问题都提出来，很快你就会知道这一切的。”

我慢慢抬起头，先是试探一般地看了她两眼，感觉到没那么害怕之后，小心翼翼地对上了她的视线。

她的确是一副王者与生俱来的霸气容貌，金黄色的毛发上均匀地分布着棕黑色的纹路。眼神不怒而威，可是又多了一丝友好的感觉。我渐渐地也在这个氛围中找到了一点点安全感。

“建强，”她抬起着爪子绕着我走了一圈，然后又在我面前停下来，“你把你想知道的问题提出来吧。”

我低下头去，看到了她锋利的爪子，该从哪儿问起呢？对，是这样。“我想知道这是哪里？你们为什么会说话？还有我为什么会来到这里?”

她笑着看了看我，然后说到“我还以为你先会问问我的名字呢?”

我一时间没有了话语，羞愧地低下了头。居然不知道先问问对方的名字。我还以为这个地方的动物跟我的世界里的动物是一样的呢。

她用爪子挠了挠肚皮，看着我，然后开始为我一一解答问题。

她首先做了自我介绍，“我是这个岛上所有动物的首领，它们一般都称呼我首领，你可以叫我的名字，我叫玲。”说完她意味深长地看了我一眼。

我接过她的眼神忙夸了句好听。她接着说，“这个岛呢，叫作孤岛，是一座神奇的岛。为什么神奇，因为在你的世界中所有人都见过它，却很少有人能够真正接近它，更不要说登上它。”

我下意识地点点头，可心里还是糊糊涂涂的。

玲可能读出了我心中的疑惑，对我说：“你不用感到什么不解或者不安。它就是这么一座岛，你知道就行了。”

我只能接受，然后回答她：“好的。”

“至于你为什么会来到这，我不知道是你的幸运还是你的不幸。”她摇了摇头接着问我“你应该看过不少物理学的书吧？”

我连忙点头，的确，在现实生活中我是个物理学爱好者，虽然早已辍学多年，却一直坚持着读书的好习惯。

“那你就肯定知道虫洞的概念，这样我就更好解释了。简单地说，你出现在这里，就是因为误入了一个虫洞！”

听到这儿我开始恍然大悟，难怪，难怪，难怪本来应该是在仓库工作的我会出现在这座孤岛上。

我问她：“虫洞？你确定是虫洞吗？这样的话我就能理解了！”

“我确定，肯定是虫洞。”

听到这儿我不禁喜笑颜开，这样的话我就能设法回去了。

我接着问她：“那你知道我具体是从哪里进入的虫洞吗？”

玲摇了摇她那硕大的脑袋，“这个我读不出来，很抱歉。”

我的喜悦一下子被浇灭了，仔细想一想，其实也没什么。况且真的如玲刚刚所讲的一般的话，我来到这还是幸运的了。

玲看了我一眼，接着往下说道：“你能这样想的话，真的是太好了。其实你不必刻意去想回去的问题，你就当难得的旅行。就这样想。”

旅行？“真的吗？当作旅行。”我脑海中一出现这两个字眼便开始幻想起来！虽然我从未旅行过，可当下的情景不就跟我幻想中的旅行一模一样吗？

“至于你问的我们为什么会说话，这个你就放一百个心吧，我们不是妖怪。这个岛是独立于你们人类生活的三维空间的一个存在，所以我们会说话在这里根本不是一件奇怪的事。”

“好的，我现在已经接受这个事实了。多谢你给我讲这么多。”

我从心里，默默地对玲说了一声谢谢。

玲似乎听见了我的声音，对我报以一个微笑。

“你就先在这个地方住下来吧，这不比你以前的仓库差，要吃什么要住哪儿你自己选。”

没想到结果居然是这样，我从一开始的胆战心惊到现在的如释重负，欢乐地吐了一口气。

“那你给我安排一些活儿吧，我总不能在这儿白吃白喝吧。”

玲笑着回答我，“放心，肯定不会白让你住的！”

说完，她便站了起来，口爪并用帮我拆了身上捆着的绳子，带着我出了屋子。此刻屋子外早已挤满了来看我这个人类的各种动物，我生平一直都是小人物，从来没有被这么多目光齐刷刷地注视着，这让我十分窘迫，脸红心跳头也低了下去。

玲鼓励我，让我不要觉得不自在，放开自己就好。“给大家介绍介绍自己吧！虽然我知道你所有的过去，可这些纯真的朋友对你可是一丝都不了解呢。”

介绍自己，这可从何说起呢？说是介绍，还不如说是在讲述，讲述自己从小到大二十多年里发生的平凡的故事……

“我叫建强，今年二十四岁，是个农民，在家排行老大。家里有四口人，我爸妈，我和一个十六岁的弟弟。我家在S省的一个小县城，经济条件比较落后，家中收入几乎全靠种庄稼来维持。”所有的动物都自觉地在我身边围成一个圆圈，我心里颇有一些成就感，虽然我知道我讲的东西实在是没什么可听性，但我还是为了不辜负它们继续讲下去。“老天赏脸，家中那一年收成好，便过得顺顺利利，老天不赏脸，收成不好，那一年全家都要勒紧裤腰带谋生活。从小我便很爱学习，在村里的小学，镇上的初中，都是学习拔尖的那一个。”

“等……等……等一下，”一只小黄鸭尖着嗓子叫道，“建……建……建强，学习是什么东西啊？”

大家纷纷笑了起来，之前绑我的那只猩猩清了清嗓子对着小黄鸭说：“让你平时多请教首领你不听，连学习是什么都不知道。学习呀，就是获取知识的一个过程！”

小黄鸭被大家笑得羞红了脸，没再继续说话。我便接着往下讲：“本来，我以为只要自己好好学习、努力获取知识就一定能够过上很好的生活。像那些城里人一样，每天开着漂亮的车子，坐在干净的办公室，穿着高档的西装，过这种生活。”

我思考了片刻，接着往下说：“初中念完后我以优秀的成绩考上了县城里最好的高中。我爸妈也很高兴，他们省吃俭用供我和弟弟读书，就指望我和弟弟能通过读书改变整个家庭的命运。说起来啊，我弟弟比我还要争气，他跟我一样热爱学习，每次都是全学年的第一名。比我还要厉害的是这小子是一个数学天才，小小年纪就已经获得了很多数学大赛的奖牌。我爸妈也以我两兄弟为荣，虽然生活得很贫困，但一家人还是很幸福。本以为只要用心读书，就能改变家庭的命运，可是谁料想……”说到这儿，我心里不禁咯噔一下，难过了起来。叙述的故事也不知道从哪儿说起，因为到这之后我的整个人生发生了天翻地覆的变化。

玲用她强壮的爪子拍了拍我的肩膀，估计是她用超能力获知了我心中的悲伤。我抬起头朝她笑了笑，又接着讲下去：“有句话是这样说的，世界上的幸福大多相似，可是不幸的人却有各自的不幸。在我上高三的那年，也就是五年前，家里发生了一个重大的变故。我父亲，在运粮进城的路上遭遇了车祸，不……不……不幸身亡。”说着说着，我便哽咽了起来，而此时，周围的动物们不约而同地齐声对我说：“建强！不要哭！建强！加油！”

接收到它们的鼓励中满满的正能量，我接着往下讲述：“父亲身亡了，肇事司机也逃跑了，因为是在农村的路上，监控太少，警察无从入手，于是这个案子就这么搁浅了，家里也没获得什么赔偿。本来就十分贫困的家庭又遭遇这番变故，更是贫上加贫。母亲一个人负担家里的农活已经心有余而力不足。而那一年，我的高考，也没有预期的那么好，没有通过优异的成绩获得县里的资助名额。母亲一个人无法承担供两个学生一起上学的各种压力，无奈之下，两相权衡取其轻，我选择了辍学外出打工，让弟弟继续学业。之后，几番辗转，我便到了现在的化工厂仓库工作。虽然老板脾气差了点，可是待遇不错，工作环境也相对自由，这几年过得还像样。工作之余看一看自己爱好的物理学的书，不过得躲着我们老板，因为一旦被他发现又要指着我的脑门说我一通了。”

说完，我抬起头看了看专心致志听我的故事的动物们，它们都睁着充满光彩的眼睛期待着我往下讲，“没有了，之后便是在意外之下来到了这个岛，遇见了你们。”

“真的没有了吗?”许多动物纷纷表现出不满足，还想继续往下听的样子。

我摇了摇头，把手举起来对它们说：“对天发誓真的没有了!”

忽然，一只摆着昂首挺胸的 pose 的母鸡问了一个让所有动物都特别感兴趣的问题。

“建强，你就没有男女之间的感情么？你没有喜欢的女人吗?”

动物们纷纷不依不饶要我讲我的“爱情故事”。

我想了一想，接着给他们讲：“真正的爱情目前还没发生过，不过我曾经有一个喜欢的女孩子。”

动物们听了之后再次开始议论纷纷，就好像人类在看一部热播的电视剧一般，这种感觉是我从来没遇到过的。它们一个劲儿追问我，是不是很漂亮，是不是很文静之类的问题，我摆了摆手，接着往下说，“不是你们想象的那样，我喜欢过的那个女生，是个很优秀的女生，我们是初中的同学，从初一开始，我和她就霸占了三年全校的成绩排行榜前两名，直到上了高中，这个局面才被打破。她是一个很好强的女生。我们经常在一起讨论各种难题，可惜……可惜，我辍学了。”

动物们开始了八卦，一起问我现在呢？那个女生去哪儿了？

“她几年前考上了首都的一所学校，毕业之后留在了首都发展，现在估计已经嫁人了吧。”

动物们听了之后，都纷纷表示遗憾，有的还过来拍拍我的肩头安慰我。

忽然，我想到了什么，转过头对玲说：“还真巧，她的名字里也有一个玲字呢?”

玲听后，意味深长地看了我一眼。“真的吗？那的确挺巧的。”

介绍完我自己，玲又安排众多动物们挨个介绍自己。于是一幅在人类世界中根本不可能发生的画面又在我眼前发生了。几百只动物围在我身边，从我左手边开始一个接一个介绍自己。有我之前见过的小狗，它叫小白。还有把我带到这个部落的黑猩猩，它叫大奎，神奇的是，它们取的名字很好记，每一个种族族长都有一个名字，然后接下来便按照年纪的大小在族长的名字后接上数字来给其他成员取名。问我问题的那只母鸡叫阿花，那只美丽的雄孔雀叫阿郎……

等到它们一个个都介绍完自己以后，天已经彻底黑了下来。有一些家伙撑不住已经早早就回去睡了。我和剩下的几个家伙一一道了晚安，便来到玲给我准备的房间。房间的布局跟我在化工仓库的很像，一张简单的床，一张桌子，一把木椅子，便再没有什么了。虽然已到夜晚，可我还是丝毫没有睡意，便走到空地上仰望夜空。

这绝对是我见过最美的夜空。美得一点都不真实，美得具有一种魅惑的侵略性。深黑色的幕布上，一轮出奇巨大的明月高悬在其中。月亮像一个巨大的大银盘把来自太阳的光亮反射到这里，一切是那么的美丽又那么的安抚我的内心。月光如水，洒落在屋顶的茅草上，洒落在空地周围的栅栏上，洒落在躺在院子里睡觉的动物的毛发上。

“老天，如果这是一场梦的话，能不能不要让我醒来!”

我突然在心里这样祈祷着。

月亮下方有一条银色的光带，想必那就是银河吧。只见乳白色的带子上点缀满了璀璨夺目的星星，它们都仿佛有生命一般，拼命地眨巴着眼睛绽放着自己灿烂的生命。月亮与银河相得益彰，让这块夜幕显得那么的美丽那么的勾人心魄。

不知不觉我便沉醉在其中，不知不觉中我回到了屋里，不知不觉地睡了过去……

第二天早晨，习惯性地早起。一出屋门，便碰到叫阿诺的公鸡打鸣。它用洪亮的声音跟我打招呼："早啊，建强！"

"早，阿诺！"

我去简单地洗漱了，身后便传来阿诺洪亮的打鸣声。

"咕——咕——咕——"

"咕——咕——咕——"

"咕——咕——咕——"

动物们听到阿诺的打鸣声，纷纷从睡眠中醒了过来，有两只母鸡没睡够就被叫醒，出来后一个劲地埋怨阿诺。

"真是的，老不死的，你每天怎么都起那么早！"

"对啊对啊，害得人家每天都睡不够！"

"讨厌，明天不许这么早了！"

"……"

阿诺无视它们的抱怨，径直朝水井这边走了过来，用那张磨得发亮的喙在桶里啄了一口水，也像人漱口的样子一般洗了洗。

对于这一幕，我早已见怪不怪，我洗完之后来到了玲的屋子，门口还是昨天守卫的那两只蛤蟆，对了，它们的名字很搞笑，左边的这只叫阿哈一，右边的那只叫阿哈二。我们互相问了好，我便走进屋里去。

清晨的阳光从窗户里闯进屋内，打在靠窗的桌子上。玲坐在木质的椅子上，跷着二郎腿，正在喝早茶。见我进来，玲放下爪子勾着的茶杯，站了起来，向我问候。

"早啊，建强！"

我朝另一个椅子走了过去。

"早上好，玲！"

说完我坐在一边的椅子上，自己给自己倒了一杯热茶。

"想不到你们的生活挺好的嘛。"

玲笑了笑，坐回椅子上。

"想不到你这么快就适应我们的生活了。不错哟！"

"嗯，既然开始了新的生活当然要尽快适应才好，"我低头喝了一口茶，入口香醇，"这茶不错。"

玲低头喝茶，"原生态的东西肯定不能差了。"说完她转过头看着我，"这么早找我应该不只是喝一口茶这么简单吧！"

我提起嘴角笑了笑，“果然什么都瞒不过你，我是想来问问你我可以做点什么事。”

玲再次放下茶杯，对我说：“放心，肯定有你做的事，不过这件事有点复杂，而且非你不可。”

我的好奇心一下子被提了起来，“非我不可？”这会是一个怎样的任务呢？

玲朝我的茶杯里加了点茶水，然后眯了眯她的眼睛。

“怎么说呢，这个岛没你想象的那么简单。”

“你的意思是，”我有些听不懂她说的话，“你能讲得详细一些吗？”

她低下头思考了片刻，似乎是在整理着思绪。

“我给你讲个故事吧。”

“嗯，我听着，你说吧。”

玲慢慢地开始给我讲述关于这座孤岛的故事，她在讲故事的时候，声音不似平时那么洪亮有力，而显得略微的低沉而富有磁性。

“这座岛，我上次跟你讲过，是一座孤岛。除了我们这一群动物，几乎没有别的动物。关于这座岛的历史，我从部落的上一任首领口中了解了一些。”

我跟着她讲述的节奏点了点头，她接着往下跟我讲。

“这个岛不知道是什么时候出现在这里的，也不知道出现了多久。只知道自我们的先辈开始就一直在这个岛上生活。日复一日，年复一年，时间似乎没有怎么光顾过这个孤岛，我的先辈们一直在这个岛上无忧无虑的生活。后来，又有了我们这一些小辈，岛上的生活更加多姿多彩。可是，问题的关键就在这。这是一个很可怕的问题。不知道你发现了没？”

玲用若有所思的眼神看着我，我想了一想回答她：“你的意思是……时间？”

“对，就是时间。孤岛是被时间遗忘的岛屿。虽然这里所有的生物包括植物和动物都在进行着它们的运动，可是时间却没在它们身上留下丝毫痕迹。”

“你的意思是说，这里……这里……这里相当于一个静止的环境？”

玲点了点头，我马上反驳她，“可是这是不可能的啊！”

“可是事实上它就是这样，建强，你觉得目前为止你在这座岛屿上所发生的一切都能用常理论之吗？”

我一下子就沉默了。玲说得没错，的确，这座孤岛不能用常理论之。然后玲接着往下讲。

“发现了这一个巨大的问题后，我们的先辈就在岛上开始了一系列的探索。怎么说呢，它们的探索还是有一定的成果的。它们登上了岛上最高的雪山，并在最高的山峰上发现了一个巨大的宫殿。”说到这儿她停顿了片刻接着往下说，“可是就在这个时候，事情发生了一个一百八十度的转折!”

我听到这儿，心都跟着提了起来，可是玲突然就停止了。我赶紧催她。

“你倒是说呀，发生了什么?”

玲闭上眼睛想了会儿，“雪山突然就雪崩了，我的先辈、宫殿、秘密都埋在了冰雪之下。而不仅仅如此，从雪崩的那一刻起，整座孤岛发生了天翻地覆的变化。所有动物都说那是——天谴!”

玲难过地抹了抹眼睛，我强忍着惊讶拍了拍她的肩膀安慰她。

“都过去了，都过去了，那你们是怎么知道这一切的呢?”

“雪崩的时候，冰雪仿佛奉了神谕一般，以高高的冰峰之巅为起点席卷了几乎大半个岛屿，动物们都纷纷躲到了现在居住的这一小块土地。冰雪的袭击持续了很久很久，久到不知道过了多少个日出日落，久到动物们都差点忘记了它的袭击。”

我越发不解越发疑惑：“有这么离奇的事件?”

玲给了我一个肯定的回答。

“千真万确，而就在我们都已习以为常的时候，冰雪对孤岛的袭击停止了。突然有一天，动物们发现在遥远的岛屿的另一边，风不再狂吹，雪也停了，它们曾经生活的家园完全笼罩在一片冰原之中。听到这个消息后，我带着一支队伍朝冰原前进，可到了冰原才发现，仿佛是受到了诅咒一般，除了我，其他动物都无法进入冰原。只要接触到冰原的冰雪，它们就如触电一般浑身疼痛颤抖个不停。我便自己孤身前进。”

“那后来呢？进去之后遇见了什么?”

“进去之后发现曾经生活的土地完全被冰雪覆盖，冰原就好像一片真空一般什么都没有。我本来要去冰峰一探究竟，却在山脚下找到了奄奄一息的穿山甲。它告诉我这一切，并让我停止前进，之后不久它就陷入了永久的沉眠中。”

“那你呢？你最后进去了没有?”

玲对我点了点头，又接着述说。

“我身负重任，哪会就此停下脚步。我攀上了冰峰之巅，找了很久很久，可是一无所获。然后就回来了。回来之后，依照部落的规定成为了首领，日复一日过着几乎是复制一般的生活，然后便在昨天见到了你。”

听完之后，我的内心久久不能平复。真是天下之大无奇不有啊，这种科幻电影里才能有的事情居然就在我脚下这片土地发生了。

玲似乎读出了我的心思，接着往下说。

“你以为这是最离奇的吗？更离奇的事是从那一天开始，岛上就没有了四季，整座岛以火山口的一条直径为界线，一半是酷暑，一半是隆冬。”

好吧，我承认玲的诉说又一次刷新了我的认知。

“可是，还有一点我不明白。”

此时，我们已经喝光了她泡的茶，她起身收拾着茶具。

“你说，我听着呢。”

“你讲的这些跟我的任务有什么关系吗?”

玲把茶具端给门口的阿哈，然后转身回来对我说：“我想请你帮个忙。可是要先征得你的同意才行。”

嗯？帮忙，不会是让我去救她的先辈们吧？我哪有那个……那个……

“被你猜中了，”玲突然用一种很诚恳的声调说，“你放心，只是先看看你能不能进入冰原，如果可以的话，你进去帮我，这样兴许会更好，如果有危险的话，我肯定会保护你全身而退的。”

“可是，可是我不知道在里面能帮上你什么。”我开始担忧起来，这可不是开玩笑的事，我失踪了不知道多长时间。在我失踪的时间内不知道建明和我妈现在怎么样了……

玲用她的爪子拉过我的手，对我说。

“放心，我敢保证绝对没有安全问题的，因为我时常去里面。再者，再者……

这家伙居然在这时候卖起了关子。

“你说吧，再者怎么样?”

“再者你想要回到你的世界中的话，光是这样在部落里等着是完全不可能的。你难道不想回去吗？雪山宫殿里绝对有你能回去的办法的。”

“真的吗?”听到我能回去的办法我的眼睛都亮了。

“你就，你就真的那么想回去吗?”玲看着我的眼神突然黯淡了那么一些。

我想，这样是不好的。毕竟它们对我都这么友好，我于情于理都要办这个忙不是吗？而且玲也说了不会有什么危险，如果真能找到回去的办法，就在这儿好好陪它们一段时间再回去；如果找不到，也当自己尽一份力吧！

“呃，其实也没有那么强烈的回去的念头。我答应你，玲。我答应跟你一起去冰原。”

玲开心地咧开她的大嘴巴笑着，那么真实，那么灿烂。

“这就对了！你放心吧，你就当去冰雪世界旅游就好了！”

“嗯……”

跟玲订好了约定之后，我便出了茅草屋，出了部落。

一个人来到了昨天爬上岸的海滩。短短一天的时间发生了这么多的变故，这在我之前的人生中是从来没有出现过的，当然，除了那一次家庭的变故。想到这儿，不禁苦笑了一声，其实昨天我跟动物们讲的故事，被我隐瞒了一部分，因为实在不想把这份沉重的感觉传递给它们，不想看着如此简单的它们感受到我心底的那一份沉重。

父亲不幸去世，母亲改嫁，弟弟上学的任务完全落到了我的头上。没有文凭，只手拿着一个高中毕业证去S省的省会闯荡，被人无数次泼冷水，无数次拒绝。在大都市里，被骗过、偷过、抢过，最苦的时候在大冬天里和流浪汉挤在一起取暖，最好的时候，也只是吃上一碗热腾腾的炸酱面。所幸的是，这些苦难的日子都成为过去了，虽然没有文凭还是有人接纳了我。虽然老板脾气不好，但是工资还是够我供弟弟上学。

以后应该会更好吧？我这样期待着。

太阳火辣辣地炙烤着海滩，同时也驱走了我心中经久不散的阴霾。不要再想不高兴的事情了。我脱下鞋，踩着柔软的沙子，往海水奔跑过去。大海是多么美，多么广阔。双脚泡在海水里，暖暖的，有一股暖流自下而上洗涤着我的身心。这是多么棒的感受呀！海风迎面吹来，把我的头发都吹到了脑后，吹得我的耳朵隐隐发痛。海风的声音灌进耳朵，似乎是在讲述一个不知道是什么语言的故事。

我在海水里跑过来，跑过去，享受着这从来都没有过的体验。跑累了，我便上了岸，躺在金黄色的沙子上，仰望着蓝天。

好好珍惜当下吧。我这样想着，不知不觉就睡着了……

等到我醒来的时候，太阳已经落山了，踩着夕阳的余晖，我回到了部落。

动物们早已燃起了火堆，摆满了食物，一幅要开party的画面。

结果如我所料，它们刚一看见我，便一群地围了上来，把我拖到院子的中央。音乐声响起，这是一个狂欢的夜晚。

玲在我旁边站着，应了晚会的景，她穿了一条草裙，粗壮的尾巴从屁股后高高地翘着，有种说不出来的可爱。

“这是大家专门为你举行的欢迎晚会，一定要尽情享受哟！”

我大吃一惊，心底为它们的真诚而感动。

“谢谢大家了！大家真是有心了！”我大声地对它们表示谢意。

动物们纷纷摇头，“不客气的，建强，我们是一家人！”

我还想再表达一番谢意，黑猩猩大奎就把我拖到一边的桌子旁。

“来，建强，今晚我们喝个痛快！”

我惊讶地看着桌子上，只见桌子上摆着一长串竹制的杯子，空气中酒香四溢！

“这是我们部落酿的果酒，用红果酿的，味道很棒！来，快喝！”

我马上举起一杯，向四周敬了一下。

“喝！”

红果酒，色泽红润，入口先甘后苦，但自有一股淡淡的清新。入喉微辣，下肚之后更是回味无穷，真是酒中极品！

酒过三巡之后，桌上的瓜果也吃得差不多了。就在这时，音乐声突然换作节奏感颇强的舞曲。大奎连忙扔下我去邀请它心爱的母猩猩跳舞。全场陷入了狂欢。癞蛤蟆阿哈一跟阿哈二的家人负责了乐队，它们头手脚并用，成了这个 party 上当之无愧的音乐王者。所有动物都跟着它们的音乐舞动着身躯，小狗小白邀请到一只健壮的雌性金毛犬，它们一扭一扭地用不协调的舞姿融入这幅画面。小鸡在阿花的带领下站成一列，用统一的姿势跟着音乐舞动。阿郎带了一只雌孔雀，双双在音乐中起舞成为舞台的 muse……

我向一边的玲走了过去，用自认为比较绅士的方式邀请她跳舞。玲接受了我的邀请。

“建强，没想到你还会跳舞。”

被玲这样一说我瞬间红了脸。

“实不相瞒，我的确不会跳舞。不过……不能扫了大家的兴嘛。”

玲抛给我一个笑容，然后对我说：“放心，我来带你，你跟着我就好。”

我对她点了点头，我们便跟着音乐摇动着身躯。

玲真是一位好老师，在她的带动下，我的身体出乎意料地灵活。我仿佛被注入了与生俱来的艺术细胞，拉着我的舞伴一起融入这忘我的音乐之中。时而旋转，时而下蹲，时而左右摇摆，时而跳跃起来……

欢乐的时光不知道持续了多久，只记得在这一个狂欢的夜里，火堆越烧越旺，激情越燃越高。月光洒在每一个欢乐的身躯上，星星们也拼命地眨着眼睛生怕错过了这一个快乐的时刻，海风轻抚着我们，与此同时也为我们做了最有效的记录……

那一夜之后，我们便全身投入了“冰峰计划”的准备。

“冰峰计划”，是玲给前去冰原探险搜救这个任务取的名字。连续几天，动物们都聚在一起为我们的出行做着基本准备。它们为我量身打造了御寒的衣服、登山穿的鞋子、手杖之类的物品，心灵手巧的猴子阿曼还为我打造了一副防风墨镜。阿花带着它的小鸡宝宝为我们拧了几根几十米长的很结实的绳子。大奎则替我们准备了一路上所需要的干粮和水。看着它们如此投入地忙活着，我也渐渐感受到肩上不可避免的重担。

玲带着我在她屋子里研究着冰原的地形，以及一路上的路线。按照玲说的，冰原是以火山口的一条直径为界线划分的另一半岛屿，我们要去到冰原，最快最短的路线是从部落出发攀上火山口，然后从火山口的边缘到达冰原区域。冰峰就坐落在火山口，先登上冰峰，再试图查找神秘宫殿的位置。据玲所说，神秘宫殿先前是建在冰峰之巅的，由于雪崩加上地震埋在了冰封下面的深渊里，我们必须先登上冰封，勘查之后再一步一步往下搜寻。这样一来，就能大大提高我们的效率。由于冰原一直都处在冰封不动的状态，安全性挺高，这样做还能提高这次行动的成功率。

在准备的过程中，我心里又再次对那块神奇的冰原，对那座高耸的冰峰，对那座神秘的宫殿燃起了强烈的好奇。直觉告诉我，这一次行动，将会给我带来巨大的改变。

准备时间用了三天，三天之后，我便和玲出发前往冰原。

我们穿过热带雨林，越过丘陵，蹚过河流，跑过草原，走过沼泽地，经过荒漠，终于，来到了火山脚下。

火山岩的岩质不是很好攀爬，我们在这儿放慢了速度。

“你还好吗?”

玲怕我体力跟不上关怀地问我。

“我很好，放心吧!”

我朝她比了一个OK的手势，以前在家务农的时候，经常要到山上砍柴，这点体力活对我来说真是so easy 。

“爬到火山口，就是冰原与这边世界的分界线了，你怕不怕?”

说完，玲朝我诡异地一笑。

我的手忽然一松，整个身子往后倒了一下。玲赶紧伸过爪子拉了我一把。

“喂！小心点呀你!”

我尴尬地笑了笑。

“还不是被你给吓的。”

她嘴角微微下垂，“我真的吓到你了?”

我赶紧拍了拍她的爪子。

“不是被你吓的，逗你呢。”

想了想我又对她说：“我倒是不怕，只要能进冰原，我一定会尽力帮你的。”

仿佛有那么一瞬间，我似乎看见了玲脸上浮现了娇羞的红晕。

“好了好了，别废话，赶紧爬吧！我也会尽力助你回去的。”

“嗯。”

玲在我前面开路，我在她后面跟着攀爬。玲天生就是运动好手，任何形式的运动应该都难不倒她。她用锋利的爪子钩住岩石的沟缝，虎躯一抖，便很轻松爬了上去。而我就不同，要用钩子钩住岩石，测试一下力度，才能往上爬。虽然我爬得不快，但好在一路上因为爬山太费力，我俩都没说话，也没感觉花了多少时间，便快到火山口了。

“建强，再坚持一会儿，马上就到了！”玲回过头来对我吼道。

“知道了！你在山顶等我！”

还有十来米的高度，很快就到山顶了。我在心里对自己打气道。

摸缝—下钩—拉绳子—腿上使劲—蹬着石块攀爬，如此循环反复，眼看就剩最后一步，玲伸出她的爪子来拉我，我拉住她的爪子，她一用力，我就被拉了上去。

真是一片神奇的景色！比好莱坞电影的特技还要神奇一百倍！一千倍！哦不！一万倍！巨大的火山口就好像被一把巨刀从正中间一分为二，整整齐齐切开了。线的一半，是我们所站着的地方，有蓝天白云，有花草鸟兽；线的另一半，是冰雪世界。一片白皑皑的冰原，风以肉眼可见的模式吹动着积落在地面的雪花，却没有一丁点越界。冰雪世界的深处，是玲口中的冰峰。高高地矗立在整片冰原的中心。阳光打在冰雪上，反射着耀眼的光芒。可就是连这一束束光芒，也被生生地束缚在界限之内，不能逃逸出来……

“美吧？”

玲打断了我的沉醉，问我。

“很美，是我见过最美的景色。”

玲跟我并肩站着，她也在欣赏这幅景色。

“也是我见过最美的景色。”片刻之后，她又说，“可惜这种美却注定是孤独的，令人心痛的，让人无法拥抱的美。”

说完她把硕大的虎首靠在我肩膀上，我知道，她想起了伤心事。

我打趣道：“你的脑袋真重！”

“连这么一点重量都承受不下，你待会就别进去了。”

“别别别呀。能承受得住，这不正在担着呢嘛。”

就这个姿势保持了很久，也不知道我俩的四道视线盯着冰原盯了多久。

“好了，先去看看你有没有资格进去吧！”玲对我说道。

我俩就一路小跑来到界线的边上。

到了界限，冰原离我近在咫尺，我一副百米冲刺的势头就要冲过去。玲赶紧拉住了我。

“要死啊你？”

我才后知后觉要先试一试，连忙用手挠了挠后脑勺。

“啊，不好意思，一时间太激动了。”

玲狠狠地瞪了我一眼。

“下次你要是再这么不要命我可不会拉你的。”

我尴尬地报以一个微笑。

“不会了，小心行事，小心行事。”

“你等我先过去，你再伸过手先试探。”

说着，玲一跳跃过界线。

接着，我也小心翼翼地伸过手去试探。手穿过界线的时候触电一般的感觉霎时间在身上闪过。可是仅仅，仅仅持续了那么万分之一秒，很快，身体就很清楚地感知到了寒冷与温暖的区别。冰原的寒冷在伸过去的手臂上缠绵着，而在界限的另一边的身体，被暖洋洋的太阳光照射着。真是神奇的冰原，神奇的感受呀！

玲在那一边看到我也能穿越冰原高兴得不得了，一个劲地拍着手鼓掌，边鼓掌边对我喊着。可惜我在这边什么都听不到。

知道了没有危险之后我就一脚跨了过去。

“我就知道你肯定没问题的！”

玲高兴地对我说。

“这样一来我们的计划就可以进行下去了。”

我也高兴地回答她。

“看，那就是冰峰。”说完她用爪子指着前面的雪山。

我顺着玲的手望了过去——

“孤独的永远站在最高峰享受冰雪与寂寞的女王。”

我脑海中自然而然地就蹦出了这几个字。

“我们往前走吧。”

于是我和玲一起往冰峰前进。玲在雪地上奔跑着，跳跃着，矫健的身姿轻车熟路地就在冰原上活动开来。我也拿了动物们给我做的类似雪橇的东西追赶了上去。冰原瞬间变成一个巨大的滑雪场，任我在积雪上自由地滑翔。冰原上留下了玲的脚印，也留下我滑翔过后的痕迹。玲跑一会儿便停下来等等我，跑一会儿便对着我喊加油。就这样你追我赶，没多久，我们就到了冰峰下。

玲带我去看了穿山甲沉眠的地方。

“当年我就是在这儿遇到穿山甲。”

说着，她匍匐下身子，将大脑袋往厚厚的冰块靠了上去。

“也不知道还能不能再见到。”

我也蹲了下来，顺着厚厚的冰块往里看。模模糊糊能看到一个灰色的影子。想必那就是穿山甲吧。

“我们的世界里有这样一句话。”说着，我拍了拍她的背。“尽人事，听天命。”

玲点了点头，回答我：“我知道，放心，我只是见景生情。”

“玲，我有预感，也许这次我们能成功。”

过了半晌，玲从悲伤的气氛中脱离了出来。

“谢谢你，建强。希望真能如你所想，要是获得成功的话，你就是我们部落的大恩人了。”

“不用这么客气，玲，某种程度上我也是为了自己。”

“嗯。我现在好多了，你准备好了没？好了的话我们就往上爬吧!”

“走吧!”

依然是玲在前面开路，我拿着绳子和挂钩还有锤子和钢钉往上攀爬。冰的质地比不上岩石，我们的速度比起爬火山口要慢了整整一倍！我要先用锤子将几十公分的钢钉往冰里敲进去，然后将挂钩牢牢挂住，才能拉着绳子往上攀。玲是有经验的，她按照过往几次的路线往上攀爬，能找到许多之前爬过的岩石，一来二去还为我省下不少力气。我们是从南面往上爬的，南面连着火山口，坡度较缓，相对好爬一些。不一会儿，我俩就爬到了峰顶。

高处不胜寒，向来是形容极高之处的好句。而奇怪的是，冰峰之巅并不寒冷。没有呼啸的狂风，没有深入骨髓的寒冷，没有令人窒息的低压。我简直不敢相信我是来到海拔一千多米的山峰。

“玲，你有没有发现……”

玲打断了我的话，接着往下说。

“我知道你心里想的。是，冰峰就是这样。看似寒冷，却异常的具有温暖的力量。”

“可是这，这，这……”

话没说完，又被她抢了过去。

“不合常理是吧?”她说完笑了笑，“看来你的确是有点健忘呢。第一次见面我不是告诉过你么，孤岛上的事不能以常理论之。”

我无奈地抿了抿嘴唇。

“好吧，这次肯定记住了。”

玲拍了拍我的肩膀。

“快坐下吧，把食物拿出来吃点。”

我从背包里拿出大奎给我们准备的食物。有熟透了的红果，有新鲜的椰子汁，有自制的果馅的煎饼，还有一些我叫不出名的东西。

“没想到大奎看似粗犷野蛮，还挺细心的，居然准备得这么周到。”

我拿起一块煎饼往嘴里送，好吃！

“是啊，大奎的确很细心。”

说着，玲也拿了一块煎饼吃了起来。

“这个煎饼是谁做的，绝对是我吃过最好吃的煎饼！”

听了我的话，玲尴尬地笑了笑。

“真的吗？你真的觉得这个煎饼很好吃？”

我回答她：“肯定是真的啊，从小到大我从来没吃过这么好吃的煎饼。”

玲看着我，回答我：“是我做的。”

“喀……喀……”我一脸惊讶地看着她，“真是你做的啊？”

“你慢点吃，”说着，玲给我递过来一个破开的椰子。“真是我做的呀，怎么着，没想到吧！”

我喝了两口椰子汁，把饼咽了下去。

“真没想到，想不到你比大奎还要心细。”

“哼，那当然。”

我又接着吃了两块饼，然后靠着玲的背躺了下去。

“玲，说实话，在岛上这几天我很开心。”

玲挪了挪身子，让我靠得更舒服。

“我能感受到。”

“可能是我以前的生活太苦了吧，几乎没有一天的日子是舒舒服服自自在在度过的。”

“我知道。”

“其实那天，我跟动物们介绍自己的时候并没有完全讲述出来。”

“我早就知道了。”

“玲，那你知道我为什么不愿说吗？”

“建强，纵然生活再多悲惨，也自有令你尽情享受快乐的一天。”

“或许就是孤岛吧，你说的快乐的一天。在这里，我真的过上了无忧无虑快快乐乐的生活。”

“要记得要一直这样快乐下去哟，建强。”

“嗯。”

“以后无论你在什么地方，过着什么样的生活，你都要记得你曾经来过孤岛，它，永远活在你的心间。”

不知不觉，我和玲聊着聊着便睡着了，连续几天的赶路让我俩身心具惫。阳光好似一只温暖的大手，轻轻地抚摸着我和玲的身躯。我们在阳光赋予的这份温暖里，好似回到婴儿一般纯真的睡眠里，好似回到了母亲温暖的子宫，好似回到了最原始的千军万马的马拉松赛跑里。冰峰之巅，一人一虎，就这样相靠而眠。如果这个时候有路人经过，一定会好奇为什么会有这样的一对组合？为什么我们睡得如此幸福？为什么睡着了还要在嘴边挂上甜甜的微笑？

我生活的世界有几十亿人口，有几百个国家，有几千几万座城市。可是真正能让我放下所有像回归自然一般睡去的地方却没有几个。我被经济的负担笼罩着，被命运的强硬逼迫着，被家庭的重担压制着，想喘口气都难，又何谈天真的睡眠呢？太奢侈。

也不知道睡了多久，是我先醒过来。阳光打在我脸上暖洋洋的，我满带幸福地笑着，被自己的笑容给笑醒。

玲还没有醒，嘴角挂着淡淡的微笑，似乎是在梦里与她心心念念的先辈们重逢了吧。趁着她还在睡眠中，我可以肆无忌惮地打量她。

说真的，如果玲是人的话，肯定是一个很有魅力的女生吧。她的身材匀称，全身都是实打实的肌肉，又不似我们日常见到的那些老虎那般粗壮。她的五官自带一股王者的威严却又不失雌性的温婉。金黄的毛色，来回分布着棕色的斑纹令她看上去就是天之骄子的模样，难怪有做首领的命。

忽然，一阵清风袭来，吹开了她胸前的毛发。我无意瞥见了她的乳房，粉红色，肉嘟嘟的乳房，在阳光的照耀下发射着欲望的光泽。

天哪！我这是怎么了？我忽然感到浑身的血液都不受控制一般，沸腾了起来。血液从四肢开始向一个地方汇聚，在阳光的照射下更加加快了速度。片刻，血液便来到了我的象征男性的地带。我在心里拼命地阻拦拼命地对自己说不可以不可以不可以，可是血液就是不受我的控制，它们像食用了兴奋剂一般一波又一波往我的敏感地带冲刺，直到挠得我痒痒的，我下意识一抓，才发现——我有反应了！

我马上转过身背对着玲，强迫自己在心中念各种清心寡欲的文字，各种儒家道家佛家去人欲修心性的文字都被我翻了一个遍。我在心里祈求，快停下来快停下来快停下来，它们终于开始听我的话。血液如海水退潮一般，一波又一波从男性地带向其他地方涌去。片刻之后，恢复了平静。

“好险。”我在心里对自己说，“希望玲的超能力在睡着的时候是失灵的。”

刚想着，玲就醒了，她动了动身子，就爬了起来。

“你醒了吗？建强。”

我赶紧假装刚醒的样子。

“刚醒。”

“看来睡得很不错，精神得很!”

玲朝我笑了笑，便把头埋进雪里擦了擦算是在洗脸。

我心里喘了口气，还好没被发现。

我也学着玲的样子用雪洗了洗脸。

我们要下去探测的地方位于北面，北面不比南面，北面往下是一千多米的奇险山势，最陡的地方几乎有九十度！想从北面下去极不容易。我们必须先在峰顶钉下一根钢柱，然后将尼龙绳结实地绑在钢柱上。然后挨个往下一步步爬下去。虽然难度很高，但是好在冰峰的冰质出奇地硬，只要把钢柱钉稳了，还是能快速爬下去的。每到一个山岭便在周边查探一番，每到一个落脚点换一根绳子，如果没有什么收获，便一直往下找，直到找到山脚，如果还是没有什么收获的话，这次任务就算失败了。

玲选了一块岩质最硬的地方，我们便轮番上阵把钢柱结结实实地钉在了峰顶。用尼龙绳绑了上去，我俩使劲拽绳子，没有丝毫的动静。我们把系在身上的绳子往尼龙绳上一套，这样，下去的准备工作就做好了。

玲还是一马当先开路，我在她之后下去，我俩拉着绳子一步一步往山下爬。说来也怪，冰峰的确如玲先前所讲的一般，自从许多年前停止了暴风雪之后便陷入了沉睡。下去的路并不是那么难走，是因为山上的积雪早已化成了坚硬的冰，而冰峰的冰又出奇地坚硬，我们都套上了动物们制作的防滑套，所以在冰上行走意外的顺畅。可为什么这座神秘的雪峰就好像陷入了沉睡一般呢？我没有继续思考下去，因为自打我来到孤岛，很多事情都是我用常理无法理解的。我和玲一路往下爬，遇到陡的地方就拉着绳子一寸一寸往下下坠，遇到缓坡就慢慢爬下去，不一会儿绳子便快到头了，刚好，我们也在这个时候到了第一个落脚点。

这是一个在冰峰山腰上突出来的山岭，往下一看，山脊部分还是比较缓的。而山岭的一侧，真是鬼斧神工，像被人用斧子生生劈了一下，制造出一个直楞楞的万丈深渊。玲的视力比较好，又有超能力，只要在一个合理的半径区间她都能探测到她要收集的讯息。

她朝深渊里俯视了半天，然后走到我身边摇了摇头。

“应该不是这里。”

我疑惑地看了看她。

“你能探测到深渊下面吗?”

她摇了摇头。

“我探测不到，可是看得到。”

我再一次为她的超强的能力折服。

“你视力这么厉害!”

“嗯，我看到下面只有一片白茫茫的积雪，丝毫没有一点建筑物的痕迹。”

我也跑到悬崖边往下看了一看，果然靠我的眼睛真是什么都看不见的呢。

“那我们休息一会儿再接着下去?”

“行。”玲边回答边拿出工具。

我把背包里带着的水拿出来我俩补充了一点水就接着往下爬。用的跟刚才还是一样的步骤，一样的方法。第二个落脚点离刚刚的落脚点有点远，我们到达时花费了不少力气。

刚一落地，我就累得坐在冰块上，喘着粗气。

玲体力比我好，但也能看出很疲惫。

“你说这个地方能发现点什么吗?”我问她。

“看运气吧。”

说完，她起身朝周边打量着。我们现在落脚的地方，是山脊上岩石剥落留下的一大块还算平整的石头。左边是坡度较缓的山体，右边依旧是深渊。玲在石头周围打量了半天，时而把头探下去张望，时而趴在崖边思索着什么。

半晌，她对我说。

“建强，我感觉这下面有点奇怪。”

我走过去看了看。

“你指的是?”

玲用她的爪子指了指下面的深渊。

“你发现下面有什么东西了?”

玲摇了摇头，我以为是没有东西，她又接着对我说。

“东西倒是没发现，但是下面有些痕迹很古怪。”

她又探下头去看了看然后缩回头告诉我。

“下面有一个很大的球形冰块，我感觉，感觉下面应该有些东西。”

“球形冰块，你确定不是滚的雪球吗?”

玲想了一会儿，然后开口道:“应该不是，按理说滚的雪球从那么高掉下去早就散开了，怎么可能保持了这么久的时间。”

我想了想，然后说:“的确是这样的，不管是不是，反正这个冰块有蹊跷。”

玲也同意我的看法，然后我两便寻思怎么下去。

忽然，我看见不远处的山崖上有一块凸出来的柱形石块。

“快看，那个石块!”

玲顺着我指的方向看去。

“太好了，等我过去看看结不结实。”说着，玲便拿着绳子跳到崖边的山脊上，慢慢地靠近那个石柱。石柱有半米粗的直径，而且与山上的岩石混为一体，想来是很结实的。玲爬过去，用后腿抵着身后的山体使劲推了推石柱。可就在这一瞬间，不合理的东西又一连串跑了出来！

石柱动了！玲受推力的影响一个匍匐趴到了石柱上，所幸只是倾斜了不大的一个角度。我倒吸了口冷气，对她吼道：“你小心点啊，快往回走！”

可是话刚说完我这边就出事了！脚下的石头下仿佛装了弹簧一般开始左右摇晃起来。玲见大事不好，赶紧往我在的地方赶来，我看着她矫健的身影在山脊上跳跃着。只一会儿，石头就不晃了，可是更可怕的是，它直接来了个九十度转弯！

我拼命地抓着身旁凸出的石块，可是完全没有用，玲此时被挡在了我的视线之外。不能等着她来救援，不能让她也进来。我还想多坚持一会儿，可是无奈下坠的力量太大！凸出的石块又太小！我能看见我的手臂一寸一寸从石块上滑出去。这一连串变故总共都没有一分钟的时间。

“建强！建强！”石块后面传来玲的嘶吼。

“不要过来！玲！你别过来，我，我……”我本想说我能自己爬上去，可是石块突然地一抖，就好像我抓着的救命稻草断了一般。我的双手离开了石块。

“啊……”

“啊……”

我听见整个山崖间回荡着我的叫喊声。

身体随着下坠的力量越坠越快，眼前所有的景色都像电影倒带一般快速从眼前闪过。冰峰，山崖，积雪，寒冰，还有玲惊恐万分痛苦嘶吼的表情。风呼呼地从我身下往上刮，刮得我耳根子都麻了。我的四肢此刻完全不受我的控制，无论我怎么动，都感受不到知觉。我终于明白为什么有人说跳楼的人不是砸死的而是吓死的了。这种感觉很恐怖，比拿着一把刀自己捅自己还要恐怖。我的大脑在这个将死的时刻突然高速运转。许多这几天没想过的画面，没见过的人一一浮现在我的眼前。父亲、母亲、弟弟、初恋的女生、仓库老板、流浪汉、上学时欺负我的同学、部落里的动物们，最后看见了玲。

“嘭！”

这应该是我听见的最后的声音……

我再次陷入黑暗里，陷入无尽的沉眠里。身体回到了原始的状态，轻盈得就好像一只草履虫一般。什么都没有，什么都不重要，什么都不会干扰我。这时，整个世界都化作一片虚无，只有黑色，无边无际的黑色，在世界中蔓延。一个一个光点突然在黑色中闪耀开来，由白色的光点幻化成五颜六色，然后在经历了那么一个时刻后，又自觉地消逝。没有人会追问为什么消逝，就好像没有人会去思考到底是黑色吞噬了它们还是它们自觉地消逝。

我沉浸在这亘古不变的永恒里，既没有自我，也不会随之湮灭。

直到下一个有缘人走到我沉睡的身体前，轻轻地叫唤我，轻轻地叫唤我……

"建强，建强！"

我听见谁在叫我。

"建强，建强！"

我感受到谁在拍打着我的脸颊。

"建强，建强！"

我感受到谁在摇晃着我的身体。

"噗——"一捧冷冰冰的冰水朝我脸上浇来。

我以比刚刚下坠还快的速度从黑暗中醒过来。睁开眼，迷迷糊糊出现了一个身影——是玲！

"建强，建强，"她晃了晃我的脸。"你醒来真是太好了！"

"玲，呃，你怎么会在这里？"我不是该掉下深渊里了吗？为什么玲会出现在这儿？

"你醒来真是太好了！"说完她给了我一个大大的拥抱。

我瞬间从平静中爆发起来，推开她。

"你不会跟我一起跳下来了吧？你傻啊？你蠢啊？你没脑子啊？"我对着她一顿怒吼，吼完自己趴在地上哭起来。

玲被我吼得呆了，直愣愣地站了一会儿。然后又突然跳到我跟前，拉起我的手拧了一把。

"啊，啊，疼！"我刚想对她说你有病啊！然后突然发现——疼！

"放心吧，你没事，那个大冰块消除了一大部分力，所以你要庆幸你从几百米高的山崖上掉下来还活着！"

我尴尬地红了脸，怎么会这么蠢，这么蠢，这么蠢？

玲看出了我的尴尬，没有刻意笑话我。而是关怀地问我身体怎么样？有没有哪儿不舒服？

我站起身动了动，还真是奇怪！从那么高的地方掉下来居然没有缺胳膊瘸腿的。除了手臂上擦伤的痕迹证明我刚刚的确经历过一场大劫之外，我几乎都不敢相信我刚刚从那么高的地方摔下来。

得知我并无大碍之后，玲高兴地对我说："建强，你看看这是什么地方？"

我环顾四周，瞬间惊讶得张开了嘴巴。石柱、墙壁、天花板、吊灯、地毯、桌椅、这，这不是我们一直在找的宫殿吗？宫殿里面的灯早就熄灭了，所以在昏暗的光线下我没有一睁开眼就发现它。

玲高兴地跳到我跟前，对我说："我就说，建强，你肯定是我们部落的大恩人！"

"玲，快别这样说。这不任务都还没成功吗！"

"无论怎么样，建强，我先替部落感谢你！"

"玲，我也是把部落当成自己家的，你知道的。"

一番客套，却也是必要的。无论什么时候，感恩都是很重要的。

接下来，我和玲就在宫殿里边走边看。这是一间欧式风格的宫殿，由光滑的大理石建成。四角是四根粗壮的大理石石柱，四面由洁白如玉的大理石块组成墙壁，头顶上的天花板被我砸了一个窟窿，但是仍能看出是由大理石块搭成的。我们想看得更清楚，可是无奈没有灯光。我抚摸着大理石石壁，有一种说不出的亲切感。忽然，就在我砸下来的地方，也就是宫殿的正中央，我看见在一堆碎石之中，似乎有一个光点若隐若现。

玲也迅速朝那个方向过去了，显然她也发现了我看见的光点。我们把碎石扒开，一个巴掌大小的闪亮的蓝宝石按钮出现在我们眼前。

"玲！快看！居然是个按钮！"我一边扒着碎石，一边高兴地喊着。

"嗯，嗯，我看见了！"玲回答着我，"你小心点，别按下去了，会出现什么还不一定呢。"

听了玲的话后我放慢了速度，也的确是，刚刚在山崖上就吃了一次亏，差点把命丢了，这次更是要小心翼翼了。碎石扒开后，一个精致的蓝宝石按钮出现在我们眼前。

接下来，就是一个很艰难的决定。按还是不按呢？

"你怎么看？"我对玲说道。

玲显然也是陷入了两难的抉择中。

"我不知道，先让我考虑一会儿。"

玲低着头想了一会儿，然后对我说。

"建强你退到门口吧。"她用很诚恳的眼神看着我，"我怕这次又……"

开什么玩笑！

"不行，我是不会丢下你一个的！"

玲听了我的回答不是很高兴。

"建强你怎么就不明白？"她几乎用请求的口气，"你帮我的已经很多了——"

“不要再说了!”

我打断她的话，然后右手往下用力一拍!

宝石按钮被我重重地拍了下去。

玲一副惊恐万分的表情。

“建强，你，你……”

然而并没有发生天摇地动的现象，我俩都舒了一口气。

“看吧，并不是所有事都……”

我话还没说完，眼前发生的景象便让我闭了嘴。

“玲，快看!”我伸出手指着前方的墙壁。

我们都被眼前的景象震惊了。

只见光滑的大理石墙壁忽然泛起了蓝色的光芒，然后，便有蓝色的晶莹的光线在墙壁上自动画起图案来。先是从我们面前的墙壁开始，从左到右，就像是从中间镂刻出的一般，一幅幅神奇的画面和一段段神奇的文字就这样显现在墙壁上。紧接着是右边的墙壁，然后是我们身后的墙壁，最后是左边的墙壁。直到四面墙壁都绘满神奇的画面之后，宫殿内的所有吊灯都亮了!

“OMG!”这是我此刻唯一能说的话。

“建强，真神显灵了!”玲站在我旁边高兴地说着。

昏黄色的光线打在整个宫殿，营造出一种欧式宫殿的气氛。

很快，我们的视线就被墙壁上的图画吸引了。

“玲，快看，这些图画!”我指着墙壁上的图案说着，“好像在讲述一个什么故事。”

不用我提醒，玲早已全神贯注地在研究。

“还有这些文字。是我们部落流传下来的古老的文字。”

“那你能读出来是什么意思吗?”我高兴地问她。

玲沉默了一会，若有所思地看了我一眼。

然后回答我:“大概能看懂。”

然后我们一面墙壁一面墙壁挨个研究了一遍。然后，玲跟我交换了她从文字里读出的信息。大概整理了这么一个故事出来。

很久很久以前，这里没有岛只有无穷无尽的海水。突然有一天，一个少年乘船来到这里，往大海里丢了一颗种子，然后就走了。种子在深海里居然发芽了，长出了很高很高的一棵树。大树从深海一直长到突破海面，一直长，一直长，长得很高很高。当大树长到一定的高度之后它就不长了，而海面在这时突然发生了变化。以大树为中心，出现了一个很大很大的漩涡。每天都有各种各样稀奇古怪的东西，各种叫不出名字的东西出现在漩涡里。漩涡越卷越大，它在海面上带起了龙卷风，带起了雷阵雨。就这样，时而晴，时而雨，时而喜，时而怒，不知道持续了多少时间。时间似乎忘记了这个漩涡，忘记了生在漩涡中心的那棵树。

没有人见证，也没有人参与。漩涡停止了旋转，大树也消失了，曾经漩涡旋转的地方，出现了一座岛屿。它像那棵大树一般高，半径有那个漩涡那么宽。它就是孤岛。后来孤岛上出现植物，出现动物，出现一年四季。

然而有一天，不知道为什么，孤岛忽然就一分为二了，一半是寒冷，一半是温暖。就这样持续了很多年。直到当初丢下种子的少年再一次被竹筏送上了岛，这一切发生了改变。

它遇到了岛上的动物，和它们一起快乐地生活。他和一头猛兽一起去打破了北半岛的寒冷。寒冷如退潮的海水一般从孤岛上撤离，阳光再次温暖着曾经被万丈寒冰覆盖的大地。植物们复苏了，动物们苏醒了，一切就好像没有发生过一样。少年和动物们在孤岛上快乐地生活着。

然后在一个蓝天白云都从空中消失，整片天空仿佛被剥落了一般的日子里。一头长着洁白翅膀的猛兽接走了少年。

看完整个故事之后，我的心不禁“扑通、扑通”跳个不停。想不到孤岛以前还有这样一段故事。可是为什么玲没给我说过呢？

玲读出了我心中的疑问，主动回答我。

“不是我不跟你讲，是我也不知道。”

说完她很难过地垂下了头。

我看这样子不对劲，连忙安慰她。

“玲，怎么了？不是快要成功了吗？怎么突然难过了？”

玲没有看我，低着头说：“没什么，只是压抑太久了。”

我连忙开导她：“没事，马上这一切就要结束了。”

她重复了一遍我的话。

“是啊，快结束了呢。”说完，她又对我说。

“建强，让我自己待一会好吗？”

听到她这样子说，我也只能退出去，也许是该给她一点空间好好消化下这么多年积压的情绪吧。

我一个人去完成最后的任务。据玲翻译的文字里所说，要消退冰原，只有一个方法——在宫殿入口的塑像上留下一个男性人类的血掌印。如果我没记错的话，现在岛上应该只有我一个人类。我穿过重重叠叠的宫殿，来到入口处。

从下往上看，宫殿就好像一个巨大无比的晶莹的乌龟壳，因为被球形冰块牢牢地罩住了。我找了一会儿，在宫殿门口找到了文字里记载的雕塑。雕塑也被冰雪覆盖了，但是从外形来看，能推测出是一个人形雕塑。说来也巧，这个雕塑几乎和我一样高，宽度也差不多。我从口袋里掏出匕首，在手心划了个口，温热的鲜血从划口流了出来，不一会儿就布满了整只手掌，我看到这一幕，觉得时机差不多了，就将手臂伸出去，按在了雕像胸口的位置。

那一刻，我的手掌被紧紧地吸在雕像的身上。身上传来一种麻酥酥、痒痒的感觉。我吓得想将手掌抽回来，可是它好像涂了502胶水一样紧紧地粘着我的手不放。不断有温暖的东西往我的身体里跑去，好像是一种能量，好像是一份营养。我能清楚地感觉到它们在我的身体里游荡。

而就在这时，神奇的景象再一次在我的眼前发生。山壁上的、宫殿上的、远方平原上的，所有的冰雪在以肉眼可见的速度消融。冰化成雪，雪化成水，水聚成一滴滴水珠。啊哈！在这个时刻地心引力也失效了！水珠们仿佛长了一双隐形的翅膀，从地面渐渐地飘到空中，在空中又一滴滴往天上飞去。

玲此刻已从宫殿里走了出来，刚好碰到这一幕。

她抬起头，认真地看着，满眼纯真。

很快，如壁画里所说，冰原消失了，真正地消失了，从哪里来，回哪里去。脚下露出了黄色的土壤，紧跟着，小草也发芽了，银色的冰原变成了绿色的草原。

玲激动地站起身拥抱着我。

“谢谢你，建强!”激动的泪水从她眼里流淌到我的脖子上，“真的太谢谢你!除了谢谢我都不知道说什么好!”

我用手拍了拍她结实的背，对她说。

“说好的，不用感谢。”

“不用感谢，因为我们早已是一家了!”

是一个美好的Ending，玲的先辈们也从沉眠中醒来，从草原的各个角落冲过来汇聚在一起。久别重逢，死里逃生，亲人相聚，感谢恩人，说不完的话。让我在回部落的路上不再有沉默，不再有孤单，也不再有寂寞。

回到部落之后，我们好好地休养了几天。我和玲都陷入了长久的睡眠中，等到我俩醒过来，据阿诺所说已经过去了整整七天。看到我醒了，动物们又一波接一波地来到我住的茅草屋内，有找我玩的，有特意来感谢我的，有让我讲故事的，一时间，我的小屋内来往宾客络绎不绝。玲的父亲专门来看了我，给我讲了它们在宫殿里的经历。令我最惊讶的一点是，引发那场浩劫的居然是我们按下的蓝宝石按钮。

可是有一点令我很费解，自从从冰原回来之后，玲便有意无意地躲着我。我也说不出是哪里奇怪，难道在冰峰之巅的那件事被她发现了吗？不对，即使是发现了也不是这个表现啊？那到底是什么嘛！果然，老前辈说的就是对，雌性都是奇怪的生物，我还要再加上一点，无论在什么地方！

为了庆祝冰原解封，先辈回归，动物们举办了孤岛有史以来最大的一次盛会。连续几天，动物们都在岛上忙前忙后做着准备。它们把地点选在了海边，就在海边的沙滩上。不到几天的工夫沙滩上就摆满了桌椅，还在浅海岸搭了一个巨大的圆形的舞台。阿哈一带着它的家族乐队在沙滩整整排练了几天，看样子是要给我们制造一个很棒的惊喜。没有参加准备工作的动物则在部落里激烈地讨论着要穿什么衣服跳什么舞步。阿花带着一支分队夜以继日地准备着盛会上的食物，这让我有一种想偷吃的冲动。即使再忙，还是有很多动物来找我玩。我给它们讲许多我的世界里的东西，每次它们都听得十分投入。当我告诉它们在我的世界里动物的生活现状它们都表示很惊讶，惊讶的同时都很庆幸自己生活的地方是孤岛。大奎还扬言以后要去我生活的世界里解放所有动物！

孤岛正在经历它最热闹最幸福的一段时光，一切都显得那么美好，美好得让我几近忘记了要回去自己生活的地方……

当所有准备工作完成之后，盛会如期举行了。

玲带着从冰原回归的先辈们坐在第一排座位上，桌子上摆满了阿花领队为大家准备的美味的食物。大奎则担任了保安队长，负责盛会上的一切秩序。阿哈一带着它的乐队在舞台上为大家演奏美妙的乐曲，那音乐声，一听就能彻底放松下来，忘掉身上的所有烦恼。所有动物都身着自己最爱的服装出席，整个现场就好像服装发布会一般绚丽多彩。

我刚进去，玲便主动叫我。

"建强，来这儿坐！"说着她指了指身边给我留着的座位。

我过去坐在她旁边。

"嗨，玲！好久没这样坐在一起了。"

我看了看玲，她今天围了一条洁白的丝巾，在阳光的照耀下显得格外的美丽。

"挺漂亮的。"我对她说。

听完我的夸奖，她有些不好意思地低了低头。

"还好了。毕竟是盛会嘛！"

我们在座位上坐着，观看了动物们精心准备的节目。有阿花带着它的小鸡们做的健美操；有几只猴子一起表演的猴子捞"月"；有小白表演的接飞碟；还有阿郎表演的孔雀舞。最精彩的是大奎带着保安队一起表演的小品，大奎在小品里扮演一个结巴的土豪老板，逗得在场的所有动物捧腹大笑。

在观看节目的过程中，玲歪过头来对我说。

“希望你能永远记得今天的这份开怀大笑。”

我看了看她，似乎她已经不像之前那般刻意躲着我。

“我会记住的。”

说完，我们愉快地喝了一杯红果酒。

不一会儿，节目表演完了，浅海的舞台上响起了阿哈的乐队演奏的舞曲，所有动物都起身向舞台走过去跳舞。我也邀请了玲一起登上了舞台。动物们都拉着自己的舞伴沉浸在音乐中，不知不觉，我和玲被其他动物挤到了舞台的中间。就好像小时候看到的王子与公主的童话一般，主角跳舞向来都是在舞台中间的。

玲娴熟的舞技赢得大家一致的鼓掌，我在她的带动下也沉浸在音乐的海洋中。

“谢谢你，玲。”

我动容地对她说。

“我也谢谢你，建强。”

我是多么希望这个时候时间就这样停止下来，如果所有人的时间都停留在他最幸福的那个时候，这个世界是不是就不会再有悲伤了呢？这是多么美好的愿望啊！

我们继续在音乐中旋转着，跳跃着，就好像在冰原上你追我赶那般，配合得如此天衣无缝。渐渐地，我的视线里不再有其他事物，我的耳朵再听不到其他声音。只有音乐声，和我的舞伴在我的世界里陪伴着我……

忽然，耳边传来动物的尖叫，舞台上顿时一阵骚乱。

我也从舞曲中脱离出来，这是怎么了？发生什么了？我环顾四周，什么都没有啊。不远处，阿花尖叫着指着头顶。我顺着它指的方向看过去——

恍然大悟……

头顶的蓝天突然渐渐地淡去，天空恢复了它本来的面貌。黑色的幕布接替了蓝天笼罩在我们上空。五颜六色的光束在黑色的幕布上无拘无束地来回发射着。一颗又一颗光球自虚无中诞生，一颗颗晕开来，化作一点一点的星光瞬间消失在黑暗中。光球按着“赤橙黄绿青蓝紫”的顺序变幻着颜色，不时伴着一道道一闪而过的闪电。动物们纷纷跑下了舞台，片刻之后，舞台上就只剩下我和玲在仰望着头顶。

动物们见我俩没有动静，都大声地对我们喊着。

我低下头看了玲一眼，刚好她也在看着我。

“建强，你明白了吗？”

我对着她点点头。

“那就走吧！”

说完玲用前爪用力地抓住我，我一个跳跃，借着玲抛的力度来到了空中。身下的玲也一个跳跃，跳到了半空中。

她身上的洁白的丝巾在空气中飘动着，只一瞬间，便在一片闪耀的圣洁光芒中化作了一对结实的白色翅膀。她一震动翅膀，空气中便飘浮着一些细小的绒毛。玲扇着翅膀在半空中接住了我。我回过头留恋地看了一眼孤岛，看了一眼舞台，看了一眼正在大声喊着我名字的动物们。来不及说再见，玲便驮着我往那神奇的天空中飞去。

风猛烈地吹着我们的身体，我的头发被全部吹到脑后。我紧紧地抓住玲的翅膀。玲也更加用力地踩着虚无往前前进着。我们闯过了电闪雷鸣，闯过了七彩光球，闯过了闪耀光速，闯过了万丈高空。

直到陷入一片黑暗。

我听见玲对我说。

“再见，建强。”

我对她说，我不想离开。可是居然没有张开口。

这个时候身体再一次出现了奇怪的反应！我又陷入了意识清醒身体却无法动弹的绝境中。

“不要难过，建强。”

怎么能不难过呢？我并不想离开的啊！

玲继续往下说。

“每当你撑不下去的时候，记得想一想孤岛。”

我不要！我不要！我不要！我分明还没有准备好的啊！

“它会给你继续前进下去的力量……”

……

这是玲最后说的一句话。

我挣扎无果，继续在一片黑暗中静静地躺着。终于刻骨铭心地体会了一次，什么叫作离别。

不知道过了多久，不知道岛上经历了多少个春夏秋冬，不知道在我的世界里发生了什么天翻地覆的变化。

“不，不，医生，这绝对是最后一次了！”

“你都说了几次这话了。”

“医生，拜托你行行好，这真是最后一次！”

“不是我们不给你方便，是你儿子实在太能折腾，再这样下去我们医院非被他弄倒闭不可！”

“医生，这样，这样行不，你们拿绳子捆着他，把他捆住就不会砸到东西了！”

“大婶，我们这是医院不是监牢。你还是考虑一下转院吧！”

模模糊糊之中，我似乎听见了说话的声音。哦，对了，我又醒了，这次沉睡了多久呢？我试图想让身体动一动，转了转眼珠，活动一下眼周的肌肉，一，二，三——

日光灯的光线一下子闯进我的双眼。我下意识地抬起手挡住了光线。

“李医生，李医生，0872 号病人醒了！”

身边传来一个女生的叫喊声。

紧接着就是一阵小跑的声音。

“快快快，董师傅快，小杨快先拦着他！”

等我放下手的时候，眼前突然就出现两个拿着绳子的男人。

我惊讶地看着他们，这是……这是……

他们见我没有反应，没有往前逼近。

我转过头看了看。

病床、药水瓶、氧气瓶、病房，这是医院！而在病房门口站着两个人，一个身材娇小的穿着白大褂的医生，另一个，朴素的衣服，黄胶鞋，头发凌乱……

“妈？”我对她喊道。

他们见我这番表现都很惊讶，还是我妈反应得快，一路小跑冲了过来。

“建强，建强，你能认出我是妈了？”

边说，泪水边从满是纹路的眼角溢了出来。

“妈你在说什么啊？我怎么会认不出你呢？”

说完我好奇地看了那个医生一眼。

她示意那两个男人退回去，自己往里走了过来。

我妈一下子扑到我的怀抱里哭了起来。

“强儿，你个杀千刀的啊，你可不知道你生病这段时间遭了多少罪啊！”

边说边用拳头捶着我的背。

“我的儿啊！”

我也轻轻地拍着我妈的背安慰她。

医生走过来对她说：“大婶，你小心点，病人才刚醒呢。”

我妈听了医生的话后赶紧止住了哭声，一个劲地抽泣着。

病人？生病？这到底是怎么一回事呢？

我妈止住哭泣后，下楼给我买饭了，然后李医生给我解答了我的疑问。

她说半年前我在化工仓库搬东西时不小心摔了脑袋，然后醒了意识就有些不清醒。在省医院住了半个月就被转到了这家精神病院，还说我总是不停地跳啊闹啊地砸坏了很多东西，本来医院都不敢再接收我了，没想到现在突然就清醒了。

半年前？我一直在精神病院？不可能啊？

我不是在孤岛上吗？不是和动物们一起……一起……一起愉快地生活了一段时光吗？

原来……

原来……

这一切，这一切，只是黄粱一梦。

黄粱一梦啊！

我醒了之后又在医院里接受了半个月的观察治疗。在这半个月中我都很不高兴，可是我没有把我心中的哀愁说出来，因为那样的话我就彻底离不开这里了。虽然我很不高兴，但是我妈和弟弟很高兴，他们隔几天便来看我一次。我妈跟我说我醒了就好了，什么都好了，她来照顾我这段时间里，王叔特别不高兴。现在好了，只要我健康出院，她又能过上正常的生活了。弟弟看我时给我看了他参加奥赛比赛获得的奖牌，好家伙，真不愧是我弟弟。

很快，我就出院了。出院以后回家住了一个星期。可是问题马上又来了，这工作怎么办呢？这年头找份工作真是不容易啊，前几年奋斗了那么久好不容易弄到一份不错的差事，又被我这样子给丢了。

唉……

今天是在家住的最后一个晚上，下定了决心明天继续去 S 城谋差事。刚洗漱完准备睡觉，门口便传来一阵敲门声。

“砰砰砰！”

谁啊？这大半夜的。

我走过去打开门。

“妈？”门口是我妈。

我让她进了门，“怎么了？这大半夜的有事不能早些说。”

“强儿，我告诉你啊，妈今天帮你打听到的好消息。”

说着她自己找了个小板凳坐着。

“啥消息啊？”

“就化工仓库的董老板那儿，接替你活儿的那个小伙子前两天回家娶媳妇不干了呢！”

“娶媳妇？那关我什么事啊？”

“你傻啊，他不干了你就去呗！”

我看了我妈一眼。

“这不好吧，我得病那会儿给董老板添了多少麻烦啊！”

我妈拿她手上的头巾敲了我一下。

“你个蠢货，那多好的活儿啊，你不干还去哪找了！”

“可是，就算我想干，董老板也不一定同意啊！”

这时，我妈从口袋里掏出一个纸包，塞给我。

“你明儿个上S市去，买点好吃的孝敬孝敬董老板。董老板脾气虽然不好，但不是个爱为难人的人。你只要好好求求他，他念在这么多年的分上应该会准你再去的。”

“知道了。”我把钱塞进口袋里，接着又听见我妈说。

“建强，你也别怪妈，妈也是无能为力。”

我回了她一句。

“不会的，我哪会怪你呢。”

“妈没什么能力，帮不了你什么。自己照顾好自己。妈先走了。”

说完，我妈便起身出去了。

我把门锁好，第二天还要赶路，便早早睡下了。

来到S城，我最终还是听了我妈的建议，去找董老板好好谈谈。

我买了董老板最爱喝的酒和最爱抽的烟，便往仓库的方向走去。在去仓库的路上不知道什么时候开了一家时尚的文身店，我瞥了一眼，正要走，忽然发现什么熟悉的东西闪过眼前。

我来到店里，看见墙上挂着一幅纹身图案，是一只长着翅膀振翅跳跃的老虎的剪影。心里很深很深的一个角落忽然刺痛了一下，正打算退出去，脚迈了一步，想了想，我对那个文身师傅说。

“师傅，能给我文下这个图案吗？”

……

文身文好了，我从店里出来，继续往仓库的方向走。文身文在了手臂上，刚刚文上去的有些隐隐作痛。一边走，我一边撸起袖子看一看文身。真的像极了！

到了仓库门口，我停下来整理整理衣服。总不能邋邋遢遢地见老板吧，要给老板重新建立一个好印象。我擦了擦鞋子上沾着的泥，打算再掏点纸巾出来，手往裤兜里一掏——

一根洁白的羽毛从裤兜里飘了出来，在我眼前打了个转，然后，然后落在了地上。我突然间就望呆了。那根羽毛，白色的羽毛，和那天在空中振翅而飞的玲的翅膀上长着的羽毛，是多么像，多么像啊！

我蹲在地上，双手捧着羽毛，陷入了沉思。

我至今都不相信那一切只是场梦。现实世界有现实，可是更多的是虚伪；而虚拟世界中，虽然一切都是假的，可虚拟世界也自有它的真实。那段美好的时光，曾经在我的生命中出现过，虽然短暂如夏花，可是它是实实在在出现过的啊！我曾经那么的穷困潦倒那么的满心伤悲，可是仍然有那么一个美好的地方让我经历过，体验过，什么是温暖，什么是快乐。这不就够了吗？

蹲了一会儿，我站起身，将羽毛小心地放回上衣的口袋中。对自己笑了笑，推开仓库的大门，勇敢地往前走去……

我不会再害怕前方的风雨险阻，因为，我此生已见过最美的风景。

# 异 星 人

暨南大学/刘东兴

“颜发，你得回家一趟。”

接到母亲电话的时候，我还在上着阿斯克教授的物理学。连续挂掉好几个来电，我意识到母亲一定有急事才如此焦急，然而接到消息的时候，我还是有些不敢相信。

父亲失踪了。

我不知道母亲是怎么得出这样的判断，毕竟父亲由于工作的原因不经常回家是既定的事实。不过既然她的语气中透露这样的担忧，怕是真的了。

这么算起来，我也有将近半年没有回家了。

温暖的港湾竟变得如此遥远，我该回去看看了。

桌面上放着厚厚的一沓关于颜忠云的资料。

戴着笨重眼镜的男人有些愠怒：“让你们看着这人都看不住，研究成果马上就要出来了，现在可好，前功尽弃了。”

被骂的下属头都不敢抬起，他知道，面前的男人一旦发怒，说什么都只会是火上浇油。可他心里却有不甘：颜忠云的失踪又不是我一手造成的，谁知道他在这么严密的实验中心都能突然消失，简直就是人间蒸发嘛。

“你还记得当年他是怎么被你招进实验中心的吗?”眼镜男骂道，“你跟我保证的，他是物理学界泰斗，或许可以解决我们困惑已久的‘镜之谜’，你是这样说的，对吧?”

桌面上的杯子被摔个粉碎。

“海平啊，这事你自己斟酌一下，可别伤了我们多年的感情。”

名叫海平的下属默默地退出了眼镜男的办公室。

还好意思说多年的感情？我看你只是把我当成可利用的一颗棋子罢了。海平心里骂道，这样的实验中心，打着引荐人才的旗号利用并窃取他人研究成果，我迟早有一天得告发。

但他还是没能向颜忠云的家人说出全部实话，只是告诉他的妻子，颜忠云失踪了。

想起这位被自己“监视”已久的同事，自从邀请他加入“镜之谜”计划后，整个人都变得有些奇怪。怎么说呢，好像对那块奇怪的镜子产生了特殊的感情似的。怕是自己多虑了，海平安慰自己。好像颜忠云还有个孩子吧，似乎也对物理蛮感兴趣的，要是不发生这件事，恐怕上头会把他儿子也招进实验中心吧。

一阵强烈的熟悉感。

嘿，我在想什么呢？这可是我住了十多年的房子，怎么能不熟悉？母亲同往常一样在厨房忙碌着，听到门外的动静，她便扯着嗓子问是不是我回来了。

嘿，家的感觉真棒。

可是哪，好像总少了点什么。

念初中开始，父亲就到了一个秘密研究中心工作，从此一家人聚少离多。对于我的学习，他也不像从前那么多关心。我赌气地想知道他到底研究些什么，大学便报了物理学专业，想着和他研究同样的东西，看看他眼里的世界。

母亲给我端上一碗热汤，“在学校一定饿着了，赶紧吃吧。”

也只有在家里，才会有无微不至关怀自己的亲人。回想起在学校教室寝室饭堂三点一线的生活，总觉得缺少了些什么。还是这样一家人在一起的日子才有趣啊，既然自己也成年了，恐怕也能提出去看看父亲的工作单位吧？

虽然以往他都以“你啥都不懂去这干吗”的理由无情地拒绝我。

听到我的请求，母亲似乎没太惊讶，反倒是平静地拿出电话，咨询父亲同事的意见。其实她也是第一次知道父亲同事的号码，父亲失踪后通知母亲的，也正是这个人。

日常寒暄了几句后，母亲便提到了正题：“我的孩子想去贵单位看看，不知是否合适，他也想知道自己父亲工作的地方究竟是怎样的。”

我们似乎都把那地方当成了神圣的保密基地，多年来也毫无怨言，现在提出这样的请求，不知对方会不会觉得有些过分。

可是，对亲人的担忧，他们也该理解吧？

我不知道他们有没有进行什么讨论，或者是把神秘的研究中心“打扫”了一遍。总之令人高兴的是，在第二天的清晨，母亲接到了对方的电话，下午会派车接我到父亲的工作单位。

这本该是一件令人高兴的事情，但那只是原本，我不知道的是，发生在自己身上的事，竟如此离奇。

眼镜男推了推鼻梁上的镜框，笑道："这不是很好嘛，听说他的儿子也对物理十分感兴趣是吧?"

海平有些后怕，他似乎有些不太愿意再把颜忠云的家人扯到这里。

"没事的。"男人走下来拍了拍他的肩膀，"如果他是在耍什么诡计，看到自己的孩子在这里，怕也会露出蛛丝马迹，如果他真的陷入什么灾难，他的孩子恐怕会比我们更渴望解决这个问题，你得知道，亲情的力量是无穷的。"

所幸的是，颜发给海平留下的印象，并非他想象的慌张少年，相反，他的冷静令这个男人认为颜发甚至比颜忠云还要优秀。他表现出来的镇定，如同当年听闻"镜之谜"的颜忠云那般，面不改色。

他正在犹豫是否要给颜发透露有关"镜之谜"的消息时，顶头上司却出现在他们面前。

"抱歉，我来晚了。"眼镜男的脸色充满歉意，"你就是颜忠云的儿子？你父亲的事，我们深表遗憾。"

接过眼镜男递过的名片，颜发注意到他的头衔与名字：全球安全防护实验机构中心主任李荣。这是什么机构？颜发有些不解，但他也没有多问。

"这附近你也参观过了吧？不妨到你父亲的办公室坐一会儿，给你介绍一下他的工作。"

"我也恰好想了解我父亲的具体工作。"

所谓"镜之谜"，顾名思义，是关于一块镜子的谜。

起初，它被放在一户普通人家里做平常的镜子使用。直到某一天夜里，这户人家的妻子半夜起来上厕所，在昏暗的房间中看到它发出神秘的荧光，感到不妥，便向警方报案。警察调查了销售商，生产厂家都没发现什么特殊的生产流程，只好让销售商家赔偿，并把这块镜子上报更高的研究机构进行探索。

实验中心的人很快得知了这个消息，并把它秘密带走研究。

让科学家都无法解释的是，这块镜子发出的神秘荧光代表了什么消息。他们通过仪器分析得知，这块镜子起到的作用，类似于高分子显示仪，兼有信息传输的功能，可至于是什么信息，他们仍无从破译。

这时候，海平也在搜寻全球知名物理学泰斗，希望能得到他们的协助。颜忠云正是在这个时候加入“镜之谜”计划，而距离这块镜子的发现，已经有半年了。

不过研究了几个月，这块镜子便不再发出荧光。应该是春天过后，它就恢复到同往常一样，不再有任何反应。

但仪器分析，它仍然具备高分子信息传输的功能。

许多年过去了，连颜发都从当年的初中生变成了大学生，很多人对“镜之谜”项目失去了热度，试图让它不了了之，唯独颜忠云持之以恒地研究下去。

而前段时间，颜忠云挂在脸上多年的愁绪似乎有些消散，正当海平以为他就要揭示研究成果的时候，颜忠云却失踪了。

听完李荣的介绍之后，颜发陷入了沉思。

两个中年男子走出办公室，独留颜发在父亲的办公室里。

“你去把颜忠云的研究资料都拿给他看看吧，我看这孩子对这项计划很有兴趣。”李荣吩咐道。在他看来，破解困惑多年的“镜之谜”，比找到颜忠云更为重要一些。他看到颜发眼里透露的渴望，比颜忠云当年还要强烈。

告知母亲自己接下来的几天都会在实验中心之后，颜发着手攻读父亲留下的资料。厚厚一沓，堆积如山。恐怕也只有自己会对这些东西感兴趣了吧，颜发有些难过，看来同家人团聚的日子又要减少一些了，不知面对这些研究的父亲，是不是也曾有同样的想法。

“有人能收到吗？有人能跟我说说话吗？”

信息还是传不出去。

这无止境的黑暗，真是令人发怵。现在能够依赖的，也只有这台设备了。如果可以重来，我宁可待在家里享受同家人团聚的日子，唉，现在后悔又有什么用呢？

只好继续对外发送讯息了。

父亲他竟然做了这么多研究。

最近三天我只休息了七个小时，如果照照镜子，我脸上的黑眼圈或许黑得可怕。为什么要这么拼命，我在问自己，也许他只是出去玩了呢？不可能吧，海平叔说他是在这里失踪的，我觉得或许和他研究的“镜之谜”有千丝万缕的联系。只是有种预感，如果我不赶紧破读出他资料中留下的重要信息，可能他的处境会变得越来越糟。

唉，你说自初中以后你都不跟我多交流的，凡是交谈便被骂，还能给我留下什么信息啊？

还是没有战胜睡魔，我竟趴在桌子上睡着了。

旧时的记忆仿佛在混乱的旋涡当中被重组，我做了一个冗长的梦。

上中学前，他带我到市外一所中学参加入学考试。当时他也挺忙，却还是抽出了一段时间特地陪我。陪考者等候的区域是露天的，没有任何智能设备给他们提供服务。父亲就这样在烈日的暴晒中等了我四个小时。等我从考场中走出的时候，发现他的皮肤都晒得红红的。

他的表情在梦里我没有看清，觉得很模糊，可是又想看清楚。

这样的苦日子对他来说似乎早已习惯。我现在拥有的生活，是建立在他一步一步踏实的努力之上。

或许为了生活，他不得不如此努力吧。

考试出来时，他和我击掌。那种感觉，就像是胜利者凯旋的宣示一样。

海平叔的声音把我叫醒。

“颜发，你父亲消失前留下了一段影像资料，我们讨论后认为，你应该看看。”

我睡了多久呢？大概是给他们造成了一定的困扰吧。

算了，还是先看看父亲留下的影像资料。

前方是一道很长的通道，这么严实的防御措施，外界无关人等想闯入很难，里面的人想偷偷逃出去也不容易。旁边的通道景色随时变化，像在野外行走一样，很真实。

“到了。”

旁边的电子屏出现了父亲的影像：

穿着白大褂的他有些帅气，头发的颜色看不清楚，却显得更加稀疏。没想到这么久之后再见到你竟是在这里，难不成你已经程序化变成机器人了？我有些难过。

他发出了父亲的声音：

如果你能来到这里，看到这段信息，应该就是我出事了。

我想，如果你们能让我的孩子过来一趟就好了。我好久没有见到他了，也不知道这时候的他，是不是和我有无法逾越的鸿沟呢？

不过颜发啊，你知道的，和你击掌的那天，真的很让我怀念啊。

影像消失了，同刚刚一样，蔚蓝的屏幕什么也没有。不，应该是只有我惊恐的面庞。

这简直是糊弄人，叫我来干吗？说这些没用的。

不对，我得冷静下来思考，父亲不会特地做一段这么没用的视频吧？

击掌的那天？我冒出一身冷汗，是刚刚的梦吗？

不会这么巧吧？还是说，冥冥之中，你的思念传递到我心中？

这真是个神奇的地方，得把这些都记录下来。颜忠云心想，若是还能回去，这可是个极其重大的发现啊。

我就知道，当初发现镜子传来的消息，是准确无误的。

海平还说是什么量子芝诺现象，真是可笑，“魔镜”可是纯人工合成品。

不过。颜忠云看着一望无际的远方，这究竟是哪里呢？

从奇怪的村庄走出，已经有十天了，路上携带的干粮都快吃完了，还是没能看到城市。这里的居民，最让他惊讶的是，同人类一样，并且有着共同语言，以至于他怀疑，这是不是就是所谓的“镜中世界”。

那么，这里就应该还有另外一个“我”吧？抱着这样的困惑，颜忠云往城市里走去，希望能够找到更多关于这个世界的信息。

“我收到了。”

回音！终于有回音了，这台破机器，可急死我了。

“我叫安慕，是个志愿者，我们进行着星际模拟实验，可是我们发生了点意外。”安慕在键盘前敲打着，“现在团队都失去联系，这里就剩我一个人了。”

“怎么回事？”对方发来的信息似乎很简短。

“我也说不太清楚，准确来说，我只是低等的研究员，负责协助这项工作的普通志愿者罢了。他们似乎希望通过这样的模拟，向量子化的某些物质发送信息，试图得到回应。这样的想法很异想天开吧？也不知道你懂不懂我说的。”

“我懂。”

这样的两个字，怎么如此温暖。

接受到我消息的，究竟是这个世界的人呢，还是来自另一个世界的？安慕心里挺疑惑，是个男人还是女人呢？对别人产生了好奇心，不不，不可以，安慕抑制着自己的感情。当务之急，怕是赶紧逃脱这里比较好。

可是哪，如果他是另外一个世界的人，那项研究若是真的……对他，对我，岂不是太不公平了？

海平和李荣似乎也认为父亲留下的信息没有太大作用，他们似乎想安慰我。

回应他们的，是我摊开的双手。

“一无所获，我想我该回家了。”

原来慌张的感觉心跳加速如此剧烈，我不能让他们发现我的异常。“这几天也没有什么收获，我想回家陪陪我妈，她一个人想必也非常难受。”

李荣似有阻止之意，却被海平抢先回答：“也对，你先回去陪陪家人，你们的精神状况也很重要，忠云若是回来，也不想看到你们憔悴的样子。”

我不知道海平之后有没有遭到李荣的批评，我只想赶紧回去父亲的书房确认一件事情。

如果他留下的消息是准确的话，我想，我大概知道他去哪里了。我的心一阵刺痛，而且，恐怕他也不会再回来了。

因为击掌之后，他告诉我：

也许以后的日子哪，该学会坚强点，哪怕再困难，也得努力走下去。

颜忠云发现，这个世界并没有另一个他。

根本就不是镜像平行世界，这是完全独立的另一个世界。这里的知识水平和原来的地方差不多，或者说还要略高一些，恐怕“魔镜”就是这里的科技成果。

那么一切就解释得通了。

但他没有发现一种异常。这样的异常，在其中的生命怕是无法发现。

除了观察。

凭借自己的知识，虽说未能达到顶尖水平，但颜忠云还是加入了相关研究院进行研究。他想办法见到了研究院院长后，便拥有了这里的“身份”。

量子空间的研究，恰好是颜忠云所擅长的领域。

不过根据现在的进度，怕是还没有达到制造“魔镜”的技术水平，如果现在开始研究，应该还需要好几年才会达到那样的状态。

这和我想象的有些不太一样，颜忠云有些困惑，但也没多在意，只是默默地把观察到的一切记录下来，试图寻找回去的方法。

其实有时候，当他抬头望向天空，发现这里也有同样的月亮时，他会想起另一个世界的生活。想起他的妻子，以及他的孩子。

人到中年，总会这么伤感。他有些嫌弃自己的矫情。

其实“魔镜”的信息挺好破解，通过计算机进行一定的规律研究，可以找到其中的特点，再让计算机套用几万个模版，最后发现竟利用了“莫尔斯电码”一样的排列方式，从中破译出对方的信息。

不过比较困难的是，回复信息经过多重加密，会造成信息丢失。因此只有简单的语言才能确保语句通顺。

真是项麻烦的工作，不过让我认识到另一个世界的“人”——安慕。现在看来，她还真的是一个人。

她的年龄应该和颜发差不多大吧，如果我的孩子在那样的环境当中生活，我也于心不忍。鼓励她一直活下去，却突然有一天，再也无法同她取得联系了。

或许真的遭遇到什么灾难了吧？

我也想把一切都搞清楚，怎么能就这样放弃。

颜忠云向研究院院长安德烈提出了进一步研究申请。

已经是深夜了，看来母亲也睡了。

我蹑手蹑脚地走进父亲的书房，找到了父亲的日子，在记录关于我的中学内容后，看到了他和异星人安慕的联系记录。

“不能让李荣和海平知道。”父亲之所以这么隐晦地表达信息，恐怕是早就知道他们一开始只是希望利用父亲的研究，打破科技的局限，让目前拥有的技术上升一个高度。应该说，希望掌握世界顶尖的技术成果，他们绝对不会在意一个生命是否还在，或者这个生命对我们的价值到底有多么重要。

虽然说我能理解你，可你也别不辞而别嘛，至少跟老妈说一句。

一沓纸里掉落一张照片，是我们一家人的合影。照片上的我还只是个婴儿，父亲大概比我现在大不了几岁吧，母亲那时候真漂亮，我还想听听他们的故事呢。

可惜啊，怕是没有这个机会了。

父亲说，那是一项新的技术，利用那块“魔镜”进行逆向研究，他把一些小物件放进去后就再也没有了信息。

有一天，他将能够传输信号的，体积达半个正常人类大小的探测器放进去，结果发回了一张村庄的图片。

他感到很惊奇，可这时候，李荣和海平更加紧了对他的“监视”。

或许在那样的状态下，他只好铤而走险，自己亲眼去看看那到底是什么地方了。

“糟糕。”我心里暗想，“那‘魔镜’岂不是还在实验中心，可有些危险了。”

母亲的叫声把我拖到了另一个恐惧当中。

书房的门前，出现了两张熟悉的脸。

海平和李荣，正盯着我手里的聊天记录。

“这是项目志愿者的名单，你看看。”安德烈把资料递给颜忠云的时候，他还在盯着计算机。

此时的颜忠云已经在这里好几年了，他想，另一个世界的人们，或许以为自己已经死了吧。

他没有多想，为了回家的渴望，他必须不断进行实验。

终于要到人体实验了。

一个熟悉的名字出现了。不可能吧？应该只是同名而已。颜忠云安慰自己，看来精神压力太大，看到一个名字都会恍惚啊。

按照过去的模拟，此次实验应该已经较为成熟。他们选择了春季的某一天，启动了这项实验。

实验一直都保持同志愿者的紧密联系，他的精神状态也较为稳定，没有出现异常。

“一年的研究周期结束的时候，就该把他召回了。”安德烈似乎有些不放心，第一次实验就要进行这么长时间，对志愿者是一项极其严峻的考验。

颜忠云也知道有些不严谨，可是他没有其他选择，本想在三天内就结束首次实验，志愿者却说能够继续生活，挑战极限。

他也想得到更多关于那边的信息，就一直放任不管。

更重要的是，他让志愿者调查那边世界叫颜忠云的人，确实有。不过……

“其实很想放弃，我好像感觉到这里的不寻常，你知道吗，要不是携带了足够的食物，这几个月我可能就要死了。”安慕不断发送着信息，“我会很烦吗？可是我没有办法，只有你能听到我说话了，或许你可能也没接受我的消息，反正我发出了就是。”

“他们好像要来了，我似乎看到了死去的朋友的影子，他们的眼里发出奇异的光芒，却在向我招手。”

屏幕回应：不要多想。

“我好想放弃啊，明明知道自己也活不长了。”

“不要放弃。”

“凭什么啊，要么你把我带到你的世界，要么就让我回家吧？我实在受不了这里了，你知道我有多难过吗？我知道你肯定不是我们世界的人，我更知道，你是另一个世界的，你和我，不会再相遇的。”

“我的儿子和你一样大。”

“那又怎样？难不成我还得做你儿媳不成？我仿佛听到了他们的声音，他们在呼唤我。似乎希望我在这里陪他们。”

“找工具。”

“你不会懂的，如果你是我，你肯定会绝望，而且，我和你的时间……”

我怎么不会懂呢？颜忠云心里暗骂道。

当他进入这个中间世界时，模拟实验的残骸就在这里。

当年和自己联系的女孩早就不在了，连尸骨也没有。

颜忠云也只能朝前走，回去的路已经堵死，他只能寄希望于那个叫安慕的女孩。

李荣夺过资料，他快速地浏览着，神色变得愈加慌张。

“难道……他真的研究出来了？”

为什么他是问这一句？我有点困惑，莫非他早就知道父亲破译了“魔镜”的信息？

一旁的海平同样不解，但他没有放松，因为他还得看紧母亲，不让她反抗。

“对不起啊嫂子，我真的没有恶意。”

拿着资料的男人摘下了他的眼镜，他的头发似乎更白了。其实他的年龄，似乎比父亲还要大一些？我不知道，我知道的是，他像孩子一样哭了出来。

“颜忠云啊颜忠云，我怎么就没有想到是你呢。”李荣似乎很自责。

趁着海平走神的时候，母亲挣脱了海平的控制，她跑到我的旁边，脸色却不显得慌张，但李荣似乎并没有在意，只是一直注视着面前的资料。

母亲似乎想对我说些什么，却又没有说出来，大概是父亲同一个奇怪的“女子”聊天这么长时间，她有些吃醋吧。

今天该是把志愿者召回的日子，本该非常高兴。颜忠云却心有不安。

这种莫名其妙不好的预感真是让人厌恶。

回应颜忠云的，是安德烈的怒火。

“李荣失联了。”

最不想发生的状况最终还是出现了。颜忠云跑到计算机前，观察着所有的记录。

“今天凌晨发生的事，忽然一切通信都没有了。”

怎么会？昨天还好好的……

颜忠云有种感觉，一切又得从头开始了。

归去之日遥遥无期，或许就该在这里扎根，魂落异星。

“魔镜”失去了通信的能力之后，颜忠云一直很自责。那个女孩的精神状态本来就不太好，而且她似乎想告诉我什么消息，我却给错过了？

从此以后，他放弃了自己本来的工作，专心到实验中心进行“镜之谜”的破解。

上司李荣对他的工作非常关心，嘘寒问暖之余，似乎让他感受到李荣不一样的野心。

激活“魔镜”的程序准备好后，他进行了几项实验，似乎露出了破绽，让海平和李荣对他的戒心加强。

趁着还能碰到“魔镜”，颜忠云以身范险，到了另一个世界。

遗憾的是，在另一个世界的颜忠云，花了许多年的时间，都未能找到回去的方法。他发现，这个世界同原先的地方有着千丝万缕的联系，可他就是没有弄明白。

当他看到志愿者的名字是李荣时，他就该想到，这并非巧合。

可惜，当他意识到这件事的时候，为时已晚。

安德烈院长念在他的才华，并没有把他降职，只是所有关于这项研究的主导权，都回到了他的手中。安德烈认为，李荣的失踪，自己负有主要责任，他该派遣一个队伍去找回李荣。

可这谈何容易？

他们做了大量的研究，通过各项测试，制造了一块镜子状的信息传输仪器。

“只要有信息传递回来，分析数据就足够了。”

经过许多次模拟，建立了大量的方程计算那个世界各种度量单位的数值，同这个世界进行对比。

完全一样。

这让人很诧异。

颜忠云更是摸不着头脑。

直到某个时候，他们得到了一组完全不一样的数据。

时间。

时间是无法测量的，他们又怎么知道呢？

颜忠云总觉得来到这个世界后有些异样的感觉，可他始终说不出那是什么变化。直到他提出测量粒子的某种元素含量的时候，他们惊讶地发现，对于这个粒子而言，时间似乎在倒退。

不是连续不断地倒退，是一段一段时间完整地倒退。

“我想当志愿者去试试。”颜忠云提出了这个渴望已久的请求。

安德烈没有答应：“我知道你想赎罪，但这一次让我来吧。”

这一次出行，他还带上了自己的女儿。

“小丫头想去看看世界，也好，她母亲在她很小的时候就离开了，我和她也可以互相有个照应。”

“根据调查，在两个世界的通道当中，存在着所谓的中间世界。”颜忠云解释，横跨两个世界的“中间世界”，其实就像夹在两条河流的岸。他们的再探索团队，根据计算出的理论数值，找到李荣所在的正确时间点，把他带回。

穿越时间的悖论，在这个平行世界里，会存在吗？安德烈自己也没有弄明白。

“这么说来，那块镜子，应该是他们的先行探测器了。”李荣的声音显得有些沉重。

我强烈控制着自己的情绪，不让它爆发出来。怎么不解释清楚？到底是怎么回事？

海平也是一头雾水。

在海平的搀扶下，李荣慢慢朝门口走去。

今后应该不会再见到他们了。那个老人，已经没有了最初的霸气，背脊竟也更弯了。

或许这样的生活，对我们来说，是最好的选择吧。

也许父亲只是突然消失到了另一个世界，或在另一个星球里生活了吧。我这样安慰着自己。

“李荣，对不起。”

母亲的话让所有人都吓了一跳。

我想摸摸她的额头，看她是否发烧了。“妈，你一定是看了这些记录醋火攻心，乱说一通的吧，这可不好笑呢，凭什么跟这些人说对不起啊？”

“我……我只是在黑暗当中走了很长的时间，等我来到这里，我才发现，不是我要到达的时间点。”母亲的眼眶有些红肿。

李荣似乎想起了什么。

母亲继续说道：“自从你的实验失败后，我的父亲一直很自责，他作为研究院的院长，给你的家人担保了你的安全，虽然我们有说过风险，但他还是希望能够让你回到属于你的世界。”

“因此，他们做了大量的研究，进行了多种模拟，建立大量的方程计算那个世界的各种数值。结果很惊讶地发现，所有的数据都完全一样，几乎没有不同。除了某个节点的——时间。”

两个世界的时间流，是一段一段地呈现，在一段时间结束后，便朝着完全相反的方向流逝。

也就是说，这个世界的我今天和你对话，或许明天再和你对话的，就是昨天的我。

“一切都是命啊。”母亲的声音有着哽咽。

她的状态似乎不能再继续阐述了。

随后我们陷入了很长很长的沉默。

安德烈将研究院托付给颜忠云：“如果我们不能回来，研究院就拜托你了。你知道吗？在第一眼看到你的时候，觉得你这人靠谱，所以我才答应你让你在这里进行你的研究。”

“谢谢你让我看到了这个世界。”

“我更应该谢你，能够让我进行这么有趣的研究。”

颜忠云同安德烈他们保持着联系，一切似乎进行得非常顺利。

回到院长办公室的时候，颜忠云望了一眼桌子上的照片，大概是院长家人的合影吧，他随意一瞥，却像发现了什么不得了的事情一样。

他疯了似的翻箱倒柜，试图寻找到什么资料，以解决自己心中的疑惑。

安德烈·阿斯克，四十七岁。女儿安慕，二十岁。

他放下了手中的资料，跑回到联络点。

“真是……命中注定的吗？”颜忠云心里笑道。

他的手在颤抖，改变测量数据，并切断同中间时间的探测队伍的联系，真的好吗？

可是，如果不这样做的话，自己的到来，恐怕就没有意义了吧？

或者说，现在的自己，就处于一个无限循环？

颜忠云不敢往下想，这一分一秒恐怕都不能耽搁。

安慕啊，原来我还真的见到了你。

在另一个世界里，你同年轻的我相遇。

可惜，我始终没能发现，那就是你。

这些年的你，经历的是怎样的一种煎熬啊。

我真是愚蠢，颜忠云非常自责，为了他们的相遇，他按下了切断联系的按钮。

处在中间世界的联络队伍遇难了，他们无法联系指挥中心，甚至到达一个错误的时间位点。

那个叫安慕的女孩，同伙伴们走散，经历了许多煎熬，到达了另一个世界。

你问我为什么知道这个女孩的故事？

嘿，她可是我妈妈。也许对你们来说，我就该是个“异星人”吧。

“颜发，你得回家一趟。”

“好。”

# 九　重　葛

广州大学/陈美霞

## 一

清明时节雨纷纷，路上行人欲断魂。然而在岭南地区，清明时节却不乏风和日丽的日子，那一簇簇的九重葛从院子里探出头来，花朵娇俏艳丽，粉嫩可爱，花枝摇曳，在风的节奏中上上下下，好像在向行人打招呼。我最爱九重葛，总忍不住折下一枝来，插在花瓶里，细细欣赏。我心知爱这九重葛的不止我一人，还有那个人。

在我家老屋的不远处有一处坟墓，这在我们这里并不少见，老屋不过二十年的历史，这座坟墓却是早就存在的，我们这里的人似乎并不是很介意把房子建在坟墓的旁边。从我记事起，每年清明那几天我都会看见一个女人到这里来祭拜，那座坟墓并没有墓碑，到这里来祭拜也只有她一人。初次见她时，她大约是三十多岁，姿容尚算秀丽，脸容看起来却像是历经沧桑，锐利而悲伤的目光又像是把所有的风霜都踩在了脚下。最初几年，由于年幼怕生，我并没有过多地去注意她，只知道每次她走后，坟墓前总会有几簇九重葛。后来年纪渐长，我渐渐知道这并不寻常，清明祭祖家家都是近亲一同祭拜，为什么只有她一个人？在我们这里并不用花祭祖，而九重葛也不是用于祭拜的花。她从不鸣放鞭炮，而在我们这里鸣放鞭炮在清明祭祖中是必不可少的，我对她渐渐充满了好奇。

那一年清明，我又看见了她，那一次我站在离她不远处偷偷地看着她。只见她轻轻地把祭品摆放好，她的眼神看起来平静无波。当她放下那簇九重葛时，她像是想起了什么似的，嘴角浮现一丝笑容，就像是平静的湖中波澜轻轻推开，荡漾到很远的地方，然而当她抬头看向那座坟墓时，她的笑容很快就消失了，眼神如水般温柔而哀伤。那些祭品中除了那几簇鲜艳的九重葛外并没有什么特别之处，九重葛鲜艳的花朵与嫩绿的草地相映，给寂寞的坟墓增添了几分热闹和生气。

我看得微微出神，回过神来时发现她正看着我，四目交接，我觉得尴尬极了，赶紧避开了她的目光，她微微一怔，随即笑了笑，向我招了招手示意我过去。我犹豫了一下，但还是走了过去。

“你是这附近人家的孩子吧?”她笑着问道，并从一边的箱子里抓了一把糖果塞到我手里。

“是的，我每年的这个时候都看见你到这儿来，为什么只有你一个人来?”我不解地问道。

听到我的话，她脸上的笑容瞬间消失了，浮现出悲戚的神色，那是我从未见过的表情，就像是被岁月掩埋的积郁瞬间喷发般，几秒钟后，她的神色稍稍缓和了些，她转过头去，缓缓地说道：“长眠在这地下的是我的表妹，她也是我最好的朋友，是我所爱着的人。”

“我第一次看见她时也是在这样的季节，这段往事我一直深埋心底，从未跟人提起过，但今天我想把它说出来，你就当是我在跟你讲故事吧。”她接着说道。

我点了点头。

下面就是她跟我讲话的内容。

## 二

我叫王瞒，小名阿瞒，我的表妹名叫李瑾，小名阿瑾。她是我姑姑的女儿，我们是在同一年出生的，但因为我比她早出生，所以我便成了她的表姐。她的父母是城里的知识分子，因为那是个特殊的年代，她的父母被打成反动知识分子而被流放劳改，那时她只有五岁，正是最依赖父母的时候，但她的父母却被迫离开了她，从此她便跟着她的奶奶生活。十年后，与她相依为命的奶奶去世，她那边的亲戚没有人愿意收留她，从此她便失去了容身之处。后来我奶奶也就是她的外婆可怜她并表示愿意收留她，所以她便来了我们这个乡下地方，与我们一同生活。

我家中兄弟很多，却没有同龄的姐妹，我很想有一个姐妹跟我一起吃饭，一起睡觉，一起上学，就像别人家的姐妹那样，所以当我得知她要来与我们共同生活时，我高兴得一晚上睡不着，心里设想着她会是怎样的人。我央求奶奶允许我一同去火车站接她，奶奶经不起我的苦苦乞求便答应了。

那是一个晴朗的春日，温暖的阳光驱散了连日来的浓雾，和煦的春风温暖湿润，微风吹拂发梢，耳旁的几丝头发划过我的脸颊，感觉痒痒的。我和奶奶在火车站中等候，一旁的九重葛正开得灿烂，嫣红的花儿缀满枝头，一朵挨着一朵，远远望去像是一片灿烂的红霞，美得摄人心魄。

火车呼啸着驶进站来，几分钟后原本有几分冷清的火车站变得热闹和拥挤起来，人潮涌动，我看见一个中年男人正向我们这边走来，他的身后紧紧跟着一个十几岁的女孩，此时我奶奶也认出了那个男人，她向他招招手，不一会儿他们便来到了我们的跟前。

“您好，我是这孩子的叔叔，多年没见，您一点都没变，这孩子就拜托您照顾了。”中年男人对奶奶说道。

“老了，老了，不中用了，这孩子也怪可怜的，我把她接到身边，既能好好照顾她，也正好与我家阿瞒做个伴儿。”奶奶说道，饱经风霜的脸上增添了几分悲伤的神色。

“那我就放心了，她是个乖巧的孩子，一定会好好孝敬您的，既然已经安全把她带到您身边，那我也该走了。”男人说道。

“这就走吗？不到我那儿坐坐吗？”奶奶问道。

“不了，我还有事要忙。”男人说道。

## 三

那个男人与奶奶客套了几句后便离开了。在奶奶与她叔叔谈话期间，阿瑾始终一言不发，她微微地低着头，我看不清她的表情，但从她那紧抓着衣角的手可以看出她很紧张。

“我叫王瞒，他们都叫我阿瞒，我是你的表姐，这是我们第一次见面呢。”我走近她，笑着对她说道，刚说完感觉好像又有哪里不对，连忙补充道：“啊！不对！应该说是在我们有记忆以来的第一次，我听奶奶说我小时候很爱黏着你玩呢，哈哈。”

她这时缓和了很多，拽着衣角的手也松开了，并微微地抬起头，看了看我，良久才低声地说：“我叫李瑾，你可以叫我阿瑾。”随即又陷入了沉默。

我一时找不到话题可说，便四处地张望了一下，刚好看到身旁的九重葛，便指着它说：“你看这花，开得真好。”

“嗯，是挺漂亮的，我以前在书上见过，它叫九重葛，是一种很顽强的花。”她说道，眼中闪过一丝欣喜和兴奋。

“哇！你懂得真多，好厉害哦。”我笑着对她说道。

我随意说的一句话倒让她不好意思起来了，她没有说话又微微地低下了头，像是想要掩饰自己的羞涩，但她这一举动反倒是欲盖弥彰。

这时传来一阵“轰隆”声，那是火车出站的鸣笛声，他的叔叔此时正在那列火车上。她猛地抬起头，直愣愣地看着那列远去的列车，像一个被遗弃的孩子，她的眼眸如一波湖水，涌动着悲伤和落寞。那轰隆声在火车站里回荡着，火车的背影渐渐模糊，汽笛声也越来越微弱，最后消失得无影无踪，唯有苍穹下的那丛九重葛依旧灿烂嫣然。

“唉，别看了，人都走远了，再看也没有用了，这样薄情寡义的家伙你惦记他干什么?”奶奶说道，她的语气和表情透着几分无奈和不屑，但除此之外我再也没有看出别的东西来，或许是因为她早已看透了这世间的人情冷暖，再也没有力气和心情去愤怒和悲伤。

听到奶奶的话，她并没有言语，只是默默地移开了视线。奶奶见她如此也没有再说什么，只向我们招了招手，示意我们跟她走。我走近阿瑾，拉起她的手，她并没有回应我，只是被我牵着走。一路上我能清晰地感觉到她手心里传来的丝丝凉意以及那微微的颤抖，我想她对于被独自遗留在这座陌生的县城以及即将要面对的完全陌生的一切，终归是感到恐惧的，想到这里，我握紧了她的手。

## 四

等我们回到家的时候已是傍晚时分，我们吃完晚饭后便回房间去了。这时夜幕已经降临下来，乡村的春夜静谧清幽，从窗台洒进来的月光清淡朦胧，驱不散这一室的昏暗。我点亮了桌上的煤油灯，橘黄的灯光为小小的屋子镀上一层金黄。阿瑾打开了她的包裹，看起来是想要整理一下她的行李。

“要不要我帮你?”我问道。

“不用！谢谢，我也没什么东西，自己来就行。”阿瑾说道。

听她这么说，我也就静静地坐在一边看着她整理行李，她正埋头整理倒也没注意我的目光。她那鸦羽般的长发被一条丝带松松地绑着，她轻轻一动便有几束青丝挣脱丝带的束缚垂落在耳侧，橘黄的光线如同画笔，在墙上勾勒出她那柔美的脸部线条。她从包里拿出了几本书来，轻轻地放在桌上，动作轻柔得就好像是在对待稀世珍宝。我走近一看，那些书保存得还算完好，只是纸张微微有些泛黄，看起来是有些年头了，但却没有散发出霉味，想必她的主人时常翻阅它。

“你很爱看书吗?”我问道。

“我不知道，这些书是我父母唯一留在我身边的东西，听我奶奶说我爸爸从小就很爱看书，每当我翻动它们时，我的内心就会平静下来，就像是得到抚慰一般。”阿瑾缓缓地说道，由始至终她的目光都落在那些书上。

“不懂。”我疑惑地说道，那时的我的确无法理解她当时的感受。

“那算了……你先去睡吧。”她说完后继续埋首做她的事情，而我也真的觉得困了，就自己一个人爬上床，并且很快就睡着了。在梦中我隐隐约约地听到低低的啜泣声，我睡得迷迷糊糊的，只觉得是自己幻听了，并没有把这件事放在心上。

## 五

第二天天蒙蒙亮的时候，奶奶把我们两个叫了起来，我费力地睁开眼，首先映入眼帘的是奶奶那布满皱纹的脸。我转过头去看看身边的阿瑾，她这时也刚好醒了。

“起来了，懒丫头，从今天起你们得早点起，你们去割完草后就上学去。”奶奶边说边掀开我们的被子。

我们吃完早饭后便拿起镰刀和背篓出发了。我们走在田间小道上，小道弯弯曲曲，两边长满了杂草，有些野草的枝叶蔓延至小道的上方，悬挂着一颗颗晶莹的露珠，当我们走过时，野草划过我们的腿脚，痒痒的，凉凉的。阿瑾走得很慢，所以我也故意放慢了脚步，以便让她跟上我。我们走到一块杂草丛生的荒地，我看了一下这里的草正好适合，便跟阿瑾说：“就是这里了，我们就在这儿割草吧。”

割草对我来说是一件很容易的事情，但对从小生活在城市里的阿瑾来说却不容易，只见她右手握着镰刀，左手抓着草梢，好像费了好大的劲才割下一棵。看她这样子，我不禁在心里暗暗发笑，但转念一想，若她父母没有被流放改造，那么她应该是承欢于父母膝下过着衣食无忧的生活，而不是像现在这样寄人篱下，孤苦伶仃。想到这里，我心底生起一丝哀伤和同情来。

“阿瑾，你还记得你爸妈的样子吗?”我问道，心里隐隐有些不安，既好奇又怕触及她的伤心处。

“我……不大记得了，那时候我还很小。”阿瑾说道。

“那他们有写过信回来吗?”我问道。

“我小时候好像有听奶奶说过，后来这几年就没有再听说过我爸妈来信的消息。”阿瑾说道。

“那你就没问过为什么吗?”我不解地问道。

“我问过一次，奶奶说兴许是他们转移到更偏远的地区去了，所以无法给我们寄信，而且，奶奶说他们的处境也很不方便。”阿瑾答道。

“那……你想念他们吗?”我问道。

“想念又能怎样，我连他们现在过得好不好都不知道，我们怕是没有见面的机会了。”阿瑾答道，她的声音竟有些哽咽。

“不，不会的，你一定会跟你爸妈团聚的，总会有那么一天，总会有那么一天的。”我说道，语气有点激动，就像是迫切地想要得到对方的认同。

“嗯，谢谢你，但愿真会有那么一天的，你看，大阳出来了。”阿瑾说道，此时她正面朝太阳。

## 六

我抬头望去，一轮红日从天边探出半个头来，淡蓝色的天空染上了金黄色，东边的天空飘浮着灿烂的红云，霞光四溢，璀璨得令人目眩，却又令人不忍移开视线，在那一刻我似乎明白了为什么纵使身处黑暗之中，我们依然渴求光明，因为当阳光刺破黑暗的刹那实在太美，美得令人心醉，美得让人忘乎所以。但我们终究还是移开了视线。

“阿瑾，我们该走了。”我转头对身旁的阿瑾说道，只见她此时还在凝望着天边那徐徐升起的朝阳，似乎没有听到我的话。

“阿瑾，我们已经割了足够的草，要回去了，等等还要去上学。”我说道，并有意提高了音量，这时她才回过神来，转过头来看着我。

“去上学？为什么要去上学？我绝对不去学校！那是个可怕的地方。”阿瑾有些激动地说道。

“为什么这样说，你不是挺爱看书的吗?爱读书却不爱上学，我还是头一回见你这样的人。”我不解地问道。

“总之我是不会去的……”她小声说道，脸上露出惊恐和不安的神色。

看她这样，我顿时明白了些什么。我对她说道：“你不用担心，我们只是去大队中学上学，那里的人都不认识你，我们这种小地方也不会有什么大事发生，而且一切都在渐渐好转，不管怎样，我都相信知识能改变命运，如果你想要走得更远，你就必须要学习，我一直都很想看看外面的世界是怎样的，你会跟我一起去看看吗?”我向她伸出了手。

听完我的话，她的脸色好转了许多，渐渐地平静了下来，最终她点了点头，对我说了声：“我们回去吧。”我收回了伸出的手，虽然觉得有点失落，但心里想着她总算是答应了，这让我感到高兴，那一丝失落终被喜悦冲去。

从那天起阿瑾成了我的同班同学，我们每天早上天蒙蒙亮就起床，割完草后就去上学，放学后就帮家里干活，阿瑾也渐渐适应了这里的生活，干活时手脚变得越来越麻利。她脸上的笑容也渐渐多了，朝夕相处让我们变得更熟悉。我们的生活虽然平静又平淡，但让我感到安心和满足，因为有了阿瑾的陪伴，我感受到以前从未体会过的有同龄姐妹相伴的快乐，我以为阿瑾也会像我一样感到幸福快乐，然而后来我才知道事实并不是这样，她最想要的并不是这些。

## 七

春去秋来，冬尽春现，四季更替轮回是天地间不变的规律，时间像洪流一样川流不息，亘古不变，生活在其中的人却在渐渐长大、慢慢变老、渐渐消失。

又是一年的春天，那是阿瑾到我们这里来的第二年。春天是万物生长的季节，自然也是农忙的季节，那一天我和阿瑾帮忙干完农活后准备回家休息，我见天色还早便故作神秘地对阿瑾说："先别急着回去，我带你去一个好玩的地方，相信你一定会很开心的。"

"哪里？远不远？太远我可不去。"阿瑾说道。

"不远，就在我们村子的东边。"我连忙说道。没等阿瑾回答，我就拉着阿瑾走了。

"哎呀，你别拉我，我自己走。"阿瑾无奈地说道。

我们没走多久就来到了目的地，那是一片草地，草地上生长着几棵野生的九重葛，那不算粗壮的枝条上开满了红色的花，娇艳欲滴，流转着旖旎的绯色光华，花叶相挨，开得寂寞又喧嚣。

阿瑾的眼中闪过一丝惊艳，脸上流露出惊诧的神色，但不久后又恢复了平静。而我就像是一个与同伴分享糖果的孩子，期待着对方的回应。

"你大老远的带我来这儿就是为了让我看这个？"阿瑾问道。

"是啊，你不是很喜欢这种花吗？别看它们现在这样，在等几年，等它们长大了，一定会开出比现在更漂亮的花！"我兴奋地答道。

"那你知道九重葛的花语是什么吗？"阿瑾淡淡地说道。

"哎呀，我就知道你会这样问，幸好我早有准备，它的花语是顽强、执着、拼搏、热情，怎样？我说得没错吧。"我得意扬扬地说道。

"你说得没错，但它还有另外一种花语。"阿瑾说道，她的目光顷刻间黯淡了下来。

"另外一种？是什么？"我疑惑地问道。

"没有真爱是一种悲伤。"阿瑾缓缓地说道，只是说出这仅仅的九个字，就好像用尽了她毕生的力气。

我沉默了，直到这一刻我才意识到这一年来阿瑾过得并不快乐，她最想要的并不是像现在这样的生活，她所渴望的未来也许并不是我曾经展现给她看的那样——走得更远。

“阿瑾，你的愿望是什么或者说你最想得到的是什么？”我问道。

“那你呢？你的愿望是什么？”阿瑾反问道。

“我啊，我的愿望是能上大学，去外面的世界看看，啊，不对，怎么又说到我身上来了，你说说你的嘛。”我说道。

“我的愿望是我的父母能回到我的身边来，我知道这是很难实现的。我曾在一本书上看到过这样的一句话：人生的三大悲哀是小时候得不到父母的爱，长大后得不到恋人的爱，年老时得不到子女的爱，怕是这三种悲哀我都会凑齐。”阿瑾说完后像是解嘲般地笑了笑，那是我看过的最苦涩的笑容。

“阿瑾的愿望一定能实现的，不过，与其像现在这样一味地等待，不如主动想办法联系到你的父母。”我说道。

“什么办法？”阿瑾问道。

“我们可以去问我奶奶，她一定不会一无所知的。”我答道。

“可是，我……”阿瑾说道，脸上露出很为难的神色。

我奶奶虽然是阿瑾的外婆，但是她们之间的感情并不深厚，加之我奶奶的脾气比较古怪，阿瑾一向对我奶奶十分敬畏，我奶奶并不喜欢谈及阿瑾的父母，每次说到这个话题，总是有意避开，特别是在阿瑾面前。

“我去问！大不了被奶奶骂几句。你就等我的好消息吧！”我说道。

“你为什么要对我这么好？”阿瑾问道，她看着我的眼睛问道，她的目光像雨后山林那样清新又幽深。

“对一个人坏或许需要很多理由，但对一个人好是不需要理由的，更何况你是我的妹妹。”我说道。

“是啊。”阿瑾说道，露出了一个温柔如花的笑容，仿佛一束嫩黄的木槿，从干涸的土地里生长出来。

## 八

那天晚上，我早早的洗了澡，拿起自己的枕头走到奶奶的房间里，奶奶正在房里缝衣服，见我来了，便问我道：“你来干啥？”

“我来陪奶奶睡，我好久没跟奶奶睡了。”我说道。

“我不用你陪。”奶奶说道。

“要的，要的，我可以帮奶奶捶背。”我说道。说完便搬了张凳子在奶奶背后坐下，给奶奶按摩肩膀，见奶奶没有拒绝，我又找了些奶奶会感兴趣的话题跟她聊了起来，聊了一会儿后，我便趁机问起了阿瑾的父母来。

“也不知道姑姑和姑父他们现在怎样了，奶奶你知道他们现在在哪吗？”我小心翼翼地问道。

奶奶停下了手中的活，沉默了一会儿说：“这是阿瑾让你问的吗？”

“啊，不是，我随便问问而已。”我连忙说道，心里开始紧张起来。

“唉，我们也不能瞒她一世啊，她迟早都会知道的。”奶奶叹气道，她转头看了看门口，接着小声地说：“你的姑姑和姑父早在几年前就因为饥荒和疾病去世了，我的儿啊，他们还那么年轻。”奶奶的声音因为悲伤而变得更加沙哑和沧桑，但她又在极力压抑着，生怕阿瑾听到。

听到这个噩耗，我怔住了，这是我从未想过的，我找不到任何话语来形容我那一刻的惊讶和悲伤。当惊讶和悲伤消退后，随之而来的是深深的懊悔和苦恼，我该怎么对阿瑾说啊，我怎么说得出口呢？如果当初我没有向她提起该有多好，那样她至少能怀抱着希望一直等待下去，如今我却要亲手扼杀她这最后一丝希望，我做不到。那天晚上，我失眠了，我想了很多，最后我下定决心隐瞒阿瑾，哪怕是要欺骗她。

第二天一早阿瑾便把我拉到一边，悄声地对我说：“你昨天晚上有没有问外婆，她是怎么说的？”阿瑾的眼里充满了殷切和期盼，但也透着几丝不易令人察觉的担忧。我避开了她的目光，一时不知如何回答。

“你没有问？原来只有我一个人把它当真了。”阿瑾失望地说道，语气里透着淡漠和疏远。

“不，我问了。”我说道，

“那他们现在怎样了？在哪里？”阿瑾急切地问道，她眼里的担忧更深了。

“他们……他们现在很好，在西北那边，交通很不方便，所以就没有跟我们联系，相信再过不久他们就会回来的。”我说道，并竭力使自己看起来更为自然。

“真的吗？你该不会在骗我吧？”阿瑾半信半疑地说道。

“真的，我奶奶还说现在西北地区的建设比以前好了，他们再过不久就会给我们来信的，你就耐心等待吧。”我说道，但一说完我就后悔了，我撒了个弥天大谎，以后该怎么来圆。

阿瑾似乎是相信了我说的话，她轻轻一笑，脸上担忧的神色一扫而光，含笑的眸，似盛满了漫天的星光，皓皓皎皎，那是她在我面前发自内心地笑。那样的笑容让我坚定了内心的想法。

## 九

两个月后，阿瑾收到了一封来自“西北”的来信，当我把信亲自交到她手里时，她哭了，我也哭了。她流泪是因为喜极而泣，而我流泪又是因为什么呢?

那封信是我托村子里一位老先生写的。他是一位慈祥和善的老人家，写得一手好字。我跟他说我想临摹他的字，让他照着我给他的样板抄一遍，他虽然觉得奇怪，但经过我恳切的请求，他最终答应了帮我这个忙。我又用一块木头刻成邮戳的样子，我就这样煞费苦心地伪造了一封来自远方亲人的来信。我深知这并非长久之计，我只是想尽可能地瞒着她几年，几年后她应该会变得更成熟，知道真相时或许能对父母的离世释怀。但我不知道谎言被揭穿的那一天来得这么快。

那是一个炎热的夏日，那天我刚回到家，就看见阿瑾一言不发地坐在那里，她的脸色很阴沉，见我回来了，也只是盯着我看，我从那双眼睛里看到了被压抑的愤怒和绝望，我似乎明白了些什么，但内心却一直在否定这个想法。

“阿瑾，你怎么了，怎么都不说话呢?”我问道。

“今天，我叔叔来探望过我了，那时你不在还真是可惜了。”阿瑾说道。

“啊，是吗?下次还有机会嘛。”我说道，并极力地掩饰内心的不安。

“你就不好奇我们聊了什么?”阿瑾问道。

“你们……聊了什么?”我说道，内心的不安感更剧烈了，连声音都有些颤抖。

“他说我爸妈早在八年前就去世了，其实你也早就知道了，是吧，你为什么要骗我?还用了一封假信来愚弄我，捉弄我很好玩吧，我像个傻瓜一样迷信着这虚假的幸福，很可笑是吗?”阿瑾说道，她的声音不大，却已声嘶力竭。

“不是的，我只是想……让你过得幸福而已。”我解释道。

“够了，我不想再听，我现在不想看见你。”阿瑾说道，眼泪从她那因为愤怒而涨红的脸颊滑落，无声地落到地上。

听到这句话，我一气之下跑出家门，漫无目的地在村子里闲逛，走着走着竟走到了田野里。在那片田地的边缘有一座草棚，那是人们在田里劳作时稍作歇息的地方，那里没有椅子之类的东西，只有一堆稻草。我坐在稻草堆上，举目四望，日已西沉，天空变成了灰蓝色，茫茫的田野上空无一人，空气中弥漫着泥土的芬芳，远处的几间小屋升起袅袅的炊烟，给人一种苍茫的感觉，更是加剧了我内心的悲伤。我一直在思考自己做得到底对不对，我所做的一切都是为了她好，为什么她就不能理解我呢?只要她觉得幸福，是真是假又有什么关系呢。不!或许我真的做错了，只是自己心里不愿意承认罢了，如果我跟她道歉，她会原谅我吗？阿瑾那么温柔，她一定会原谅我的，然后我们又可以像以前那样相处。

我终于下定决心要回去跟阿瑾道歉，但正当我迈出第一步时，天空忽然下起了大雨，我只好继续待在草棚里等雨停了再回去。雨滴打在农作物的枝叶上，声音清脆动听，青蛙暗自低鸣，小窟窿咕嘟作响。我焦急的心情渐渐平复下来，细细倾听这浑然天成的美妙音乐，渐渐地进入了梦乡。那天夜里，我梦见阿瑾撑着一把油纸伞，缓缓地向我走来，她温柔地笑着，对我说："回去吧。"我嗯了一声，钻到伞下，牵起她的手，走向我们的家。

## 十

第二天早上醒来后，我以最快的速度跑回了家。我一进门奶奶就满脸怒容地对我说："你昨晚死去哪了？怎么只有你一个人回来，阿瑾呢？她昨晚出去找你了，到现在都没回来！"

"什么？怎么会这样！我没见过她。"我说道，心里突然变得十分不安。

"你现在跟我一起出去找！快！"奶奶焦急地说。

那天，我们几乎问遍了村里所有人，但他们都说没见过阿瑾，最后我们在小河的下游发现了她。她那双曾盛满星光的双眸失去了神采，变得黯淡无光，身体变得冰冷而僵硬，手里紧紧地握着那把已经变了形的油纸伞，我跟她说了很多声"对不起"，但她再也听不到了。

村子里的人们推测阿瑾是在黑夜中失足落水而亡，夏季雨水充沛，河水变得湍急，加上雨天路滑，发生这样的事情并不奇怪。人们对阿瑾的死表示了同情，但女儿家尚未出嫁就死去在当地人看来终究是不祥，所以阿瑾被孤零零地葬在了这里，除了我以外，没有人会来拜祭她。这里原是一片荒地，没想到现在却建起了房屋。

1977 年高考制度恢复，我考上了大学，我终于看到了外面的世界，实现了自己的愿望，那么阿瑾呢？她是不是也在天上跟父母团聚了，是不是也实现了自己的愿望，如果我们还能相见，她会不会原谅我。

王瞒讲了她的故事后叹了口气说："现在你是不是觉得我是一个坏人？"并自嘲地笑了笑。

"不，你是个好人，你的表妹阿瑾一定也是这么认为的，她一定已经原谅你了。"我说道。

"是吗？谢谢你，小姑娘。"王瞒笑着说道。

不久后她便离开了，是的，故事已经讲完了，我们回到了各自的生活。后来我离开了老家，再没见过她。这些年以来，我未曾忘却这个故事，每每想起心中总会充满怜惜和无奈，虽然人们常说不要在别人的故事里流自己的眼泪，但是我认为如果人类连最基本的同情心都失去了，那就太可悲了，我们的生命会失却许多东西。

我的思绪又飘了回来，我凝望着眼前的九重葛，方才意识到自己又想起了那个人，那个故事，我已经很多年没有回老家了，不知道那个人现在怎样了。随着年龄的增长，那个故事带给我的感触越发深刻，我常常会想如果没有那场雨，阿瑾现在或许还好好地活在这世上，如果她不是生活在那个年代，她一定会承欢于父母膝下，而不是日夜思念等待着无法归家的父母。可是哪有那么多如果，人之于天地犹如一粟之于沧海，渺小而无力。心存泰安愿，身若逐波萍，人往往无法挣脱时代和社会的束缚，求之不得也是常有的事，但是如果把个人的悲剧仅仅归咎于社会和时代的错，那就太偏激了，总有一些东西是我们能够改变和掌握的。

# 变成斑马的男孩

广东外语外贸大学/叶万安

## 1

这天，杨奔没来上课。

杨奔是我最好的朋友。我们虽然只同班了一年半，却是彼此最信任的伙伴——如果你要问我信任是什么的话，那我认为是，他把他最秘密的梦想告诉了我。

下课后，我没有立即回家，而是向杨奔家跑去。我要告诉他今天的英语作业，并把他那张得了43分的数学试卷带给他，因为老师要求大家把自己的错题订正抄一遍，明天交。

天已经擦黑，街灯如同巨人发光的心脏，我加快了步伐，穿梭在密密匝匝的楼房之间。

“天歌！”突然，身后有人喊我的名字。

我驻足回头，空荡荡的小巷没有一个人，不由得心里一凛。

“是我！杨奔！”黑暗中传来杨奔的声音。

我松了一口气，放心走过去：“你在哪里？”

“我在这儿！”杨奔应道，他躲在两栋房子之间一条狭窄的暗巷里不肯出来。

我借着昏暗的灯光探头朝巷子里望去，一瞬间我全身都僵住了。站在巷子里的，竟是一匹斑马。

一只全身黑一道白一道的斑马！

不容我反应过来，那匹斑马居然开口说话了：“是我！我是杨奔！”

我浑身一震，头皮阵阵发麻。

好一会儿，我才回过神来："你……你是……杨奔?"尽管我无法接受，但眼前这只斑马会说话已经够让我无法接受了。

"你先进来，别让其他人发现。"自称是杨奔的斑马往巷子里退了一步，让我走进去，"你听我说"。

我点点头，同时咽了一口唾沫。

"今早，我像平时一样起床去上课，可我站到镜子前准备刷牙的时候，却发现……我的脑袋变成了斑马的头!"杨奔激动得尾巴左右乱扫，"我还以为自己在做梦，我狠命咬了一口手臂，你猜怎么了?超痛!"

我蹙眉表示同情。杨奔又说："我简直要疯了，我不敢吵醒爸妈，二话不说冲了出来，才刚踏出门口半步，我突然觉得身体一阵颠簸，这下子……我整个儿变成了一匹实实在在的斑马!"他看着目瞪口呆的我，目光十分焦灼，"天歌，你明白我的意思吗?我是说……我……突然，变成了现在这个样子!"

"我……我明白。"我尽量使自己的语气平静，但这实在是太天方夜谭了，所以我偷偷掐了一把自己的大腿……很痛。

"现在我哪里也不敢去，怕被人发现把我抓进动物园。"杨奔露出沮丧的神情，"你不知道我今天过得多么煎熬！还好你来了，天歌，我就知道你会来的，这真是太好了!"

到此为止，我已经接受了我最好的朋友杨奔变成了一匹斑马这个事实。

我不知所措地问："那你打算怎么办……我应该怎么做?"

杨奔露出期待的目光，似乎终于等到了我这句话："我现在只需要一个便当，我已经一天没吃东西了。"

我点点头："没问题。"

## 2

回到家里，我连鞋子都没换，就以"去杨奔家一起补习"为由带着两个便当逃了出来。

为了不让别人发现，我和杨奔来到了学校后面的孖山。杨奔带我登上山顶，穿过一片茂密的树林，来到一块空地上。空地约半个教室大小，杨奔说他有时会一个人逃课来这里。山顶的视野很好，可以一览夕林市三分之一的夜景。

我席地而坐，打开两个便当，把一个放在杨奔面前——这时我才意识到自己多带了一双筷子，杨奔看出我的尴尬，说："我一定是世界上第一个吃鸡腿饭的斑马吧。"我忍不住"扑哧"一声笑了。

我盘腿坐着，扒拉了几口饭，看着远处灯火通明、川流不息的小城，不由得感叹："原来夕林这么小。"

"可不是呢。"杨奔头也没抬地啃着饭盒里的鸡腿，他一定是饿极了。

天上月明星稀，等杨奔终于狼吞虎咽地把饭吃完，我又忍不住问："这到底是怎么发生的？"

"我也不知道。"杨奔摇摇头，"真倒霉啊……"

"你说你今天一起床，头就变成了……"我想了想，说，"你昨晚睡觉之前有没有发生什么异常的事？"

杨奔还是摇头："没有……不过，要是说我为什么变成了斑马，而不是老虎狮子或者熊猫，我倒是可以告诉你原因。"

我惊异地望向他，他苦笑了一下，说："肯定是因为我昨晚穿了一套黑白条纹的睡衣，哈哈哈哈。"

我却怎么也笑不出来。

"唉……"杨奔叹了一口气，"早知道我就穿那套恐龙的睡衣了。"

我终于忍俊不禁，又问："叔叔阿姨知道了吗？"

"他们还不知道，我也不打算告诉他们。"杨奔说，"谁能接受自己儿子是一匹斑马呢。"

"别这样……说不定明天你就变回来了。"我努力安慰他。

杨奔不回应，过了好一会儿，他才说："要是变不回来了，我就离开这里。"

我顿时语塞，离开这里？

以前我能想到和杨奔分开的最远距离是他家到我家，最大时间限度也不过一个暑假。我从没想过他有一天会离开。

"你一定会变回来的。"我说。

杨奔默默地看着远处的璀璨灯火和车水马龙，零星烛光在他黑色的眼眸里跳跃。

直到喧嚣的街道变得平静，我不得不回家了。杨奔说他这段时间会一直藏在树林里，我向他承诺会每天准时带便当给他。

"谢谢你，天歌。"他凝视着我。我不知该说什么，只好轻轻拍了拍他的长颈，向他告别。

## 3

第二天中午，我带着便当来到山顶空地，喊了好几声，杨奔才从树林里走出来。

我们一边吃便当一边聊天。我跟妈妈说了中午在杨奔家补习，可以不用回家。

“我妈以为我胃口开了，她好像很欣慰。”我对杨奔说。

杨奔不应，我扭头看他，他似乎正沉浸在思索中。

突然，他抬起头来，对我说：“不知道我妈会不会报警。”

我这才想到杨奔已经“失踪”一天了。“她和你爸现在一定很着急吧”，我正要这样说，又把话咽了回去。

“要是换成我弟，他们可能已经疯了。”杨奔冷笑了一声。

我有点黯然。杨奔常常跟我抱怨他父母，他们从来只会给他弟弟过生日，有时明明是弟弟犯的错，却要怪责到他身上。有一次，杨奔向我诉完苦，钦羡地对我说：“我真羡慕你，只有一个姐姐。”我没有回答他，而我当时的心里话是：“我一点也不羡慕自己。”我姐姐太优秀了，从小到大她都是第一名，她的奖状在家里的客厅贴了半面墙，每当我做了什么不对（父母认为不对）的事，他们就会对我说，你看你姐……说真的，我宁愿被他们用鸡毛掸子打一顿，那样我还好受一点。

我每天中午和傍晚都带便当到孖山，和杨奔一起吃饭、聊天。我们聊天的时候，有时会有鸟儿飞下来停在杨奔的马背上，杨奔示意我不要说话，那只鸟儿就旁若无人地在他背上蹦跶，这让杨奔感到很痒，但他却使劲憋着笑，终于憋不住了，他猛地打出一个喷嚏，那鸟儿立即吓得从杨奔背上弹起来，像支箭一样射到空中，差点没撞在树枝上。

杨奔有时会向我抱怨他变成斑马后一些不好的事，他说总有很多苍蝇喜欢在他屁股周围飞来飞去，而他还没熟练运用他的尾巴把它们赶跑。也有一些好的事，其中一件是他的视角比当人时大了很多，这让他感觉“世界一下子变宽阔了”。

杨奔“失踪”后的第三天，他父母报了警。

我坐在第四组第五桌靠窗的位置，上课时我常常望向窗外，如有警车经过我会立即紧张起来，害怕他们开到学校背后的孖山去。但我很快又觉得自己的担心有点多余，就算警察发现了杨奔，他们肯定也抓不到他，因为他可是一匹斑马，跑得比人快多了。

所以，这并没有影响我每天给杨奔送便当，只不过有一次杨奔说他闻到荤的味道会没有胃口，让我以后只给他配素菜。而我有时竟羡慕杨奔变成了斑马，至少他不用每天待在教室里，不用为烦琐的数学公式想破脑袋。

我几乎忘记了杨奔说他会离开这里的事。

第五天，杨奔突然对我说：“你帮我把这件事告诉他们吧，要是他们不信，你就把他们带过来。”

“他们”指的是他父母。我答应了。

4

这天是周末，我来到杨奔家门口，按响了门铃。一个态度嚣张的小男孩打开了门，我认出他是杨奔的弟弟，问他：“你爸爸妈妈在家吗？”杨奔的父母很快走出来，他们看着陌生的我，脸上带着几分戒意。

我说：“我是杨奔的朋友，我知道他在哪里。”

他们立即变得紧张起来，杨奔妈妈颤巍巍地走出来，抓着我的胳膊：“他在哪儿？他在哪儿？”

我想了想，说：“我可以带你们去见他，但我希望你们能先回答我一个问题。”

他们狐疑地看着我，刚才的警惕表情又回来了。

“如果杨奔变成了一匹斑马，你们会接受他吗？”我把字音咬得清清楚楚。

我等待他们的回答，却想不到杨奔爸爸一把揪住了我的衣领：“我儿子在哪里?!”

我被吓到了，他的样子像极了一只愤怒的公牛。我叹了一口气，也罢，他们没有亲眼看见是不会相信的。我只好说：“跟我来吧。”

我把他们带到孖山山顶的空地上，杨奔从树林里走出来，他们顿时目瞪口呆。当然，他们可能只是因为在动物园以外的地方看到了斑马而感到惊讶而已。

“爸，妈。”杨奔凝视着他们，“我是杨奔”。

他们猛地一震，杨奔妈妈一脸不可思议地捂住嘴巴，双眼却唰地红了。她全身发抖地走向杨奔，伸出手抚摸他的鬃毛，喉咙像生锈的发动机一样抖出字来：“怎么会这样？怎么会这样？……”

杨奔低着头不说话，眼角挤出一行莹莹的泪。

杨奔爸爸始终没有走近杨奔，他默默地站了好久，脸上的表情却经历了数次起伏，终于，他一句话也没说，扭头走下了山。杨奔妈妈抱着杨奔的脖子一直痛哭，见杨奔爸爸离开，她泪眼模糊地抚摸了杨奔的脸，然后转身走了，她三步一回首，直到消失在迂回的山径尽头。

我和杨奔相顾无言。风沙沙地吹过林间，轻拂着我滚烫的脸庞。

“天歌，你以后不用给我送便当了。”杨奔突然说道。

我问他为什么。

他说：“我开始喜欢上青草的味道了。”

杨奔说，他越来越觉得米饭难以下咽，有一次，他尝试着咬了一口鲜嫩的青草，竟发现它们比他以前吃过的所有食物都要美味，“青草脆口、多汁，胜过一切人间美味，可惜，作为人类的你无法领略这种美食，否则我一定乐意和你分享”，他说。

我生硬地笑了笑，说：“要是我也变成斑马就好了。”

杨奔瞥了我一眼，不以为意。

昨天，我姐姐拿回了一枚全国奥林匹克数学竞赛的金牌，妈妈夸赞完她后对我说：“你以后别整那些颜料了，学学姐姐，好好念书……”我根本没有办法听她念叨下去，回到房间后，我发泄般地把颜料涂满了整张画纸，上面是我画了一个月的水粉画，却被我不用一分钟毁掉了。

所以，要是我也变成斑马就好了。我衷心地想。

## 5

虽然不用带便当给杨奔，但我还是会按时来到孖山找他。我吃便当，他吃草。我们一边吃一边聊天，聊丧心病狂的数学老师，聊各种不同味道的青草，聊三国战记和拳皇，聊中国和美国，聊天南地北，聊这无聊的日子。

第十天，在一个凉风习习的傍晚，杨奔突然对我说，他要走了。

“什么时候？”我问。尽管我多么希望他留在这里，但我没有说出来，因为这很自私。

杨奔说：“我还没确定……也许再过几天吧。”

“这样啊。”我胡乱拨弄着地上的小草，过了半晌，又问，“那还会回来吗？”

“我也不知道。”杨奔说。

“哦。”我呆呆地点点头。

好一会儿，杨奔又叫我：“天歌。”

“嗯？”

“你还记得我的梦想是什么吗？”他说。

我说：“记得。”

一次语文课上，老师问大家的梦想是什么，点到杨奔时他回答要当一名教师，老师说很好，后来杨奔告诉我，其实他的梦想不是当教师，他的梦想是游遍世界，去世界上最大的草原看日落。我问他为什么不说真话，他说他第一次这样回答的时候，当时的语文老师告诉他这不叫梦想，于是他从此把这个梦想藏了起来，发酵成内心深处的秘密。他叮嘱我不要把这个秘密说出去。为了向他保证，我也跟他分享了一个我的秘密：我有一次数学考试不及格，偷了同桌的试卷改成自己的名字交给妈妈检查，妈妈没有发现，还奖励了我一盒新的马利牌颜料。杨奔听完向我竖起大拇指，并承诺打死也不会告诉别人。

杨奔打断我的回忆："我想我很快就要出发了。"

"我要去世界上最大的草原。"杨奔说，"我不知道它在什么地方，也不知道多久才能到，但管它呢，反正我已经在路上了。我也许会跟一条凶狠的野狗成为拜把兄弟，也许会结识别的斑马，它们一定很惊讶我会说人类的语言……对了，如果我不回来，你也可以去找我。那时候我可能和一群一模一样的斑马混在一起，不过没关系，我会叫一个好心的农场主把我的尾巴染成蓝色，他会答应的。如果你来了，看到一只拖着蓝色尾巴的斑马，你就知道那是我了。"

杨奔滔滔不绝地说着，仿佛无边的草原和奔腾的马群就在他眼前。最后，他说："我一定会实现这个梦想的。"

我钦羡地说："真好。"

"你也是，天歌。"杨奔扭头看着我，"你一定会成为出色的画家，一定。"

我看着他的眼睛，那是一双多么炽热、闪亮的眼睛。

于是，我对着这双眼睛说道："嗯，我一定会。"

杨奔继续侃侃而谈，这天他特别"啰唆"，起初我的心情还因为他即将离开而尤为沉重，渐渐地却被他的畅谈感染，开始肆意享受起这山间的徐徐微风，直到夕阳沉入逐渐冰凉的晚霞里。

## 6

杨奔变成斑马的第十一天，他的父母来了，这次他们还带着他的弟弟。

杨奔弟弟一见到杨奔（这匹斑马）立即扑上来，在他身旁好奇地转来转去，还捡来一根木棍戳杨奔的肚皮。杨奔有点不知所措，笨拙地躲避着弟弟的攻击。

杨奔爸爸看了杨奔妈妈一眼，杨奔妈妈来到杨奔面前，好一会儿才开口说道："小奔，你别自己待在这里了。"

杨奔看着他妈妈，十分疑惑。

杨奔妈妈又说："我带你去动物园吧，那里有人照顾你，也有别的、别的斑马，兴许你还能找到一起玩的伙伴，我和你爸你弟弟都会经常去看你……"

"我不去。"杨奔打断她。

杨奔弟弟见妈妈跟一匹斑马说话已经很惊讶，听到斑马说话更是惊呆了，瞪大眼睛问道："你，你是我哥？"

杨奔瞥了他一眼，没吭声。

杨奔弟弟“扑哧”一声笑了：“哈哈哈哈，哥哥，你怎么成了这副德行！”

“小驰，别闹！”杨奔妈妈呵斥了一句，又回头来劝杨奔，“你怎么就这么不听话？现在都这样子了，还不听妈妈的话……”她开始唠叨个不停，跟我妈的语调十分相似，我听得头发都要直了。

杨奔弟弟绕着杨奔，这边摸摸那边瞅瞅，一股满满的新鲜劲儿：“我哥哥变成斑马了！妈妈，我想带同学们来看看！他们一定会大吃一惊！”

“给我滚开！”杨奔突然一声咆哮，一脚把他弟弟踢开。杨奔弟弟跌坐在地上，“哇”一声哭了出来。

“小奔！”杨奔妈妈冲过去抱起弟弟，扭头对杨奔吼道，“你疯了吗?！他是你弟弟！”

杨奔怒视她一眼，撒腿冲进了树林里。

“你去哪里？给我回来！”杨奔妈妈又吼道。

杨奔头也不回地钻进树林，在密密匝匝的树木间飞奔。

我扫了杨奔父母一眼，转身追上去：“杨奔，等一下！”

但他的身影好像抓不住的梦境一样远去，零落的马蹄声越来越小，最后化为看不见的尘埃。我磕磕绊绊地追，最后终于跑不动了，倒在地上气喘吁吁。

我突然笑起来。我真是太笨了。

我怎么可能追得上杨奔呢？他可是一匹真正的斑马啊！

## 7

杨奔消失了。

我再也没有见过他。

我在课堂上常常望向窗外，望着远方连绵成片的白云，幻想在那辽远的天空之下，是否有一片目无边际的大草原。

有时我会独自来到孖山山顶的空地上，一个人吹着窃窃私语的风，偶尔会有只小鸟肆无忌惮地停在我身旁，细心啄食地上的细沙，可我稍微一欠身，它又惧怕得迅速飞走。

班主任向妈妈反映了我经常上课走神的事，妈妈狠狠责备了我一番，并说再也不会给我买新颜料。

那天晚上，我做了一个梦，梦见我也变成了一匹斑马。妈妈抱着我的脖子痛哭，我却安慰她说：“别在意，妈妈，我的身体变成了斑马，但我的心没有变，我依然爱你。”

我没有明白这句话的意思。但是我醒来后，发现自己还是原来的样子，竟觉得有点悲伤。

后来有一天，我无意间在报纸上看到一个全国中学生美术比赛。就在我正要把它揉成一团扔进垃圾桶里时，我突然想到了杨奔。

他已经在路上了，我呢?

于是我把那张报纸重新展开，仔仔细细看了一遍比赛启事。

我的心一下子澎湃起来，它似乎受到某种驱使，让我架起画板，打开残余的颜料盒子，一气呵成地画了一幅水粉画。我画了一匹拖着蓝色尾巴的斑马，他站在一片一望无际的草原上，凝视着远处即将燃烧殆尽的夕阳。我给这幅画取名为《变成斑马的男孩》，寄了出去。

三个月后，我接到了大赛组委会的电话，它们告诉我，《变成斑马的男孩》获得了全国一等奖。

妈妈陪同我去领奖。当我站在领奖台上接过沉甸甸的金牌时，评委老师问我："项天歌同学，我想问一下，为什么你要把斑马的尾巴画成蓝色呢?"

"因为他是一匹自由的斑马。"我说。

"哈哈，蓝色代表自由，很好。"评委老师笑了笑，又问，"你以后会不会考虑当画家?"

我沉默了许久，我看着台下的人群，他们的眼睛有期盼，有羡慕，有赞许，有温和。

最后，我看到了妈妈的眼睛。

我第一次看到妈妈这样的眼神，热切而期待，却又带着一丝不安与歉意。

终于，我深深地吸了一口气，说："我会。我一定会当上出色的画家。"

评委老师赞赏地点了点头，全场掌声如雷。

我走下领奖台，妈妈向我跑来，把我深深地揽入怀里。

"对不起，天歌……"妈妈一边向我道歉，一边簌簌落泪，"妈妈错了，妈妈再也不会阻止你做自己喜欢的事……"

我心头一热，泪水终于奔涌而出，直至号啕大哭……

# 人们终将离开我的世界（节选）

河南大学/丁奇高

## 前　言

又该过年了。审视着自己残缺的身体，我突然产生了一股莫名的悲伤。

在我短短二十多年的世界里，已经有那么多如流星般逝去的生命，命运真的是很无常啊。

我想在另一个世界的他们了，我也想起了我自己。

## 小姑奶奶

秋天来了，知了拼了老命在树叶变颜色前呜呜啦啦地唱歌，一阵秋风吹过带走了知了的绝唱。

我一去姥娘家就生病，一回家见到邻居姥姥和小姑奶奶病就好了。我在家时老是往姥姥屋里跑，姥姥和小姑奶奶让我吃这让我吃那的，比我妈待我还亲。

秋季一开始我妈就追着要我去上学，学校就在我们队后面，离我家不远，我妈自作主张给我领了新书，我看到里面姹紫嫣红的，游着一群大白鹅，我就不生气了。我问我妈我上的是几年级，我妈说我上的是育红班。

那天一大早，我拿着新书就跑进了姥姥屋里，姥姥正坐在草席上缠脚，一圈一圈的布袼绫把腿缠的像是春天的竹笋儿。

姥姥是五十多岁才嫁给邻居老太爷的。他们老两口住在我家院子的前面，他们的土房子面朝北，我们家的房子面朝南，我一出门就能看到他们家。

他们拾了个别人遗弃在荒山上的婴儿，也就是我小姑奶奶。

小姑奶奶总是穿着红棉袄儿，瘦瘦的身子上扎着两个大长辫子，一双水汪汪的大眼睛会说话。体弱多病的她总是领着我玩。

我拿着新书，姥姥在缠脚，一圈一圈地缠着，从脚尖缠到不老盖。突然外面传来响动，我一转身，跑到院子里，是爸爸和老太爷套着牛车回来了。老黄牛无精打采的，鼻子里叹着气，嘴里倒白沫子。

我爸是和老太爷套着牛车去城里给小姑奶奶看病去了。前几天我妈把我送去了姥娘家，我好久都没有见到小姑奶奶了。我高兴得“小姑奶奶，小姑奶奶”地叫着，就朝架子车上被子裹着的小姑奶奶跑去，看她有没有给我稍带什么好东西。我刚跑到小姑奶奶被子前，还没有掀开小姑奶奶的被子，我爸就一下子把我给推向了一边。我没有料到他会这样，我猛地后退了两步还没有站稳，又踩住了脚上穿的小姑奶奶给我新买的凉鞋带子上，凉鞋带子踩折了，我一屁股蹲坐到地上，手里的新书也给摁到了泥上脏兮兮的，我正要张嘴儿委屈地大哭，可站在门口的姥姥却先哭开了。

她不太像是哭，是号啕，是呜呜咽咽，声音沙哑难听，像是鸿雁的哀鸣，张大了嘴巴，拉长了腔调，“闺女呀——闺女呀——，我的好闺女啊——”

“闺女呀——闺女呀——，我哩好闺女啊——”，姥姥站在门闸板前离架子车只有几步远，她却走不动了，秃噜到了地上号啕起来，呜呜咽咽起来。

姥姥这么一号啕，一呜呜咽咽，我不敢哭了。

姥姥这么一整出动静，妈妈也从屋里跑到院子里，我赶紧从地上起来。伯伯和老太爷搀着秃噜到地上的姥姥。爸爸把裹着小姑奶奶的被子又给蒙严实了些。妈妈去搀扶姥姥，伯伯腾出手来。伯伯和爸爸一人抬着一头，把被子里包裹着的小姑奶奶给抬进了姥姥屋的床上。

姥姥被我妈他们搀扶到了我们家院子里，我拍了拍屁股上的土，就赶紧又跑进了姥姥屋里。

我看到床上被子里蒙着的那个人，屋子里静悄悄的，伯伯叫我穿上地上的那只凉鞋，我就跑了出去。伯伯走过去把姥姥屋的门给关了。

爸爸把那根断了的带子用烙馍的烙铁给粘上了，可我以后穿起来总是磨脚，把我脚指头都磨流血了。

大人们都在我们家院子里神神叨叨、窃窃私语，我又一个人偷偷跑进了姥姥屋里，小姑奶奶的被子上面又加了一层白布，我揭开了小姑奶奶的被子。

被子下面是我小姑奶奶。

小姑奶奶从小就有肺病，一出生的时候就被遗弃在了荒山上，是年迈的姥姥把她给抱回来的，这一养活就是十七八年。可小姑奶奶的病情时好时坏，一直看不好。

小姑奶奶闭着眼睛就像是睡着了似的，还是那么好看。她纤细白皙的脖子上还戴着我给她做的玻璃珠子项链，只是她脸色有点儿苍白，我叫她小姑奶奶她也不答应了。

我摸了一下她瘦弱的左手，像是冰块一样凉。她的胳膊上在我的手摁过的地方成了一个浅坑，凹进去后没有平起来。

我又叫她，她还是不答应。我赶紧跑了出去。

姥姥的号啕、呜呜咽咽从我们家院子里传出来，我跑回我们家院子去看姥姥。

姥姥在我们家院子里像是在对小姑奶奶说："闺女啊！闺女啊！我的好闺女啊！你咋不跟娘活啊！我的老天爷啊！闺女你走了可叫娘咋活嘞！"

那段日子家里都忙着到底该怎么给小姑奶奶办丧事，没有人顾着管我。我的脸上长了好几个黑星星。

在一个很黑很黑的夜里，小姑奶奶被草席包裹着悄悄地抬进了坟地里。那是一个很小却很深的坑，有七尺四寸深，小姑奶奶被安放了进去，一锨土，一锨土，把安静睡着的小姑奶奶埋进了黑暗的泥土里。

那一年是一九九四年秋天，我四岁。小姑奶奶的坟头很小，像是她流星般陨落的生命，那么的不起眼。第二年的秋天，小姑奶奶的坟头上盛开了一种淡黄色的小花，妈妈说那是小姑奶奶变成的花，她太年轻变成花又活了。

## 张老师

活泼的小鸟在桐树上跳跃。青翠欲滴的玉米在痴情的生长。喝饱露珠的青色蚂蚱蹬了一下大长腿。

白塔山上的老雕发出了一生悠长的悲鸣。家里的母鸡张开爪子挠墙根。小羊又开始跪着吃母羊的奶。

在正式上学的第一天，我妈把我送到了学校大门口，给我买了新铅笔和作业本，给我了两毛钱后，我妈就回去锄地了。

好多大大小小的孩子都在学校里四处疯跑，我在一边看他们玩。过了一会儿，他们都跑了，校园里只剩下了我自己。我不知道他们都进教室了，我还傻站在外面。有个漂亮的女老师从我身边走过，问我是哪个班的。

我说我是育红班的，她就把我领到了育红班的教室门口，说这个就是我上课的班级。

我走了进去，里面坐满了和我差不多大的学生，讲台上站着一个男老师，有三十多岁，他大声地叫我出去，脸上凶巴巴的，我被吓住了，站着不敢动。

他问我迟到了进教室要打报告，听到了没有？

我不敢说话，心里有些害怕。

他又问，你叫什么名字。

我说，我叫丁奇高。

他让我坐到了最后一排的角落里，还说你的头发太长了，回去赶紧理发，下午再来了要还是这样就别进教室上课了。

我的同桌是田向阳，他住在我们家西边，挨得很近，他胖得像是一个粽子，走着摇摇晃晃的随时都有如鸡蛋般碎掉的危险，他是留级生，我问他这里的老师都很厉害吗？

他告诉我这个男老师老厉害，还打人哩。

回到家，我赶紧嚷着伯伯给我理发，伯伯就从宝英姑家找了个手推子给我理发，我看到手推子刀光闪闪的，以为要把我的头给剪断，吓得掉起了眼泪，伯伯一边给我理发，我一边掉眼泪，伯伯瞅见了，问我咋着了？我没有说是因为我害怕，只是闭着眼睛掉眼泪。

一会儿头发理完了，我发觉也不疼，就又活蹦乱跳起来。

我以为这样就跟别的男孩子一样了。可下午到了学校，同学们都嘲笑我的头。

那个男老师看见我，问我你理发理的是啥？歪头。

那以后，同学们都叫我歪头。我明明知道这是侮辱我，可他们人多我也只好忍着。更难受的是，有的男生叫我歪头还得让我答应，要不答应，他们就开始打我的头，说是把我的歪头给打正过来。

我怕同学们侮辱我打我的头，我就躲得他们远远的。课间十分钟，同学们在到处跑到处玩，可我一下课就偷偷溜走，躲到学校大门口，抱着铁大门看路上过往的车辆和行人，快到上课了我才赶紧跑回去。

我害怕得想哭可又不敢哭，整天是孤孤单单的，田向阳也总是受人欺负，他太胖了跑不动，同学们追上他就欺负起他了，把他推倒在地上，在一旁起哄看他半天也站不起来，像个蚕蛹一样在地上爬，后来我才知道他有软骨病。

那个男老师姓张，是我们的班主任，他教我们拼音、算术和画画，田向阳在课堂上给他打报告，说有谁谁总是强势他，张老师就问我，我说那谁谁谁也强势了我。张老师就哈哈大笑，同学们跟着也哈哈大笑。张老师说，你们俩真美了，可对把子，别哩恁些人不强势就强势恁俩，真出邪了。

一到快放学，我就盼着赶紧回家，家里有我姥姥、爸爸、妈妈、伯伯们呢，他们谁也不打我谁也不骂我。

有次上午的课间休息时间，我站在花池旁边，有个男生叫王贝贝，他哥叫王耀，他们俩和我上一个班，我站着没有动，他突然过来把我推到了花池里，我一下子仰到了花池里的老松树上，头发上、脖子上、衣服里，都扎满了刺，我“哇哇哇”地大哭起来，把以前的委屈都倾吐了出来，伤心的肝肠寸断。

有同学告诉了张老师，张老师过来看了看我，把我头发上的松树针给拍掉了，还对我说没事儿，就是吓着了神经受了点儿刺激，叫我回去别给家长说。

临放学回家时，王贝贝和王耀把我挤到学校门口，指着我说，回去敢给恁爸妈说明天上学来就打死你。

回了家，我想起我爸跟我说过好多遍到了学校别跟人家打架，我不想和我爸说。再者我要是给我爸说了，明天王贝贝和他哥王耀要是合伙打我了怎么办？我就一个人在老太爷的屋里哭。老太爷问我咋回事儿？我就给我老太爷说了。我老太爷又把我爸叫过来。我爸就去王贝贝家找他去了，王贝贝他妈掂着破鞋打了王贝贝一顿，王贝贝好几天都没敢去上学。

第二天一大早，我爸说让我先去上课，我不知道我爸随后就去了学校。第一节课是张老师的拼音课，刚下课，我爸就到了门口。张老师还没有走下讲台，我爸就冲着张老师说，你是张老师，走，跟我见校长去。张老师愣了一下，嘴里吞吞吐吐的，问找校长干啥？我爸大声呵斥去校长那里说啥是歪头？说着，我爸就气势汹汹地走上前去，一把抓住了张老师的衣服领子。张老师在讲台上想挣脱。我爸一把就把他从讲台上给摔到了教室门口，紧接着把张老师摁到了地上，说你老兴啊，走，去校长那儿说去，啥叫回家不要给家长说。

张老师想反抗，我爸一用力把他摁得更死，说你还嫩着哩！张老师知道不是我爸的对手，就求饶，说他错了，先让他起来。

刚刚下课，来看热闹的学生越来越多。

张老师扭头给俺爸说他还没有转正呢，赶紧放他起来。我爸说你说你还敢说俺孩歪头了不敢？还敢不敢撺掇住同学强势他了？张老师说他不敢了。我爸就把他放了。

从那以后班级里再也没有人敢骂我歪头了。也就是从那时起我知道我的头真的是歪的，我和别人不一样。那是一种先天性残疾，和霍金类似的病。

有一天是张老师的画画课，外面刮起了大风，尘土飘荡，天昏昏沉沉的，教室窗户上的一块玻璃也被挂碎了。不知道是谁用泡泡糖在张老师屁股上粘了个小纸条，纸条上画着一个小乌龟，配着用拼音写成的“张老师，大王八”。

有个俏皮捣蛋的男生诬陷说是我粘的，张老师愣了一会儿看了一眼那个男生，又看了一眼低头的我，坐在讲台上，眼泪竟然“哗哗哗”地流了下来。教了不到半年的张老师教五年级去了，换成了那位给我指教室的漂亮女老师，那女老师对我可好了。

后来，我才知道张老师一直没有转正。二〇〇〇年以后，所有不能转正的民办教师开始陆续被辞退，张老师也在其列。

二〇〇九年时，我去白塔山上赶庙会，发现他搁到会上摆摊卖盗版书哩，他好像是没有认出我，还向我推荐一本厚厚的《红楼梦》，说看我像是学生五块钱便宜卖给我，可我当时没有钱不舍得买，要是早知道以后想买也买不了了，当时我说什么也得买。

大前年，我考上了河南大学，我和我爸往山上拉粪，他在路上见我了，还夸我呢，说他教了恁些学生还没有一个像我一样能考上大学哩，他问我是不是一本，我不好意思只好说是，他听了脸上露出极其骄傲的表情，扶了扶眼镜片，满意地走了，我当时心里一酸差点儿流下眼泪，内心受不了这么大的反差。

二〇一二年底我从开封回来在村子里路过张老师家，刚好我就想起去看看他，送他一包开封的特产花生。我一进门口，就听到他们家门口一个邻居说，“张神仙”他学生来看他老师哩，河南大学的大学生，另一个邻居说麻利看看吧，再不看就看不着恁张老师了。（注：张神仙是他的邻居们对张老师的戏称，带有嘲讽的意味。）

张老师胃癌晚期，形容枯槁，病入膏肓。他热泪盈眶地和我推心置腹地说我是这么多年里他教过的第一个来看他的学生。他衰老得非常严重，皮包骨头，满身刺鼻的药味，我距离他很远就呛得出不来气，想呕吐，他和我第一次上课见到他时判若两人，那时他才三十来岁，满身阳刚之气。

当天夜里张老师就去世了。

天地良心，他身后的那张纸条真的不是我粘的，他没有转正应该也和我爸找他没有关系。那时有很多民办教师都没有转正，我在心里这样安慰自己，也许张老师早就忘了这些吧。

我没有看他的葬礼，听说他的棺材里面放着一个小黑包袱包裹着的骨灰，整个棺材里面空空荡荡的。他的妻子把他生前没有卖完的近千本书给塞了进去，塞得满满的，里面充实了起来，伴随着他缓缓地沉入了墓坑里。

## 小　静

自从换成那个年轻漂亮的女老师后，我的成绩快速上升，接连在课堂上受到漂亮女老师的表扬，我很快就忘记了张老师带给我的阴霾，恢复了快乐的童真童趣。

育红班下学期开学不久，春姑娘带领着穿花衣的小燕子回到了阔别已久的大地，整个世界顷刻间染成红的绿的，生命开始新的一轮生长。这个时候我认识了一个比我大五六岁的女孩子。

她住在六队，我家住在七队，六队的地在七队西边，一天，我在家门口见到她挎个大篮子，她的篮子里装得满满的，都是青草。

我家前面的姥姥和老太爷也喂的有牛和羊，我就也想去薅些青草回来喂。

我大着胆子装成小大人的口吻问她，你明天下地薅草还从这经过吗？她说过，还对我明媚地暗笑。我问她叫什么，她说她叫小静。她问了俺妈我叫什么，俺妈给她说我叫奇高。她就挎着篮子走了。

第二天我刚吃过了早饭，她就在我们家院子外面叫我了，我妈给我找了个用塑料绳子编制的提篮，我就飞也似的跑了出去。我妈的声音又在后面撵上我对我说别薅太多了，你别挎不动喽。

我和小静去了西地。小静是他们家老四，她上面有三个姐姐，下面还有个弟弟，她的爸爸是兽医，但也给人看病。

她的右眼像是一个黑黑的乌梅，看起来挺吓人的，不过我一点儿都不怕，因为小静一直在对我明媚地暗笑。

我们到了西地，麦苗绿油油的，到了我脖子那么高，我一蹲下来麦苗就埋住了我，小静一蹲下来也能埋住她。我们俩都坐到了麦地里。风吹麦浪，呼呼的高低起伏像是大海壮阔的波涛。

小静问我上几年级？我说我在育红班。她又问我在学校里都学些啥？我说学的有拼音，a o e ，还有加减法，一加一等于二，二加二等于四……

我问小静，你咋不上学嘞？她说她爸妈不让她上，让她搁到家下地干活哩。我说，你的眼咋啦？她说是小着些让海青家的骡子给踢住了，就成这嘞。

“哦，疼不疼啊？”我问。她说早些疼现在不疼了。

我们俩在麦地里薅的有又长又壮的野菇苗，有细细翠翠的芨芨草，还有大大成一片的马齿草。小静说她知道一种坑麦，长在坑里边，薅出来也能喂羊。我就跟着她去薅坑麦。

坑麦其实就是浇地的时候被水冲散了土的麦苗，露着麦根，一薅就薅出来了。

我问她这种麦子人家叫薅吗？

她说叫薅，这也是草，冲走了泥土的麦子长着长着就倒伏了，结不了麦子，我们就找起了坑麦。

我们俩的篮子都装满了，可是我挎不动我的提篮，我太小了，还不到五岁。小静一个胳膊挎着她的篮子，一个手帮我拉着提篮的一根带子，我用双手拉着另一根带子。我走一会儿使慌了就把我的篮子放在地上歇一会儿，她还挎着她的篮子站着等我。

她帮我把篮子挎到了家后就回去了。

羊和牛看到了青草，疯了似的欢喜，仿佛要把缰绳撑断。妈妈把篮子里的草一半扔给了拴在白椿树上的老母子羊，一半扔给了拴在洋槐树上的老黄牛，羊和牛大口大口地咀嚼着连头都不抬。我说我饿了，我妈就给我卷了个砂糖馍。

后来我才知道，小静一生下来右眼就像是乌梅一样，那时她家已经生了三个女孩子了，计划生育抓得紧，他爸妈就把她给送了人，过了四年他爸妈又生了个男孩子，她家又把她给要了回来。她在家里的地位连猪狗都比不上，家里什么脏活累活都让她干，过着非人的待遇。

有一次我去她家里看病，在她家里见到了她，她妈让她喂猪，她连和我说话都顾不上。她睡的床是一块木板支的。

我上初一的时候，听说她嫁给了一个瘸子，她先是生了一个女儿，有一次我在她妈家门口见到了她，她抱着女儿回娘家，可是她早已经忘记了我，我们擦肩而过，我凝视着她那只乌梅一样的眼睛，直到我们相互走远。

听说她丈夫对她挺好的，要给她治好眼睛。

最后一次听说她就是在二〇〇八年冬天了，她生第二胎时大出血，孩子和大人只能保住一个，那是一个男孩，她劝丈夫选择保住孩子，最终孩子是保住了，可她却……剩下的话我不想说了。

去年春节，我见到她的丈夫瘸着腿领着一个十来岁的女儿和一个五六岁的儿子来丈母娘家串亲戚。她的女儿很漂亮，一双眼睛像是一汪秋水。

## 漂亮的女老师

那个年轻漂亮的女老师只教了我半年。期末的时候学生们都在疯传说她怀孕了。我也发现了她的肚子鼓了起来。有一天，我对她说老师你怀孕了吗？她羞红了脸，摸着我的头说我这么小就懂这么多。我感觉受到了鼓励，就小声对漂亮的女老师说我想听听你的肚子。女老师警惕地笑了，说听我肚子干啥嘞？想要耍流氓吗?！我也笑了，一边拿着手里的铅笔在作业本上乱画，一边小声地说我想听老师肚子里的小妹妹说话。

你怎么知道我肚子里的是小妹妹？女老师问。

我回答说老师真齐整，当然也要生个齐整的小妹妹啦。

放学了，漂亮的女老师叫我帮她拿书。我跟着她回了她住的地方。她挺着大肚子真的要我趴上去听。我站着不敢动。

漂亮的女老师有些生气地说，你不是要听我肚子里的小妹妹说话吗？要你听了你怎么又不听了。

我用左耳朵轻轻地贴了上去，女老师的大肚子很软很热，还有一股好闻的气味。我刚上去不一会儿她就迫不及待地问我听到了什么？我说我听到了小妹妹的呼吸声，小妹妹很乖在你肚子里睡觉呢。漂亮的女老师很开心，夸我又聪明又可爱，还给我拿了水果让我吃。

漂亮的女老师问我，你很喜欢小妹妹啊？我说我肯定喜欢啊。

漂亮的女老师又羞红了脸说，你怎么这么小就喜欢小妹妹啊。我自己也挺不好意思起来。

漂亮的女老师在嘴唇上抹口红，我在认真得看着她抹。也给你抹一下吧，我吓得赶紧捂住嘴巴，说我不要抹太红了好吓人啊，抹了会把人给吓跑的。漂亮的女老师“咯咯咯”地笑了起来。

育红班放假后，我就再也没有见到过她，她调到城里的学校当老师去了，听说她真的生了一个漂亮的小妹妹，她们在一次回家的路上出了车祸……

漂亮的女老师姓吴，叫吴雨晴，漂亮的小妹妹叫小鸽子，很早就飞走了。

## 奇花表姐

奇花是我的表姐，她妈是我妈的亲姐。

但我们家还有一层更复杂的关系，她奶奶是俺姑奶，亲的，我亲老太爷亲生的女儿。我在前文说的那个邻居老太爷是我亲老太爷的叔伯弟。

我爸之所以能娶到我妈，就是多亏了我姑奶是我大姨的婆婆这层关系。

奇花姐比我大十一岁，她们家开的造纸厂，里面有好多书，那时候流行去造纸厂用废书纸换胶布。

我姥姥去世的那个夏天，我们家在山上种得有西瓜，我和老太爷在瓜地里看瓜。一天下午，我表姐来了，我就领着表姐摘瓜吃。

我表姐问，奇高，你懂哪个瓜熟哪个没熟吗？我说我懂啊，西瓜藤旁边的触须发黑了就说明西瓜熟了。

给我表姐摘了个六七斤大的西瓜，没有刀子，我就用手给捶开了，红沙瓤，表姐说你们家的瓜好甜啊，我说那当然了，这是白塔山阳坡的山地瓜，表姐一个人就吃了大半个。我又给表姐摘了五六个装到肥料袋里，让表姐带回去吃。临走了，表姐说要把我带到他们家玩几天，我说我妈要我在地里看瓜哩，怕不让我去。表姐就带着我跑回去问我妈，我妈说中，交代我表姐说我晚上睡觉太赖，我表姐说让我跟她睡。

我就去了表姐家。

表姐家有钱盖的是楼，她待我可亲了。

表姐说我的眼睛一个高一个低，跟别人的不一样。我说我一出生就是这。大姨说是她先发现的，我妈把我生出来一个多月都没有看出来我有病，我说我妈真笨，要是我的话我早看出来了。大姨笑着说我那时候连话都不会说，摸门当窗户。我笑了，表姐也笑了。

晚上睡觉，我大姨说让我和奇星哥睡在一楼，我说好。可我奇花姐说我还小就让我跟她睡，我们就去了二楼。

那是大夏天，表姐的床上铺的是小竹子块串起来的席子，睡在上面很凉快。

睡觉前，表姐说，我要尿的话就告诉她，我说我想尿，表姐领着我到外面走廊里，让我蹲在走廊里尿。我尿完了，我问表姐说姐你也尿，表姐说不用管她。

表姐就搂着我睡了起来，起初的时候我知道我是跟我表姐睡的，可后来我就忘记了，还以为是跟我妈睡呢，就胡乱摸了起来，想找那啥呢。

到了第二天一大早，我睡醒了，我表姐说没想到我睡觉真赖，我才想起来我一定是摸那啥了，可那时我还小嘛。我表姐说我晚上睡着睡着转了一个身，腿都翘到她脖子上了。我一看，我掉了个头，明明我是和表姐睡同一头的，却睡到了和表姐相反的那一头。我自己也大惑不得其解。

第二天表姐领着我去姑奶家，姑奶家有四个儿子，姑奶住在老四家。姑奶家开了个小卖部，见到了姑奶，她又是给我吃大大泡泡糖，又是给我吃巧克力，姑奶说她们家的大大泡泡糖三毛钱一个，别处都是卖五毛钱一个，她们家的卖得便宜。四表叔家的大儿子奇豪把他的《海尔兄弟》和《黑猫警长》连环画送给了我，四表叔家的二儿子奇洋送了我一盒枪子，枪子是塑料的，圆形的像是糖豆那么大，临走时奇星表哥把他的枪送了我一把。

表姐又领着我去了北地的造纸厂，给我捡了一大包胶布。

我一共在表姐家住了两天，都是跟表姐睡的。

第二夜我表姐搂着我睡我还是不安生。开始表姐问我咋啦还不睡着，我说我想我妈了。表姐问我你睡觉还摸那啥啊？我点头说嗯。我表姐还呵呵笑我呢，说我都多大了，我说我那啥我还吃呢。不过后来表姐搂着我就睡着了，我睡着后发生的事情我就什么都不记得了。

表姐身上有一股香味可好闻了，我老喜欢闻，表姐说她抹的是香水，我说我也要抹，表姐说这是女孩子抹的，我说我也要做女孩子，表姐就给我也抹了。

表姐还给我包了红指甲，从植物小大红的花朵上摘下来的花瓣摁到指甲盖上用叶子包起来，过会儿揭开，红红的像是红辣椒一样鲜艳。

时光如梭，岁月也如梭；时光如箭，岁月也如剑。如果十九岁的表姐在感情遭遇挫折后没有那么容易就想不开，只是一个人偷偷跑到白塔山上，站在高高的白沙塔顶上吹吹凉风，看看远方美丽的风景，那么她现在也应该从花季雨季的清纯美少女蜕变成性感诱人成熟艳少妇了吧。

表姐身上的那股好闻的香水味道永远都在我的记忆里发酵扩散，如一杯陈年老酒越发有味道，偶尔我把自己带回那迷人的醉意里，不愿独自醒来。

## 尾　声

日子一天天过着，一年又一年。清明我来给已故去的人们上坟，重阳我在山顶孤独的思念，失眠了我在午夜里不断地辗转。

春种秋收，夏播冬藏。我残缺的身躯还担负着时代强压给我逃离农村、趋炎城市的艰巨重任，我处在农村和城市的夹缝中，压得喘不过气来，而未来还遥不可及。

每当冬天的白雪覆盖住了村庄的同时也把坟地覆盖住了，但等到残雪化尽，封存的记忆再次生长，那些曾经的人和事就会不断地浮现。

记忆中的坟地终究会越来越低越来越小，岁月中的爱恨情仇终究会日渐淡忘。

人生最漫长的离开是死亡，人生最短暂的离开也是死亡。来到这个世界上，人们最后不管以何种过程离开你的世界，其结局都是一样的，死亡，连你自己最终也不得不离开你的世界。

在浩瀚的夜空中，旧的一年走了，新的一年又来了，我想起了他们就如同想起了我自己，他们如果想我了就托个梦知应我一声吧！

# 飘逝的诗

上海师范大学/寒　木

## 一

柴世明开了一家不大不小的饭馆，由于饭馆地处人群集中的位置，所以生意还算不错。

这天，当柴世明正忙活着打汤时，突然接到了一个电话。他拿起手机一看屏幕上的号码，心就悬在了半空中。他想，这又不是期末考试之后要开家长会，班主任打电话干啥呢？估计着，准没好事。

“喂，柴文博的家长吗？”

“嗯嗯，是，你好。”

“赶紧来一趟，柴文博出事了！”

听到班主任用十分紧急的语气说出这些话，柴世明神色大变，扔掉了手里的勺子。

“啥事？”来到这里，全然是为了儿子，可如今班主任竟然说儿子出事了！柴世明急切地问道。

“你先来吧。”

说完，班主任就挂了电话，听筒飘浮着嘟嘟的声音。声音回响着，传进柴世明的耳朵深处，使他的脑腔鸣叫起来。从班主任的三言两语中，他已经很是清楚，这次事情非同小可。以前儿子无论是考试不及格，还是作业拖拉，班主任都只是轻描淡写。但今日，班主任对分数和作业只字未提，难道还有比这更重要的事儿？

柴世明意识过来后，把手机从耳边拿了下来，他不知道儿子到底出了什么事，开始胡乱猜了起来。他想，莫不是儿子在学校顶撞老师即将被开除？可儿子姥姥实实，应该不会违反纪律啊。莫不是儿子将同学打伤致残？但儿子弱不禁风，连自己都不能保护，决然不会去打架斗殴的。莫不是儿子见色起意侮辱了女同学？这更不可能，小小年纪，根本就不懂那事儿。

想了许久，没有想出个所以然，可班主任为啥又不明说呢？思索间，柴世明已经换了一身体面的衣服，准备去往学校。妻子看他脸色不对，就问他何故，他快速地将事情跟妻子说了一遍。妻子听罢，六神无主，也要赶去。柴世明让她照看着生意，自己骑着车子便急匆匆地走了。

路上的他还在想，儿子到底出了什么事呢？

## 二

柴世明本来不住在市里，只是在两年前，当他的儿子升三年级时，他们一家才搬到这里来。

刚开始，生活在农村的柴世明开了一家馒头厂，主营各种馒头和花卷。结婚之后，日子过得还不错，柴世明也胖了不少。因为人们越来越喜欢买馒头吃，再加上柴世明做出的馒头要形状有形状，要手感有手感，所以顾客犹如六月的梅雨一样，连绵不断。

吃馒头的人越来越多，柴世明的生意越来越好。在结婚一年后，他的儿子文博便呱呱坠地，像是知道到家里生意火爆想赶紧出生享福一样。柴世明想好了，等儿子长大了，就把蒸馒头的秘诀传授给他，算是子承父业。

在他们小镇上，儿子继承家里生意的例子比比皆是，不足为奇，很多人都走这条路。比如张老五，他爹卖猪肉，他也干起了这个行当，他的儿子已经做好了接班的准备。接班，这是个不错的窍门，招牌不变，顾客就不会流失。柴世明在这样的一个环境中长大，所闻所见也都是这些，所以当他看到自己的生意越做越好时，便连下一代的事情也安排妥当了。

本来是这样的，但是一场风波改变了他的看法。

小镇流行做生意，但不流行上学，谁家的孩子要是上学，那可真是一件被人耻笑的事情。就说与柴世明同村的老财迷。老财迷真名叫什么鲜有人知，可此号伴他多年。由号可知，他非常爱财，平日里就像是铁公鸡一样，一毛不拔。老财迷虽然爱财，但他居然允许他的儿子去读书！读完了小学，又要读初中，初中读完后，竟还去读了高中。从几年前，大家就开始嘲笑他，说他脑子被驴踢了，说他有钱没地方花了。他听了，也不作声，只是笑笑，像是避免别人的嘲讽，也像是嘲讽别人的无知。

犹如播种后的收获，数年之后的今天，谁能想到他儿子竟然考上了大学！这件事让老财迷扬眉吐气，要知道，在这之前，村子里是从来没有出过大学生的。所谓的大学生，对他们来说只是水中之月。别说他们村，就是整个镇子，大学生的数量也是凤毛麟角。在大家心目中，大学生好比匣中宝物，光芒万丈，价值连城。

柴世明发现，在老财迷的儿子考上大学之后，老财迷可高兴坏了，他看起来比他儿子还高兴，好像回到了二十多岁的精神头儿，每天都笑容可掬。走在大路上，他的眼睛里写着骄傲，积极地寻找着别人的目光对视。他的嘴巴半张着，露出一排整整齐齐、令人自豪的好牙齿。他的额头点点抬抬，向别人打着热情的招呼。这还不算，过了几天，当柴世明打开电视机的时候，他一看，嘿！老财迷还上电视了，他们一大家子，还有亲戚朋友，风风光光，都在电视上晃动。他儿子披红挂彩，好比当年的状元郎一样。

老财迷逢人便说："哎呀，享福啦！儿子毕了业就在大城市坐办公室吹空调啦！"

大家投去羡慕的目光。

老财迷背着手，接着说："'万般皆下品，唯有读书高'啊！读书人都是使脑子的人，不像咱，面朝黄土背朝天。以后，儿子就不需要再出体力干活喽！"

大家有些嫉妒了，忽然觉得读书人是那么光荣，那么高尚。

老财迷掀掀帽檐，昂着脸又说："儿子以后算是享福喽！进了大城市，进了事业单位，那就有地位啦！穿着西服，开着汽车，夹着公文包，谁见了都得竖起大拇指！"

大家听着他的描述，想象着他儿子日后的发展情景，想象着自己向他点头哈腰的情景，想象着他高高在上的情景。然后，跟没有地位的自己对比着。对比之后，大家唉声叹气，自惭形秽，好似自己就是一个丑八怪，只能默默认命，独自悲伤。

老财迷说完，看着大家羡慕的神情听着大家赞扬的语气，脸上堆满了得意的笑容。

经过老财迷这么一说，大家如梦初醒，觉得以前自己深陷在泥潭之中，走不出来。也觉得自己如同那井底之蛙，不知外面的世界有多么丰富多彩。而现在，猛地全明白了，而且是大彻大悟。柴世明更是如此，他一看，不对劲儿，心想，要是儿子以后接了自己的班，当个卖馒头的，而人家都在大城市里当着官做着医生，那多丢人啊！也不是自轻自贱看不起自己的行当，可跟那些体面的工作相比，就是很没面子嘛！

柴世明看看六岁的儿子，开始打算改造了，就像是将铁锅放进熔炉改成铁碗一样。他的儿子叫文博，他小小年纪，虽然顽皮，但是个奇才，能吟诗作赋。

在他六岁半的时候，去了村里的学校上学，说是学校，其实只是一间大房子，里面可以坐八九十个学生，有一年级的，也有二年级、三年级的。学堂有一个老师，他是柴世明的哥们，读过初中，毕业之后就办起了学堂。按他的话说，在古代他就是秀才，秀才是可以教学的。柴世明知道他打小就爱看书，胸有点墨，可以为人之师，于是便把自己那顽皮捣蛋的儿子交给了他。

半年后，柴世明听哥们说，他儿子的数学试卷总是空白，上了半学期连加减乘除都分不清楚。他哥们还略带讽刺地说，可真是有其父必有其子啊！这句话让柴世明有些尴尬，感觉儿子的笨似乎是遗传了他的不良基因。

但是柴世明不得不承认，他的儿子在数学方面的确跟个傻子一样。比如有一次，他儿子惶惶恐恐地跟他说，不好啦！老师说谁在前面先算谁，我坐在最前面，他要算我啊！柴世明听了之后气不打一处来，大叫，这是我的种吗？他媳妇听到这句话还差点跟他吵一架，维护着自己的贞洁。不过柴世明没工夫跟媳妇胡搅蛮缠，只对儿子怒目而视。

柴世明觉得，这明明就是加减乘除运算法则，他连这都不懂，要他何用！以后卖馒头说不定找人家零钱都能找错，人家给十块钱，他找人家五十块。看着儿子稚嫩的面容、大大的眼睛、小巧的双手，柴世明的爱欲和控制欲同时喷薄而出。

他想要去老财迷那里求取真经，想问问有何方法能让儿子练成大学生。可去了之后，老财迷推三倒四，语焉不详，一会抠抠脚，一会挖挖鼻孔，不是说天气不错，就是说地里的庄稼要有好收成。柴世明一看，心里便知，这分明是不想传授经验。

看到老财迷那副编来编去的样子，他心里就有口闷气。他想通了，就算生意再忙也不能不过问儿子的成绩，生意好坏无所谓，反正只要饿不住肚子就行，但如果儿子的成绩不好那就会没有出息！就会被人看不起！绝不能这样，要让老财迷那个老家伙看看，自己也不是吃素的，照样能培养出大学生。

## 三

虽然文博的数学成绩不好，但是他出口成章、诗才过人。他从小就喜欢东张西望，望到自己中意的东西，便凑上去一睹究竟。这可能是他擅长作诗的重要原因。

他喜欢在大树底下观看蚂蚁，喜欢在河边戏玩清水，喜欢游玩名胜古迹。在大树下观看蚂蚁，他写出了《蚁军》：树浮碎影忙，暮色隐斜阳。黑蚁黑触角，一摇一缕殇。在河边戏玩清水，他写出了《月夜》：黄鸭嬉汀渚，水波荡清露。小风吹细月，悠然天上浮。在花戏楼游玩一天，他写出了《花戏楼》：花戏台上楼，花戏犹唱忧。琵琶孤影望，枕湿噙满愁。

这样的事情如无边落木，不胜枚举，只要文博睁着那闪烁着光芒的眼睛，诗篇就源源不断地从他口中流出来。

柴世明在最初的时候还比较喜欢儿子在这方面的聪颖天资，可现在却不以为然，觉得他不务正业。一个学生，哪能天天弄这些没用的东西呢？要是在盛唐时期，兴许还能得到皇帝的褒奖赞许。像那李白，才华横溢，作出了许多首脍炙人口的诗。皇帝闻名，欣赏有加，让他入朝为官。可如今，写诗能干什么？说不准连吃饭都要别人施舍！就算以后可以养家糊口，这也算不得什么正当职业，跟卖馒头一样，都是些野路子，不体面。只有那读书考学，才是正路，才是一条通往荣华富贵的大路！

除了数学成绩不好外，其实，文博的语文成绩也只是差强人意，并不是出类拔萃。有一次，柴世明想考考他，便拿着他的语文教材，命令道，背首古诗《咏鹅》。没想到，他开口就来，“千里碧城湖，但见百里污。白鹅游黑圈，油羽不沾毒。”柴世明听罢大怒，往他头上敲了三下，骂他乱说一气。文博挨了揍，不服气，为自己辩解着，说我看到的鹅就是这样的啊！

柴世明大怒道，以为老子不知道那首诗吗？无论怎样，老子也是小学五年级毕业的！柴世明看他这个状态，十分着急，心想这样下去的话，连初中都未必考得上，更不要提大学了。若是上不了大学，那可怎么脱离农村走向城市啊！

文博显然没有在意他的责骂，嘴里念念有词，像是思考着什么事情。柴世明背着双手，走来走去。他宽阔的前额渗出点点星星的汗滴，眉头紧紧地皱在一起。他脸挂愠色，红红的脸上写满了恨铁不成钢的情绪。

憋时长久，瞬间爆发。只见柴世明猛一拍桌面，桌子上的茶杯、果盘就蹦到了空中，接着东倒西歪地落了下来。他一转身，上来踢了文博一脚，冲击力让文博一下子趴在既寒冷又坚硬的地上。

“不打不成器，你就该挨揍！”柴世明点着文博的额头斥道。

文博抹着眼泪，红着眼睛，哼哧哼哧的，不敢说话，也不敢乱动。他渴求地看着母亲，可是母亲没有拉住父亲，而是在责怪着他。她抹了抹眼泪，有些哽咽，抚摸着文博的头发说，儿子，你怎么这么不争气呢？家里给你吃给你穿给你钱花，你还不好好学习，你对得起谁？说罢，母亲的眼泪在眼眶中更加汹涌，一会儿便泪眼婆娑。

随着妻子的哭声，柴世明上去拎起文博，扒开他的裤子，朝屁股上狠狠地打着。他用力过大，只一巴掌下去，文博的屁股上就出现了五个手指印痕，一道道的，像红色的油漆。他妻子见状，瞬间心软，又是哭又是骂，干吗下手那么狠！怎么说他也是你儿子！柴世明转头厉声喝道，我教育孩子，你不要问，他不好好上学，以后人家的孩子都上大学而他打牛腿，我的脸往哪搁？我跟别人站一块儿都得矮一头！说罢，指着儿子命令道，给我写作业去！

文博这才站起来，哭着去拿那印着喜羊羊图案的小书包。晶莹的泪珠从他那犹如黑豆的眼睛中往下滴落着，落到了课本上，落到了本子上。

## 四

过了一段时间，柴世明看这样下去也不是办法，就打算把文博送到镇上去读书。他觉得就这么一个儿子，可不能影响了他的前程，若有一点闪失，那就后悔莫及了。

在镇上小学开学前的那天，柴世明给儿子买了好多东西，买了一个崭新的书包，买了五十只铅笔，买了三十个本子，买了十个橡皮擦。买好过后回到家，把家里打扫了一遍，在香炉里点了三炷香，又在方桌上给列祖列宗摆上了丰富的贡品。接着，他无比隆重地把自己的爷爷和父亲请了过来。他爷爷年过古稀，头发斑白，皮肤上布满了褶子。他父亲将近五十，喜欢穿着西装和布鞋。他们二老分别坐在堂屋的椅子上，柴世明站在一旁，只听他大喊一声，跪下！儿子双膝一屈，跪在了他们的面前。

柴世明的爷爷抚弄着胡须，低沉而严肃地说："重孙儿啊！你要记住，为了我们这个家族，你要努力读书，出人头地！正所谓'吃得苦中苦，方为人上人。'"说完，他乐呵呵地笑着，继续说道，"你以后的日子过得舒坦了，到时候我也该命归西天了！不求别的，你能给我立个碑记，我地下有知，也会感到自豪的！"说着，笑着，脸上盛开出一朵美丽灿烂的花，眼中洋溢着满满的幸福。

文博迷惑地点了点头。

柴世明的父亲接着说："'书中自有颜如玉，书中自有黄金屋'！孙儿，时刻牢记你身上的责任，考上大学，光耀门楣，不要让我们失望！"说完，又说，"考上大学了，就能到好地方去，那里要什么有什么。我也不求能享到你的福，你过得好就行了！"

柴世明等二老说完，才开始开口说道："儿子，咱家没出过大学生，我小时候家里穷，没读多少书，现在有条件了，你可不能辜负我们的期望！寒窗苦读，也不过十几年，吃十几年苦，总比吃一辈子苦好。以后进了政府的大门，咱也有地位了，就不用再受那些人的白眼了！”

文博磕了三个响头。

次日早晨，当柴世明送文博上学的时候，文博跟他说昨晚做了一个梦。他问，什么梦？文博说，我梦到了大鹏。他问，然后呢？文博说，大鹏背宽万里，翼如青云，它可以轻而易举地越过大海，飞过高山。可是，在必经之路上，有一张大网，大网无形若有形，有形若无形。大鹏本来满怀信心，昂首飞翔，但飞着飞着，突然，大鹏不幸地钻到了大网里面，它扑扑嗒嗒，可身上越来越黏，直到筋疲力尽不能动弹。

柴世明听罢，说道，你是动画片看多了吧，净瞎想一些没用的东西。好了，以后不许看动画片了。文博听了，很后悔跟他说这个梦，以至于连动画片都看不成了。

文博去了镇上的学校，但成绩依然如故，没多大起色。柴世明没有办法，只能把日常生活的重心放到儿子身上，每天都盯着他学习。只要文博回到家，就必须让他做题目，背课文。这样过了一段时间，效果还不理想。这时，他发现，村里的人大都把孩子送到市里的学校上学了。去市里上学，这如同是去淘金一般，仿佛只要去了，便能满载而归。

柴世明突然有种恐慌感，他觉得，别人都要超过他了，别人的孩子都要超过文博了。这种恐慌感像是一阵钟鸣，在他的内心深处回荡不绝。镇子与城市相比，那镇子里的教育太落后了。柴世明在心里盘算着，过几年要升初中，如果不能升入一所好的中学的话，那未来实在堪忧。

经过打听，柴世明得知许多人都去了享有盛名的晨辉小学，晨辉小学犹如虎狼，每到学生升初中的时候，升入名牌中学的学生可以达到全部学生的百分之九十。而乡镇的小学，则远远不如，甚至就不存在名牌中学升学率。

柴世明二话没说，不假思索地坐上了城乡公交车，慕名前去。去了之后，他见到了晨辉小学，那里的一切，都比家乡好上太多。唯一不好的，就是学费太贵了，一年就要三千块，比高中的学费还贵。这还不连住宿费，加上住宿，那更多了去了。柴世明有些犹豫不决，但当最后看到成群结队的学生时，他猛然拍了板，决定要把儿子送到这里。他想，不下点血本，是不会见成效的！

## 五

为了让文博接受先进的教育，从而不比别人落后，柴世明举家搬到了市里。可搬过来之后他才知道，晨辉小学规定，要想进入学校受教育，必须要在开学的时候参加入学考试，哪怕是幼儿园升入一年级，也要考试。如若不然，那么就得在附近的小区买一套房子，这样也可以入学。文博转来的时候，该上三年级了，但是考试很不理想。为了不让梦想化为泡影，柴世明一咬牙买下了一套小区的门面房。

晨辉学校是封闭式的，到了周六周日要举行周考，每个月末要举行月考，所以学生不到放假是回不了家的。在平日里，作息时间也是非常紧张，无论是一年级还是六年级，都是一样。

由于想让班主任对文博上上心，柴世明就专门请班主任吃了一顿饭，他知道，家长请班主任吃饭，是让班主任特别照顾孩子的必修之课。无论学校怎样规定，归根结底还是要看班主任的脸色。在饭桌上，柴世明表达了自己的愿望，同时也诉说了自己的疑惑和不安。班主任看他这样担忧，只一席话，便让他把心放回了肚子里面，而且非常安生。

柴世明说，柴文博成绩很差，以前老师说他无药可救，当真如此？班主任笑道，此一时彼一时，以前在乡下受教育，学校要老师没老师，要设备没设备，当然不会好！我们学校，师资力量雄厚，教学资源丰富，学校纪律严格。比如说，我们的老师，那都是董事长重金聘请的，要是教不好，就会被炒鱿鱼。学校又配备了高级的教学设备，我们可以进行多媒体教学。同时，学校和许多家教辅机构保持常年合作，他们各家都会提供大量的教辅书和试卷。要想考出好成绩，那不多加练习是不行的，多做多考，熟能生巧。当然了，你不必担心孩子会调皮捣蛋，我们保证给你训练得听话乖顺！

柴世明问，怎么个训练法？班主任说，学校明确规定，全校学生，早上六点钟起床，晚上十点钟休息，一天上十节课。每个班级，都订了多种教辅书和试卷，教辅书上面有许多题目，试卷上都是题目，学生必须要做完。做不完的，就要接受惩罚，半年下来，没有学生不听话。听话的同时，达到了你的目标，学生的成绩突飞猛进，到那时，还愁上不了好初中吗？放心吧，送来一个孩子，还你一个天才！

柴世明听着，连连点头，他跟老师边吃边聊，制定着伟大的策略。吃完之后，柴世明高高兴兴地回去了，还唱着偶像罗大佑的《童年》，“池塘边的榕树上，知了在声声叫着夏天……”

在上学期，文博的成绩还处于下游阶段，而且面对着巨量的作业，他常常拖拉不写。为了这事，班主任经常跟柴世明打电话，最后经过老师和家长的有效配合，文博慢慢地步入正轨了。一年之后，班主任当初的话果真应验，文博的成绩如同芝麻开花，节节升高。只是，文博像是变了一个人似的。他以前生龙活虎，非常顽皮，脑子里充满稀奇古怪的想法，可现在却是死气沉沉的。

在期末考试后发放通知书的那天，会开一次家长会，刚开始，柴世明觉得不好意思，生怕丢人，但在第三次开家长会的时候，情况就转变了。

那天，柴世明提心吊胆地去了学校的阶梯教室，让他意想不到的是，班主任竟当众夸奖了文博，说他进步快，脑子灵活。当他看到班主任批评其他学生时，内心咯咯地笑着。见到儿子后，他慈祥地摸着儿子的后脑勺，露出久违的笑容。

他们父子从学校走出，刚踏出校门没几步，文博忽然哭了，并对柴世明央求道："爸，带我回去吧，这里吃人，吃人!"

柴世明拍拍儿子的脑袋，说道："吃什么人！你好好学习，将来才会有出息！爸爸就你这么一个儿子，一定要把你培养出来。放暑假啦，走，我带你去吃好吃的去。"

看着儿子，他觉得儿子越来越像个大学生坯子了，斯文儒雅，喜爱学习。

## 六

几天之后，当柴世明路经学校的时候，不经意间看到学校对面的超市门口贴了一张海报，上面写着：火爆补习，不要让孩子输在起跑线上！在海报上面，有一幅图画，几个运动员拼命往前跑着，其中有一个运动员被人远远地甩在后面。看到那个后面的运动员，柴世明的心里一咯噔，恐慌感再次袭来。他走上前去，记着上面的地址。

根据地址，柴世明来到一家名叫"金榜题名"的补习机构。补习机构院大楼多，里面停满了各种车子。走进去后，柴世明看到教室里坐满了学生，他们正埋头苦学着。他站在外面张望了一会儿，非常不安，急忙去了报名处。

"你好，请问是怎么补习的?"有人问。

柴世明进了门，发现好多家长正在询问着，无论是爸爸还是妈妈，都拥挤在办公桌的前面。

"就是补习新学期的知识，你补习了，比人家学得早，学得多，成绩自然就比那些没有补习的学生好!"那人说。

"哎哟，有道理!"

"那是，现在你不补习，将来就等着后悔吧！知道不?"那人神秘兮兮地说，"现在升初中，有两种途径。"

"哪两种?"

"第一种，就是你有门路，若是没有门路，那就只能硬拼成绩了。你不补习，人家补习，看看那教室里面，人家赢在起跑线上，你输在起跑线上！你们想想，自己有门路吗?”

大家听了，议论纷纷，表情凝重。柴世明也不淡定了，为了儿子，他已经付出了太多，要是再输在起跑线上，那岂不是前功尽弃!

“补习了，开学考试考得好，可以进加强班!自己想想看，补习的费用也不过一个月的工资，两千五百块钱，可这关乎孩子的未来啊!”

柴世明心中无比焦虑无比烦躁，他瞬间觉得，如果不补习，孩子的未来将是一片黑暗。他仿佛看到了两年之后，别人的孩子升入重点初中，而他的孩子升入普通初中。他仿佛看到了五年之后，别人的孩子升入重点高中，而他的孩子升入普通高中，甚至没考上再复读一年。接着，别人的孩子考入名牌大学，毕业后留在大城市，光鲜体面，非常自豪，而自己的孩子则是一塌糊涂，继续待在农村。

他心想，可不能落后，不能落后啊!只要能得到竞争优势的筹码，付出再多也在所不惜!

当天，他就给儿子报了名，而且报了学费是三千块钱的“小班辅导”。回到家，他跟文博说起了这事，文博知道后，脸色瞬间变了，那如黑豆一般的眼光也黯淡起来。他嘴巴一咧，瞬间呜呜地哭了。柴世明大叫道，哭什么哭!我这是为谁好?我拿着钱供你读书，你还嫌孬是不是!哭也得去，不哭也得去!

## 七

经过一暑假的补习，文博在开学分班考试时一马当先，顺利进入加强班。同时，补习的作用也发挥了出来，文博在四年级的期末考试中夺得了班里的第一名。柴世明接到班主任的贺喜之后，激动无比，心里得到了莫大的慰藉。他急忙给家里打电话，对爷爷说，文博要成大器啊!对父亲说，等着享清福吧!

这次开家长会，柴世明不再像以前那样有些畏头畏尾了，他还特意买了一身西装，一双皮鞋，打扮得像一位大腹便便的老板。开完家长会，他又领着儿子去补习机构。

文博似乎成熟了，他波澜不惊，面无表情，冷冷地对柴世明说:“如果，考试是学习的终结，那实在是可悲的。”

柴世明笑道:“傻孩子，那养猪就是为了卖钱，学习呢，当然就是为了考试。你看那古代科举，古人熟读四书五经，最终不也要到考场作八股文吗!无论何时，学习都是要考试的!”

文博仰天叹息，眼神中露出惆怅与同情，宛如隔了时空，看透了似的。他淡淡地说:“我来背段文章吧。”

柴世明听了，大喜道："好啊!"

文博看着天空，背道："使举国之少年而果为少年也，则吾中国为未来之国，其进步未可量也。使举国之少年而亦为老大也，则吾中国为过去之国，其澌亡可翘足而待也。故今日之责任，不在他人，而全在我少年。少年智则国智，少年富则国富；少年强则国强，少年独立则国独立；少年自由则国自由，少年进步则国进步；少年胜于欧洲则国胜于欧洲，少年雄于地球则国雄于地球。红日初升，其道大光。河出伏流，一泻汪洋。潜龙腾渊，鳞爪飞扬。乳虎啸谷，百兽震惶。鹰隼试翼，风尘翕张。奇花初胎，矞矞皇皇。干将发硎，有作其芒。天戴其苍，地履其黄。纵有千古，横有八荒。前途似海，来日方长。美哉我少年中国，与天不老！壮哉我中国少年，与国无疆!"

柴世明虽然没有听懂，但还是赞叹道："儿子记忆力非凡啊!"

文博笑道："可是，我已经不会作诗了。"

## 八

这是五年级了，还没到期末考试，班主任就给柴世明打了电话。

到了学校后，柴世明见到了儿子，儿子就像猴子一样，被众人围观着。只见他眼皮塌着，目光绵软无力，头发如同强风过境后的野草，胡乱地支棱着。没来得及问班主任到底出了什么事，柴世明便过去责备他。

"儿子，你干啥了!"柴世明瞪着眼睛问道。

"儿子，你干啥了?"文博反问道。

柴世明以为是听错了，在确认到自己听觉没有问题时，他还是又问了一句："儿子，你说什么!"

"儿子，你说什么?"文博傻乎乎地笑着。

"我是老子，你是儿子!"柴世明气急败坏道，要不是在班级门口，他早就一巴掌扇上去了。

"我是老子，你是儿子!"文博重复道。

柴世明还没明白怎么一回事，文博就一蹦一跳地，像三四岁时一样欢快地跑走了。柴世明呆在原地，仿佛看到了儿子儿时的样子，但他知道，无论如何，眼前的这个人也不是三四岁时的儿子了。看着渐行渐远的儿子，柴世明一下子跌坐在地上，他知道班主任为什么叫他来了。

# 蝴蝶之眼

珠海城市职业技术学院/李 楠

## 一

金镇是阿华的老家，却不是阿华的根。用阿华的话讲，这片土地给他的只有惨淡，没有片缕的温暖可言。“我更愿意将那里叫‘镇金’（震惊），老家只剩个屋架子，回家更像走马观花，好比是荷花池里着了火——藕燃（偶然）的问题。”

阿华其实还不满二十岁，初中没毕业，和父亲来H市也有五六年了，逡巡在各个工地，一家人住在城郊出租屋中，有个哥哥在H市读大学。

H市作为沿海特区，阿华这样的年轻工人如过江之鲤。每天收工挤上公车后，阿华看着城里架设的钢筋水泥堡垒，都在心里默数有多少座掺杂了他血汗的结晶。

城里别的都好，就是人挤人，人赶人。车上有空座，先得让给自己老子，若是还有，大多时候还得让给别人老子，加上脏兮兮的工服与其他乘客敬而远之的漠视，阿华习惯坐到台阶上，“这些高级写字楼、高档小区起码我也睡过享受过，还上过厕所，比这些挤公车人强得多!”阿华时常这么自我开解。

回到家的时候，华灯初上。国道上高架桥林立，车水马龙，霓虹闪烁。出租屋区显得落寞，昏沉，几盏私架的黄灯泡有气无力。微光照在路口的石碑上，隐约见到“银村”字样，名字倒和阿华老家金镇一样富贵，只是居住了大量像阿华这样的外来务工家庭。

阿华和父亲每天回到家已接近9点，母亲身体不好，早已吃过睡下，哥哥上完课回家做饭，料理家务后再回学校。吃饭的时候，父亲说，老家的屋子透风漏雨的，需要修补了，不然回去住得不踏实。父亲和阿华商量，还有两个多月就春节了，做完这个月就一起找老板结工，回去修房子。

月底的一日，工地财务办公室内，财务拒绝给阿华父子结算，称现在还没年关，资金没到位，工钱结不了。阿华分明看到财务昨日从银行提了一大笔钱，厚厚的黄油纸信封裹了十几封。双方争吵起来。窗外围着的工友越来越多，对办公室指指点点。

老板闻讯赶到，将阿华父子叫到自己办公室，请他们坐下喝茶，递烟，慢慢商量。

“老叔，怎么今年这么早结工？”老板也是金镇人，按辈分是该叫阿华父亲老叔，不过他从未听过老板这么叫，也从未享受过这样的待遇。

父亲显然也是头一次遭遇到，脸上有点窘红，把老家的情况说明了一下。

老板的脸顿时苦了下来。“老叔，咱们自己人我也不瞒你，我来工地也是为了和工人们商量……”老板狠狠抽了一口烟，叹气道，“现在一些工程款还被拖着，今年其他工地伤了三五个工人，前后赔了几十万，工钱真发不出来了。”

阿华看着老板，金劳力士手表的手上还夹着烧剩半截的中华烟，衣装笔挺，皮鞋擦得和他头发一样反光刺眼。父亲老实巴交一辈子，老板磨两句老叔，看来是准备逆来顺受了。

“我们辛苦了一年，总不能不发工钱吧？”阿华愤忿然道。

老板赔着笑道，“自然是不行的，天底下就没有不发工钱的理！只是……”老板的脸又拉下来，“我想把工钱打个折！”

阿华怒笑道，“工钱打折就有理了？那怎么不搞买一送一、买一送三大酬宾啊？”

“哎，小伙子就是沉不住气，您说是不是？老叔！”老板对阿华父亲笑着道，“咱们自家人不说两家话，我是那种没良心的人吗？”

老板冲好茶，递给阿华父子，继续说道，“我是计划每人记八分工，不记满。至于老叔您这儿，账面上记八分工，我私底下再补全老叔。您看怎么样？开春后您还来我这的话，我给您再安排贴瓷砖的活，工钱高！”

阿华心道，两分工一年算下来也有万把块，工地这活日晒雨淋还没节假奖金，一年到头连工钱都拿不齐！但阿华父亲听到不用扣自己工钱，已是千恩万谢，仿佛得了莫大的好处一般。

随后，老板将工地上的工人们都召集起来，将自己的不幸遭遇与工钱安排复述了一遍，群情哗然，义愤填膺！还有个别工人叫嚷着要去告老板，老板一张脸快苦出黄连水，叹气道，“你们去告我也没法子，进去了就是蹲几年，但工钱更指望不上了是不是？我要是真昧良心，直接跑了，还来和你们苦口婆心地商量？”顿了顿，他又指着阿华父亲义正词严道，“知道不？这是我亲老叔，老家有事得提前回去，八分工，一分钱不多!”

工人们想想只好无奈散了。他们心里也清楚，自己一没文化二没势力，别说告老板，真告倒了，活没了，钱也没了，处境岂不更惨？官司这玩意儿，打完了谁还管你？

回去路上阿华父亲心情很不错，觉得老板还是懂关照老乡，阿华不忍心打击父亲，因为干的活是只多不少，钱还是那个钱，到底是谁厚道，天都晓得，只有父亲晓不得。

## 二

金镇在S市，离H市六百多公里，地处平原，一面环着山，一面靠着海，是个略微封闭的小镇。“靠山吃山，靠水吃水”，金镇由于地理条件不错，有山有水也有地，当地书记填海圈田围池塘，卖山卖地卖水库，GDP年年高涨，只是贫富差距不见小，原因无他，钱都进了少部分人的腰包，大部分人却只能背井离乡，另谋生路。这也是阿华不喜金镇的原因。

经过八个小时的车程，终于到了金镇。阿华是金镇西集人，西集位于金镇东北方，两公里左右。下了车，由于天色尚早，阿华和父亲徒步回家。大路两侧原本是一望无际的稻田，稻穗青，稻穗黄，微风一来像起了浪。阿华记得小时候，这里也有自家的田，五六年前镇里的干部不让种了，说是盖厂房，每人发了一百块补偿金。地就在那时荒了，人也慌了，镇里这些面朝黄土背朝天的几代人，简直是没了生计。但日子还是要过下去的，外出似乎成了唯一选择。

阿华父亲就是那时决定外出打工的。阿华刚读初一，哥哥初三，父亲狠心让他辍了学，一家人去了H市。后来才知道，田地不是建厂房，而是给有钱人建别墅，一座平均六七亩地，更有甚者占了数十亩地，前庭后院，地下车库地上别墅。几年下来田地成了别墅区，有了别墅街。阿华曾和其他人一样愤青，谩骂抨击这些为富不仁者，但别墅还是一座座落成了，去了省厅上访无果，媒体也没有一家敢报道，久而久之，大家就都习惯了，也都心寒另谋出路。

阿华家是一座小平房的瓦屋。建了也有二十多年，兄弟俩都是在这里长大。现在瓦块碎裂，黄土夯实的墙壁也斑驳不堪，像个老头，暮气苍苍。阿华前往镇里买水泥灰和砖瓦，幸好父子俩这几年混迹工地，建筑虽然不算精通，但修补下老房子还是绰绰有余的，也不用再去雇人。

也有一年多没来金镇了。阿华感慨着乡镇的变化。镇上买卖热闹，商品琳琅。最令阿华吃惊的还是镇中心位置，竟然建起了高层商品房！而且规模不小，足有一百多亩地。数栋已经竣工的楼层，簇拥在瓦舍平房间，有种巨人出现在矮人国的不协调感。阿华走近一看，其他楼层却都停着工，偌大的工地半个人影都没有，售楼办破破烂烂，玻璃碎了一地，就像是遭了匪难，一张张大字报像狗皮膏药般贴在墙皮上。

阿华随口叫住一位过路的中年人。

“某家叔，这好好的房子怎么成这样了？”阿华指着高层小区问道。

“别提了，书记批了地，开发商也承诺按人头发补贴，最后只有几百块。那么大一块地啊！该种多少庄稼，糟蹋咯！”中年人摇头叹息，继续道，“镇里人本就不愿卖掉这地，建了房子也没我们份啊，都被几个开发商圈完了。但书记偏要卖！”说完他凑近阿华，小声地说，“别看这里狼藉，书记家连房顶都快被镇民掀咯，压不住啊！”

“那没政府管管？”阿华奇怪道。

“谁来管？谁敢管？”中年人眼角一挑恨恨道，“早前还不至于此，只是部分老乡游游街，喊喊口号，那些开发商却来脾气了，偷偷支唤区公安局半夜抓走了十几个。第二天整个金镇都沸腾了，围了镇政府和派出所，把大小头头都关了起来，镇派出所又报警请求支援，市里来了两车防暴武警，看到这阵仗又灰溜溜回去了。现在就等专家过来谈判呢！”

阿华拜别中年人，回家和父亲说了这事。

父亲叹了口气，“这事迟早都要演一遭的！民怨滔天，当官的把地圈卖给有钱人，不仅没地种，现在村里人连宅基地都没有，娶媳妇分家总得要间房吧？原先卖几千的宅基地，现在炒到七八十万，还有价无市，一拖十几年没见解决。”

这事像鞭炮引线被点燃，更多积压的问题一串串爆发。比如书记前几年卖了不少果林给有钱人做生基，一块生基地要价一百万，书记一句话摆平了异议的果农，“就这点破山还能种出黄金来？还不如卖给死人好赚钱！不同意的以后入户分田甚至宅基地，可别找我”。再比如前几年修高铁，一户人家荷花池被纳入规划，高铁集团连本带利赔了五十万，书记一转手就只剩三十万，还因那人有点关系书记给了面子，不然能有一半就烧高香了。

金镇的天老大，金镇的书记就是老二，头角峥嵘，非常人可及，不仅在金镇响当当，镇外也一样驰名。前年镇外一村子祖坟需要修缮扩增，祖坟在金镇辖区内，嫌两棵龙眼碍事，找书记交涉。书记要价二十万，吓得那人眼睛都凸了！书记却是大义凛然，“龙眼，龙眼，可是山龙之眼啊，你们老祖宗命贵享用龙气，你们子孙才能福泽百代，人丁兴旺是不是？何况这两棵也是老树了，果实硕繁，都是果农的心血啊！给少了不仅主人家不满意，也跌你们老祖宗脸是不是？我这价可是周全双方，权衡再三了！”一句死人好赚钱，一句不跌死人脸，金镇的资源价值确实得到书记最大限度开发了。

## 三

不过这次乡民可是真逼急了，书记也镇不住，连夜跑路。镇民从他家搜出来的烟是几千的好烟，酒是上万的名酒，拿去卖了后平分众人，竟比卖地分的人头款还多！

听说谈判专家到了，阿华连忙跑去凑热闹。镇民们里三层外层围着，三四个代表正和专家谈判。

大冬天里，现场十分热火。镇民们个个面红眼红，扛锄头举镰刀怒视着对面十几个持枪武警。这些农具因没地发挥，大都锈迹斑斑，而武警们持枪的双手不知是汗还是水，湿涔涔的，微微颤抖。

镇民代表主要是一个族老，几个有声望的镇民，谈判专家四十多岁，坐在桌子边拿手帕不停地擦着汗。

“你们有什么……需要申诉的，都可以向我提！我会……向上级政府反……映，一切都是可以解决的。”谈判专家说话同时腿还打摆子。

一个镇民代表给族老和自己点了烟，又递给专家一支，见专家谢拒也不坚持。幽幽道，“怎么解决？从娃娃几岁起书记就是这么跟我们说的，现在娃娃都可以娶媳妇了，还是这么说！”

围观的镇民七嘴八舌争着说开，“当年生我娃时，书记就说不用急，到时放宅基地，大家都买得起……”、“这几年有钱人不停建房子，什么时候买卖的宅基地，书记也不说，只是打包票说到时都有的，按人头分售宅基地……”、“可不是吗？我为了腾房子给娃娃结婚，自己在田里搭个草棚住，现在田地都建了别墅，连草棚都没得住，还宅基个屁地……”

瞅着群情汹涌，谈判专家汗又下来了，身后的武警们紧了紧握枪的双手。“书记这样徇私枉法，欺上瞒下，党和政府都不会饶恕他的，还望诸位乡亲放心。”谈判专家向四周讨好地笑着说，“一定严肃处理……严肃处理……”

“没钱没地没房子，连书记都跑了，还处理什么。”另一个代表不耐烦道。

“跑不了的……跑不了的……要相信我……相信政府……相信党！”谈判专家像捏鸭嗓子般稳了稳语气，“你们围着镇政府和派出所也不是息事宁人的法子，把人放了好吧，都好商量。”似乎不放心，又补充了句，“你们没把人怎么样吧？”

“都是自己镇里人，堵了门也没上拳脚，还能怎么样？倒是你们公安抓走了我们几个老乡怎么样了?"族老发话了,"这可都是各家的主心骨,半夜三更抓人,这就像话吗?这就能解决问题了?"

谈判专家连忙转过头看着区公安局局长,局长心想坏了,由于搞夜袭,几个镇民被抓时基本都穿着单薄的睡衣,手下没为难他们,但想必也没什么关照,都关黑屋了。不过多年的经验告诉他绝对不能实话实说,不然场面更难控制。

"我马上叫人送回来,保证没事,保证没事!"局长把心腹叫过来,小心叮嘱他回去放人,随便一人买件外套,吃了饭再送回来。

"你们放人,我们自然也放人。"族老道。

双方又从中午对峙到傍晚,被抓走的几个镇民终于平安回来,连忙回家见提心吊胆的家人。族老看到人回来了,便让围镇政府和镇派出所的人散了。谈判专家长吁了口气,临走时还一个劲儿强调事情会有交代的,让乡亲们平心静气,等待处理结果和补偿。

## 四

阿华回到家。

"事情怎么样了?"父亲问道。

"嘿嘿,还能怎么样,一起放人呗!"阿华哧笑道,"我就猜到是这样的结果,大闹大补,小闹小补,不闹没得补。"

金镇的事情市里也压不住,省厅还专门开了会议研究如何解决,下了重令,让S市的领导亡羊补牢,自己擦干净屁股。S市的市委书记召开新闻发布会,声明会尊重群众意见,维护群众利益,公正对待,严肃处理!又派人下金镇给老人派发大米、食用油等物资,这厚待镇民们可是黄花闺女上花轿——头一遭享受。上头政府吩咐让他们先安心过年,过了年再解决事情,闹剧终于稍稍平息。

有道是民不可无主,金镇的书记畏罪潜逃,许多工作都无法开展,所以上头调遣了一位书记。新官上任,连夜在镇里开广播大会宣读就任决议,表决心信心。不料上半夜刚开完广播,下半夜书记就传出被就地免职。

金镇的民众还在云里雾里的时候,有消息爆出这个新书记是个山寨货,党员身份是造假的。也不知谁这么神通广大,半夜便把证据递到了上级部门,连夜核查无误,所以就地免职带走。

金镇的新书记走马观花,屁股都没坐热乎就锒铛入狱,而金镇一夜广播,书记的位置又空了下来。事情总是这么戏剧,有书记的时候,乡民像一根绷紧的弦,不堪压迫,没书记了,又觉得空荡荡的,没着落。

山寨书记落马后，牵扯出的幕后黑手令人瞠目结舌，竟然是金镇高层小区带头开发商之一，其他几位开发商也受到盘查，又查出其中一个年前承包的江堤工程偷工减料，那年江水冲崩了河堤，里面竟堆满了木头和芦苇杆，直接被捉走。

金镇的高层小区就这么持续抛荒着，连别墅区的许多有钱人都不敢回乡过年，往年都是通宵烟花爆竹，今年的金镇显得特别清冷，没了大部分农活，乡民们也特别清闲。

正月初一，阿华路过别墅区，往年这时候是豪车堵路，现在却门可罗雀，偶尔几辆三轮摩托呼啦而过。这里曾是阿华童年的乐园，随着阿华的成长，步子越迈越大，这片乐园也越来越小，直至完全没有了。如今的清静，倒有点像小时候的田园，只是少了蝈蝈蟋蟀，少了稻田菜园，也少了荷塘蕉林。

透过金玉其外的别墅，阿华看到的是背后的残忍与忧伤。要不是父亲割舍不下，阿华连回家的欲念都没有，和镇里很多年轻人一样，这一代，他们没有根，也不需要。

## 五

年后，阿华一家人又回到了H市，工地老板没有食言，阿华父亲被调去贴瓷砖，工价大概是之前的两倍多。只是这算是匠活，看进度给工钱，阿华父亲还算生手，一天下来也就多几十块钱，即便如此，父亲也是开心得整天合不拢嘴。阿华却意外换了份工作。

说来也是话长。回H市头几天，因工地还没开工，阿华照常去市区逛逛。一天走在街上听到有人喊“抢劫啊，抓贼啊……”，紧接着一个大汉从他身边窜进一条小巷，旁边有人跃跃欲试，却不敢追进去。阿华却毫不犹豫地跟着追进去，大汉见只有阿华一人，从身后掏出一把小刀，比画道：“臭小子，别自找麻烦!”

阿华小时候虽然也打架撒泼，但都是小孩子过家家的把式，他自然不是那种头脑发热又大英雄主义的人，顿时停了下来。那大汉见阿华停下，也边慢慢后退着。此时地上有一堆碎石，估计是附近商家装修后，还来不及清理。阿华两手抓了几颗大石子，掂了掂分量，假装挥手，那大汉果然中计往旁边一躲，此时看他势头正好，阿华把两手的石子狠狠砸过去，“砰、砰、砰”几下，石子大部分都击中大汉，阿华在工地做了几年，抛砖的功夫可是炉火纯青，随便都可以抛上四五楼。几块石子砸得大汉满头满手的血，小刀都砸飞了。阿华就势往前一扑，就把大汉压翻在地。

此时被抢的苦主才赶到，旁边的群众看到大汉已经逞凶不得，纷纷帮忙压制，有人报了警。阿华看到几个上去帮忙的人也偷偷打几拳踢几脚，笑了笑没说话。转身一看，原来被抢的是这位女士，三十岁左右，面容姣好，穿着细高跟，紧身裙，脸画着淡妆。

“难怪那贼选她下手，穿这样怎么可能跑得快。”阿华心想。包包失而复得，女士忙对阿华千恩万谢，一会说要请他吃饭，一会又说要送他面锦旗，一会又拿出钱给阿华。阿华都一一谢绝。不一会儿公安到场，也对阿华见义勇为精神提出赞赏，还请阿华回去登记，要报给上级褒奖。阿华想若被父母知道他见义勇为了，肯定不是高兴而是心惊胆战，所以阿华也谢绝了公安的好意。

不知道大汉还有没有同伙隐藏，阿华也不敢久留，想辞别女士，那女士却死活不让，一定要请阿华吃饭作为答谢，阿华以自己要回家拒绝，不料那女士又要送他回去。阿华只好答应。

女士领着阿华走到附近停车场，她去开车。不一会儿一辆崭新的奥迪 TT 驶入阿华眼帘。

“看不出您挺有钱啊!”在车上阿华对女士说道。

“还好，做点小买卖。”女士笑着说道，“叫我丽姐吧，真是太感谢你了！小哥怎么称呼啊?”

“呵呵，也不是多大事，我叫阿华，S 市人。”阿华答道。

“哪里不大事了，我早上刚取的钱，要给职工发薪水和进货的，幸好没丢。”丽姐松了口气，接着道，“你住哪里的？在哪读书?”

“我住城郊的，您送我到银村路口就行。早没读书了，在工地打杂呢!”阿华道。

“那有没有兴趣来姐姐这边工作啊？待遇不敢说多高，比工地好。”丽姐笑着问道。

“这个……我什么也不懂，又没文化，搞砸了就不好了。不用因为我帮了你就特别关照我。”阿华有些心动，又不好意思，觉得有点邀功的味道。

“瞧你担心的，我是真缺人，本来想还这两天招工的。”丽姐嗔怪道，边递过来一张名片，“上面有我的联系方式，你考虑好联系我，工地有什么好的，又苦又累的。”

“嗯，我回去想想。”阿华道。

“记得联系姐姐啊!”丽姐临走时还强调着。

回到家，阿华躺在床上，脑海想着丽姐的事。母亲的咳嗽声阵阵传来，母亲的病已经拖了几年，不是不能治好，就是手术费用一直没筹够，哥哥平时兼职赚点生活费，但要挣钱还是不现实。

阿华想了很多很多，想到了金镇，想到曾经的田园变成别墅区，想到荒着的高层小区，想到大部分乡亲因无田可耕后的茫然与不知所措。阿华不想这么庸碌下去，弱者没有选择生活的权利，只有别人强加的选择。

阿华拿出丽姐的名片——“蝴蝶之眼”酒吧。“毛毛虫也有破茧化蝶的梦想。”阿华脑海一震。

## 六

“蝴蝶之眼”在市里的黄金地段，铺面还不小。阿华联系丽姐的时候是下午，酒吧还没开张。丽姐让他稍等，她过来开门。

半小时后，一个靓丽的熟悉身影出现在阿华眼前。

“等很久了吧！来，我带你看看里面的环境。”丽姐急急火火开门领阿华进去。

“员工们晚上七点才上班呢!”丽姐边开灯边补充道。

与门店外巨大绚丽的“蝴蝶之眼”招牌不同，酒吧内部装修显得十分低沉，竟是以黑白双色做主调的，这和阿华印象里灯红酒绿、光怪陆离的酒吧截然不同。

“怎么样？还不错吧！这可都是我设计的。”丽姐得意道。

“嗯嗯，很漂亮。不过丽姐，你这酒吧怎么叫作‘蝴蝶之眼’呢?”阿华奇怪道。

丽姐笑容一僵，“没什么，因为我喜欢蝴蝶嘛，你不知道蝴蝶全是色盲吗？所以这里只有黑白色。”

阿华觉得丽姐有什么事隐瞒着，但她不明说，也不好打破砂锅问到底。“哈哈，原来是这样啊，丽姐真别出心裁!”阿华装傻道。

阿华第一天就直接上岗了，就是负责端端盘子，送送酒水。底薪虽然不高，但丽姐说许多客人会给小费，一个月下来也有可观的收入，何况一天就忙那几个钟头，肯定比工地好。

晚上八点后，客人开始多起来。此时阿华和几个侍应生也熟悉了，毕竟大家岁数差距不大，自来熟。来酒吧的多是条件不错的小资，白天衣冠楚楚，晚上卸下僵硬的条框伪装出来轻松。这会工夫阿华已经收了近两百块的小费，心情像蝴蝶一样美丽。客少的时候阿华也不和老职工抢端酒水，对于这么上道的新人，那些老职工也比较满意。

“阿华，知道吗？以前我们酒吧可不是这个样子的。”强哥神神秘秘地对阿华说。

“那是什么样子?”阿华好奇道。

“以前咱们酒吧也是五光十色，还有舞池 DJ，嗨爆了！”强哥说道。

“那为什么现在这样？”毕竟这里虽不算清静吧，却很少吵闹。

“唉，还不是丽姐……”强哥叹息道，“别看她这么漂亮，又开朗，说起来也是可怜……”强哥似乎陷入一段漫长的回忆中。

“得了，别装深沉了！”阿华轻轻一拳打过去。

“嘿嘿！”强哥也觉得自己装过头，“这酒吧以前是丽姐和先生的产业，当初那男人没多少钱，贷款办了这间酒吧，两口子一起辛苦打拼，生意终于红火起来，那男人还做起了大生意，然后你猜怎么着？”

“该不是始乱终弃这么老掉牙吧？”阿华道，“丽姐这么漂亮！”

“人一坏六亲都不认了，还看你漂不漂亮吗？”强哥白了阿华一眼道。

阿强想想金镇的书记，那些本地的开发商，似乎也是这个道理，继续问道，“后来怎么样了？”

“后来，离婚呗！丽姐也傻，只要了这间酒吧，其他东西都没要，然后就装修成这样了。”强哥道。

“要是我，肯定不能这么算了。”阿华为丽姐不平。

“你要懂的话现在你是老板了，还用来端酒水吗？”强哥戏谑道。

“难道你就懂？”阿华反驳道，“毛毛虫都有权利做蝴蝶的美梦呢！”

“哈哈，别侃了，又有客到，做事做事！”强哥招呼阿华道。

阿华很快适应了这样的工作节奏，丽姐对阿华相当关心，总是怕他不习惯。其实在工地都勤快惯了，阿华每天走得最晚，帮忙收拾下酒吧。酒吧里的客人就像地里的稻子，割完一茬还有一茬。这一日酒吧里人都陆续走光，阿华依然最后才走，正想关灯锁门的时候，丽姐回来了。

她看起来心情很糟糕，直接倒了一大杯伏特加就往嘴里灌。阿华吓了一跳，连忙抢掉杯子，还来不及劝说，丽姐又拿起一瓶红酒“咕咕”地灌。

“丽姐，发生什么事了？喝酒也不是这么喝啊！”阿华又抢走酒瓶制止道。

不知何时，丽姐已经泪流满面，也不说话，在那哭着哽咽。不一会儿又开始吐，连坐都坐不稳。这可吓坏了阿华，连忙上前扶住丽姐，丽姐就伏在阿华的肩膀继续哭。阿华长这么大连女孩的手都没牵过，此刻感觉到丽姐曼妙的身材，鼻尖窜进来的混合酒气的香水味，阿华窘得满脸通红，不知所措，两只手垂着不敢乱动。

发泄了一阵，丽姐哽咽着说，“他结婚了，我刚从他婚礼回来。”

阿华顿时明白，原来是丽姐的丈夫，不，应该是前夫再婚的缘故。阿华不知道怎么安慰伤心的丽姐，只是轻拍着她的肩膀。良久，丽姐突然问道，“阿华，你会开车吗？送我回家。”看着阿华站在那里傻傻的模样，丽姐扑哧一声笑了出来，“我喝太多酒了……”

阿华也看出丽姐这样开不了车的，幸好自己在工地也开过车，虽然没有驾照，但应该没问题。于是阿华清理了地板，开车将丽姐载到她家的小区楼下，此时阿华看着昏昏沉沉的丽姐，脸庞的泪水还没干，在月光下泛着惨白的光，像只受伤的蝴蝶，柔弱到让人心疼。

丽姐迷糊中说出了地址，阿华半扶半抱，终于把丽姐送到家里。将丽姐放到床上后，阿华正想离去，丽姐却突然醒了，抱住阿华不让他走。阿华正想挣开，丽姐整个人又贴上来，亲住阿华的嘴。阿华顿时觉得整个世界一片空白。丽姐一转身，和阿华躺到床上……

那一夜，丽姐和阿华说了很多关于前夫的事情，酒吧的名字是她前夫起的，在一起时前夫说她漂亮得像只蝴蝶。离婚后，丽姐想过改掉名字，但转念一想这一切也怪自己傻，以前的世界不是好的就是坏的，对自己好的就会永远好下去一样，但人心到底是五彩斑斓的，时间会转变所有的颜色，所以丽姐保留了酒吧的名字，却撤改了酒吧的风格。

阿华也和丽姐倾诉了很多，在金镇长大，金镇本是他的家，但这个家却被岁月腐落，被贪欲逐渐蚕食删减。H 市虽然大都名会，五彩缤纷，却没有属于他的家……

## 七

阿华和丽姐像一对依偎的蝴蝶，彼此有了肩膀依靠，有了倾诉与倾听。日子在这些改变中飞快流逝。很快一年过去，不知什么时候开始，阿华在酒吧经常看到一个年轻女孩。

女孩很奇怪，很多时候都是一个人来酒吧，点了酒水就静静在角落玩手机，有时坐老半天，有时一小会儿就离开。长长的头发，细致的脸蛋，阿华渐渐发现她来的时候，自己的视线总是兜兜转转又回到她身上，她的身影就像不定时的闹钟，总是回荡在阿华脑海，和丽姐给他的感觉不同，丽姐浑身充满着成熟女性的魅力，对他无微不至。而女孩则像一朵蔷薇，静静绽放。女孩叫静，此外，阿华一无所知。

这一天女孩又来了。照例是阿华送酒水过去，几位老职工看到阿华经常盯着女孩看，都主动把机会让给阿华。

“静美女，又来啦？”阿华笑着和女孩打招呼。送酒水的次数多了，女孩也认识阿华。

“是啊!”静微微一笑，却难掩几分落寞，也没低头玩手机，“你忙吗?陪我说说话呗!”

“不忙，不忙!”阿华连忙道，“我和同事们说下就行。”阿华快步跑到吧台，和强哥几个说暂时别叫他，然后又跑回静身边，全然忽略强哥几人的坏笑。

“今天怎么没玩手机啊?”阿华问道。

“怎么?你很希望我一直玩手机吗?”静没好气道。

“不是……不是……”阿华脸红着，平日的利索劲都丢到九霄云外，只剩下心脏急骤有力的跳跃。“因为你平时玩手机的样子很好看。”看到静又有异议的样子，阿华赶紧补充道，“不过你不玩手机的样子更好看。”

静被阿华紧张的样子逗乐了。“哈哈，没想到你还挺腼腆的嘛，该不会还没谈恋爱吧?”静笑着问道。

“呃……没有……”阿华不好意思地挠了挠头，自己都二十一了，恋爱经历如同白纸。

“天啊……笑死我了，现在还有你这种单纯的小男生啊!国宝啊……”静脸上的落寞已经一扫而光。

“你笑起来更好看呢!”看着静美丽的笑容，阿华有些发痴。

静被阿华看得不好意思，低下头，正好静的手机响了，阿华收起窘态。“喂!我都说了，今天没时间，不去……”静的语气很烦躁，“啪”一下挂了电话，阿华心里惴惴然，担忧是自己让她烦躁。

“那个……你有事我们改天再聊也行的。”阿华看着烦躁的静，试探地问道。

“没事，有朋友约我吃饭，不想去。”静干脆地说道。“国宝你几点下班啊?陪我去个地方好不?”静似乎不想多说，话锋一转，突然问道。

“下班要很晚呢?”阿华随口道，一时没反应过来，“什么……你约我出去?”

“没时间啊!那算了!”静失望道。

“可以的，有时间的，我去和老板说下，马上就可以下班。”阿华欣喜道，走到一边给丽姐打电话，说朋友有事找他，丽姐很爽快地答应了。一瞬间，阿华心里有点小复杂，类似愧疚，好像自责，又有点期待和兴奋。

阿华和静在街头走着。静没说去哪，阿华也没有问。两个人就这么走下去，不知不觉走到H市最大的广场——华都广场。

华都是H市的地标旗帜，夜色中更显旖旎。广场上零零散散的人散着步，有老夫老妻，也有年轻情侣，此刻他们仿佛没有负担，陪着家人爱人，一脸悠闲地享受H市的夜色。周围高楼林立，前方是开阔的大海，夜空中的大海传来微微的细浪声，漫过阿华的心头，激荡起一种别样的情愫。

阿华陪着静沿广场一圈圈地走着，中央的音乐喷泉突然喷发，条条水柱映着七彩的灯光，交织成奇特的图案。静开心得像个孩子，蹦蹦跳跳地凑过去。

“国宝，知道吗？今天是我生日。”静突然道。

“真的吗？”阿华吃惊，又叹息道，“生日快乐！可惜没来得及准备礼物。”

“我想要的只是有个人陪我过生日。”静鼓起脸蛋调皮地说道，“鬼才稀罕你的礼物！”

“是吗？那原本是想要男人还是女人陪你过生日啊？”阿华坏笑道。

“嘻嘻，你猜呀……”静又跑开了，阿华在后面追着。广场周围种着许多观赏花卉，开得灿烂。阿华顺手折了一朵，藏在身后，喊静过来。

“静美女，快过来！”阿华冲着静招手。静走了过来，“给，送你的礼物，不要嫌弃！”

静呆呆看着阿华手里的花，眼眶突然红红的，不过很快就掩饰下去，一把抢过花又跑远，“傻瓜，快来追我啊……”

## 八

阿华觉得幸福定像小猫或者长着小猫的脚，悄无声息的时候就来了。

静是外地人，在H市念书，大三。他们的来往渐渐密集起来。不过更多时候是静约阿华，静从不让阿华去她的学校。

四月，静说想看樱花，阿华第一次请了两天的假，陪静去W市看樱花节。不得不说高铁的速度令阿华吃惊，一大早在H市上车，还不到中午就到W市的樱花园。

漫山遍野的樱花，漫山遍野的人头。阿华用力牵着静的手，唯恐被人潮冲散。静完全沉浸在樱花瓣飞舞的世界里。不过在阿华眼里，地多大、人多挤、樱花再美也不及静一笑的万分之一，穿梭在人群腹地，牵紧静的手，世界是如此真实，属于他们两个人的。

傍晚时候静累了，才提出回W市找吃的住的。他们简单吃了晚饭，进了一间宾馆，不巧的是宾馆只剩一间房了。阿华刚想说换一家宾馆，静却和那个前台道，“没事，就要那间房吧。”

直到进了房间，阿华心头的躁动还没完全压下。这时静让阿华先去洗澡，她收拾下行李。阿华洗好后，静也去洗澡。阿华躺在床上，总觉得躺左边不合适，躺右边也不合适，他心里确实对静有绮念，又担心静的态度。

静洗了很久，阿华觉得几个世纪都过去了静才出来，此刻静已经换成睡衣，坐在床边擦头发。湿漉漉的发丝贴着静白皙细嫩的脸庞，脸上带着洗澡后的轻松慵懒，迷人极了。

静看着阿华那呆傻样，笑了出来，“有那么好看吗？呆国宝。”

“比下午的樱花好看多了。”阿华认真道。

静突然叹了口气，喃喃道，“为什么不早点遇到你……”

“什么？”阿华感觉到静的情绪突然不对劲。

“没什么，睡觉吧！”静擦完头发躺到阿华身边。阿华抱住静，眼神火热。静却显得情绪低落，她呆呆地看着阿华，眼神像金镇收割后的田野，充满空旷的灰寂。阿华心中的火热顿时褪去，“静，你怎么了？不舒服吗？”阿华问道，觉得此刻静就在枕边，但又好像隔着千言万语，千山万水。

静没有答话，翻身留给阿华一个柔弱的背影。正在阿华六神无主的时候，静的声音传了过来，“抱我，抱紧我……”

阿华手穿过枕头，握住静的手臂，将她抱在怀里。静抱着阿华的手，像是怕他会溜走，抱得很紧。阿华感觉到手臂传来“滴答滴答”的湿热，静哭了。阿华更加忐忑不安了，正要发问，静的声音又传来，“什么也别问，抱着，睡吧！”

第二天静又仿佛没事了一样，欣喜地挽着阿华的手臂逛街，像是昨晚哭泣的是其他人。阿华心里一直有种不好的预感。

回到H市，和静分开后，阿华正准备去上班，手机突然响了起来，是丽姐的电话。丽姐让阿华过去她家一趟。阿华心里很纠结，这一年多，丽姐帮了他很多，也让他成熟很多，她让阿华感受到了少有的温暖，却和静的感觉不同，阿华知道，他对丽姐，有情，有性，却少了爱。

## 九

“听说你和吧里一个女顾客好上了？”阿华刚进门丽姐就径直问道。

“嗯……”阿华不想瞒着丽姐，低着头，不知道怎么继续回应。

丽姐的眼泪霎时就下来了。她似乎想站起来，挣扎了几下又瘫在沙发上。阿华连忙上前扶住丽姐。

“我一直和自己说，我们不可能在一起，毕竟我大你十岁，又是你老板。所以我早就有了心理预期，你早晚会有自己的爱情、伴侣、家庭，然后离我而去。”丽姐哭得十分伤心。“但听到你亲口承认的时候，心又像被狠狠扎进刀子，真的很疼很疼。”

“不会的，不会的，不管和谁在一起，我都不会不管姐姐的，不会让你孤孤单单。”阿华抱紧了丽姐。

良久，丽姐情绪稍微恢复过来。“你知道那个女孩是做什么的吗?”丽姐突然问道。

“静在读书啊!”阿华有点莫名其妙。

“我带你去个地方……”丽姐若有所思道。丽姐随即开车载阿华来到一个大学门口。

“咦?这不是静的学校吗?我们来这里干吗?”阿华奇怪道。

丽姐也不说话，就是把车泊在路旁。“等……一会你就知道了。”

车内是令人压抑的沉默，像一场暴风雨即将来袭，阿华觉得心很沉很沉。过了不知道多久，校门口有个熟悉的身影走出来，不就是静吗?

阿华想起静说她最近白天课很多，有时间再联系他。那现在静要去哪?“出来找吃的、买东西甚至无聊走走吧。”阿华这么想。

不一会儿一辆豪车来到静身前，下来一个年轻的公子哥，静脸上带着僵硬的笑容，公子哥一把揽过静的肩膀上了车。

此时阿华已经有点坐不住了，丽姐拦住要下车的阿华，发动车子跟在公子哥的车后面。“一定是朋友，嗯!还是关系不错的朋友，没什么的。”阿华安慰自己。

然而公子哥驱车来到一家大宾馆门口，揽着静的肩膀进了宾馆……阿华觉得整个世界都要塌下来了。“为什么?为什么静要这么做?难道那个才是他男友?自己是第三者?还是静只是在耍自己?”阿华脑子一片糨糊。

丽姐看着阿华惨白的脸，心中十分不忍，但也明白自己此刻帮不上什么。一连三四天，阿华都要求丽姐载他过来在校门口守着，每次接静走的车都不一样，接她的人也不一样，但目的地却都是惊人地相似——宾馆。

此刻，阿华颓然地坐在副驾驶座上，感觉全身的力气甚至灵魂都被突然抽空了，一种空洞又锋利的疼痛填满了所有感官。车上收音机里报道着午间新闻，“某地公安又破获了一起女大学生应召卖淫的事件，据了解，这样的事件当下并不罕见，在物欲横流的现代社会，能否把持住名利的诱惑……”

阿华的泪水静悄悄地流了下来。咸咸涩涩，入口全是苦楚。丽姐眼眶也红红的，伸出手将阿华揽进怀里，阿华双目死寂，身体冰冷，僵硬得像块石头。丽姐紧紧抱着阿华，“哭出来吧!哭出来就不那么痛苦了。”丽姐用身上的温暖和柔软，尽可能地宽慰阿华。

酒吧外面大雨倾盆。阿华不知道这几天是怎么过来的。上班也是浑浑噩噩，面无表情，几个同事都猜测他肯定出什么事了，又不敢问，生怕惹阿华不高兴，虽然他看起来已经很不高兴。

这时静来了，几个同事也隐约知道她是阿华的对象，偷偷过去告诉她阿华最近的情况。

“怎么啦？大国宝？谁惹你了？”静小心翼翼地问道。

阿华看着俏丽的静，脑中又想到这几天静和不同男人出没宾馆的事情，痛到麻木的心更加刺痛了起来。他觉得呼吸都有点困难起来。阿华此刻的眼神让静很害怕，包含着矛盾，不舍，决绝与痛苦。

“你别吓我……”静的声音已经有了一丝哭腔。

阿华突然丢下手头的事情发疯一样跑出酒吧，静在后面叫喊着追出去。几个同事怕出事也赶忙想追出去，坐在吧台的丽姐突然制止他们，“别出去，让他俩自己解决。”

阿华顶着雨一直跑，静在身后紧紧追着。阿华站住，静赶上来，撑开伞，又连忙拿出纸巾想帮阿华擦拭，阿华推开静的手。

“你一直在骗我？”阿华突然说道。

“你到底怎么了？我骗你什么了？”静觉得委屈极了。

“快活居，新悦阁，天海一家……”阿华慢慢念出这些名字。每念一句，静的脸就苍白一分，她终于意识到发生什么事了。

“就为了钱，值得吗？”阿华直接拦住一辆的士走了。剩下在雨中呆呆的静，看着的士渐渐远去，静瘫坐在地上，大声地哭，雨声将她的哭声掩埋，回荡在城市不起眼的角落。阿华在车上看着哭泣的静，拨通丽姐的电话，“帮我个忙，送她回学校。”

一把伞出现在静的头上。静喜出望外，猛地抬起头，“阿华……”然而她看到的是丽姐，丽姐将她从地上拉起来，又去车里取了毛巾给她披上。送她去学校。一路上静一遍一遍拨打阿华的电话，“您拨打的号码暂时无法接通……”这一刻，静觉得他俩的感情，已经脱线，不在服务区了。

## 十

阿华并没有回家，来到他和静第一次约会的广场。大雨笼罩了整座都市的夜空，却濯洗不去静曾经的足迹。阿华记得静在哪块砖上跑哪块砖上跳，记得静的表情，静的笑，记得静身上的体温。

“活在都市里的人都是一段段故事，雨一样下着，这片城市每天都上演着悲欢离合。”阿华心里想着，“每段故事都有过去，会在人心刻下或深或浅的伤痕，比如金镇，比如丽姐，比如静。”

阿华打开手机，一大串静的呼叫记录。“你真的爱我，就不应该瞒着我，有什么困难都可以一起面对。”阿华给静发了这条短信，却没有得到回应。

几天后，阿华去静的学校等她，却没看到静，静的手机也一直打不通，阿华慌了，担心静是不是出了意外。多方打听后，阿华找到静的班主任，询问静的去向。

静离开了……跟学校请了长假。班主任只是说静回家了。阿华失魂落魄地走了。

几天后，阿华收到一个无地址包裹。包裹里有一封信。

“知道吗？国宝，收到你短信的时候，我差点就忍不住回去找你。我不奢望你原谅我，因为连我自己都觉得不配拥有纯洁的爱情，感谢你，让我碰触了这么奢侈的一种感情。在酒吧的时候你就吸引了我，和其他服务员不同，你有真诚温暖的笑容，像冬天里的阳光一样美好。有时候我好恨，为什么我要生在破碎的家庭，妈妈从小就离开了我，留下两个弟弟和残疾的父亲，我用青春、用身体做一场交易。好恨，为什么不早点遇到你？还记得那晚我们第一次出去，真的好开心，从没有一个男生单纯地为我的生日祝福，为我高兴。W 市的樱花之旅，我想向你坦诚一切，给你我的所有，但我的身体好脏，怎么也洗不干净。我不敢再继续，害怕住进你心里、记忆里不再是完美无瑕的我。不要找我，因为我也不知道我会去哪里。或许以后，我们能在一个陌生的城市，在一个没有人认识我们的地方相遇，那时我一定勇敢抱紧你。”署名是：“爱你的静”。

信的旁边有一个精致的玻璃瓶，装着静生日那晚阿华送她的花，花已经枯萎，却完好无损。阿华看着枯萎的花，想起和静在一起的点点滴滴，那么美丽的回忆，却像一场蝴蝶的旅途，美丽之初已经写好了早夭的结局。

日子又回到正轨。阿华的哥哥毕业了，家里也终于攒够钱给母亲治病。丽姐最近心情也像天气一样反复不定。阿华知道，丽姐的前夫又回来纠缠她了。他新婚的妻子，只关注他的事业及优越的生活条件，不会烧他喜欢吃的菜，不会半夜起来为他盖被子，也不知道他的灰的黑的白的西装该搭配什么样的领带分别放在哪个柜子中。他和新欢在一起，每天想的是丽姐这个旧爱。直到他忍不住试探，对新婚的妻子谎称自己即将破产，那女人竟然急着打官司，怕分不到多少财产……所以他彻底死了心，终于明白没有什么比遇到一个爱自己的女人重要。阿华知道，丽姐还是深爱着那个人的，不然也不会这么痛苦。

“回去吧，回到那个男人身边。”疯狂过后，阿华抱着丽姐道。

丽姐没有回答，静静地闭着眼睛，但眼角滑落的泪珠出卖了她的内心。

“我知道，也明白的。我们之间还缺少可以长相厮守打破世俗忌讳的东西。放手吧!”阿华道。

“这样对你太不公平。”丽姐抚着阿华的脸道。

“这世界何曾公平过，很多人，很多事注定要适应。”阿华道，“不用担心我，我也打算离开这里了，找个可以重新生活的地方，有方向，梦想和路。”

从丽姐家里出来，阿华拨通了哥哥的号码，“哥，我想去个地方……”

阿华暗哑的声线使电话那头陷入沉默，阿华想象得到哥哥在电话另一端发愣的情景。“想去就去吧！家里有我呢!”哥哥温和地回道。

丽姐终于还是和前夫复合了，阿华也坐上了去外地的火车，火车上，阿华收到了丽姐的短信，只有四个字：“一路顺风!”阿华收起手机看着窗外，火车经过一段长满野花的山谷，很多蝴蝶在飞来飞去……

“很快，就要到静的家乡了……”想到这里，阿华笑了。

# 瘾 者

对外经济贸易大学/罗建森

战争不是突然打响的，在很久以前就现了端倪。

举一个最普通的例子：上个月我在外省，在一个十字路口旁的三轮车上挑莲子，其间遇到城管来巡街。摊主也不慌忙，朝城管卑微地躬了躬腰，满脸都是心照不宣的笑容。城管戴着一副大墨镜，原本就窄小的脸盘被遮住大半，看起来既滑稽又不怒自威，伸出背在身后的右手，食指的关节在摆放莲子的铁板上快速地敲了敲：

"快点把摊子收了听到没有，收了赶紧走!"

摊主急忙回答"是是是"，手里却并没有要收摊的动作表示。城管走出去几步，又转过头来，怪声怪气地说：

"哎，早上拿来的那几盒确实不错。"

摊主满脸堆笑，"过奖""哪里""慢走"之类的话说了一堆。然后城管继续巡他的街，摊主继续摆他的摊，刚才的例行公事也就是例行公事，没什么实际效果。

但现在不一样了。前几天的一个晚上，十点来钟，我出门去买铁板烧，发现三个摊子都不见了，只有横七竖八的竹签和皱巴巴的卫生纸在地上打着转。街上刮着凉风，我上半身只穿了件短袖，冷得直打哆嗦。就在我转过身要回去的当儿，三辆铁板烧的三轮车排成一字，从一个巷道里拐了出来，招牌下面的灯还黑着，推车的人左顾右盼，缩头缩脑。我问其中一个：

"刚才城管来了?"

"可不是！差点被收了摊子。"

"哎，以前不是只赶不收吗?"

“谁知道怎么回事儿！大概就是几个星期以前吧，突然都跟打了鸡血一样，见摊就收，骑上车就走，好说歹说都没用。”

“直接骑走？干吗，罚款？”

“是啊！罚了款，车子还要在他们那儿扣一星期。卖得不好罚500，卖得好了罚1000。”

另一个人接过话茬：

“罚款也就算了，问题是一扣一星期，车上的东西都坏掉了，只能扔了再买。被这么抓一次，少说也要亏2000。”

顿了顿，又不好意思地笑起来：

“我都被抓了两次了。腿慢。”

我咂咂舌头，问他：

“那你还摆？”

他立马提高了嗓门儿：

“摆，为什么不摆？他敢抓我就敢摆！”

我点点头，附和道：

“是啊，不摆咱们吃什么？”

如果你看了新闻，你就会知道，播音员已经用她标准的普通话播报过了这个情况：所有岗位上的工作人员都越来越敬业，工作效率显著提高，人民群众的生活有了更可靠的保障，这是一件可喜的大事儿。当然了，电视上的话只能信一半，剩下的那一半是他们不能播，也不屑于播的。

有左就有右，有光就有黑，这是没错的。当警察、城管、检察官以及其他形形色色的行政人员兢兢业业时，他们的对立面——罪犯、商贩、流浪汉、刺儿头，同样也兢兢业业。所谓“正经”的工作者越是正经，他们的对手就越是坚定。新闻中的“工作效率”稳步提升时，犯罪率也在逐步上升，城市的治安先转好后转坏，之后越来越坏。所有的人似乎都偏执起来，执着于自己目前的行当，以超乎以往的热情和毅力开拓着各自的事业。

但是，一般的普通人并没有察觉到这种趋势。那些身居高位的政府官员也没有察觉到；也有可能他们早就察觉到了，毕竟他们手眼通天，但表面上装出毫不知情的样子，暗地里已经采取了行动。后来的情况也证实了这一点。而至于我，我为什么可以察觉到这种微小而源源不断的致命的变化？——我是个精神恍惚、反应迟钝的人，属于普通人里的下等，永远跟不上别人的节拍，也难以适应身边飞速的变化。我的穿着永远比别人落后三到五年，头发是一成不变的寸头，胡子倒是一直刮，眼镜是半框的金属眼镜而不是时尚的黑框镜。不过你别说，有段时间人们中间开始流行“书生气的痞子风”，我的扮相倒是刚好合适，一度被认为站在了潮流的尖端，但也仅仅持续了一两个季度，之后又成为了人们嘲笑的对象。

我无意去改变我的现状，也不想绞尽脑汁去追赶别人的脚步。我对自己有着清醒的认识：笨拙，落后，模糊，混乱，这就是我对自己为人处世的评价。当然，也正因为如此，我才能更加敏锐地感觉到危机的出现。因为我不像别人，拥有快速适应的能力；我有属于自己的频率，属于自己的步伐。这个世界奔跑得再快，说到底也是有规律的，只要有规律，我就不会迷失。当我的脚步被打乱的时候，我立即就感觉到，有什么东西在改变了。

果然，在接下来的一段时间里，“效率提升”的负面影响越来越明显，社会矛盾开始激化，每个人都变得固执而不可救药，守卫着自己的价值观，与他人展开一场恶战。商贩认为自己的摊点是谋生的手段，是全部生活的所在，必须要做下去；城管认为市容市貌不容污抹，所有的摊点都是制造垃圾的罪魁祸首，必须取缔；罪犯认为自己有充足的理由去实施犯罪，就应该去犯罪；警察认为所有的罪犯都伤害了个人和社会；医生认为救死扶伤是天职，疯狂地做实验、搞科研、开发新药，狂热的劲头让病人提心吊胆；病人认为生病也是自己的权利，拒绝医生在自己身上动手动脚，胡乱试验一些用途不明的药剂；甚至于清洁工，为了能有更多机会发扬舍己为人的美德，常常为了争夺一块区域而大打出手。

调查人员没有疯，这很好理解。他们更早地发现了端倪，受指派去调查研究，从始至终都置身局外，当情况越来越严重的时候，他们良好的职业素养促使他们达成了共识，就是要拯救人类脱离疯狂。他们的心志坚定，既不拖泥带水，也不刚愎自用。他们动用自己手头的资源和全部的学识，昼夜不停地研究，希望能找到它的成因和解决方案。而至于我，前面说过了，正是因为跟不上节奏，所以幸运地发现了异象，比其他人更早地拥有了警戒意识和自我克制意识。当然了，并不是所有像我这样步伐缓慢的人都察觉到了异常的状况；我们中的大多数因为散漫惯了，根本无心去留意周围，即便发生了变化也不会知道。和其他人一样，他们也陷入了极端的境地，深信自己四处飘荡无所事事的生活方式才是最自由最舒适的，看不起其他忙忙碌碌工作的人群，并且大肆宣扬自己的理念。

有那么一段时间，我感觉自己没办法在世上生存了。身边的人接二连三地陷入偏执，最后包括我的亲人，都变得不可理喻。但他们并不觉得有什么不对，反而觉得是我立场不坚定，是根名副其实的墙头草，懦弱而无能。全世界好像只有我是不正常的。那个时候我还不知道有别的人可以像我一样克制偏执，我感觉自己身处一个陌生至极的星球，星球上没有玫瑰，只有泥泞的硬刺。我一度想到了死亡。

但命运总是爱开玩笑；就在我爬上了八十层高的贸易大厦，准备一跃而下的时候，我看到了云端的宫殿，那是一座城堡，迷蒙在层层云雾里。从我看到它的一瞬间起，就知道它不是海市蜃楼，因为我看到了硕大的机器正在运转，发出雷鸣般的响声，一只大磨盘在匀速转动，看不见的物质顺着千万条管道倾泻而下，组合成一场无形的大雨，浇透了每个泥潭里的疯人。这场景令人咋舌却又真实可感，绝不是我这等凡夫俗子的幻想能编造出的，也不是自然的海市蜃楼能显现出的。

我的一双儿女这个时候从顶楼的天窗爬了上来，一步一步接近我，朝我不客气地喊道：

“哎，老东西，你要干吗，要跳楼？你可不能死，你死了，就没有人帮我们交学费了，也没人给我们零花钱了！”

小女儿尖叫道：

“你答应买给我的那套衣服还没兑现哪！”

她说的是哪套衣服，我已经不记得了。我答应了他们好多东西。很多是被迫的，不情愿的，但又不得不；他们是我的孩子，他们的要求我应该无条件服从，很多时候我都是这样来安慰自己的。我转过身冲他们放声大笑：

“你们放心，在你们榨干我最后一滴血以前，我不会死的！好了，回去吧。”

在我说出这句话之前，一个念头就已经击中了我。那座城堡就是一切极端的源泉，一切偏执的生长地。一股英雄陌路的孤独感涌上心头，那么多能人勇士都被冲昏了头脑，偏偏是我这么一个小人物，一个拖沓的普通人，找到了问题的根本所在。我该怎么做？去摧毁那座看起来遥不可及的城堡，还世界一个和平？

我觉得自己头都大了。

真正让我下定决心的，是我那个疯老婆。她听说我要跳楼自杀，连忙打发两个孩子去全城最高的建筑，也就是那栋贸易大厦上找我。看见我进了门，冲上来就是左右开弓一顿收拾：

“妈的，你去寻死，我怎么办？什么都不留给我，让我去喝西北风啊？本来一家人就过得惨兮兮的，你还要添堵，我告诉你，尽管去死好了，你死了也没人给你收尸！不过说好了，家当都给我，你有种去死就啥都别要！等你死了，我就再找个男人！”

我本来不想和她计较的，忍一忍也就算了，听到她最后一句话，顿时无名火起，瞪圆了眼睛问她：

“你刚才说什么？最后一句！”

“我说，等你死了，我就再找个男人！”

"我×你妈!"

我一巴掌甩到她脸上，女人的脸瞬间又红又肿，血从嘴角洇了出来。人在这种极端的状况下，说出来的东西都是最想要的：她一直想让我死，一直想找别的男人。

我整了整因为用力过猛皱了起来的衣服，用我这辈子最大的嗓门对她吼道：

"走就走，东西都给你，老子不稀罕!"

我故作潇洒地开了门，昂首挺胸往外走，冷不防被脚下的门槛绊了一跤，摔了个四脚朝天。两个孩子在房间里尖声尖气地笑，我没有回头，故作镇静地爬起来，觍着涨红的脸，狼狈地跑下了楼。

你能想象我作为一只净身出户的丧家之犬，有多痛苦和沮丧吗？好吧，其实也不算净身出户，我身上的这件夹克还是我那疯老婆买给我的结婚纪念日礼物，用她自己的工资。那个时候还处于正常的年代。我漫无目的地走在庸碌的大街上，我不知道要到哪里去，我的父母已经去世了，他们的老房子也已经易手，亲戚们各有各的算盘，没有人会收留我。

这是一个深秋的下午，阳光很温和，透过枝丫和屋檐，投下一片片金黄的色泽和浓郁的阴影。不得不说，景色很美，建筑物依旧井井有条，街道四通八达，天空干净澄澈，远处的山也显得柔和婀娜。要是放在往日，这绝对是不容错过的秋游的好天气，人们在公园里和河堤上散步，彼此微笑致意，说不出的闲适。而现在，在这样美好的情境下，警察枪击罪犯，城管追逐商贩，大人殴打小孩，姐妹撕咬兄弟。好像是无数个慢镜头，无限延伸，你越不想看，它越是缓慢清晰。

看到撒得满地都是的苹果、香蕉、葡萄、榴梿、糖炒栗子、臭豆腐、铁板烧和烧鸡烧鹅，我突然想起来自己中午没吃饭，紧跟着肚子就咕咕叫了起来。虽然我扔下别的东西出来了，但身上还带着一个皮夹子，里面的现金够我吃上一段时间。不远处就是一家面包店，招牌很晃眼，估计不是什么便宜货。我四下里看了看，没有别的饭馆或者便利超市，看来只能是它了。比起外面随时会被打翻的小摊来，它也更安全些。

面包的价钱果然涨价了，和其他日常必需品一样。营业者都认为自己靠这个吃饭，那么提高些价格来改善自己的生活是理所当然的。好在店家还算老实，涨价不算很多。我也没有和他讨价还价，店家为了坚守自己所认定的道理是会义无反顾翻脸的。他不在乎少你一个顾客。我拿了两个法棍，付过账，转身出了店门。

我站在店门口，拔棍四顾，不知道该往那个方向走。我想要去寻找那个城堡，去探寻它的内部，去毁掉那个大磨盘，拆了所有乱七八糟的管道，把那一片罪恶之源夷为平地。可是，城堡在天上，要上天，根本不可能。没有梯子也没有宇宙飞船，就算我一直走到死，那座城堡也只是躲在云层里，坏笑着看我死亡。

就在这时，一个乞丐敲着他的破碗，一瘸一拐地从我眼前走过，看到我手里的面包，又退了回来，把他那脏兮兮的瘦骨嶙峋的手伸在我眼前，抬起他那变形扭曲的脸，语气生硬地说：

“把面包给我。”

我一愣，问他为什么。

“因为我是乞丐。”

“啊，你是乞丐就要给你啊？凭啥？”

“就因为我是乞丐！乞讨是我的职业，是我的出路，你不能不尊重我生存的权利，我要了，你就必须给！”

我在心里琢磨，妈的，他从哪里学来的这套说辞，有板有眼的，还挺横。我清了清嗓子，镇定地对他说：

“我尊重你的权利了，那谁来尊重我的权利？这是我的东西，我要吃它，没有它我就会面临饿死的危险。这样吧，我们各退一步，我把面包卖给你，你付钱给我。”

这下乞丐愣了，问我为什么。

“因为这是我的东西，关乎我生命的东西，我有权处理它。如果你不答应，那就算了，我们谁也不干涉谁，各走各道。”

乞丐歪着头想了想，最后认同了我的道理，同意和我做交易。我卖出了比面包店贵一倍的价格，轻而易举地赚了一笔小钱。在乞丐从身上的破布口袋里摸钱的时候，我问他：

“哎，我说，你既然有钱，干吗不进店去买啊？”

乞丐倒也没什么忌讳，随口答道：

“哦，他们嫌我脏。不让我进去。”

我点点头，说：

“嗯，各有各的道理，也怨不得谁。当然了，还是他们的错多一些。”

我和乞丐一手交钱一手交货，就此要告别，突然冲过来六个穿制服的人，看不清是哪个单位的，一把扭住我的手腕，其中一个人龇着牙说：

“小子，我们观察你很久了，低买高卖，投机倒把，挺有心机的，嗯？”

“不是，你们听我解释……”

“闭嘴！”

一个高个子男人威严地吼了一声，震得我浑身一颤，不敢再作声。看见我老实了，男人又开口说：

“把这个叫花子放了，他是受害者，让他滚吧。至于你……先带回去，好好收拾收拾。”

押着乞丐的人松开了乞丐的胳膊，那个鼠辈连忙鞠了几个九十度的躬，说了好几声“谢谢大爷”，拿着两根法棍，一溜烟地跑了。我的脖子被人往下摁着，上半身都快贴到地上了，只能对着他灰不溜丢的屁股骂一声：

“龟孙子！”

高个子男人看到乞丐走远了，神色缓和了许多，冲着我一挥手：

“带他回去。”

押着我的人减轻了手上的劲道，脖子上的手松了下来，我一下子感觉舒服了很多，直起腰来扭了扭。但我知道，现在还不是放松的时候，没有多问也不敢造次，顺从地在他们的监视下，夹在他们中间往前走。

一行人起先一直在大路上走，大概有个七八公里。一路上有不少小贩再吆喝，也有不少罪行在发生，这些黑衣人一概不搭理，只是一脸严肃地往前走。我更加确定了他们不是警察也不是城管，也不是行政人员；那他们是谁？他们要带我到什么地方去？他们会杀了我吗？一连串的疑问在我头上冒泡，折磨得我要发疯了。跟着一群素不相识的神秘人，前往一个未知的地方，连是生是死都不能确定，换了谁都不可能泰然处之。有好几次，我都壮起胆子想要问个究竟，但一看到他们死人一样的严肃脸，就把一切都咽进肚子里了。毕竟我是一个普通人，一个普通人里的下等人，我没有勇气也没有能耐，我只配被嘲笑和羞辱。可能你会说，你打老婆，净身出户，这不是能耐？那我只能苦笑着回答你，那就是我的懦弱啊！

我们继续往前走，人烟越来越稀少，眼看就要出城了。看着前面那一大片萧索的树林子，我突然两腿发软，他们拉我来，不会就是要处决我吧！我就像一头待宰的羔羊，温顺地跟随着他们，送自己上路。我越想越急，越想越怕；我甚至都要掉眼泪了，为我即将到来的死亡。我的双膝在抖动，我想要给他们跪下，向他们求饶，放自己一条生路。尽管可能性微乎其微，但这是我能想到的唯一可以一试的方法。

我的脚步已经滞缓了，腿已经打弯了；我几乎就要跪倒在地号啕大哭，抱着他们粗壮有力的大腿求饶了。突然，他们转弯了，方向不再是那片树林，而是城市的另一边。我松了口气，同时也瘫倒在地。队伍停了下来，站在我后面的三个人上前来扶我，更准确地说是拎我，把我一把拎了起来。我摆手示意他们我可以自己走，队伍又继续前进了。我想，我这一番表演可算是足够滑稽了，我虽然一无是处浑浑噩噩，但却从来没有做过如此斯文扫地的事情，连我自己都忍不住要笑话自己。可是这六个人依旧是一张死人脸，一点表情都没有。只有领头的那个高个子男人，看穿了我的心思，转过头来对我说：

“放心吧，不会让你死的。就快到了。”

我们现在的方向是朝南。南城区是一片老城区，居住着乡下来的贫民和城市里的无业游民。没错，我家也在这里。他们带着我七拐八拐，在一条条巷子里穿行，饶是我在这里生活了几十年，也依旧绕得晕头转向。其间经过了我家楼下，我竟然有一种冲上去抱着我老婆痛哭一场的冲动，虽然几个小时前我刚刚给了她一巴掌，还赌气出走了。老婆，有缘再会吧，我心里默默想着，眼泪已经流了下来。

黑衣人可不知道我家在哪里，也不会在乎我为什么流眼泪。他们继续绕来绕去，穿过人们晾晒在巷子里的衣物和食物，踩过乡下人泼在门口的脏水，避开醉汉扔在路中央的横七竖八的酒瓶，最后停在了一扇破旧的门前。这扇门属于一间衰败的平房，而且看起来不像是住人的。它更像一间小库房，存放一些无关紧要的破烂。这里就是我们的目的地。

领头的高个子男人从裤兜里摸出钥匙，打开门，让我们一个个进去，他排在最后。四下里静悄悄的，平日里吵吵嚷嚷的邻居们都消失了，整条巷子在西沉的暮色里安静得可怕。

房间里没什么家什，只有四张木桌拼成的一张大桌子，围放着六把椅子，靠墙的地方是六张稻草的地铺，简陋而寒酸。六个黑衣人坐在六把椅子上，我战战兢兢地站着。虽然知道自己不会死，但我还是不敢放松警惕。未知的东西太多，我的恐惧已经不够用了。

高个子男人坐在正对着门的那把椅子上，门在他进来时已经顺手锁上了。窗帘大白天也拉得严严实实，窗帘后面是一层铁板，严正有序地钉在窗户上。地面是水泥的，还算平整，悠悠地散着阴冷，墙壁抹过了白石灰，但依然显得肮脏龌龊。屋顶的椽梁上吊着一盏惨白的节能灯，无风自摇，让人发昏。男人看到我站在门口，手脚发颤头冒冷汗，开口说：

“老六，你起来，让他坐下。”

话音刚落，离我最近的一个黑衣人噌地一下站了起来，退到了我身后，把他的座位让了出来。我朝他鞠了好几躬，才鼓起勇气坐到了那个座位上。不得不说，坐总是比站着要好，我的屁股挨到了椅面，不禁长嘘了一口气。他们的椅子都加了海绵。但我还是不敢就此松弛，像一摊泥一样瘫在软绵绵的扶手上；其他的几个人都正襟危坐，或者站着，我有什么资格和胆量来享受安逸呢？

领头的那个男人一直都来盯着我看，目光一直没有移开过。我感到浑身不自在，觉得自己身上有个放大镜的焦点，在嘶嘶啦啦地冒烟，已经处在燃烧的边缘了。但我别无他法，只能继续让他盯着看。我再一次对自己的处境产生了怀疑：真的不会死吗？他们到底会用什么手段来对付我，让我受尽煎熬呢？除了这些问题之外，一个更为本质的问题困扰着我：为什么是我？真的是因为我“投机倒把”吗？

“你不是个一般的普通人。”

男人突然开口说话了，我把头猛地一抬，正好瞥见他嘴角滑过了一抹浅笑，但稍纵即逝，现在看到的，依旧是张死人脸。

“你不是个一般的普通人。你是普通人里的下等。你没有变成其他人那样，而是很好地逃开了这场灾难。”

“我不懂你的意思……”

“实话告诉你吧，我们是政府派出来的调查员，一年以前就开始隐匿在各行各业里以便收集数据信息了。战争爆发得比我们预想的要快，还没来得及拿出有效方案，我们的人民和领导人就被战争吞噬了。我们拼尽全力研究手头的资料，动用了所有自己掌握的知识，宗教、星象、人体、哲学，慢慢地掌握了自己想要的信息。我们发现了一座城堡，它就在我们头顶的云层里，它连接着一个磨盘，散播着让人毙命的物质。除此之外，我们还发现了这个地方——通往城堡的门户。我们动用了一些手段，来解除这里的防卫措施，并且把它清理成了无人区，现在绝对安全。”

“等等……你是说，这里的人不见了，是因为你们把他们都‘清理’了？他们都……死掉了？”

“对不起，为了整个社会，我们不得不牺牲一些东西。你不要激动，请听我说完。”

“呼……你继续说。”

“尽管我们清理了这片地方，但我们没办法进入这个通道。我们的对手很强大，我们这些人已经上了他们的黑名单，只要靠近一步，就会灰飞烟灭。但是，天无绝人之路。我们偶然发现了一些人——就是像你这样的普通人里的下等——他们不受敌人的控制，摆脱了极端的疯狂，因为迟钝，所以幸运。我们花了很大代价找到他们，把他们带到这里来，告诉他们真相，并且请求他们穿过这扇虚无之门，去接近城堡和磨盘，希望他们能带回来更多的信息。当然了，能摧毁它们再好不过。”

“你们找到了多少人？”

“截止到上个星期，我们已经派进去了二十二个人。你是第二十三个。你离家出走，你买面包，你的隐忍和懦弱，都被我们看在眼里。刚才在路上，你害怕、胆怯、想要下跪求饶，这都让我坚信你是个逃脱了灾难的人。如果是那些疯子，肯定会大叫大嚷起来，说我们侵犯了他们的生存权利。”

听到他说这些，我羞得满脸通红，深深为自己之前的行为感到羞愧。我觉得自己是个有罪的人，我要赎罪，要忏悔，我几乎就要答应他了。但我在汹涌的感性下面还留着一点理智，我继续问他：

“有多少人回来了？”

男人叹口气，回答说：

“一个都没有。第一个人派进去已经有两个多月了，至今一点音讯也没有。而且，像你这样摆脱控制的人已经越来越难找了。说实话，生还的希望很渺茫。”

“那……门的后面是什么？”

“不知道。什么也不知道。门后面是一个混沌的次元，我们也不知道里面会有什么。如果你答应进去，那我也不能保证你的性命。”

“可是你在路上保证过，我不会死啊！”

“是这样没错，我们并没有杀你，也没有伤害你。况且，这项任务是自愿的，我们不会强迫你。如果你不想做，那你现在就可以离开了。”

我真的能离开吗？我到底该不该去？之前的二十二个人为什么会答应？他们的话是真是假，他们到底是好是坏？我是个迟钝愚鲁的人，我没办法同时思考这么多问题，我的头又开始隐隐作痛，我真想狠狠地在墙上撞几下，把自己撞晕了，睡个天昏地暗。我紧紧地闭上眼睛，脑海里又浮现出了我那个疯老婆带着血的脸。好吧，就算她是恨我的，就算她希望我死，但我还是相信，她至少曾经爱过我；至少我是爱着她的。我又看见了我的一双儿女，他们曾经趴在我的背上，争着抢着跟我讲他们从学校听来的小故事。为了他们，为了我自己，我也必须去。人类和我没关系，但我的家庭不能再破碎下去了。

等我睁开眼睛的时候，我已经做出了自己的决定。生也好，死也罢，反正在这样的一个社会里，我的存在也没什么意义，不如就去充一把英雄，去做一些不同寻常的事。等到有朝一日，城堡真的被毁灭了，人类也回归正常了，至少还有这六个人记得我，我的名字应该也能像加加林一样，名垂青史吧。

高个子男人还是紧紧地盯着我，面部紧绷，等着我的答复。我站起身来，颤抖着对他说：

“好吧，我去。”

那扇虚无的门就在高个子男人的身后，他们碰触了某个我看不到的机关，紧闭着的门缓缓打开了。我站在门口往里看，里面黑咕隆咚的一片，什么也看不清楚，但我已经没有退缩的机会，也没有退缩的必要了。六个人各自拍了拍我的肩膀，我朝他们点了点头，就伸腿儿迈进了无尽的深渊里。门在我身后“咔嗒”一声锁上了，我突然想起来，没有人对我说“祝你好运”或者“一路顺风”。我骂了一声“操”，做了几个深呼吸，然后继续前行。

里面漆黑一片，一点光亮都没有，看不见四周的情形，也看不见脚下的道路，就像盲人一样，视觉完全失灵。这是一个绝对黑暗的空间。我想，既然看不见路，那就随便走吧，于是开始信步乱走起来。黑暗里完全没有方向感，我由着自己的性子，东走走，西逛逛，大概这么走了一两个小时，终于看见了一点亮光，远远地朝我昭示着它的存在。这下好了，有了方向，我加快了脚步，朝着那一点亮光走去。奇怪的是，只要我开始走路，它的位置就会发生偏移，我不得不一次次地调整方向，以使它始终保持在我的正前方。令人欣慰的是，我和它之间的距离的确在缩短。

又这么走了好一段时间，我走到了那亮光跟前，满头大汗，气喘吁吁。我的面前是一个帐篷，两边都是敞开的，应该出入无阻。一个老女人坐在帐篷旁边，手里拿着一把小刀，在削什么东西。而那点亮光，就是她头顶的一只梨形灯泡发出的。

老女人听见我的喘息声，头都不抬，一边工作一边问：

“你从哪里来？要干什么？”

我还没来得及搭话，她就接了自己的茬：

“啊，你是一个被爱情伤透了心的人，你的妻子背叛了你。你被放逐到这片幽暗之地，丧失了方向，充满了沮丧。”

老女人抬起了她白发苍苍的头颅，仔细地端详着我。她的面容慈祥，脸上布满了皱纹，但看得出来年轻时是个美人，眸子里闪耀着如水的光芒。她说：

“啊，年轻人，你算是来对地方了。我喜爱和钦佩那些视爱情如生命的人。来，你看。”

她走进了帐篷，从一口木箱子里拿出了一朵玫瑰花，递给了我。这朵玫瑰花触感冰凉，摸起来光滑顺手，枝干是棕黑色，花朵是深沉的红色，制作精美，颜色和谐。

“这是件玉雕吗？”

老女人笑着摇摇头：

“不，这是件骨雕。是用我爱人的大腿骨雕的。你看！”

她指了指帐篷的另一端。我这才发现，帐篷口搭了一条粗铁丝，上面挂着两具骨架。灯光太过昏暗，如果没有人提醒，很难注意得到。我朝地上看了看，地上果然堆放着不少尸骨。我数了数，刚好二十二具。

我禁不住打了个冷战，一股凉意咕嘟咕嘟往上冒。难道这个老女人也想把我杀掉？她看起来这么苍老软弱，没想到心肠如此恶毒。

老女人还是面带微笑看着我，好像没有注意到我对她产生了怀疑和恐惧。我强装镇定，问她：

“呃……您为什么要这么做呢？我是说，用他的大腿骨……”

“噢，那是因为我爱他呀！我爱他，爱他爱到了骨子里，我恨不得和他融为一体。我想要占有他，占有他的血，他的肉，他的一切。可是他竟然说我可怕，说我恐怖，不可理喻，要跟我分手！喏，没办法，我只好把他杀了。当然了，我依旧爱他，无可救药。我把他的大腿骨砍下来，用砂纸打磨得无比光滑，削成骨片，拼接出这朵娇艳的花朵来。你看，这样他就永远以他最美的姿态和我在一起啦！”

老女人说这些话的时候，兴奋异常，眼睛里跳跃着火光，热情而危险。我干笑了两声，尽量让她觉得我对她的做法表示了赞许。老女人笑着笑着，突然向我靠了过来，速度之快，容不得我做出反应。眨眼之间，她就贴在我身上了，干瘪的胸脯紧靠着我的胸脯，长满褶皱的脸正对着我的脸。我这才发现，这个老女人竟然和我一样高。她说：

“年轻人，我相信你，你是能体会到爱情的滋味的，对吗？你不用回答也不要拒绝，这是我们的缘分，也是注定的命运。”

我惊奇地看着这个老女人进行意想不到的蜕变：她的发际线开始变得乌黑，皱纹消退了，皮肤也紧致起来，两只大眼睛炯炯有神，微张的嘴唇是艳丽的颜色。她的苍老的手变得细腻，干瘪的胸脯也重新充盈，整个人重返了年轻，美得不可方物。一股强大的引力牵拉着我向她吻去，她也正在等待我的粗鄙的一吻。嘴唇和嘴唇紧紧贴合了，女人像一根强力的藤蔓，紧紧地缠绕着我，使劲吮吸着我的舌尖和口腔。身后那个梨形的灯泡闪了两闪，啪的一声熄灭了。世界重新进入了黑暗，我又陷入了失明的境地。

随着光明的消失，所有的热烈和激情也陡然消退了，我突然丧失了全部的欲望，想要挣脱眼前人的怀抱。那个女人也丢失了温度，像一具冰冷的塑像，她依旧和我吻在一起，紧咬着我的舌头不松口。此时的她更像是一条大蟒，想要缠绕挤压我直到断气。我那可怜的疯老婆又出现在了我眼前，这是我在黑暗里能看见的唯一影像。她也已经步入老年了，头发白了不少，眼角和鼻翼的皱纹日渐凸显，乳房下垂，皮肉松动。但是我爱她，已经爱了几十年，未来还会一直爱。我从女人的怀抱里挣脱出两只胳膊，一只手捏紧她的鼻梁，另一只手抓住她的下巴，把她的嘴死命掰开，解救出了我已经红肿的舌头。女人的嘴里发出嘶嘶的声响，我甚至感觉到了她冰凉阴冷的蛇芯。要弄死她，不是她死就是我亡，她不是人而是一条吃人的蟒蛇！我不停地提醒着自己，双手紧紧扼住她纤细而柔韧的咽喉，一刻也不敢松手。女人的怀抱也越来越紧，勒得我五脏六腑都疼痛不堪，但我依旧同她僵持，完全凭着一点脆弱的意志，和她继续争斗。

不知过了多久，女人的身体慢慢松弛了，力气也消失了。她的舌头不再张扬地弹闪，有气无力地耷拉在下嘴唇上。黑暗里突然出现了一团白光，刺眼而强烈，并且迅速扩张。我看到亮光是从女人的嘴里喷薄而出的。白光不停地从她嘴里喷射出来，就像源源不断的烟火，很快就填充了整个黑暗空间。强烈的光芒刺得我睁不开眼，我只好闭上眼睛，依旧能感到光芒灼目。

和极端的黑暗一样，在这片极端的光明里，视觉同样处于失灵状态，我看不见路，也失去了方向。我站在原地，想要冷静下来想个对策，但是时间不容我这么做——我的汗珠噼里啪啦地往下掉，一股铺天盖地的炎热席卷了所有的感官，脚底也灼热难耐，难以长时间站立。不管了，先跑吧！同先前一样，我开始漫无目的地奔跑，不知道哪里是东哪里是北，也不知道路在哪里。我的屁股身后就是一片火海，火苗不时地舔舐我的屁股，鞭策我加快速度。

我就这么一直往前跑啊跑，跑了很久，体力已经透支了，依旧再跑。我的速度已经减慢了不少，一方面是因为我跑不动了，另一方面是因为四周的情况好像改善了很多，感受不到灼热的气流了，光芒也没之前强烈了。温度适宜，光线适宜，我的直觉告诉我已经暂时脱离了危险，但我还没做好睁眼的准备，我不知道又会遇到什么东西。就在我继续往前跑的时候，我摔倒了，像是被一块石头绊倒的。这下我不得不睁眼了，睁开眼以后又是一惊。我此刻置身在一个天然的石洞里，石洞巨大无比，正中是一个圆形的祭坛，穹顶高得难以企及。我就是被通往祭坛的台阶绊倒的。

祭坛不大，也就二十平方米，孤零零地站在一片宽阔的水域上，一级级天然的石阶连接着祭坛和水岸。这里没有别的道路，也没有船可以载我渡过无边的水域，我只好沿着石阶朝祭坛走。祭坛上有一个人影，远远地就能看见，我想起刚刚被我掐死的蛇女，不由得心有余悸，暗暗告诉自己，一切都是小心为上。

这次遇见的是一个男人，温文尔雅，谈吐不凡，浑身散发着魅力的光辉，连我这样的糙汉也不禁要为之倾倒了。他正在低头翻阅一本古老的书籍，看见我的到来也不觉得惊讶，坦言告诉我他也是外面那些黑衣人中的一员，是他们安插在敌方的卧底。我感到很疑惑，说：

“可是他们没有跟我说过，他们还有卧底在里面啊……他们说，他们只要靠近这里，就会灰飞烟灭的。”

“哦，这是机密，自然是不能随便告诉别人的。他们对你还不够信任，不论是你的能力还是你的为人。我在这里收集到了不少珍贵的资料，一直在等他们派人来取走。我已经等了很久很久了。现在好了，你来了，你站在了我面前，你证明了自己的能力。我完全地信任你。”

这个男人把右手伸进他正在翻阅的那本书里，在里面掏来掏去，掏出了一个巴掌大小的盒子。盒子很精致，描画有黑底金丝花纹，看起来不是什么普通的物件。男人把这个盒子递给我，说：

“这个盒子里是我这段时间以来的心血，里面有很多关于城堡和磨盘的秘密。你一定要小心保管，务必要把它交到他们手里。你回到岸上，面朝你来时的方向，向右走五十米，正对着你的石壁上有个小把手，你把它拧两下，就会打开一扇门，后边是一条路，可以送你出去。”

我问他为什么不自己去送，他说：

“上面已经对我有所怀疑了，故意把我安排在这里，就是想考验我是否忠诚，会不会逃走。我得继续隐藏下去，否则就功亏一篑了。这件事情，只能拜托你了。”

我接过那个盒子，一边思索着他的话。听起来有条有理，也没什么漏洞，于是答应了他。我返身回去，重新走过那些台阶，站在岸上，面朝前方，横着往右挪了五十米，看到对面的石壁上果然有一个小把手，我走过去拧了它两圈，面前的石壁当真开了一个豁口，刚好能容得下我侧身进去。我钻进了这条甬道，祭坛上的男人朝我挥了挥手，石壁又咔嚓一声合上了。

甬道里面倒是很宽敞，应该可以并肩走两个人。两边的石墙上燃着蜡烛，微微抖动着光影。我把那个小盒子拿在手里，一边走一边端详，小盒子在烛光下显得古老而神秘，精美的外形让我忍不住一遍遍去抚摸。我想，这趟旅途虽然差点丢了命，但我预想中的要短，这么快就要结束了。正暗自欣喜，转念又想，这其中是不是有猫腻？那个男人给盒子是不是给得太随便了？

我再次端详这个盒子，它看起来就像潘多拉的魔盒，让人忍不住想打开看一看，想知道这么一个精致的盒子里装盛着怎样的秘密。一条链子在盒子的正中，一边连着盒身，另一边是个圆形的球状物。盒盖上有个凹槽，左大右小，链子另一端的圆球可以从左边插进去，然后卡在右边。我努力回想着和那个男人刚才的对话，他似乎并没有说什么不能打开啊打开就世界毁灭了啊一类的话。那我到底该怎么处置它，是自己现在打开看呢，还是带回去给那些研究人员看呢？

一路上，“打开盒子”的想法一直缠绕着我，挥之不去，而且越来越强烈。我虽然知道“好奇害死猫”，但我还是不能克制自己的好奇心。终于，在我的面前出现了两条岔路的时候，我忍无可忍了，取下了那条链子，又一把掀开了盒子的盖子，想要看看里面究竟藏了什么东西。遗憾的是，里面什么都没有，空无一物。我瞪大了眼睛往里看，盒子里的确是空的，我没有眼花。我又把盒子翻过来，敲了敲它的底部，听起来是实心的，不像有暗格的样子。就在我抓耳挠腮的时候，眼前的岔路口突然虚晃一下，变成了四个，就在我眨巴眼的工夫，又变成了八个，并且逐渐往我身边扩散，看起来还会无限地分裂下去。我突然明白了，这个盒子就是那个男人的把戏，当我的好奇心达到了极限，驱使我打开它的时候，它的力量就会促使眼前的路口无限分裂，最终把我包围在内，找不到正确的出路，困死在里面。

不容我多想，松手丢下盒子，扭头沿着原路跑了回去。身边不断地出现分岔，一点点侵蚀我所能辨认的方向，搞得我大脑缺氧。等我一口气跑到了石壁跟前，我傻眼了，石壁上根本没有打开过的痕迹，也没有什么机关可以让我出去。此时我的身边已经全是岔路口了，成百上千，数不清理不明。还是晚了一步，我绝望地想，这下我要死在这里了。啊，还好我没有把盒子带回去；这种极端分裂的力量必定会变化出无数的矛盾来，让我们这些人丧失方向和空间概念，让我们在混沌里绝望地死掉。想到这里，我自我安慰说，算啦，牺牲我一个总比牺牲一片要好。权当我为人类做贡献了。

我一屁股坐在地上，却感觉屁股一阵剧痛，不知道被什么东西硌到了。往屁股下一摸，发现竟然是那个小盒子，上面的链子在下落的时候被我的皮带挂住了。一想到这个小东西害得我要死在这里了，我一时火起，把它狠狠摔在了地上，管它是不是稀罕玩意儿，踩了个稀巴烂。

气得鼻子直喷气的我累得要死，再次靠着石壁坐下，头枕着石墙睡了过去。没有做梦也没有不舒服，睡得很深很沉。睡眠里隐隐约约听到有隆隆的雷声，顿时惊醒了，睁开眼一看，发现甬道的顶端正在崩塌，由远而近，一块块巨石都碎成了齑粉。我吓得魂儿都跑没了，连忙跪在地上，抱住头，紧贴着石墙，嘴里“阿弥陀佛阿弥陀佛”念个不停。灰尘和碎屑扑簌簌地往我头上身上落，整条甬道都在剧烈震动，晃得天昏地暗。我除了紧紧抱住脑袋，什么都做不了，只能寄希望于命运，让我不要死于非命。

震动停止的时候我已经麻木了，甚至都已经在废墟里睡了一觉。睡醒的我觉得体力好了不少，刨开压在身上的层层废墟，拱出我灰扑扑的脑袋，意外地发现刚才那场震动已经改变了整个石洞的布局，四周的石墙四分五裂，中间的祭坛也坍塌了，原本是水域的地方已经干涸了，无数条裂缝歪歪扭扭地在延伸。那个男人依旧在祭坛上，胸口以下陷进了裂缝，只剩下两只胳膊和脑袋在地面上乱晃。看到我走上了祭坛，这个儒雅稳重的男人开始疯狂地喊叫：

“救我！快救我！把我拉出去，我会给你一切你想要的！你想要什么？财富？女人？永生？或者我带你去毁掉那座城堡！什么都可以！”

我没有搭理他，捡起掉落在一旁的那本古老的书籍，就是他之前从里面掏出盒子的那本。它就躺在祭坛的边缘，沉重的封皮紧紧关闭着。男人还在吱吱呀呀地怪叫，我打开书，把它倒扣在男人的脑袋上。男人挣扎着，两只手抓住书的封皮，试图把它从头上取下来，但无济于事。男人一点点在消失，最后被这本古老的书完全吞噬了。而那本书既没变薄也没变厚，平静地摊放在地上，书脊上的古文字像是在流动，闪烁着一层层的光芒。我把书捡了起来，合上书页，把它丢进了一个裂缝里，它和那个男人一起万劫不复了。

远处的石壁轰的一声巨响，一块巨大的石板倒了下来，露出一个缺口。缺口那边应该就是我要去的下一个地方了，我不禁有些踌躇和惶恐，我不知道这样的考验（或者说灾难）一环套一环，什么时候是个头。但我已经没办法回头了，来时的路已经面目全非。比起待在这个阴冷的地方等死，我更愿意硬着头皮往下走。

缺口那边又是无尽的黑暗，我以为和刚进来的时候一样，道路就隐藏在脚下，怎么跑动都没关系，没有多想就跨了过去，没想到那头是个无底深渊，我来不及退回来就掉了下去。我想，完了，怕是要粉身碎骨了。我在没有尽头的空间里加速下坠，一开始还能思考一些东西，后来连意识都模糊了。一张张脸从眼前晃过，美的，丑的，高大的，猥琐的，认识的和不认识的，像走马灯一样，围着我团团转。我感觉我的心脏都要被吐出来了，五脏六腑都在翻江倒海。我在一种极不舒服的状态下陷入了昏迷，只记得自己一直在下坠。

着陆时的情况比我想象得要好得多，我像是被一张细密的网给兜住了，就像蹦蹦床，我躺在上面上下弹跃，最终没有继续下坠。网面振动的幅度越来越小，我身下一使劲，从网上蹦了起来，浑身上下立马感到一阵钻心的疼痛，疼到了细胞核里。虽然落地时有缓冲，但还是摔得不轻。我一边揉着晕晕乎乎的脑袋，一边尝试稳住身体，观察打量四周，发现自己竟然站在一朵云上。

此时刚好是日出，半轮太阳已经从遥远的地平线上升起，所有墨蓝色的云都染上了金黄和橙红。沸腾的溶液四溅在太阳周边，天穹变成了一个瑰丽的世界，数不清的繁花织锦来来回回，朝霞游动在汪洋大海里。如果我身边有一面镜子，镜子里的我也该是红光满面的。就在我沉浸在这灿烂壮丽的景象里时，听到一个温和的声音问我：

“请问你是谁，从哪里来，到这里做什么？”

我转头望向声音的来源，顿时呆住了。这是一个赤身裸体的年轻女性，面容秀丽笑容温婉，身材比例匀称，乳房和腰肢堪称完美。原来这片云上不止我一个人！我一下子不知道说什么好，舌头像是打了结，支支吾吾说不出话。这时候又传来另一个声音：

“你在和谁说话？”

说话的是个老人，也是全身赤裸。须发雪白，腰不弯背不驼，一双眼睛闪烁着老年人独有的灵光。也许是因为在天上的缘故，声音传播得更远，我听到他们的声音时，离他们其实并不算近。老人朝我走了过来，上下打量着我，突然笑了起来：

“你是地面上来的人吧？也只有你们这些人，才会编织出这些所谓的衣服来，穿在身上。”

我连忙向老人家鞠躬道歉：

“是是是，我是从地上来的，莫名其妙就掉进了这片云，不知道各位仙人住在这里，打扰了打扰了！”

说实在的，我当时真的以为他们是仙人。我从小听过不少有关神仙的故事，即便是成年以后也听说过不少光怪陆离的逸事，深深相信有鬼神仙妖的存在。虽然他们和我脑海中的宽袍长袖的神仙形象不太一样，但我想，赤身裸体生活在云端之上，并且以半透明形式存在的人——没错，他们都是半透明的，隐约看得清他们身后的状况——起码不是一般的凡人。

老人家摆摆手，笑着说：

“咳，地面上到我这里来的人也不少啦，他们都不知道自己是怎么上来的。我们起先也感到惶恐，后来也就习惯了。你不用道歉，来的都是客，我们不会把你当敌人的。来，跟我来。”

女子和老人在前面带路，我跟在他们后面。老人伸手拨开横在眼前的一层层云雾，一个庞大的集体呈现在我眼前：壮年男子，中年妇人，白发老妪，垂髫幼子，一家家一簇簇，或坐或立，彼此也不交谈，就这么走动或者休憩，都是赤身裸体，都是半透明形态。看到我这个“地面人”的到来，他们都微笑着向我打招呼，我也赶紧向他们回礼。

老人引我进了他们的部落，对我说：

“看你风尘仆仆的样子，想必是遭遇了什么变故，累了的话先坐下歇歇吧。我要先跟你道歉，我们这里没有食物也没有水，如果你饿了或者渴了，那我们也无能为力。”

我折腾了一晚上，口干舌燥的，肚子也的确很饿了，正想觍着脸要点吃的喝的，没想到他先说了这么一番话。我不禁好奇地问他：

“哎？这是为什么？”

“其实我们这一支部族也是人，物种和你们一样，只不过你们生活在地上，我们生活在云上。我们看得到你们，你们却看不到我们。不光是这朵云，你看附近的云层，都多多少少地聚集着其他的部族。要说和你们地上的人的区别，一个是我们可以改变体型大小，云多的时候我们体型就大，云小的时候我们体型就小；

再一个就是我们没有欲望，不需要吃也不需要喝，不需要睡觉也不需要做爱。”

“那这些小孩儿……”

“他们都是无性生殖出来的。每个男人或者女人，到了一定的年龄，就要从自己的身体里分离出一小部分，让他们独立生长，就是我们的孩子。”

“哦……那，你们不吃不喝，没有欲望，你们平时都干些什么？我实在没办法想象不吃不喝不睡的人生是什么样的。”

老人笑着摇摇头：

“年轻人，你已经看到了，我们的生活就是你所看到的这样。走一走，坐一坐，躺一躺，舒缓心性，压制欲望。这是一种精神境界的自我修养，我们就靠这个来生存。”

“那你们这么做，日复一日年复一年，有什么作用啊？”

“作用很多。这种生活方式可以延长你的寿命，平复你的心性，让你的人格更加完美，部族也更加和谐。”

“我还是不太能理解……为什么你们不穿衣服？你们不需要情感吗？你们这样过不会无聊吗？”

“年轻人，你作为地面上的一员，一时之间不能接受我们的生活方式，我完全能理解。这其中的道理很玄妙，我也无法向你说明。你可以跟随我们来尝试一下，只要你亲身体验过了，就能理解其中的奥秘了。”

“这个……您的意思是，让我也脱光了，和你们一起生活？”

“是啊，你尽管可以来尝试一下。”

“可是我……”

我的眼睛瞥向那个带我进来的女人，她正在微笑着注视我。不光是她，我扫视全场，所有的少女和妇人，都在注视着我。她们都赤身裸体，所有隐秘的部位都暴露无遗，况且她们都完美无缺，让人难免有非分之想。那些男人也看着我，眼神里都是温和，如果我做了什么不该做的事，他们应该不会收拾我；但我不能，我觉得这是一种亵渎，是对天上的人种的不尊重。

老人似乎看出了我的难处，说：

“你尽管放心，我们不会强迫你。我知道对于你们地面上的人来说，这种修行很艰苦，毕竟你们是纵欲惯了的人种，和我们还是不一样的。”

我尴尬地笑了笑，向老人道了谢，找了一个没人的地方坐下来。其他人很快就忘了这里还有一个陌生人，各自进行各自的修行，没有人再来理会我。

我坐在云边，俯瞰着脚下大片的土地、城市和乡村，视野里一片模糊。不知道为什么，听了老人的一番话以后，我不再觉得这个地方的人很神圣，反而觉得他们像一群邪教徒，在进行一种极端的禁欲修行。

啊，极端！这个词语突然被打上了着重号，占据了我大脑的所有空间。我终于明白了过来，之前所经历的一切，都是极端的表现。极端的爱情，极端的索取，极端的美好，极端的分裂，极端的光明，极端的黑暗，现在是极端的压抑。一切都是局，都是想置我于死地的局。虽然我反应迟钝，适应环境比别人慢半拍，但我最终还是想到了，还是明白了。我从云上站起来，二话没说，揪住那个老人的头发，一把把他从云上扔了下去。他们是半透明的，也拥有着一部分实体，而且要比我们这些"地上的人类"要轻。我像赶鸭子一样，伸开手臂去驱赶那些赤裸着的骗子，他们一个个惊叫着从云端跳了下去。最后只剩下那个女人，她楚楚可怜地看着我，希望我可以放她一马，她愿意以地上人类的方式来服务我。我吻了吻她的脸颊，告诉她：

"真可惜，我已经有老婆了。"

说罢一脚把她也踹了下去。

至此，这片云上的人类只有我一个了。我站在原地，静静地等候下一扇门的开启。我想我已经找到克制敌人的方法了，那就是什么都不要相信。

我在那里站了很久，从早晨站到中午，从中午站到傍晚，从傍晚站到午夜。什么都没有发生。我又饿又渴又困又冷，燃烧了一天的斗志此刻已经要消耗殆尽了。我坐倒在云上，上下眼皮打着架，身上瑟瑟发抖。我的大脑里一阵阵的轰鸣，乱糟糟的嗡嗡声横冲直撞，没有规律也没有章法。终于我体力不支，倒在了云上，双眼合拢，再也睁不开了。大脑里的那些声音开始出现了变化，它们开始有序地排列组合，最后汇成了一个声音：

"哈，你最终还是失败了。你以为你找到了打败我的窍门？根本不可能，没有人可以打败我。知道你为什么为会死在这里吗？因为你还是陷入了极端，陷入了极端的等待里。那些送你进来的人，那些所谓的研究人员，他们又何尝不是陷入了极端的研究和救援工作，甚至不惜残害别人的性命！告诉你吧，没有人能够逃离我的掌控。每个人都会陷入极端，而极端，就是死亡。"

身下的云忽地一下消散了，我又开始继续向下坠落。我已经没有力气睁眼去看四周的情况了，但我知道自己正在接近地面，因为我闻到了血腥和烟火的气息。这下是真的完了，我既没有看到城堡也没有看到磨盘，我永远都看不到它们了。我也没有办法去告诉那些黑衣人我所遇到的情况，不能为后人提供前车之鉴了。但愿我的死相不要太难看，这是我最后的一个念头。接下来我就陷入了无声无色无嗅的真空里，什么都遗失了。

我醒来的时候是在医院的病床上，只有一个头发花白的老女人守在我的床边。

我花了很大的劲儿才认出来，这是我的疯老婆。她戴着一副老花镜，脸上皱纹横生，已经看不出年轻时的样子了。看到我醒了，她激动地大喊大叫起来，全身抖得像筛糠：

“护士！医生！你们快来看哪！快来人哪！他醒了，他醒了！”

我皱了皱眉头，对她低声说：

“臭娘们儿，别大喊大叫的，跟个神经病一样。这里可是医院。”

接下来我意识到一个很重要的问题：我为什么在医院里？

经过我老婆和医生的悉心引导，我终于回忆起了之前发生的一切事情。那天晚上，我出门去买铁板烧，三个摊子刚逃过城管的追查，准备重新开张，没想到城管又杀了一个回马枪，把刚刚接了生意的几个摊子逮了个正着。城管要骑走三轮，摊主不让，我替摊主们打抱不平，上前去替他们争两句道理。其中一个城管脾气太差，恶狠狠地把我推到了一边，我一个踉跄拐到了大马路上，被一辆恰巧路过的尼桑撞了，成了植物人，一躺就是二十年。

老婆给我拿来了镜子，镜子里的我面容沧桑，头发也白透了。胡子和头发因为经常有老婆打理，倒也不显邋遢。我问老婆：

“那几个铁板烧的摊子还在摆吗？”

“在啊，不过早就不是原来的那帮人了。已经是他们的孙子辈儿在管摊子了。”

原本躺在床上的我一听这话，立即从床上坐了起来，挣扎着要下床出门。老婆一边拦住我一边焦急地问：

“好端端的你出去干什么？”

“我去找卖铁板烧的那帮小子。”

“哎呀你找他们干什么？想吃了让老大去给你买啊！”

我想起了那个荒诞不经的梦，想起了一切事故的起源。我攥紧了拳头，用我生平最严肃的语气对她说：

“我必须去劝他们放弃这个营生；世界还在运行，不能毁在他们手里。”

# 在 路 上

三亚学院/刘浩然

我的对面坐着一个警察，他好像在询问我些什么，可是我听不见他在说什么，我只能看见他的嘴巴可笑地一张一合，就像被放在案板上而未死的鱼那样嘴巴一张一合，我想笑，而且，我真的大声地笑了出来。

## 1

我一直走在路上，从西到东，从北到南，我不想停下来，或者换句话说，我停不下来。从很久以前，我也记不清是多久之前了，我就在路上了，从一个陌生的地方到另一个陌生的地方，在稍作停留之后，我又奔赴另一个地方，脚步匆匆，像是悲壮地去奔赴一场葬礼。

我记得在很久之前，那还是我在上学的时候，你问我，我什么时候可以停留，我说，“直到我遇见一个像你一样，我爱的女子”。我记得我说这话的时候，正准备离开，而在我还未离开的时候，你就已经问我什么时候停留了，好一副你努力挽留我的样子，但是如果不是前一天撞见你坐进一个男人的车里，如果不是看见停在原地却在不停颠簸的车身，如果不是我那么爱你，我又怎么会选择离开呢?

## 2

走在路上是会让人变得盲目的，上车开车，停车吃饭，不知道自己要开到哪，唯一知道的就是只要自己一直在路上就不会觉得彷徨。

一个人的旅程总是会感到孤单，我曾想过是不是要带上一只狗，让它坐在我的副驾驶上，在我开车的时候它会把头伸出车窗外，伸着舌头，耷拉着耳朵就像电视广告里面演的那样，但是最后我还是放弃了这个想法，我觉得我承担不起这份感情，我不能让一个生命跟我在路上颠簸漂泊，我不能让它这样颠沛流离，于是我选择在路上去邂逅不一样的人们，我想倾听他们的故事，他们或许会陪我走一程，然后下车，消失在茫茫的人海中。

## 3

在路上我遇到一个女子，在路上我也只遇到这一个女子，但就是这个女子让我停了下来，最终让我坐在了这个警察的面前。

## 4

她是在一个荒芜的路边坐上我的车，或者说我是在一个荒芜的没有生机的路边捡到了她。那时候她花光了身上的钱，没钱让她没法搭车，我看到她的时候天刚下完雨，她坐在路边的水泥桩上，身上湿漉漉的，她低着头，正在踢脚边的石子。我把车停在路边，“喂，你要去哪”？她抬头看着我，我看见她的眼睛，像是一口没有被阳光照耀过的深井，深邃而幽暗。她就那样让我肆无忌惮的看着她的眼睛，过了一会儿她说“我要去远方”。我笑了，我没有料到她会说出这么一句话，我以为只会在一些文艺电影才会出现的片段也会发生在自己身上，也许是我一直在匆匆忙忙地赶路的原因，不管怎样，我还是打开了车门，邀请这个漆黑眼睛的女子坐上我的副驾驶，这个原本我以为会坐着一只会在开车时把头伸出窗外吐着舌头的大狗的位置。

## 5

她坐在车上话不多，以至于我很多时候都忘记了自己身边还坐着这么一个眼神深邃的女子，一个人开车的时候会看窗外的风景，不去管外面是怎样的景色，沙漠也好雪山也好，我都只是从那里经过，我看着它们，心生感慨，但无话可说。我的点烟器坏了，我不得不一根接一根地抽烟，她坐在我旁边，看着窗外，“你从哪来”？我问她，她看了我一眼，或者说我的余光看到她看了我一眼，她反问我：“你要去哪里?”我笑着说：“去远方，正巧和你顺路。”她突然伸出手来摘掉我嘴上的香烟，然后丢出窗外，“我很讨厌烟的味道，这让我难过”。我承认那一刻我后悔了，我甚至在想我的副驾驶位置上为什么不是一条会吐舌头的大狗。我尴尬地咳了一下，“那好吧，那我们就开去远方吧”。

## 6

我从没有想过自己会去什么地方，我都是跟着自己的感觉走，有时候会绕很大的圈子，但是她知道她想去哪里，所以，我跟着她，去她想去的地方，她说她想去318国道的尽头，我说：“好，那我们就去尽头。”

## 7

她问我为什么我会在路上，为什么我会载她去她想去的地方。我笑着不知道要怎么回答，我不想回忆我走在路上的原因，我也不知道自己为什么会载她上路，或许都是脑子一热，但是不管怎么样我已经在路上了，而她也已经坐在了我的副驾驶上了，这是既定的事实，我不想改变。车没油了，我在加油站加了油，突然心生困顿，在路上的人总会像放电影一样回顾自己以前的生活，也会不断思索自己的人生，我没办法控制自己的大脑，我感觉自己灰头土脸地走在路上而不知道自己走在路上的意义，我试着问我自己，但是还想不出答案，倒是我的肚子给了我一个明确的答案，它饿了，我好像已经很久没有好好吃过饭了，一个人走在路上饥一顿饱一顿，有时候白天黑夜颠倒过来，我感觉自己就像是一株发育不良的蔫黄植物，于是我对她说：“走，我们去吃饭吧。”

就近找了一家小餐馆，桌椅油腻，我要了一碗面，而她不知道自己要吃些什么，她一脸茫然地看着我，我对着老板说，“两份牛肉面”。面很快上来了，冒着热气，我感觉肚中饥饿，不顾面烫开始大口吞咽碗中的滚烫面食，牛肉面说是牛肉面可是我真没看见几块牛肉，于是把牛肉单放一边，咬一小口吃一大口面，面很烫，我的舌头麻了，虽然我吃牛肉时咬得很小心，但是还是吃完了，还剩下半碗清汤面，我哭笑不得，几片牛肉被筷子夹进我的碗里，“你吃吧，我吃不下”。我看着她，她小口地吃着面，吹着热气，水汽氤氲，时间好像静止，没有外面那个纷繁扰乱的世界，只剩下坐在这里吃着滚烫的面的两人，恍惚间我好像看到了那个很久之前的模糊人影，筷子停在半空，还夹着一团面条，我感觉我被什么东西噎住，什么东西堵在我的喉咙，她没有抬头看我，“你是一个有故事的人”。我咧开嘴笑了，这个笑容含意不明暧昧不清，我不过一个走在路上的人罢了。“快吃吧，别让面凉了，凉了就不好吃了。”我说了这么一句，然后站起身来，去付账。

## 8

每个人都是有故事，但是我不愿意做个有故事的人，相比之下我更愿意做一个听故事的人，就像城市角落的乞者，靠着一个逼仄的角落，安静地看着来往匆匆的人们，但是我不得不成为众故事者中的一员，我也有自己的故事，每个人都有自己的故事，这并没有什么稀奇的，而且我认为我的故事不值得一说，所以，我认定自己是一个没有故事的人，那种感觉就好像，把一个人剖开，结果就发现这个人里面什么都没有，没有心脏，没有肝脏，没有胃，只是一个空空的壳子。

她安静地睡着了，这让我可以好好地看一下她的脸，除了她深邃的眼睛，我对她的脸没有什么别的印象，我把车里的灯打开，光线昏黄，我发现她的睫毛很长，在从上照下的灯光下看得见浓重的阴影，我知道她没有化妆，我好奇一个人的睫毛怎么可以这么长，她闭着眼睛，毫无戒备，恬静地靠在座位上睡着，发出均匀的呼吸，我停了车，打开车门，下了车，关上车门，吃完面的时候，我买了烟，我掏出烟和打火机，夜里的风把我的打火机的火吹灭了好几回，我用手罩着火焰颤抖地点着了烟，深吸一口，然后看着香烟慢慢冒出蓝色的烟雾，周围很安静，除了发动机的声音，我似乎还听得见自己的心跳，我突然想问自己，为什么会在路上，在路上是为了什么，经过一番思索我发现，其实自己为什么会出现在路上已经不重要了，那个让自己出现在路上的原因对于自己来说已经不是那么重要了，那个人似乎已经变成了记忆里的一团烟雾，一个象征，在一个不经意的时刻被某样东西不经意地触发，然后凸显出来，仅仅是这样，关于这个人的本身，我已经记不起什么来了，从她进了别人的车开始，我就已经忘记，人真是奇妙，总会用各种各样奇怪的方式保护着自己。然后，我熄灭了香烟，打开车门坐进去，车缓缓地开动，我现在就只有一个目标，这也是我身边这个沉睡的毫无戒备的女子的目标，我要开到318国道的尽头。

## 9

我始终没有问这个不知名的女子为何会想到独自一人去国道的尽头，那个对于我来说不那么重要，很多事情都是这样，原因都不那么重要，一旦开始，就无法停下来，回头追究原因的行为反而会让自己觉得幼稚可笑，所以我不问她，她也没有主动提过，我们就坐在彼此的旁边，两个没有关系的人，就这么坐在一起，开往一个共同的目标，可是我还是想要一条会吐舌头的大狗，我决定当我回来的时候一定会带上一条，我把这个想法给她说了，她笑了，貌似是第一次对着我笑，她向我描述那条狗就好像她见过那只狗一样，她说那条狗肯定会有长长的毛，整个身子都是毛茸茸的，会在我抽烟的时候发出呜咽的声音，会在我吃面的时候看着我碗里的那几片牛肉流口水，会在深夜的时候把身子蜷缩在副驾驶的位子上盘成一个圈，会在我开车的时候安静地蹲在座位上而不是把头伸出窗外兴奋地吐着舌头。我安静地看着她兴致勃勃的描述，我觉得在路上也不是那么孤单。

## 10

我们两个人一直走在路上，我突然想慢点开，我不想那么快地把她送到国道的尽头，我不知道自己为什么会这么想，也许我爱上她了，爱情这个东西，谁说得清楚呢。她好像看出来了，她对我说“开慢一点吧，我不着急的”。我惊叹她为什么可以看出来，难道是我在颠簸的路上尽量缓慢平稳地驾驶吗？难道是因为每次和她下车吃饭都点很多然后两个人安静地慢慢吃完吗？难道是每个深夜我见汽车熄火，听不见发动机的声音然后安静地坐在车内吗？难道是我抽完那盒烟以后再也不见的烟火吗？我不知道她是怎么看出来的，但是我确信她看出来了，她小心地维护了我的自尊，但是她不知道的是，我是真的想开慢一点，再慢一点，我突然想好好地看一看窗外的风景，我突然记起那条路上的小餐馆它里面的馄饨很好吃，我突然记起她小心夹进我碗里的几片牛肉，我突然记起她兴致勃勃地向我描述一条也许我根本就不拥有的狗，我突然记起她浑身湿漉漉地坐在路边的水泥桩，我记起她在车灯下浓重的睫毛阴影。我不知道这一切为什么会突然一起涌进脑海，我哽咽着嗓子说：“我们走吧。”

## 11

我觉得和她一起走很久，而且我知道我们快到了，快到达她的目的地了，我不知道她在到了以后会对我说什么，她下车以后会做什么，我只知道，我们快到了。我开始变着法地给她讲笑话，因为她笑起来很好看，每次她都撇着嘴说我讲的笑话一点点都不好笑，然后看着我尴尬的样子笑出声来，我不知道她心中是怎么想的，我甚至都不知道她的姓名，我们距离那么近，我一伸胳膊就可以拉住她的手，她嘴一张我就可以听到她的声音，我不知道我们还能这样持续多久，我只知道我们快到了，我不敢鼓起勇气问她下车以后会去做什么，我只能唯唯诺诺地小心开着我的车，一点一点地靠近那个目的地。

## 12

车经过一片草地，她叫我把车停下来，她说她想在草地上躺一躺，我把车停了，然后看着她下车，看着她坐下，看着她躺下。天气晴朗，天上飘着大团大团的云朵，蓬松的样子，她躺在草地上，阳光照在她身上，我坐在车里看着她，时间仿佛静止，她突然坐起来，大声地问我爱不爱她，阳光照着她的脸，她眯着眼睛，她在笑，很好看，我却因此难过得想要留下泪来，然后她站起身坐进车里，带上车门，笑着对我说："我们上路吧。"

## 13

不管我把车再怎么开得慢，该来的还是来了，我们就要到了，目的地就在眼前，本来是地图上的一个小点，到现在变成面前一片广阔的土地。她紧抿着嘴唇不说话，我也不知道要说什么好，我讨厌极了这种有话说而无法表达的感觉，我知道我想要表达的感情，可是我不知道该怎么让这种感情脱口而出。我们就这么沉默着，我感觉心中焦躁，我想抽一根烟，但是我把手摸进口袋却发现什么都没有，恍然间我才想起自己已经很久没有吸过烟了，而在我把手收回来的时候，她的手轻轻放在了我的手背，很凉，像冰一样，我看着她，她看着窗外，而她的手就放在我的手背上，我不知道要说些什么，而就在这时，我们到了。

## 14

面前的那个警察还在喋喋不休地说着什么，我看着他的嘴巴想到了放在案板上的未死的嘴巴一张一合的鱼，他晃了晃我的肩膀，"先生，请你配合我们的工作，事发当时你在什么地方？你和死者是什么关系？她为什么会死在你的车里"？我不知道该如何回答这个警察，我只知道她走了，她叫我下车去找烟，她说她迫切地想吸一根，她说请满足她这个请求，她说等你拿烟回来她吸了烟一切就结束了，她还说想让我停留不要再在路上了。我下车去找烟，而在我向路过的司机借到烟、火回去的时候发现她安静地坐在我的副驾驶位置上，低着头，我看不见她的脸，我拍了一下她的肩膀，强装高兴地对她说："看！我在这鸟不拉屎的地方找到烟了！"可是我还没有说完，她的身体就向前趴在了副驾驶前的台子上，我看见殷红的液体从她垂下的手腕滴在车里，发出沉闷的声音，一下一下重重敲着我的鼓膜。

## 15

我把车锁在了车库里，我开始正常生活，我开始害怕搭乘别人的车，每天挤在拥挤的人群里，我才不会觉得寒冷，我再也没有抽烟，我在夜里总是失眠，我再也不吃牛肉面，我也不养狗，只是在一个人的时候，我会打开车门，坐进去，关上车门安静地坐着，好像能听见窗外呼呼的风声，好像我仍旧在路上。

# 潭之门

南京航空航天大学/文韬梦黛

## 一、

遇见阿和以前，洁白没有故乡。

洁白是属于城市的孩子，没有多余的亲戚，没有老家，没有祖屋，没有习俗，没有一群猴孩子上山下乡的经历，洁白甚至连墓都没有扫过，连春联都没有贴过，一切都按照城市的生命流程：托儿所、幼儿园、小学、初中、高中、大学、工作。世界对她来说是流动的驿站，直至现在她都无所谓在哪儿定居，无所谓嫁给哪里的人，北上广深都行，只要是城市便能让她感觉熟悉，便能生根落脚。

洁白以为世界上优秀的家庭里的孩子都是这样的。因为他们的父母早早便脱离了农村，在拥挤的打工城市杀出了一条血路，变成了这座城市的精英与砥柱。然后把老人接了出来塞进了高档小区，把小孩送进了外地的重点院校让他们去看去闯。

一个把城市当作故乡的小孩，原本就应该找另一个把城市当作故乡的小孩，这样才能叫门当户对臭味相投。洁白妈妈就是这样认为的，不用对方家里条件多好，只要父母做着教师、公务员一类的正当职业，只要没有一大帮子三姑四叔的混乱亲戚，只要孩子干干净净没有什么陋习，就行。洁白也一直是这样认为的，也一直秉着这样的原则来看男生。不得不说，如果不是阿和长得阳光，平日里作风干净，又是同一个重点院校的同学，他怎么可能入得了洁白的法眼。但之后深入交往后才发现，他和洁白原先预想得不同，他不是城市的孩子，而是在一个滨海渔村长大的、有故乡的孩子。

每提到这个话题，洁白便称之为缘分。那是她小时候度假去过的一个叫潭门的滨海小镇。

具体印象她已所剩无几，可能是如今的新貌太过扎眼。这是个被管理者一夜之间翻新粉饰的小镇，却不得不说粉饰得万分成功。一夜之间修整了柏油马路，道路窄而弯曲，上坡下坡左转右走总之一眼望不见尽头，窥不到底，两旁拥簇着等般高的统一粉刷的小白楼，随着路势走，颇有欧洲小镇密集紧凑而齐整的街道风情。家家户户还装饰着渔家小屋的木船舵、渔网、家门口有直接从岸边搬来的老木船，上头附着一片片死去的白贝壳，鳞次栉比。在港口一带，大大小小的渔船参差排列，顺着海岸一路延伸，花花绿绿中以红绿为主，还挂着彩旗，漆着船号，高高低低竖着旗杆，比对着岸边白色的房屋，底下深蓝的海水，颜色鲜明显得格外扎眼。

以前当然不是这幅景象，那次度假洁白只有七八岁，全然不记得。之后再见这个滨海小镇，仍与阿和无关，是爸爸的公司在潭门港有项目，前来考察。这时的潭门早已被管理者变得像小姑娘一样花枝招展，成了风情小镇。而这风情小镇，就是阿和的故乡。

阿和是洁白的高中同班同学，后来到了大学才在一起，男方可能还算是真心的吧，不过洁白可不是因为什么善男信女的纯洁荷尔蒙所致。到大学了，按照城市的流程该交个男朋友创造点回忆了，但是在这师范院校几乎嗅不到男性动物的存在，都尽是些扶风摆柳的文科男，各个散发着黛玉葬花一般的忧伤气质。洁白想矮子里挑高子，却发现那些稍微能入点眼的全都被学校最漂亮的女生抢去了。这就是校园择偶的游戏规则，连谈恋爱都讲究外貌的门当户对，从初中开始，男生女生都是班里最漂亮的率先开始谈恋爱，姿色平平的只得红着眼酸着说，漂亮有什么用，不就一副空皮囊，早恋，影响学习，以后走着瞧！

洁白不丑，却因异性的数量与质量原因被耽搁了下来。然后就在高中的同学聚会上重遇阿和了。阿和一眼看去，外貌不差，学历不差，从穿着打扮所用物品看，家庭条件不差，加上主动，就在一起了。直到那个时候，洁白谈恋爱都很现实，很功利，满满的是条件的堆积。两人在一起干吗呢？打算以后结婚吗？怎么可能，都说了是条件的堆积和流程的缺失导致内心的空虚所致。洁白本来给自己的体验时间是三个月，也就是三个月而已。

话回最初，洁白在和阿和刚交往时，两人意外聊到那个滨海小镇，顿时有一种缘分天注定的感觉。“天啊，我爸爸参与开发的地方，竟然就是你的老家！”洁白激动地与阿和说。

恋爱本是两个人的事，加进了大人就变成罗密欧与朱丽叶的苦情剧了。

一日，阿和愤怒地和洁白打了电话："记得我们上次说的那个潭门赶海节吗?""嗯，记得，怎么了?""他们搬了大螺旋桨来，把浅水附近的海域打了个稀巴烂，这简直就是破坏生态!"洁白问："为什么要这样?"阿和说："是活动的组织者，一些企业的开发商。他们承包了后天的赶海活动。海螺是生活在海底的沙子底下的，开发商说赶海节客人不懂挖螺的技巧，怕无功而返，砸了潭门镇和赶海节的名声，就把海螺都从地下用螺旋桨打了上来，这样好捡，客人玩得高兴，才能达到宣传潭门的作用。但这打个稀巴烂的，浅海的生物全别活了，没个十年都回不来的！这几天我们都在示威反抗，你明天有空吗，要不要来看看，顺便也帮我们加加油。"

虽然阿和是严肃认真的，但对洁白来说，看示威只是借口，一次严肃的户外约会借口，相比于是否破坏了环境，洁白更在意的是明天应该穿什么衣服。

第二天，两人约见了面，顺着潭门港口的沿岸往海滩边走去，闻着咸咸的海腥味，听着两旁的人流声，汽笛声，嘈杂声。道路很狭窄，很热闹，一边是小白房子，开着一家家砗磲店铺；一边是密密麻麻的渔船，上头往来交错，带着红色塑胶手套和大草帽的渔民在交易海产品。白的纯粹，蓝的耀眼，红的鲜艳，像画里的希腊海景一样。

阿和向洁白解说道："一些成年人觉得把海螺从底下打上来也无可厚非，反正是浅海，影响不到他们捕捞，就没来，所以来的大多都是老人和年轻人，像我这种从小在海边玩到大的，对海滩有很深的感情。"

"哦，那我到时候该做什么吗?"

"嗯……也不关你什么事，算了，你在旁边看着就行了。"洁白有点不高兴，因为她觉得阿和太严肃了，表情太严肃了，语言也太严肃了，不像是打算约会的样子，脑子里都是海滩和环境，没她的分量。

沉默了许久，洁白忍不住再次挑起话题："赶海是什么?"

"赶海就是每个月的初一十五月圆之日，海水退潮，能退到一千米外，鱼虾蟹贝壳都来不及跑，露在外头，都是活的，小时候拿个篓子，一个小时就可以捡得满当当的。""全可以吃吗?"洁白惊奇地问："那不是发财了，饿都饿不死!""嗯，对。"洁白的脑子里出现了很强的画面感，想到了"物质极大丰富"之类的话。

"你的童年真幸福，我从来没见过赶海。"

"是吗，那值得你一看，算是天文奇景了。"

两人有一搭没一搭说着话，不知不觉就走到了海边。洁白几乎被眼前的壮观所震撼！浅浅的水，至脚踝处，平静万分，不露地表。一千米以外，有黑色的人影在水面走动，如履平地，在海的尽头游荡。“天啊，潮水真的退到了千米以外吗？”洁白兴奋地叫道：“看！看！那边的水面上居然有人在走哎！像成仙了一样！”阿和终于笑了：“对啊，千米以外的水都是只到脚裸，不然人怎么可能在水面上行走，你真是大惊小怪的，这可是我从小看到大的景象。”

两人往前走近了一点，阿和说：“你看，地表已经不是普通的地表，原来退了潮，底下露出的应该是白沙，现在却都是沙子底下的淤泥，黑乎乎的。”洁白小声地问：“那海螺呢，在哪里，不是可以捡一篓子吗？”“海螺是会动会钻的，他们打早了，打上来，隔了一天，又钻回底下，还是要用挖的，这些人都白忙活了。那些海螺也活不久的，它们的生活环境全被破坏了。”

走回岸上，一小拨人在拉着很长的红条幅，上头写着：‘赶海节承包商破坏海滩生态，十年不复逆转。’洁白想问问阿和是否真的十年不会逆转了，但一群人上前与阿和打招呼，自己便插不上嘴了。只听一个女孩说道：“他们已经拿螺旋桨打完了。虽然这几天都没有理会我们，但等晚一点的时候，就肯定得来协商了，要是明天赶海节正式开始时我们还在这儿，那就是煞他们风景了。”

阿和与身边的人叽叽喳喳一直在商讨大事，洁白坐在沙滩上被晾了一个多小时，无聊至极，眼看太阳都快落山，远处在海面上行走作业的工人也开始撤回。突然一阵喧闹，人群都围了上去，旁边有几个人小声说：“开发商带警察来了。”

开发商派出来谈判的是个秃头的矮胖男人，一身汗湿透了他的衬衫。他骂骂咧咧的不知用当地话说了什么，兴许是公司这么晚还不让他下班，还给他派了个最难缠的活，怄气不过。他大喊大叫道：“你们今天之前必须离开！离开！这片沙滩是私人承包的！谁再在这里闹事，就把你们统统抓走！”

阿和听后气得怒发冲冠，冲到前头：“我们是从小就在这沙滩上滚到大的！家里祖屋都在这沙滩边上，老祖宗在这儿都几百年了，你凭什么说这沙滩是你承包的？谁给你承包的，怎么就没问过我同不同意？我还说这沙滩是我家自留地呢！”

“你哪里冒出来的毛头小子，撒野也不看对象，我们公司做什么项目都是经过政府审批的！你小时候在这里滚沙滩没人管，我告诉你，现在有人管了！”秃头不停地拿纸巾抹额头上的汗，十分不耐烦：“你们都赶紧散开，不能再出现在这里，不然就让警察把你们都带去蹲号子！”

说罢，好几个穿警服的人往前走了几步。那村民中有几个血气方刚的男孩子，也上前推推嚷嚷，两三个回合就出现了肢体碰撞，洁白没见过这种阵仗，吓得躲远了些。

推挤、叫嚷、脏话，人群闹起来一会儿，然后又突然一片哗然地散开。有人在叫：“警察打人啦！”

洁白看着，倒在地上，一手捂着眼睛的可不就是阿和！她情急之下冲过去，用尽全身力气推倒了阿和前面一个警察模样的人。那人没想到会冲出个疯子一样的女生，坐在地上发愣了半天。

洁白扶起地上的阿和，只见阿和眉毛的地方吃了一计拳头，她一股热血上头，猛然发飙，这开发商太过分了！以为自己欺负的都是没文化的人吗？欺负阿和不就等于欺负她，她又不是死的！

这时候，旁边还有人在不停地叫："警察打人啦！警察打人啦！"像复读机一样。

洁白高声斥责道："别瞎嚷嚷了！什么警察打人，看清楚了再说话！你们看他们是警察吗，肩章上一没有杠二没有星的！他们就只是披了件衣服而已！你们的人都被打了，你们还愣着干吗？"

众人随着洁白的视线望去。

"他们就是几个保安，被骗了！""我们的人被开发商打了，大伙儿上！"这下村民全都暴动了，刚刚是忌惮着对方警察的身份，不敢动手，对方打了人都不敢动。现在一听对方原来是冒充的，就像开了闸的水，一拥而上！

那个秃头矮胖子，仓皇逃跑时摔了一跤，屁股被人踹开了花，嗷嗷叫。

洁白扶着阿和走开了一点，看着乱成一锅粥的开发商，心里骂着："斯文败类，这些村民够你们受的了，哼，我好歹也是个大学生，怎会任人欺负，这招叫借刀杀人，跟我斗。"她起先是很骄傲的，觉得自己的一句话，掀起了一场革命，她甚至都有一种热泪盈眶的崇高感，觉得自己在做什么伟大的事业。可后来，双方从扔拖鞋、一拳头一飞腿，到最后打着打着，开始捡利器重物斗起狠来时，她又觉得不对劲了，自己恐怕是闯祸了，悄悄躲在一边打了110。

镇子很小，派出所离得很近，就几公里的距离，警察立马赶到，制伏了几个后来闹得凶狠的。其中有抄起砖头拍了人的，有把人眼眶打开花的，有形象惨烈的，总之洁白触目惊心。原来看着新闻上播斗殴之类的事情，洁白觉得离自己十分遥远，觉得自己生活在和平年代，和谐社会，文明城市，这些东西都是偏远、贫穷、不开化的落后地区才有的。如今，却活生生地摆在面前。而自己也在其中，搅了一趟浑水，和了一次稀泥。洁白像做了什么错事一样，大气不敢出。

潭门港一切又归为寂静。

两人走在回去的路上。幸好刚刚阿和提前被打了那一拳，被洁白生拉硬拖地远离了战争中心一点，于是没被警察带走。

走着走着，阿和便抱住了洁白，笑着说："潭门媳妇，潭门媳妇。""你傻啊，谁是你媳妇，走开。""你啊！我今天才知道，原来你这么好，对潭门港有这份心，愿意和我们站在一起。我一直以为，你是那种娇气的大小姐，和那些开发商一样，现实而功利，居住在城市里，没有故乡，不能体会故乡之情，不能体会我们这种根源之情，是我错怪你了，对不起。”

阿和的话，把洁白说得一愣一愣的，一直以来，洁白都是现实和功利的，写文章崇尚文以载道，画画注重理念先行。毕竟这种家庭出身的孩子，功利、实益最大化永远是洁白的首选，就算不是光看家庭背景，观念、学历、实力、潜力也是未来择偶对象必须有的硬件，这是她受过的教育，也是她会做的选择。因此，自洁白知道阿和来自小渔村后，对未来二人是否能在一起，心里便已经有答案。而听完阿和的话，她突然有一种当了叛徒的感觉，对方的每一句都像是巴掌一样，啪啪啪地打脸，很不好的感觉，她分明不是他口中说的人，她就是城市的小孩，体会不了故乡之情的小孩。

阿和接着说：“这次要不是后来警察来了，我们早把这群衣冠禽兽给收拾了，叫他们侵占我们的家园！真不知道最后是哪个多事的报警，别让我揪住他！”

洁白讪讪地附和着“是啊，是啊”，背后出了一身冷汗，“对了，那明天赶海节，你们还去示威吗？”

“我们派了两家代表，去和他们谈判了。如果今晚谈拢，让他们赔礼道歉，出资恢复海滩生态，我们明天就不去砸场。如果他们不同意。”阿和攥紧了一只拳头伸出来“那我们就给他们点苦头吃！这些开发商，就是看中了潭门是块风水宝地，想在这捞钱。城市里的钱捞得不够多，就跑到别人的家乡捞，破坏别人家乡的生态，我绝对不允许他们胡作非为！”

## 二、

晚上回到家，洁白觉得今天一天的经历像奇遇记一样，自己的身体已经快散架了。舒舒服服洗了个澡，正打算上床睡觉，却被爸爸妈妈一脸严肃地叫到了房里。

“你今天去哪儿了？”洁白看着父母的脸色略有不对，心里开始打鼓。“出去和朋友玩了啊，怎么了？”

“什么朋友！我看是男朋友吧！”父亲突然站了起来，声音提高，仿佛真空中的炸药，把洁白吓得震了三震，“今天爸爸的同事都看到了，你和一个村里的男孩子，在海边拉拉扯扯的，还帮着挑唆那些村民，和我们的人打了起来！”

洁白想着既已被戳穿，便不甘示弱地回击了过去：“是你们的人先拿螺旋桨去海里乱打一通，破坏了人家的地盘，是你们错在先！爸爸，你知不知道，十年啊，那个海滩没十年生态恢复不过来了！”

妈妈突然哭了：“洁白！你知不知道那些村民有多危险，知不知道跟着他们在一起你有多危险？如果不是最后警察来，他们这些没文化的人杀人放火什么做不出来！你爸爸公司三个保安被人打破了头，还有一个现在还在抢救！妈妈听到消息，心惊肉跳了一晚上，你能毫发无伤地回来，都已经是万幸了！你知不知道自己在干什么啊！”

父亲接着说：“破坏人家的地盘，哼！你被那村里男孩迷昏了头了，你个大学生懂不懂法律，有没有权利意识！人家任何项目都经过了政府批准，在私人海域合理作业，怎么叫破坏了人家的地盘？谁家的地盘？你那个所谓的男朋友的地盘吗？叫他拿出土地证明啊！这些贪心无比的村民，不就是想要坑笔钱吗？我跟你讲，那些村民还真应该感谢我们开发商，你是不知道，在我们来之前，这个地方是个多么荒芜、贫穷、破烂、没人注意的小渔村，路是土路，房是瓦房，人也没有素质，沙滩、港口堆满了垃圾，简直可以叫垃圾港。当地人真应该对我们感恩戴德！那风情小房子、柏油马路，那修整过的漂亮沙滩，哪个不是我们的功劳？看看我们举办的活动，还吸引了这么多人，去年国家领导人都来参观，殊荣啊！潭门区区一个小镇，因为我们的开发要火了，要发大财了！他们怎么还这么贪心有余，恩将仇报！还瞎嚷着我们侵犯了他们的地盘！我们一开始没叫警察来，是看着乡里乡亲的面上，心软，就只是劝他们离开，没想到他们居然这么野蛮！”

洁白第一次听到这两面的说法，有点意外，原来根据阿和的叙述，单根筋就认为开发商是坏人，村民们是受害者。而今听了个新说法，公说公有理婆说婆有理，略有颠覆，倒是新鲜。自己真是在象牙塔里待久了，浅薄了，原来世上还有这种事。

洁白觉得他们谁都对，却又感觉谁都有错，可也说不上错在哪里。

妈妈说：“我跟你爸爸商量过了，你不能再跟那个村里的男孩子在一起了，赶紧分了吧。”

“不！我不要！凭什么！”洁白觉得这句话犹如晴天霹雳，“我都大学了，交个男朋友怎么了？”

父亲强忍着吞下了怒火，一字一句，故意装着心平气和端起了心灵鸡汤的样子：“不是爸爸妈妈不允许你交男朋友，相反，爸爸很支持你在大学里谈个门当户对的对象，毕竟大学的感情不比社会，更纯真也能更长久。但是，你好歹找个城里的孩子吧，我们家虽然说不上是什么富贵人家，但怎么也算是小康家庭吧，你父母辛辛苦苦花了一辈子的时间从农村爬出来，在城市打拼，好容易站稳了脚跟，然后就生了你这么一个宝贝女儿，从小像培养公主一样供着你学乐器学舞蹈，把你供上了重点大学，你倒好，一夜回到解放前，又要嫁回村里当媳妇吗？给人生孩子洗衣煮饭吗？你让我们这做父母的白忙活这一辈子吗！”

“爸！你们这是哪的话，我就谈个男朋友，指不定以后还要甩了他多谈几个，现在这个年代，谁会谈一个就结婚啊！你们立马跳起来说我要嫁人了，要生孩子了，要当黄脸婆了，倒是把我吓了一跳！想象力也太丰富了吧！”洁白撇着嘴，“再说了，你们怎么知道人家家里条件配不上，人家家挺好的，又不比咱们差。”

爸爸立马又跳脚了，被妈妈拦了下来，妈妈说：“宝贝，你虽然嘴上说以后甩了他，但人都是有感情的，感情深了到时候离都离不开了，只能嫁鸡随鸡嫁狗随狗了，你今天说着轻松，以后是要尝苦果的。”爸爸接着高声骂道：“他们家条件好！他们家条件好会至今待在农村出不来，他们家在城里有房吗，在北京有房吗，在上海有房吗？他们家有人有学历吗，他们家父母是公职人员吗，是事业单位吗？”

洁白心里顿时一阵委屈：“农村怎么了？瞧不起啊！看不上啊！人家家里做生意的，家庭条件还没到揭不开锅的地步，怎么的，照这个逻辑，世界上不是公职人员，不是事业单位的人全该死吗？再说，他父母没有高学历，他有啊，他的本科也不差啊！我是找他当男朋友，又不是找他家人！”

“哼，学历，你好意思拿他的学历来和我们家比，现在一个小本科生是什么分量，他比得过吗。你知不知道，你爸爸的亲叔叔在新中国成立前就是铁路的总工程师！你爸爸的亲婶婶曾经是大专院校的校长！是他们的教育，一步一步引领着你爸爸走出了农村！过上了现在的好生活！虽然混得不如他们上一辈，现在却也好歹也是个公司领导！如今，真是一代不如一代，到了你怎么就这么没有出息，是啊，你瞧得起农村，你看得上农村，你都要嫁回农村去了！你个从小娇生惯养的大小姐，你去过农村吗？你在农村生活过吗？你见过农村的厕所吗？你知道那种每天晚上被跳蚤咬醒的感觉吗？你插过秧吗，知道插完秧腿上布满血吸虫的感觉吗？你长这么大了，连菜市场都不敢进，闻了生鱼腥味就说想吐，没杀过鸡没切过鸭，马上就要出社会了，连顿饭都没亲手做过！哼，还说农村怎么了，不知天高地厚，不知生活疾苦，你离开了城市活都活不下去你知道吗！站着说话不腰疼，等你跳进火坑里，爬都爬不出来！”

洁白实在忍不住了，哗啦啦地哭了起来，千辩万辩都说不出口来，只觉得委屈，她好想告诉父母，她看到的东西和父母说的不一样，不一样。她也好想飞奔到阿和身边，告诉他她知道的东西，和他说的也不一样，不一样。她被夹在中间了。

看见洁白哭了，爸妈的语气都缓和了下来。爸爸说：“我的姐姐，就是你姑姑，年轻时就是自由恋爱找了个对象，那人身高一米八，仪表堂堂风度翩翩的，但谁知是来自农村的，他的父母挑了两担白菜上门提亲，你奶奶以为是送菜的走错门了，就说‘食堂在一楼左转’惹得邻里同事笑话至今。家里起先不同意这门亲事，但后来你姑姑已经和对方有感情了，天天和父母对着干，死活要和对方在一起，没办法就让他们结婚了。结果，婚后不过两年你姑姑就从夫家灰溜溜地逃回城里来了，太苦了！你不敢相信如今这种年代还有人再过这种苦日子！爸爸妈妈就是怕你吃苦，你从小娇惯着长大的，什么时候吃过这种苦，怎么受得了。”

妈妈接着说：“你爸爸是偏激了一点，但咱们不是说农村人不好，而是农村条件不好，这是事实，你爸爸妈妈都是在农村待过的人，有发言权的。你是爸妈的掌上明珠，爸妈怎么舍得让你过那样的日子啊。”

洁白这时候已经哭得连气都喘不过来了。妈妈深深叹了一口气，说：“趁你们感情还没有那么深，没有那么痛苦，赶快分手吧。不要再说什么以后还会甩了他谈好几个，咱们也不能玩弄人家感情对不对？做人也不能这样，而且今天下午你也看到了，他上过大学，但他周围的人没有啊，万一你甩了人家，天知道他们这种素质的人会怎么样，吓都得吓死……”

其实，是父母高估了洁白与阿和的这段感情。在他们那个年代，谈恋爱便是要结婚的。而洁白这种真真正正走城市婚恋流程的人，没个七次八次恋爱经历都会觉得人生是不完整的。在她们的恋爱观里，恋爱最重要的不是结果，而是创造回忆，她们拼命地记录恋爱的点点滴滴，两人到的各处都要自拍留念；收集一起看过的门票车票电影票；情侣间会干的事要全部体验一遍，比如说男生背女生，比如说在大街上蹲下来帮对方系鞋带，送花送礼物，一起过生日或是纪念日，起床早安睡前晚安，吵架、眼泪、道歉、和好，等等。这就是现代人的恋爱，结果对于他们来说并不重要，重要的是这一段段感情里最造作矫情，最狗血经典的片段，能最后在电脑文件夹里，在日记本里，在纪念册里，留下个影子，或是多年以后的一个模糊的印象，都是好的。城里的人生与恋爱经历似踩点一般，点到才算及格。

如果说没有父母这一脚，按照洁白最初的打算，也就是体验完三个月，尝尝初恋的感觉，就该分了。但被父母这一闹，就突然舍不得了，立马变成了山无棱天地合才敢与君绝了。得不到的才是最珍贵的。

洁白肿着桃子一样的眼睛躲在房间被窝里，稀里哗啦地和阿和打电话。洁白在这头哭，阿和在那头手忙脚乱地安慰，只恨不得飞过来，越是说安慰的话，洁白听着越心酸，哭得越大声。

年轻人终究是肾上腺激素控制的生物，阿和在那头一咬牙，说：“别哭了，今晚趁你爸妈睡着后，偷偷溜出来吧，咱们去散散心，我骑车带你去潭门海边看日出！”

洁白的世界仿佛突然被点亮了，“你疯了！这么晚！那么远！我爸妈还在家呢！怎么可能！”

“对啊，我疯了，就算是全世界都阻拦我，我也一定要见你！跟我一起疯吧！”

凌晨一点钟，洁白把被子拱成了一个人形，拎着包，摸着黑，听着隔壁起伏着的呼声，她在父母眼皮子底下偷跑出了家门。

这应该是乖乖女洁白有史以来决定做的最伟大最疯狂的一件事！回想起来，从小到大，乖乖女洁白从来没有夜不归宿，从来没有熬过夜，从来没有欺骗忤逆过父母，而自从和阿和在一起后，生命便多了很多岔路，很多意外，很多可能，很多的欺瞒与谎言。

关上大门的一刹那，轻微的声响，震碎了洁白的整个世界，也重建了洁白的整个世界。她拔起腿冲下楼，心怦怦地跳，不知是因为说走就走的逃离与私奔，还是因为见到了心心念念的阿和。阿和，阿和，阳光的阿和，爱打篮球的阿和，是好学生的阿和，在渔村长大的阿和，有着宽厚的肩膀与浓浓的男性气息的阿和，身后带着海风与海浪声的阿和，有着故乡的阿和。

两人慌忙骑着摩托逃离“犯罪现场”。这种在北方算是很低端的交通工具，在南国却是常见的，来南国你就会发现，路上的机动车道，有一半要分给摩托车、电动车和自行车。汽车遇到狭窄点的道路，超车都超不了，这是南国的特点。

“我还不知道你会骑车。”洁白缩着身子躲在阿和身后，高声问话，却被埋没在了机车声里。呼呼而过的风吹得她眯起了眼，头发乱飞。虽然摩托车在洁白的印象里比较low，但是因为是阿和在骑，就自然生出一股崇拜之意。对于洁白这种从小父母车接车送的孩子，街道经验为零，就算自行车也不敢在大街上骑，在公园骑骑还差不多。

“安全吗?”

“什么！你大声点！”

“我说，安全吗！”

“你抓紧点！别睡着了！”

一片漆黑的城市，一幢幢的高楼大厦在黑暗中凸显着自己更深更黑的轮廓，坚硬而冰冷，显得面目狰狞凶神恶煞，像是地狱里铁面的审判官，对着洁白怒目而视，无声地斥责着她不计后果的举动，这仿佛是在梦中出现过的景象。她看着有些害怕，在阿和的背后缩得更紧了些，眯着眼不敢看。空无一人的街道，一排排昏黄的路灯，是世界上唯一的颜色，树叶是昏黄的，道路是昏黄的，摩托车是昏黄的，两个在风中贴紧的小人也是昏黄的，如同孤岛生存，万籁消逝，彼此是对方最后的依靠。

洁白在风中吹了将近两个小时，车子终于停下来，两人到达目的地，此时已是凌晨三点钟。

夜晚的潭门港没有灯，阿和打开车上备的手电筒照明，沿着港湾走。

“哈哈，下午刚走过的，没想到晚上又来了，人生真是变幻莫测。”“你小心点，别打打闹闹的，走掉海里了，黑灯瞎火的我可救不了你。”“知道知道，喂，我们这是走到哪了？还有多远啊。”

阿和拿起手电筒，往旁边一照，是潭门老渡口。四条大木柱子，两高两低，一块牌匾横在中间，两排铜铃铛挂在延伸下来的船木上，挺是美观。整个老渡口修建得小而精致，颇有古朴风味，底下是阶梯，阶梯下就是海水与停留的船舶了。

阿和突然开口了：“你能相信这里有千年的历史吗?”洁白拍了拍木柱子：“你说这玩意儿有千年历史？你在玩我呢吧。”“当然指的不是这，我说的是这个港口，潭门港，已经有千年的历史了。那些个木柱子、石碑、牌坊都是近期新修的，为观光游客建的，好让他们能到此一游拍个照，虚的，假的，不过就是个幌子，没有一点厚重感，没有一点历史感，我不喜欢。”洁白抬头望去，今日正好十五，大而圆月亮正好挂在延伸下来的船木底下、铃铛边上，月光印在水里，被波动的水纹切割成片片条条，像开启的百叶窗，时而规整，时而零散，想到几百年前也应有人站在这里，看着相同的景象，不禁开口说道：“曾经有几千年又如何，我们不过就是下个几千年的开端，人总是怀着朝圣的心敬畏历史，却没有勇气说自己正在创造的就是历史，这渡口牌坊新建的又怎样，我偏要说，十几年之后，几百年之后，这个牌坊，便是巴黎的埃菲尔、埃及的金字塔、西藏的布达拉!”洁白笑着捡起了地上一条枯树枝，三两步下了楼梯，沾了些海水，在老渡口的木柱上写自己的大名，戏谑地说：“看，我就是百年后历史上记载的这古牌坊到此一游的第一人！是它的伯乐!”

水写上的字不过三秒便干了，阿和笑着抱紧了洁白，说：“你真是有初生牛犊的风范，随便夸海口，反正几百年后也没人来追查你的预言。你可知这个潭门港发生过多少逸事，百年沉积是人力物力的杰作，千古留名哪有那么容易。跟你讲个当地真实的故事吧。”

“嗯，你讲。”

“具体细节怎样我记不清了，就记了个大概。镇上有个人名叫老麦，四十多年前与亲戚朋友集资，加上贷款，造了一艘大船出海作业，谁知第一次出海的时候，经过黄岩岛，被菲律宾的海警给扣住了，连人带船带回了菲律宾。菲方给了他一张协议，只要他在协议上签字画押，承认黄岩岛是菲律宾的，承认他们是误入菲律宾海域作业的，就放他们回家。老麦作为船长，宁死不签，菲律宾软硬兼施也没办法，便把他关进了监狱里。这一关就是七八年，期间遭到了各种非人待遇。最后菲方实在是啃不下这个硬骨头，便把麦船长放回了家里。谁知回到家里后，物是人非，老婆因为受不了精神刺激，几年前崩溃上吊自尽了。船是集资造的，欠下了村民与银行一大笔债务，都落到了老麦的头上。银行把这种收不回来的烂账，卖给了地痞流氓，于是天天有人上门打砸抢掠，伤人放火，连他儿子都含着泪抱怨父亲，为何扛着七年不签那协议书，以至于今天家破人亡。但老麦却说，不签协议书，是他这辈子做得最对的决定，永世不悔……"

"为什么会这样……那为什么政府不支持他帮他解决债务呢?"

"没错，政府在这方面是有专项资金的，但是规定是 1980 年以后的才帮忙解决，他这个发生得早，不在规定范围内。现在你知道，一个地方要积累历史感与肃穆感得经历多么沉重的桎梏，要多少付出与牺牲。这千年的潭门港，经历了祖祖辈辈多少次的起航与归来，见证了多少故事，游人只知找个牌坊标记到此一游，却不如亲吻这脚下的黄沙来得实在。多少键盘侠天天在咒骂，什么这个不支持国货是卖国贼，那个不怎么做就不是中国人。平心而论，换作自己，是否真的能有骨气七年不低头，恐怕板子还没碰到你，就什么都招了认了叛变了。如今在三沙的一些小岛上，没电，没淡水，但仍有许多渔民自愿去上面安家生存，不用政府督促，不用国家强制，为的是什么？光是这点精神，简直就是现世的英雄了。"

洁白听着，安静地沉思了一会，突然觉得这个潭门港像是个多面人，并不是一眼就能看穿的。从起先第一眼望去，只觉得她是个打扮得花枝招展的姑娘，处处都是讨好的装饰，会对着客人谄媚地笑；后来才发现，轻浮与华丽都只是她的幻象。洁白第一次从一个人的身上，认识了一片土地。那种感觉很奇妙，她原来以为世界就在城市的霓虹灯、高架桥、写字楼里，那里才有希望，那里才有未来，可现在却发现，世界原来孕育在土地上。她在这片土地上，在某个人身上，看到了从来没有见过的世界。

阿和说："你傻啦。"

洁白回过神，扔了手里的树枝，装着长胡须老先生的样子，拍着阿和的肩说道："前世有丰功，后世也会有伟业，尔等子辈切勿妄自菲薄，引喻失义，以塞忠谏之路也。这木牌坊与你厚重的历史不相克，说这些没用的废话干吗，几点了。"阿和看了看手机："四点了，天快亮了，我们去海边看日出吧。"

## 三、

那日，洁白还是没有能看成日出，熬到天蒙蒙有光时，便倒在阿和身上失去知觉。一觉醒来，恍如隔世，竟一时间分辨不出自己在哪里。

太阳已高升，猛然想起两人昨夜私奔的疯狂行为，胸腔一阵狂跳害怕，手忙脚乱收拾了东西骑上车，一路狂赶。此时已经是八点多，路程将近一半的时候，手机电话铃就开始不停地响。洁白丝毫不敢想象父母发现自己不在床上的惊恐。

十点钟的时候，洁白拎着早餐，打开了家门，硬着头皮顶着父母如荼如炬的目光，故作轻松地撒谎，说自己只是失眠早起跑步了，手机没开声音而已。

洁白不知道什么时候开始，已经可以面不红心不跳地和父母扯谎敷衍，那谎言简直像天上随手摘的一颗星星，随意用用，而后放回。洁白觉得自己一夜之间就长大了，懂得了选择最便捷，最高效的方法为自己解决困难，而绝不多想，与人无害，没有损失，无所查证，说天就是天，说地就是地。

爸妈都去参加赶海节了，洁白因为昨日的错误被爸妈勒令在家。

洁白与阿和通电话："昨天代表协商有结果吗？你们今天还去示威吗？"

"哎，别提了，我们被人卖了！"

"怎么了？"

"派出去的两家代表，天知道开发商背后和他们做了什么交易，得了什么利益大头。他们回来后，说谈成功了，却并没有看到任何书面的保证，只是带了小头苍蝇一样的好处回来，还到处替开发商安抚情绪，动摇军心，说有这样都不错了，就别闹事了。真是潭门的叛徒！"

"你们都得了什么好处？"

"潭门港人大大小小都做捕捞水产生意，开发商就向每家每户的示威者买了几十斤的海产品，有虾有蟹有海螺。那些成年人本来就无所谓海滩怎样，反正天上掉馅饼就开心死了，都乖乖听开发商的话，管着家里的老人小孩。像今天早上，我妈便警告我了，绝对不许去海滩闹事，气死我了！"

洁白听着，忽然想起了爸爸昨晚说的村里人贪好处，赶紧摇了摇头忘掉。没错没错，这些都并不是阿和的问题，只要阿和他们都不是这样的意思就行了。

"那开发商收购你们这么多鱼虾蟹，也算是钱赔到各家，加起来肯定数量也不少，够意思了。"

"哼，你是不知道，这就是开发商的精明之处了，他们前几日本来就是有意要购买海产品的！买了海产品，正好几百斤几百斤地往海滩上倒，供客人拾捡，好锦上添花，这就是他们的原计划。今天早上还派人看着，活动没开始前都不许人靠近海滩呢。这些开发商，跟谁买不是买，只是干脆做个顺水人情给我们这些示威者而已。一举两得的方法。精，真是精！斗智斗勇啊！看准了示威人家家户户都有收获，就不会再声张。潭门港最不缺的就是卖鱼卖虾的，有同行竞争就愿意自压身价，贱得慌，都担心开发商收回成命不向他们购买，向别人购买，有钱不赚就是傻瓜了。”

潭门港一个镇全是生意人，有产业的支撑让它热闹非凡，除了渔业以外，镇上专门生产贝壳类工艺品，以砗磲为主。砗磲是佛家七宝之一，打磨后人称海玉，一个原贝有床头柜或茶几那么大，那简直不像是正常的贝壳，像是巨人国出品的。当然，据白洁爸爸说：“现在政府政策上是已经不许捞这些贝壳了，连死的都不行。但这种买卖仍是管不了禁不了的，严查的时候店铺就统统关门，风声过了又热热闹闹了。”

虽然在政策上是不允许的，但是法不责众，看见能赚钱，一家家便跟风而起。村民们不知道这些对于他们来说多如牛毛的东西，为什么会被禁。就像当地地道的餐馆里，都有红烧海龟肠之类的菜谱。镇上家家户户都是开店铺做这生意的，吃香得很。每逢周末，许多外地人都会前来采购，很是热闹，手串、镯子、雕饰、摆件、挂件。

阿和也说：“镇上的人原来很穷，都是捕鱼为生，但几年前赶上风潮倒腾起砗磲，只要是凑热闹的，就算只闻了个屁味，现在都发大财了，和暴发户一样，自家店铺前停的全是豪车。”

阿和家里也在镇上开了一个砗磲工艺品店，按照店里的存货，估摸着至少营业个十年生计不是问题，谁知却遭遇飞来横祸，磕在了一个小记者手里。

某个周内，镇上生意较为冷清。日头下，家家户户都大开店门透风，在店里支起小桌子小椅子来，打麻将的打麻将，喝茶的喝茶，算是悠闲，毕竟这种生意特殊，东西精贵，开张一次，管够半年，所以大家都不着急，舒舒服服过着懒散日子，等着客人上门。

一个穿着洗白了的牛仔裤，侧背着公文包的诡异男人在镇里出现了，引起了大家的注意。

只见他一家一家地慢慢逛，到处搭讪着要看货，要买东西。进了店门就对着货品使劲儿拍照，口气也略大，“把你们店里最大的砗磲原贝拿出来我看看吧，有刚捕捞的吗？有活的吗？有红珊瑚吗，不要挂件，拿摆件来看看。”然后又故意压低声音：“这有海龟或者是玳瑁标本吗，要很大原只的那种。”

一些老板精明，觉得那人行事奇怪，要求看东看西的。明眼瞧上去又不是很懂行，只要大的，不要好的。又不是暴发户，蹬着一双旧球鞋，镇里最穷的人穿得都比他好。就敷衍着说，如果你要，我就叫人去码头预定。

那男人听着这么麻烦，就又不看了，转而攀谈起来：“你们店开多久了，有营业执照吗，你们当初为什么要做这行呢，赚钱吗，店外面停的那辆保时捷是你们老板的车吗，他是当地人吗？”如果这些都还算勉强正常的打听，那之后蹦出一些句子就让人觉得心惊肉跳：“海龟玳瑁是国家二级保护动物你们知道吗，你们对国家关于砗磲售卖的规定条款有了解吗，对此你有什么别的想法吗？”

一些不客气的老板，听到这里，就立马请人出去，不行就直接撵出去，连今天的生意都不做了，把门关得死死的。

那男人吃了好几家闭门羹，没挖到什么内幕，日头又毒，便很不耐烦，气冲冲的，本就想打道回府，却被站在门口招揽生意的阿和妈妈拉了进来。

阿和家店是新开张的，新店无傲气，笑脸百相迎，只盼着能多做成几件生意，多结识一些常客，做事没经验，便没防着。

阿和妈妈是个热情又真诚的女人，请那男人喝免费的椰子汁，又问想买些什么。那男人照例拿着相机对着店铺一顿乱拍，然后说：“店里就这些东西吗？”阿和妈妈想着，不能让客人小瞧了咱们店啊，潭门砗磲店少说三四十家，比的就是门面和存货，就说：“当然不止这些，要都摆出来那店里不是连下脚的地都没有了吗，仓库就在后头，您若感兴趣就带您参观参观。”

阿和妈妈带男人到了后头，给他展示了大批的砗磲原贝，玳瑁标本，珊瑚摆件。

新店家，又有许多话爱聊，不到半个小时，就掏心掏肺地把家常唠完了，包括生意怎样，同行怎样，收益怎样，该说的不该说的，吹牛的抱怨的，甚至连哪家爱压价，哪个雕师贪了边角料，生意上哪方面有困难的，都给人交代得一清二楚。

聊到春风得意时，觉得甚是投缘，不免炫耀一下，于是又带人参观了专门藏宝贝的仓库的暗房，一件件向人介绍：“这是红色砗磲，是我们的镇店之宝，价值好几百万，这是只有在三沙才有的，很珍贵，难得一见！尤其是现在严抓，船都只能偷偷开过去，是冒了很大风险才捞着的！你看它的成色极好，是血红的，和肉一样，简直成精了，是上品中的上品！还有，这是紫蓝色砗磲，我保证连很多人都没见过，知都不知道……”

最后，双方交谈甚欢，那男人与阿和妈妈互留了电话，还说了一大堆好话，说，你这老板娘会做人，也会做生意，将来一定能发达，甩前面那些店铺一条街，成为潭门港砗磲第一家！男人还答应，过两天就会带很多朋友来给老板娘捧场。

阿和妈妈越听越开心，她是个在事业上野心很大又好大喜功的女人，男人字字说到她心坎上，听得美滋滋的，就一直坚持着要男人留在店里和家人一起吃个晚饭，男人再三推却，十里相送，终于走了。

阿和妈妈念叨了两三天，这个上进的外地青年不知什么时候会带朋友来呢？下次他来一定得留他在店里吃个饭，用潭门地道的海鲜招待他！同时，一面教育阿和，以后做生意就得这么做，广交朋友多条路，才能财源广进！

谁知，人没等到，却在三天后的新闻上看到了自己的身影。

“这是红色砗磲，是我们的镇店之宝，价值好几百万，这是只有在三沙才有的，很珍贵，难得一见！尤其是现在严抓，船都只能偷偷开过去，是冒了很大风险才捞着的……”

主持人用着知性的声音接着说道：“记者在潭门镇上的大街上，看到了许许多多‘禁止开采砗磲，保护生态环境’的宣传标语。而这些商家却为了钱财，视法律如无物，偷采、倒卖的魔爪竟伸向了我国富饶却尚未开发的三沙海域，令人震惊。砗磲贝属于稀有海洋生物，打击非法采挖、运载、销售砗磲等行为对保护海洋生态环境具有重大意义，希望各部门引起重视，加强监管，还大自然一个美好的明天。”

偷拍的角度，昏暗的场景，证据确凿的犯罪现场。阿和妈妈哭天抢地，大骂着世道人心，大骂自己瞎了眼错信了人。

果然不出两天，镇里就下达了通知要严查贩卖野生保护动物，严查砗磲原贝销售的通知。对潭门港的店铺进行突击检查，没收整改。

其他店铺听到了风声，转移了店里的违禁品，关了店门避风头，绝大部分都幸免于难，留得青山。可阿和家的店却是避不过了，那可是上了新闻的店家！镇里派了检查小组让阿和妈妈选择，不交出店里的砗磲原贝与海龟玳瑁，就要面临巨额的罚款，吊销营业执照。阿和妈妈在镇政府里和领导哭了三天，都快哭瞎了眼也没得商量，最后只得割肉，把货物交了大半出去，然后接受停业整顿。

昔日繁华的潭门港，突然安静下来了。一幢幢的小白房子，都关上了大门，门可罗雀。倒是出现一个有趣的现象，一个产业倒了，一个镇也就跟着倒了。观光游客稀少了，偶尔有开着小车慕名前来的，到了一看，一个镇子连个人影都没有，全关着门，败兴而归，口里嚷嚷着，名不副实，下次再也不来了；人少了，饭店也不得不挂上了歇业牌子，辞退了本地那些晒得黑黝黝的当服务员的小妹，和爱嚼槟榔的文身打工仔，他们又回到街头成日蹲着；然后做海鲜生意的也跟着萧条了，港口里停泊的船只上，没了往日兴隆时的往来交错，带着红色塑胶手套和大草帽的渔民交易海产品的时代仿佛不复存在；开发商更是气急败坏，几千万几千万往潭门投，帮他们修路，帮他们造桥，这成本都没开始回收呢！

成年人三三两两抠着脚趾打着牌，吃着老本打发时日。一些爱深情切的老年人坐在老渡口旁，用着听不清的语调，摇头晃脑呜呜咽咽地说："我们潭门人世世代代都是靠着大海吃饭的，前些年日子苦，就这几年日子才红火了起来。如今这样，是要绝了我们的活路啊，我们老百姓要怎么活啊！"

是啊，整个潭门港，像断了煤的火车，死火了。

## 四、

这时，阿和已经和洁白在一起快一年了，两人过得如神仙眷侣一般。平日里吃喝玩乐花钱如流水，连账都不敢算，糊涂着日子过，短了就伸手向家里要，潭门港的柴米油盐都不认得，家里发生了好些事也轮不到他愁，反正整个潭门港都闲着，没人做正事，他也一天到晚围着洁白打发时间。他正策划着要给洁白'求婚'呢。

这个想法来自于他与表哥的闲聊，他表哥说："老婆就是要在学校里预定好，从恋爱开始培养，最好一毕业就立马结婚，趁着爸妈还硬朗，生了孩子还有人带。男人嘛，最重要的是事业，先成家，后立业。不然在该上进的时候还整天想着谈恋爱，物色女朋友，那不就废了。"

阿和瞧不起他表哥，毕竟他原先在一个三本专科混日子，大一军训完没多久就扶着个同班的大肚女生回来见爹妈了。爹妈合不拢嘴，一边骂着儿子小兔崽子，一边乐呵呵地定日子。阿和觉得自己的爱情与他们不同。他打算来场颇有寓意的求婚。

中元节，俗称鬼节，佛教称为盂兰盆节，是汉族文化圈的传统文化节日。有放河灯、焚纸锭的习俗。

阿和对洁白说："我知道你，城市的小孩，长这么大连祭祀都只在电视剧里看过，手连纸钱都没碰过，生活闭塞得可怜。今年鬼节跟我回潭门祖屋吧，我带你长长见识，顺便看看中国大部分地区的民俗风情。"

下午五点，太阳仿佛没什么动力了，收起了外面的金光，像个红心鸡蛋黄一样，挂在左手边老渡口的一排铃铛下，轮廓圆而分明，可以直视。而右手边淡淡的月亮，也从小白楼顶探出了头来，窥视着太阳一般。日月同天，倒是个不多见的日子。镇上家家户户的店铺清一色关着大铁门，到处都是一堆一堆纸钱燃烧后的痕迹，路上不见人影，整个潭门港，寂静到剩下呼呼的海风声。只有一两家小卖部还开着，配合中元节，把应景的东西都堆到了外头卖。黄纸钱、元宝、天地银行、灯笼、车子、房子、小人、纸锭、镶嵌金边的香烛、福子福孙剪纸画、大红色的鱼鳞蒲团、檀香的木鱼、莲叶边的粉红河灯等等。阿和买了一大堆丁零当啷的，不过十几块钱。

阿和自顾自地说："这儿的习俗就是这样，早上过节，祭祖拜天，下午关上大门睡觉。虽然现在别人家的节已经过完了，但我家的还没，我家的过法自成一派，是我自己从小到大养成的习俗，独我专有，哈哈哈。你今天走运了，带你见识见识小时候每年我是怎么玩儿的。"

而洁白讪讪的，满腹心事，仿佛听不见阿和讲什么一样。

这一年是她极其罪恶的一年。原本打算与阿和在一起体验三个月就分手的，但是没想到真如父母所说，两人感情越来越深，打都打不开了。但这一年花钱如流水不说，日子也像翻书一样囫囵吞枣地过，回过神来自己已经大四了。原先刚进大学那会儿，豪情万丈的，计划着要考雅思，毕业要出国深造，然后在城市中心最高端的写字楼、金融中心工作。要当精英阶层，要认识世界上最顶尖的人，过最好的生活。而今毕业迫在眉睫，别说雅思了，什么都没准备，还天天开开心心的，交了个男朋友仿佛大学就达标了一样。同学们都天天跑招聘会，自己就天天跑出去约会。

舍友半开玩笑半讽刺地对她说："都大四了，考不上研究生，找不到好工作，你就真的只有你的男朋友了。"

这句话深深地刺痛了洁白。

太阳渐渐落下去，空气已露出了丝丝寒意。阿和的祖屋在椰林深处，除了满眼的绿色什么也看不见，但闭上眼睛，却能听得见海浪声。阿和说："如果捅破一层林，旁边就是沙滩大海，大小姐，你现在这是到了真正的农村了。"

参观完房子后，洁白跟着阿和出来到屋外头，只见阿和烧了几张纸钱做引，点燃了手中的一大把香，吹灭后烟雾缭绕，红星点点，香味扑鼻。

阿和沿着墙根，隔半米插一根香。

"你这是干吗？"

"我要用香把屋子围起来，小时候每年中元节都会这么做，保佑家里平安，不被外邪所侵。"

洁白嗤之以鼻："原来你还真信这个？亏你还是上过大学的人，哼，迷信。"

阿和边插边说："我当然不是信这个，只是小时候很喜欢中元节，觉得很神秘，很好奇，那时候我还不懂事，想帮忙祭祀，但是大人不让我捣乱，我很受挫败。于是爸爸便交给我一个'重大任务'，要我拿香火把屋子围起来。其实是个打发我走开的玩笑，我却很认真地完成。然后一切都渐渐成了习惯，每年我都会自己给自己做一个祭祀，就是拿香火把房子围起来，像是一个仪式，给生命，给自己，一种崇高的感觉。你也知道的，我最喜欢这种崇高的，有历史感的东西……后来上了高中后，就有一段时间没有做过了，如今拾起来，仿佛又重回童年，真是令人怀念。”

阿和摸摸洁白的头说：“现在一切都不同了，我的世界出现了一个你，好像是熬了这么多年总算有了答案。我真想拉着六岁时候的自己，告诉他，以后会有一个这么漂亮的大姐姐，会了解你的所有，让你不再孤独，陪着你一起做你想做的事。你的过去，你的故事，并不是没有意义的修行，都是为等待她今天的翻阅而存在的。”

洁白很少听阿和说情话，有点不好意思了。

只见阿和接着说：“洁白，毕业后就嫁给我好吗？我们一起生活在海南，逢年过节就回潭门来和我的家人一起过。然后等我们生了个儿子，中元节也打发他去围祖屋，平日里教他摘椰子，带他去海边捉螃蟹，也给他一个上山下乡的童年，好不好？”

阿和的情话令她飘飘然，但阿和的“求婚”却把她打醒了。

哈哈哈哈，多么实实在在的未来，像巴掌一样打在她的脸上！这难道就是她这个“精英”的最终归宿吗？无望地扎根在属于你的土地上，把多年的美梦都抛之脑后，回到海南，成为你家人的家人。那我呢？我是谁？除了你妈妈的媳妇，除了你房里的老婆，除了你孩子的母亲以外，我是谁？有没有人关心我是谁？

洁白突然泪流满面。

她是城市的孩子！她要成为世界上生活得最好的那一部分人，而不是陪着阿和一辈子窝在小渔村里。故乡又如何，潭门港又如何，横竖不是她的。她生自城市，长在城市，那才是她的归属，她本不应该被任何东西所羁绊，她是属于城市的孩子！

扒了几口饭后，洁白便走了，留下失落一地的阿和。

洁白说，自己在物质上是一条力争上游的鲤鱼，不甘心一辈子待在小池塘里，她想逆流而上，一跃龙门。到了终点时，她希望站在她身边的，是一条龙，而不是一条虫。

日子过得飞快，期间潭门港又发生了很多事。

风头过去了，一两家大胆的商户悄悄打开了大门开始营业。毕竟羊毛出在羊身上，要穷大家都得穷了，政府这段时间担着各方压力，于是就决定睁一只眼闭一只眼。然后像连锁效应一样，砗磲店一家接一家的又全开了。有了产业，人气就旺了，游人就多了，买卖也都做了起来，一家家海鲜馆又开了起来，街头游荡到小青年们回到了打工的地方，密密麻麻的渔船上头也恢复了往来交错，带着红色塑胶手套和大草帽的渔民在叫卖着海产品。

一条街就像一条假死的蛇，冬天一过，又活了。然而，阿和妈妈的店铺却没熬得过，悄无声器地关门了。

阿和考公务员落榜，成日颓废在家，盘算着未来以何为生计。洁白说她以后不希望待在窝边，海南怕是待不了，而去大都市自己又有一种陌生感，恐怕摔一跤都比别处疼些，哎，远离家乡，想想都要掉眼泪。洁白最近都热火朝天忙着面试、找工作，根本没空理会自己，未来真是越来越遥远，越来越遥远。

阿和去找表哥诉苦谈心，表哥叼着一根烟说：“最重要还是有钱，你有了钱，管你是在镇里还是在国外，她爸爸不都得跟哈巴狗似的摇着尾巴把女儿嫁给你，这年头，还是赚钱重要。”

表哥虽连专科院校的毕业证都没拿到，但他入社会早，跟着亲戚倒腾了几年的砗磲生意，开的车也从马自达变成了奥迪。他只比阿和大个两三岁，却已是个暴发户、小老板，金戒指带了一手，日日花天酒地，儿子都快到上学的年纪了，人生进度如同上了发条一般。最近，他刚刚出轨被他老婆捉奸在床，给打出了家门，在外头开了间宾馆睡。他倒是不放在心上，挺惬意，只说：“军训的时候看着她，还以为是个清纯美女，没想大一完生了孩子才发现，真是娶了个泼妇，哼，早晚休了她。”

阿和原先瞧不起表哥，觉得他低俗，而今，却不得不巴结讨好着点，向他求教发财成功的秘诀。

表哥说：“在潭门这个地界，要想发财，还是只得靠砗磲，其他的都是虚的，假的。年轻人出来，总是想独立，想只靠自己，其实都是傻蛋！同乡手足情深力量大，你得找个亲戚提携你，带着你干上一两笔猛的，先发个小财当本钱才是正路。”

表哥灭了烟，在阿和耳边小声说：“原先你妈妈店里被查封的那些血肉砗磲、紫色砗磲，货源少，利润高，尤其前段时间新闻都播出了，加上现在严打，价格那是翻了几番！听哥的，跟着你二舅公的船去三沙一趟，一趟就是百万上下，等回来，保准那妞倒贴都要嫁给你！”

阿和的爸爸妈妈都没怎么念过书，差不多整个家族里，就只有阿和一个人考上了正规大学，变成了镇里少有的大学生。这个消息曾经让整个家族沸腾，却不乏眼红之人，二舅公就是一个。

二舅公是个脾气暴躁整天怒气冲冲的老男人，眯眯眼，大蒜鼻，一口烂黄牙，人矮而壮，总之长得极丑。常年海风的侵蚀让他的皮肤像块被风化了的石头，上头布满了一个个的小洞，密密麻麻，远看像洒满了芝麻，凑近了看让人起鸡皮疙瘩，可能比针眼儿还大些，黑洞洞的，不知道伸进去会掏出什么脏东西来。

他与阿和妈妈私交并不好。阿和妈妈原先开店做砗磲生意时，怕亲戚间不好算钱，就在码头跟外姓人签了合同要货，不帮着自家人分销，让二舅公记了仇。加上阿和刚考上大学那会儿，阿和妈妈有点得意忘形，说了些儿子争气，天之骄子，毕业后能当公务员之类的话。让二舅公气得回家狠狠地教育了自家不成器的兔崽子一顿。

阿和提了些烟酒礼品来到二舅公家，说自己也想做砗磲生意，求二舅公下回开船去三沙时带着自己一起。二舅公听后冷笑了一番，说："哼，大学生手不能提不能拿的我可使唤不动，你不是要当公务员吗，怎么出去白读了这么多书，回头还是跟普通人家的小孩一样回家做砗磲生意，这不是闹笑话吗？再说了，要是磕了碰了你这个天之骄子，你妈不得跟我拼命。不行不行，你回去吧。"

阿和觉得很受侮辱，毕竟还年轻，哪受过这种排遣。可想着洁白，想着他和洁白的未来，他咬咬牙，继续赔着笑："舅公真的说笑了，总归是个潭门的男子汉，要长这么大都没出过海，那才惹人笑话呢。其实您眼睛雪亮的，对我们潭门人来说，读书什么都是虚的，跟舅公这样有经验的船长走一遭，那才能真正学着东西。"

二舅公听着挺受用，一边哼哼唧唧地抽着阿和拿来的烟，一边斜着眼睛问："你妈妈那儿行吗，她知道吗？"

阿和赶紧说："我妈妈知道的，都说全仰仗二舅公栽培了。"

二舅公突然像睡着了一半，倚在椅子上闭目养神不说话，阿和很尴尬，站着干等了半天，脸刮刮的辣，期间无数次想甩了门就走，却因为洁白，硬生生忍了下来。

终于过了半晌，二舅公睁开了眼，说："海上苦得很，你个大学生别叫苦叫累，机灵点儿，让你干什么你就干什么，否则把你直接扔下海。然后你回去跟你妈妈说好，哪里伤了病了我是不会负责的。下个星期就出发，你回去准备着吧。"

阿和高兴得快飞了起来。

## 五

"读了这么多年书，你真甘心回去当个渔民吗？"洁白问道。

"随你怎么说，我的人生，自有我的主见。我以后一定有能力娶到你，若我是条虫，就绝不会厚着脸皮站在你旁边的，放心。”

洁白的心被阿和说得发虚，低着头，沉默不语。她知道上次自己太坦诚了，坦诚得有点不道德，伤害了阿和的自尊心。

“这次一走有半个多月见不了面，大海上手机又没信号。二舅公说，船上的传真机我可以随便用，跟家人报平安。这样吧，我每隔几天就用传真机写信到我二舅公的小公司里，你一定要去收，听见没？”

洁白点点头，有一种想哭的冲动，要离了他，自己还真是活不了。他若真是条虫，自己这辈子，也就是他了。

阿和走以后，洁白的日子就像陀螺一样旋转了起来，充实而疲惫。如果说阿和的战场是大海，那招聘会就是她的战场，人生的战场。一个人没有了可以撒娇的对象，没有了可以诉苦的对象，其实就等于没有了软肋。没有地方储存你的苦果，没有地方让你顾影自怜，你就得自己咽下。洁白太忙了，忙得晕头转向，却总觉得像她划船一样不得要领，原地打转。阿和的信她也忘了，一直没取。

一天晚上，洁白披星戴月而归。约好下午四点面试，结果等到七点才开始，八点才结束，九点才回到家中，连饭都没有吃，早饿过点儿了。

爸爸妈妈如今像供菩萨一样供着她，围着她嘘寒问暖，招呼热饭，捶腿揉肩，就像她高考前一样。

洁白把面试她的蠢蛋狠狠骂了一遍后，便问爸爸：“潭门最近有什么新鲜事吗？”这已经是她的一个习惯，没事就会打听打听。在潭门港的身上，她第一次体验到了‘归属感’这种东西。比如看到相关信息时会刻意停留，听见他人提及会如同上课被老师点到自己名一般，有大的盛事会一起衷心欢喜，有不利的言论会奋起反驳，提到潭门就会有说不完的话，像爱跟外人吹嘘自己孩子的母亲一样，周围的人都腻了，而她仍能喋喋不休。

爸爸讲了很多：“唔……你都知道的，潭门到市里的路刚刚修好，那个南海博物馆的项目也成功落户了，还有，第二届赶海节又要开始了，这次投资更大，听说会比去年还热闹。”

洁白一边吃着妈妈炖的营养品，一边说道：“这些你上次都讲过了，还有没有新鲜的呀？”

爸爸思索了一下：“对了，听镇里派出所的小王说，有海警在三沙抓到了潭门的偷猎者，好像还死了人。”

洁白只觉一阵晴天霹雳，吓得汤勺子磕在了桌子上，碎了。妈妈赶紧从厨房跑出来：“怎么这么不小心！快看看伤着手没有！”

洁白的心跳得极快：“怎么死了人？知道死的是谁吗？”

“这我怎么晓得，不过听说是个年轻人，还是个大学生，怪可惜的，这父母培养了这么多年，不得哭死了。”

凌晨，洁白把自己捂在被子里，手脚冰凉，眼泪一串一串流，浸湿了整个黑漆漆的夜晚。

她没有了理智，消息是真的还是假的，她不知道，她从来没有离开过一亩三分地的城市，外面究竟有多凶险，她一点判断力都没有，所以她不知道，她真的不知道！凄惨的黑暗啊，冰冷的时间啊，请不要再逼迫她了！她已经蜷缩到墙角，无路可退了！她真的不知道！

一大串眼泪又热滚滚地流出，把她自己给吓着了，她都不知道自己原来体内蕴藏着这么多的泪水。

她没有信仰，如今却奋力祈求着。向什么东西祈求呢，她已经不在乎了，上帝也好，真主也好，菩萨也好，万能的大自然，甚至是魔鬼也好！总之，她需要向什么东西祈求，祈求千万不要，千万不要！

她甚至在自己心里跟自己做了一个交易，只要阿和能平安，她这辈子，就算是毁灭了她所有的美梦，就算要跟他一辈子厮守在小渔村里，就算是成为他家人的家人，成为他房中的老婆，成为他儿子的母亲，就算是没有了自己……

睡眠与疲惫在她毫无知觉的情况下袭击了她。她睡着了，做梦了，嗯，是的，在梦里她恍惚以为自己已经跟魔鬼或是上帝签署好了合同，用自己一生的平凡，换取阿和的一世平安。

嗯，阿和已经没事了，已经不用担心了。嗯，她可以安心睡了。

洁白这一觉，睡得很安心，睡得很长，睡到了第二天中午。醒来，意识到这才是现实世界后，有点害怕。

收拾整齐，坐了两个小时的汽车，回到了阔别两三月有余的潭门港。

洁白是见过阿和妈妈的。上次见时，这个热情的胖女人很是激动，像是喝了几十年的陈酿，脸颊一片片的红晕别人看着都要看醉了。她把洁白当媳妇，直接塞了一个两千块钱的见面红包过来，把洁白吓得噤若寒蝉，记忆深刻。

而这次，开门的阿和妈妈，面如土色。

阿和妈妈说道，那是他们出海后的第十五天，阿和带着氧气瓶，潜下海里捞砗磲，船就停在三沙海域上，等人从下面上来。谁知海警就突然放着警鸣声来了，他那个杀千刀的二舅公下令说，赶紧开船，被抓到就要去坐牢了！手下的船员问，人都还没有上来，怎么逃？那二舅公就说，没事，一时半会儿死不了，他身上有能定位的，回头再来接他！

“然后呢?”洁白迫不及待地问。

只见阿和妈妈立刻呜咽了起来:“然后,然后他们就开船了……结果谁知,我的儿子,我可怜的阿和在底下什么都不知道,正要浮上来的时候,螺旋桨突然动了,那种大船的螺旋桨多大啊!一动就是一个大漩涡,什么都往里吸!一片片都是钢铁做的利叶子,转起来和绞肉机似的!他二舅公那船开着跑了十几公里,海警说,那血就跟着流了十几公里!后面一群一群的鱼跟着跳,追着船跑!而他二舅公还什么都不知道!我是造了孽了才让阿和跟着那个杀千刀的二舅公去啊!这是谋杀,是谋杀啊!我一定要告他!告他谋杀我的孩子!我要让他偿命!我不会放过他!哇……他今年才二十二岁啊,他还没有大学毕业啊!老天爷啊!把我的孩子还给我啊!啊,老天爷!”

阿和妈妈撕心裂肺的号叫声震响了整个潭门港,震得洁白五脏六腑碎了一地,震得她眼前一黑,什么都看不见了。

走出大门,午日的阳光让眼睛都睁不开,夏日的高温肆虐地不近情理。

洁白走着走着,骨头就像化了的冰淇淋,找不到支撑点,一屁股跌坐在大街上,一阵眩晕,胃里翻腾,低着头干呕,呕出一摊酸水来,呕出一打眼泪来,可什么东西仍是堵在胸口,出不来,像一根鱼刺。她把食指伸进喉咙眼里,使劲儿抠,又是一摊酸水,把鼻涕泪水拖着往下掉。她像个婴儿一样,坐在地上,张着嘴,哇哇地哭!

阿和妈妈的话仍在她耳边徘徊,造成了很强的画面感:“我的阿和啊,我的孩子啊,你一个人在冰冷冷的海底,看着那绞肉机,得多害怕,多害怕啊。”

啊,阿和,帮帮她,这种痛苦她一个人吞不下去!一想到这个画面,她就好想吐!她好想把她的悲伤与泪水,把他们所有的相识相爱都吐出来,啊,阿和,啊。

潭门港人来人往,川流不息,几个好事的围着她,说些什么,问着什么。可洁白仿佛只身一人站在真空的台风眼中,寂静得耳鸣。

洁白去二舅公的公司取回了阿和的信,还有一串形状各异歪瓜裂枣的珍珠项链。

一个人坐在潭门港老渡口的地板上,旁边的渔船仍往来交错,带着红色塑胶手套和大草帽的渔民依旧叫卖着海产品。

洁白双脚伸着,悬空着勾在一起,上下摇摆,底下就是平静的大海。风把她的头发全往前吹,遮住了她的半张脸,于是她的视野里长满了黑色的触角,颤抖着要抓住对岸的风景。

回想一年前自己与阿和半夜私奔到此，那时，她以为这已是全世界最疯狂的举动，最伟大的爱情。但现在她才知道，她与阿和之间，沉重不止于此。

“打印的字体就是清楚，幸好不是你手写的，不然那狗刨似的字谁看得懂。”洁白眼泪鼻涕已经凝固在脸上了，她对着空气嗔怪着，仿佛阿和就坐在她旁边一样。

然后她开始读阿和的信。

“洁白啊，经过两天终于快接近目的地了，我是一路吐过来的啊！远海的风浪实在和近海没法比，太大了，船实在是太抖了！要换作你这个娇滴滴的大小姐，估计得要命了……虽然很多船员都吐，但是二舅公特别针对我，一个劲儿骂我大学生没用，这点小小风浪都受不了，我很委屈，好几次都想和他翻脸，可是我想到了你，你才是我的动力，为了你，为了我们的未来，扛我也得扛下这段旅程……”

“洁白啊，今天终于到了作业的地方了，可你知道他们是怎么做的吗？他们拿着超级大的螺旋桨，在海底的岛礁处定一个点，像圆规一样，啪啪地绕着打一个大圈！他们的方法和去年赶海节那些开发商一样，把砗磲从泥沙底下打出来！然后我们潜下去一看，整个海底都烂糟糟的！全是浑水石沙还有碎得到处都是的珊瑚化石。洁白啊，我的心好疼啊，我竟然不知砗磲是这么得来的！那我们与那些开发商有什么区别啊……”

“洁白啊，三沙真美，四处都是岛礁，蓝的绿的混在一起。现在我已经有经验了，站在船头看远处，海面上有一圈一圈的图纹，就是被人用螺旋桨打过的地方，像奥运五环一样扎堆重叠，看到了我们就得转向，不往那边开，再去寻找其他无人发掘的处女地……我真的觉得，再过几年，可能南海上到处都布满了这种小圈圈，到时候，我们得去哪里找……你说潭门人这是为什么呢，我们对外费尽心力，守护保卫着南海三沙不被侵犯，为什么到头来自己却要破坏掉呢？这样的守卫，还有什么意义吗……”

“洁白啊，一转眼我们在海上有一个多星期了。我已经想明白了，城市虽然好，但永远不会有让人如此心系的感觉，这是我的故乡，需要有人领头去转型。毕业以后，我还是想回到这里，尝试弄砗磲以外的东西。可是这样我会变成一条虫吗，这就代表我要舍弃你吗，我看不一定吧，哈哈哈，原谅我的自大吧……”

“洁白啊，明天就是我们出海第十五天了，二舅公很高兴，说这次找的点都很好，收获颇丰，说不定我们可以提前返航了！提前告诉你一个小惊喜，我在捞的贝壳里居然发现了珍珠！一个大贝壳，打开一看居然大大小小有二十多颗！你要看了一定惊奇！船上日子闲，我就要了点工具来，给你串了串珍珠项链。虽然奇形怪状丑了点，有的我都分不清是石头还是珍珠，但是我相信你不会介意的……我要用它牢牢地拴住你，城市里孤独的小姐，你尽可能到外头去看去闯，但我知道你没有故乡，所以希望你能收下我的一份心意……”

潭门港的风继续吹着，吹着千年以前的歌谣，吹着千年以后的传说。

原先，她是和她父母一样的人。后来她变得有一点像阿和，可又不是与阿和完全一样。再后来，她发现自己其实可以是很多人，她可以是开发商，可以是示威者，可以是记者，可以是店家，可以是政府，可以是偷猎者，她甚至可以是街头上混迹的小青年。

可说到底，她谁也不是，她不过就是夹在中间的，在哪边都吃力不讨好的角色。

她能理解他们，理解他们的对，理解他们的错。世界上大是大非的东西毕竟不似千年以前那么多了，每个人都情有可原，每个人都不是无事生非。张爱玲说，如果你认识从前的我，那你就会原谅现在的我。

她知道，阿和也有偏颇，阿和也并不是正确答案，他只是她的一扇大门而已。但她仍然很感激他的存在，感激他的礼物，感激他的家乡，感激悠悠南国，能有此美港。

“洁白啊，我想把我的故乡送给你，供你思念，供你扎根……”

看到这里，洁白破涕为笑。